LA PIRE ESPÈCE

ÉDITIONS LA PEUPLADE
339b, rue Racine Est
Saguenay (Québec)
Canada G7H 1S8
www.lapeuplade.com

DÉPÔTS LÉGAUX
Bibliothèque et Archives
nationales du Québec, 2025
Bibliothèque et Archives
Canada,

ISBN 978-2-925416-34-0
TITRE ORIGINAL : *Specii*

ROMAN

Cristian Fulaș

TRADUIT DU ROUMAIN PAR
F. et J.-L. Courriol

LA PIRE ESPÈCE

ASSIS À TABLE, DEBOUT, immobiles ou marchant, muets ou discutant, chacun dans leurs rêves, des gens. Journée ordinaire d'été dans un quartier, au cœur des champs. Terrasses bondées où paressent ceux qui n'ont rien à faire à midi. L'aire de stationnement du petit centre commercial est pleine de voitures, toutes les places autorisées dans un rayon de cent mètres sont occupées. Le bolide en a fait le tour plusieurs fois, moteur gonflé toussant à chaque coup d'accélérateur, freins claquant brutalement à chaque passage sur le ralentisseur, pots d'échappement lançant des étincelles, calandre surbaissée raclant violemment le goudron. Un quart d'heure plus tard, dans le vacarme croissant de la musique qui s'échappait des vitres baissées et couvrait tout autre bruit, la voiture s'est immobilisée sur l'herbe rase entre la terrasse du restaurant et le stationnement proprement dit. Gélou était visiblement nerveux malgré son sourire. Il a pris une liasse de billets dans la boîte à gants, les a fourrés dans sa poche, sans les compter, avec une grimace de satisfaction, et il est sorti. Il n'a pas verrouillé le véhicule, s'est dirigé vers une table où il était attendu, s'est assis jambes croisées, a retiré ses lunettes de soleil, les a essuyées et a jeté un coup d'œil apitoyé au gardien de service venu lui dire de déplacer sa voiture hors du gazon.

— Casse-toi, lui a-t-il lancé d'un air insolent tout en buvant une gorgée de la bière qu'on venait de lui servir.

L'homme en uniforme ne s'est pas laissé impressionner, il a répété sa demande, Gélou s'est levé, l'a attrapé par le col de sa veste, d'une main énorme, et l'a envoyé valser dans un buisson. L'homme s'est relevé, a épousseté son uniforme, a sorti son téléphone, a dit quelques mots, après quoi une voiture de patrouille s'est présentée à l'intersection. Trois agents plus baraqués en sont sortis, se sont approchés pour lui ordonner de déplacer sa voiture. Gélou les a envoyés se faire voir chez leurs parents morts et s'est rassis à la table. Il les a regardés avec mépris, la tête légèrement penchée, de l'air de dire qu'ils ne pouvaient rien lui faire. Les agents l'ont entouré : ils ne voulaient ni reculer ni déclencher un scandale. L'un d'entre eux a pris son téléphone, a composé un numéro, a prononcé quelques mots, a écouté attentivement la réponse. Gélou l'a regardé, il ne se sentait plus tout à fait à l'aise. Il a tiré quelques billets de sa poche et lui a dit :

— Tiens, va t'acheter de la bière au lieu de rester planté là comme un taré.

L'agent n'a pas cillé, un muscle s'est mis à trembler sur son visage, il a enfoncé ses mains dans ses poches, n'a pas bougé. Il a jeté un coup d'œil du côté d'une petite rue entre deux rangées de maisons identiques. L'intersection était juste après. Puis venait une caravane garée presque sur la route, avec un chiffon blanc sur l'attelage. Derrière le saule gris et le sapin d'en face, cinq poubelles posées juste au coin. Vingt mètres plus loin, la maison du chef des gardiens. Oui. Il venait, dans deux ou trois minutes il serait là. Ne le touche pas, reste où tu es, ne lui balance pas la table en travers de la gueule, tous les autres se jetteraient sur toi, attends-moi, je vais lui régler son compte. Le soleil lui tapait en plein sur la tête, il a sorti son calot de sa veste et s'est couvert le crâne. Calmement. Un de ses collègues a fait mine d'allumer une cigarette, il a failli lui dire de ne pas le faire puis a renoncé. Il a de nouveau regardé en direction de l'intersection, un type solide avec un maillot vert, un short et des tongs avançait lentement dans le soleil. Il ne semblait pas se presser, il a traversé la rue, a jeté un coup d'œil autour de lui, s'est approché de la voiture, a sifflé avec admiration, en a fait le tour, a regardé à l'intérieur par les vitres fumées, a fait un deuxième tour, a levé les yeux vers Gélou – deux autres voitures de patrouille arrivaient en renfort –, il s'est penché, s'est relevé, a saisi le rétroviseur côté chauffeur et l'a arraché. Gélou a bondi comme piqué au fer rouge, prêt à l'insulter, aucun mot n'est sorti de sa bouche, la stupéfaction lui avait coupé le souffle. Le type en tongs s'est approché de lui, un sourire de satisfaction sur le visage, il lui a mis le rétroviseur sous le nez et lui a dit :

— Je crois que c'est un truc à toi, mon vieux, t'auras juste la peine de le faire remettre en place au garage.

Quelques types se sont levés et sont partis, ils n'avaient pas envie d'être mêlés à cette histoire, Gélou a regardé ceux qui étaient assis à sa table, aucun n'esquissait le moindre geste, entre-temps six hommes étaient descendus des voitures de patrouille, il n'a pas pu s'empêcher de murmurer entre ses dents :

— Nique tes morts et nique ta mère, Victor, je vais te châtrer !

— Sale connard de mes deux !

— Oui, je vais te châtrer, a-t-il ajouté en tendant la main vers sa bouteille de bière.

Au même moment, un coup violent venu de nulle part l'a plié en deux, il a perdu l'équilibre, a tenté de se défendre mais l'autre, sans se démonter, l'a attrapé par le cou et s'est mis à le frapper au visage avec le rétroviseur qu'il avait gardé à la main. Les amis de Gélou ont tenté de se lever de table mais entre eux et le chef se sont interposés les agents en patrouille, ils étaient neuf contre deux, aucune chance donc, on a entendu crier : Les flics, les flics, le Roumain va nous le tuer, qu'est-ce que vous foutez, les gardiens ? Dans l'intervalle, Victor avait jeté Gélou par terre et le traînait derrière lui comme un sac de patates. Il lui a encore filé quelques coups de rétroviseur dans la tronche avant de lui fracasser la tête contre une jante de la voiture :

— Écoute-moi bien, si jamais tu refais ça, je t'écrase avec ta propre bagnole, t'as pigé ?

Il l'a balancé encore une fois contre la jante :

— T'entends, sale putain de rat, casse-toi d'ici sinon je sais pas ce qui t'arrivera ! Toi et tous tes tarés, sinon je vous enterre tous à côté de la mare là-bas !

Il a ramassé le rétroviseur qui était tombé et l'a envoyé contre le pare-brise de la voiture avant de s'éloigner. Traînant ses tongs sur le ciment brûlant, il a disparu dans la rue par laquelle il était arrivé sans même se retourner une seule fois.

Le quartier avait comme un air de château médiéval. Une bande de terrain presque rectangulaire entourée d'une suite interminable de mares tout autour de la ville et de la zone dite de retraite, le long de la rivière. L'entrée se trouvait à l'extrémité d'une route d'un kilomètre environ : on franchissait un portail doté d'une guérite autour de laquelle stationnaient les nombreuses voitures de patrouille de la compagnie de sécurité qui avait obtenu le contrat de surveillance. C'était la compagnie de Victor. Une fois le portail passé, venaient un parc - pas très grand -, une énorme bâtisse de l'Administration et deux terrains de sport sur la droite, quelques magasins, une station de lavage automobile (avec quatre compartiments) au-dessus de laquelle se trouvaient les bureaux d'une firme que personne ne connaissait. La route bifurquait ensuite sur un rond-point à trois sorties qui ressemblaient à un trident courbe ou, plus banalement, à une fourche. Les routes extérieures suivaient la ligne des mares à une distance de cinquante mètres environ tandis que celle de l'intérieur traversait tout le quartier en décrivant une très longue courbe pour aller buter, un kilomètre plus loin (après avoir rejoint les deux autres), sur les baraquements du chantier qui n'avaient jamais disparu mais s'étaient seulement déplacés au fur et à mesure que s'étaient élevées de nouvelles zones d'immeubles et de maisons. Il s'y trouvait également une sorte de petit centre commercial, divers magasins et cafés avec terrasses dont celle sur laquelle Gélou s'était fait rosser. Entre ces artères de circulation et autour d'elles, une centaine d'immeubles de quatre, six ou dix étages, sans compter un tas de maisons parfaitement identiques, les unes de type K – moins de cent mètres carrés – les autres aux allures de palais, avec piscine et vue sur le lac. Un petit monde pas si petit que ça, plus de dix-mille âmes fuyant la grande ville à la recherche d'une vie paisible. Ce vaste quartier était gardé jour et nuit, sous la surveillance d'un impressionnant maillage de caméras ; on ne pouvait guère aller loin sans rencontrer des voitures en patrouille ou des gardiens en train de faire leur ronde, deux par deux. Le donjon, risquons le terme, en était le petit centre commercial au nord, sous la coupe d'un bureau dirigé par le neveu du gros bonnet qui en avait financé la construction. Celui-ci, qui venait d'observer le tumulte au-dehors, avait surtout pris connaissance du scandale, plus redoutable encore, provoqué par un groupe Facebook (*Nous ne sommes pas venus nous installer ici pour vivre au milieu de voyous et de criminels, laissons-les s'exterminer entre eux, ils finiront peut-être par déguerpir pour nous laisser vivre entre gens honnêtes, sales types, mon gamin a tout vu, va falloir que je lui fasse consulter un psy, je vais vous faire un procès et vous tanner le cuir, mets une sourdine, toi, la gonzesse, tu vas pas nous jouer les vierges effarouchées des fois, c'est la meilleure, braves gens, la civilisation y en a plus par ici, on est redevenus des ploucs, c'est pas possible, sur la tête de mes gosses, si tu te torches pas le cul je te les coupe à ras*... et autres cris d'oiseaux du même genre), il s'était extirpé de son fauteuil, où il passait le plus clair de son temps, était parti trouver Victor. Il avait sauté dans sa voiture pour faire la centaine de mètres qui l'en séparait, non sans avoir auparavant discrètement fait signe à ses hommes de résoudre au plus vite la situation sur la terrasse. Arrivé à la hauteur du type en tongs qui semblait ne jamais se presser, il avait ralenti pour le saluer. L'autre avait répondu par un sourire, avait fait le tour de la voiture, y était entré.

— Ils finiront par se casser, mon vieux, on va monter une brigade et ils fileront, ils oseront pas rester si on s'y met vraiment.

— T'as raison, j'ai tout vu de la fenêtre, y-z-ont rien dans les veines, faut les virer d'ici, ils gâchent tout, c'est plus possible.

— Des étrons à oreilles, a conclu Victor avant de descendre de la voiture avec un calme parfait.

Il a fait quelques pas dans la petite rue où se trouvait sa maison puis est revenu frapper à la vitre.

— Dis voir, je fais un barbecue samedi dans mon autre baraque, tu viendras ?

— Ouais, ça marche, a répondu l'autre. Et toi, tu viens à la fête ce soir ?

— Oui.

Victor s'est remis à marcher en direction de chez lui, avec l'allure du type peinard. Il observait les arbres, les trous dans les pavés, les volets blancs à moitié baissés aux fenêtres de la majorité des maisons. Il a marqué un temps d'arrêt devant sa voiture, s'est ravisé, s'est remis à marcher, il n'avait pas vraiment envie de se préparer à sortir, il aurait préféré rester tranquille à ne rien faire. Il a vu sa femme sortir avec leur chien de garde en laisse, le moteur du 4x4 garé devant chez eux a démarré, comme si sur leur porte il y avait eu une télécommande destinée à le mettre en marche, le type assis au volant s'est redressé sur son siège, il a accéléré – on aurait dit qu'il venait d'en recevoir l'ordre –, Éléna est passée, majestueuse, telle une reine dans le désert, l'énorme bagnole s'est mise aussitôt en route, à cinq mètres derrière elle, et le chien reniflait de tous côtés sans s'en faire, tout heureux, la queue en bataille, jetant de temps à autre un coup d'œil à sa meilleure amie, la voiture de patrouille avec les quatre types à son bord a tourné juste après le couple femme-chien, le silence est revenu. Ils s'étaient à peine salués d'un signe de tête, Victor a continué sa promenade dans la direction opposée, il a passé en revue toutes les voitures du stationnement, a calculé mentalement le prix de chacune des bagnoles avant de se diriger du côté du ponton. Il prendrait peut-être un café là-bas, se reposerait un moment, la soirée serait longue et il n'avait aucune envie de faire ce qu'il avait à faire, il se disait depuis pas mal de temps qu'il devrait quitter le pays, laisser tomber ses boîtes et le fric, partir passer du bon temps dans un coin chic.

Sur le ponton et sous la marquise, qui imitait assez ridiculement une terrasse des bords de la Méditerranée, se trouvait l'inévitable bande de jeunes qui semblaient n'avoir rien d'autre à faire que de passer leur temps là, à attendre et à bouffer le fric de leurs parents. Autour de la piscine, au bar, dans la zone d'ombre du petit couloir qui conduisait au vestiaire que personne n'utilisait jamais, il y avait donc la quinzaine de fils et de filles à papa dont la seule occupation consistait à dilapider le fric de leurs parents et à attendre de grandir. Victor s'efforçait de se retrouver en eux, mais à leur âge il avait été le garçon de service au bar qui nettoyait les tables après le départ de ces petits malins, il n'y parvenait jamais, il lui était impossible de s'imaginer leurs vies. Des insolents, tatoués pour certains, abonnés aux salles de fitness, regards froids, toujours prêts à insulter ou à plaisanter. Des filles pomponnées, trop pour leur âge, portant des vêtements que les serveurs et les serveuses n'auraient pas pu se payer avec un mois de salaire, toutes et tous munis de téléphones dernier cri toujours à portée de main. Victor aimait bien les observer, ils étaient l'avenir, il connaissait leurs parents et les affaires qu'ils faisaient, il savait tout d'eux, il avait du plaisir à les voir là, ils étaient exactement ce qu'il aurait aimé être et ce que leurs parents souhaitaient qu'ils soient.

— Passe-moi ton téléphone, a dit un des garçons à une fille qui le buvait des yeux. Juste pour voir.

La fille a levé langoureusement le bras, l'a regardé entre ses cils recourbés pleins de mascara, l'autre a pris le téléphone et s'est mis à faire défiler l'écran avec une curiosité jouée.

— Ah, ah, chouette, vous y avez passé combien de temps ?

— Une semaine, on s'ennuyait, on est rentrés, lui a répondu la fille.

— Vise un peu la piscine, un vrai stade, putain, plus grand tu meurs. Y a pas à dire, c'est pas du toc.

Le garçon a fait semblant de trébucher et le téléphone est allé valser gracieusement dans la piscine. La fille a eu un petit cri de surprise, le type n'a pas bougé.

Puis il s'est ravisé, a fait mine d'aller le repêcher, a enlevé une de ses tongs, s'est penché sur le bord de la piscine en faisant bomber ses biceps, n'a pas réussi à l'attraper, il s'est alors jeté à l'eau pour récupérer l'appareil. Il l'a balancé à la fille, a fait quelques brasses avant de sortir en s'ébrouant.

— Y marche plus, connard, tu m'as cassé mon truc.

— Arrête de pleurnicher, ma cocotte, ta mère t'en payera un autre, laisse-le sécher au soleil, il marchera peut-être de nouveau.

La fille ne savait plus que faire de ses mains, la vie sans écran n'avait plus de sens, sans le truchement de l'écran la vie ne lui disait plus rien, elle faisait semblant de ne pas être trop agacée, se disait qu'elle ne devait pas se mettre à l'injurier, qui sait, il avait fait ça exprès pour pouvoir l'inviter quelque part, elle attendait, se demandait si elle ne devrait pas rentrer chez elle prendre un autre téléphone et y mettre une carte à puce. Mais si le type s'en allait entre-temps ? Elle hésitait, elle a donc choisi de rester étendue sur sa chaise longue et, sachant qu'elle était regardée, elle a fait glisser une bretelle de son soutien-gorge pour mettre bien en vue une moitié de sein. Elle espérait une réaction du garçon, au moins quelques mots, mais rien. Il était allé au bar, était revenu avec un plateau sur lequel trônaient deux verres embués pleins d'un liquide verdâtre.

— C'est cadeau, t'es chouette, tu fais pas d'histoires, sur mes couilles que je m'attendais à te voir faire des chichis et des ennuis avec mes vieux, j'ai déjà donné.

La fille l'a longuement regardé, elle a remis en place l'élastique de son slip assez longuement pour qu'il la voie faire.

— Tu crois quand même pas que je suis le genre, non ? Pas grand-chose, ce téléphone, tu parles !

Les yeux du type trahissaient de la gratitude et un début d'intérêt pour l'élastique du slip, la fille l'a vite remarqué, elle a fait quelques gestes pour capter son regard, s'est levée d'un coup de reins, a cambré son corps fusiforme sur le bord de la piscine et a exécuté un plongeon presque parfait. Comme dans les films, elle est remontée à la surface, en secouant sa chevelure afin de bien mettre en évidence son corps mouillé, affiné en salle de fitness. Elle s'est étendue près de lui sur la chaise longue, l'a longuement regardé dans les yeux sans rien dire puis s'est mise à plat ventre. Elle a tendu la main pour prendre le verre embué posé sur la petite table juste à côté, a plongé le bout de ses lèvres dans la boisson, les a lascivement léchées sans quitter le type des yeux, lui a effleuré d'un doigt la pointe d'un mamelon en murmurant d'une voix rauque mais non moins suave.

— Bisou s'te plaît, la miss pardonne. T'es le mec bien.

L'autre a ri de toutes ses dents, a glissé une main le long de sa hanche

— Affaire conclue, bibi fait ce qui faut.

— Vrai ?

— Ouais.

— Bon !

Le regard de la fille s'est porté lentement du côté du vestiaire, derrière eux, elle a fermé les yeux, les a rouverts langoureusement, le garçon a compris ce que ça voulait dire, il lui a fait un bref signe de la tête ; elle s'est levée, a pris sa serviette et son sac de plage, a remis ses tongs aussi lentement que possible et s'est dirigée vers la zone d'ombre à l'extrémité de la piscine. L'autre a jeté un coup d'œil autour de lui, personne ne semblait les observer, il a attendu que la fille entre, s'est levé à son tour et l'a suivie. Victor était le seul à les regarder, immobile, bien calé dans un fauteuil à côté du bar, il sirotait une bière en feignant de contempler la campagne environnante. La fille était déjà à l'intérieur, elle sentait la fraîcheur du sol, elle s'est assise sur un banc pour l'attendre. Elle en tremblait presque. Presque.

À moins de vingt mètres de là, Victor observait le jeune. Bras et pectoraux bien musclés, jambes plutôt minces, coiffure farfelue, cheveux très longs sur le haut du crâne, presque rasés sur les côtés, une barbe naissante bien sculptée – il sortait probablement de chez le barbier italien du quartier qui réalisait des prouesses pour tous les ados tenant à avoir la barbe, même peu fournie. Il le connaissait : c'était un fils à papa – du même genre que la fille qui l'attendait dans le vestiaire.

Un trouillard malgré ses muscles bien entretenus, téléphone toujours bien en main pour le cas où il lui arriverait des histoires. Son père, directeur ou quelque chose comme ça dans une boîte publique qui administrait allez savoir quoi, un de ces types à salaire de misère et fortune de nabab, le truc bien connu, ils avaient pris un verre ensemble une ou deux fois, il savait qu'il était de mèche avec des types à lui, il n'avait pas cherché à en savoir plus, il était sûr qu'il était des leurs. Comme tous ceux qu'il connaissait bien et qui étaient des leurs. Comme il en avait toujours été, comme il en serait toujours. Il avait appris ça dès le lycée, dans les années 1990, quand rien n'était clair et qu'une poignée d'individus s'étaient ingéniés à ce que tout reste flou, à jamais. Il ignorait la chose, évidemment, mais quand il était en terminale il avait été invité avec quelques camarades au siège d'un parti puis envoyé – pour quelques misérables sous – coller des affiches dans la petite ville où il vivait alors. Trente-mille habitants environ, au milieu de nulle part, un coin perdu, sans avenir. Son lycée, même topo, un bahut comme tant d'autres où il était obligé d'aller. La seule chose qui lui plaisait là-bas c'était la salle de sport. Comme tous les gamins de pauvres, il avait dû apprendre à se défendre. À frapper le premier et fort. À encaisser. À se retrouver très souvent la gueule tuméfiée, à battre les autres à coups de pied pour ne pas être battu lui-même. Il avait bien compris le truc, il avait appris à se battre et à être battu, c'était la vie qu'il s'était faite, il s'était constitué une bande, il savait boire et passer des nuits blanches, vivre et bien vivre, en somme. Puis il s'était cherché une situation, le chef du parti de la ville avait gagné des points dans les sondages et l'avait pris comme homme à tout faire – garde du corps, chauffeur et j'en passe. Il avait longtemps vécu à ses côtés, parfois trop près, il savait tout sur lui, il avait compris comment tirer profit de la situation. À son tour, il avait fait engager les types de sa bande, ils avaient tout obtenu du chef de parti : maisons, voitures, fric. Chaque fois que le patron organisait un truc béton, ils en étaient. Ils n'en tiraient pas forcément grand-chose mais petit à petit les affaires avaient commencé à bien marcher et il s'était monté une firme de gardiennage et sécurité, rien de faramineux au départ, quatre ou cinq types à lui ; après quoi, il avait obtenu, grâce à son protecteur, des contrats de plus en plus juteux ; en dix ans, Victor était devenu millionnaire, il avait plus de mille salariés, il avait appris tout ce qu'il faut savoir pour faire tourner une boîte, et ce dont il était sûr avant tout, c'était que, grâce à son protecteur, il était intouchable. Il pouvait agir à sa guise, le monde qu'il avait contribué à construire était devenu un paradis pour des gens comme lui, son chef et des milliers d'autres autour d'eux, tous s'étaient enrichis, personne n'osait toucher à un cheveu de leur tête, ils étaient les grands gagnants à ce jeu, on travaillait pour eux, pour accroître indéfiniment leur bien-être. Et ils devaient tout cela au poing et à la loi. Le monde comme poing serré, prêt à frapper, prêt à servir la bande. En toute légalité, du moins dans les limites de lois faites pour leur totale impunité. Victor regardait ce garçon avec la sage lucidité de celui qui, même lorsqu'il ne savait pas tout, devinait ce qui se passait autour de lui, en tirait des leçons pour toute éventualité. Son monde à lui était une sorte de mémoire pulsatile des actes dont il était le témoin, une espèce de carnet magique qui transformait tout ce qu'il avait acquis en contrats de plus en plus juteux sans qu'il ait nul besoin de bouger le petit doigt. Une fois parvenu dans la classe sociale des riches, la nouvelle noblesse du lieu, plus rien ou presque ne passait par la violence, comme cela avait été le cas autrefois. (Même la scène de la terrasse avait été plus ou moins organisée, il savait d'avance comment tout se déroulerait, Gélou avait franchi une ligne rouge, il devait quitter le quartier, d'ailleurs – cet imbécile n'en savait évidemment rien – ils lui avaient préparé une brigade punitive depuis pas mal de temps, ils n'attendaient qu'une occasion pour lui tomber dessus. Il l'avait frappé sans en éprouver la moindre satisfaction, il ne s'était même pas énervé, il aurait pu lui envoyer des types une nuit dans un club et en faire du petit bois mais ce n'était pas le but, il fallait démontrer à tout le quartier qu'il n'était pas le gros malin qu'il croyait être, que son fric ne comptait pas, qu'il y avait plus malin que lui, qu'ils étaient les seuls vrais patrons, que Gélou était un Rien du Tout et devait être traité comme tel. Il déguerpirait, c'était juste une question de temps, on avait d'autres surprises pour lui, il pouvait bien gagner un tas de fric avec ses vidéochats, son problème c'est qu'il s'était mis dans la tête d'acheter des appartements et avait même acheté tout un immeuble sans que personne s'en doute, il avait utilisé des prête-noms qui lui avaient aussi permis de mettre la main sur deux villas en bord de lac, il cassait la baraque avec ses micmacs, il voulait les mettre hors jeu, il devait donc dégager, il ne pouvait plus rester dans le quartier, Victor lui proposerait de tout lui racheter, ils pourraient se rabibocher, il lui en donnerait un bon prix, il ne le volerait pas d'un seul centime, tout ce qu'il souhaitait c'était réussir et que tout le monde soit content. On se foutait bien de ce qu'il avait l'intention de faire ici. C'étaient eux qui le feraient à sa place, il n'avait qu'à ramasser son fric et se casser ailleurs, ils pouvaient même rester amis après. Il souriait au soleil de l'après-midi. Quel débile, ce type, qu'est-ce qu'il croyait, qu'il pourrait jouer des mécaniques dans le quartier, faire ses petites affaires, tout acheter, mon cul ! Un idiot, ça reste un idiot, faut pas chercher. Il observait le jeune qui faisait semblant de s'acheter une bière, ne savait pas comment s'y prendre, n'arrêtait pas de jeter des coups d'œil du côté de l'entrée sombre du vestiaire, attendant ce qu'il pensait être le moment propice pour disparaître.

Entre-temps, la fille s'était confortablement installée sur la banquette en bois très froide, il viendrait, ça elle n'en doutait pas, il était tombé dans le panneau, elle n'avait plus qu'à attendre tranquillement en s'occupant de façon utile. Elle s'était dit qu'elle pourrait se faire un peu plus belle mais à quoi bon, elle était dans le noir presque complet et ce n'était pas pour ça qu'ils allaient se retrouver là, pour une fois qu'elle était débarrassée du souci de se maquiller, de s'habiller, des inévitables mensonges à raconter à ses parents, tout le tintouin précédant une sortie en ville, les prises de bec avec sa mère qui se répétaient depuis quelques années et menaçaient de ne jamais cesser… Elle avait soudain entendu un bruit, ce n'était que l'eau d'une chasse tirée dans les toilettes d'à côté, il n'en finissait plus d'arriver, probable qu'il attendait le moment de pouvoir entrer sans être vu dans le vestiaire des femmes. Quand même ! Faudrait peut-être lui faire un peu la gueule ? Oui, mais s'il le prenait mal, valait mieux pas. C'était son premier rendez-vous dans un vestiaire, elle se sentait toute chose, un truc nouveau, ça la titillait toujours, ce zozo tardait à se montrer alors qu'elle prenait feu de partout, enfin, hop, des pas pressés crissant sur le carrelage, une main poussant presque timidement la porte, presque peureusement. Elle le comprenait. S'il se retrouvait nez à nez avec quelqu'un à l'intérieur, c'était le scandale assuré, Victor était sur la terrasse, il risquait de se faire tabasser, avec ces types-là on sait jamais. Mais le risque en valait la peine. La porte. Pas le moindre grincement, juste sa silhouette dans la pénombre. Juste lui. Une ombre. Une langue en forme d'ombre, le rêve de sa vie à la fille.

— Ferme bien la porte, appuie sur le bouton, ils ont tout le temps d'attendre s'ils veulent se changer, laisse tomber.

Le garçon était resté entre les portes, il regardait la silhouette assise sur la banquette qu'il pouvait presque toucher de la main, il ne savait pas quoi faire, il était perdu. Il a appuyé sur le bouton pour bloquer la porte, elle a légèrement bougé sur la banquette, lui a senti un léger coup à la poitrine, comme un flocon, sa petite culotte qui avait volé d'elle jusqu'à lui avant de retomber sur sa tong. Il a vu ses cuisses écartées et dans le noir, sa voix a brisé la glace :

— Allez mec, réparation, vite fait. La miss fait la totale pour une balle.

Il s'est approché, l'a caressée au hasard, sa main est remontée jusqu'en haut des cuisses, il s'est mis à genoux et la lui a prise. Mouillée. Chaude. Se poussant contre sa main. Il a fourré sa tête entre ses jambes et l'a brusquement entendue gémir de toutes ses tripes comme s'il lui avait planté un couteau là-bas alors qu'il n'y avait mis que sa langue qui la fouaillait, la faisait presque hurler ; un ouragan montait en elle, elle l'avait attrapé par les cheveux et l'attirait contre elle, lui égratignait le crâne, lui plantait ses ongles dans le cou, vas-y, vas-y, puis un cri bref, son corps s'était cabré d'un coup, ça y était, pas plus de deux ou trois secondes, comme toujours, après quoi venait la sensation d'écroulement dont on ne peut plus sortir, de lointain, de néant, quelques secondes de mort qui vous séparent pour toujours de l'autre, quel qu'il soit, on l'a eu et quand on l'a eu c'est pour toujours, on peut l'avoir de nouveau mais qu'en faire après.

— Approche un peu, lui a-t-elle murmuré de sa voix rauque, voyons voir. Ah, ah mais il a tout ce qu'il faut le petit, a-t-elle ajouté en la lui attrapant à travers le slip. Prêt à l'emploi. À la miss de rendre le service. Quitte-moi ce linge et viens plus près, je mords pas, sois pas timide, mon petit, la miss rend la monnaie et tout le monde est content. La totale.

Elle lui a planté ses ongles dans le cul, l'a attiré vers elle, l'a sucé comme au jour de l'Apocalypse, faut ce qu'il faut, on laisse pas un type sur sa faim, on peut toujours en avoir besoin, va savoir. Il a senti le fond de sa gorge, elle le serrait fort, de plus en plus fort et plus loin, une dingue, elle se rendait même plus compte de rien, elle continuait, si ça lui plaît qu'est-ce que je peux faire, je vais pas m'arrêter en si bon chemin, je suis pas complètement paumée, ça a pas duré si longtemps, elle faisait son boulot comme s'il était pas là, juste pour elle, pas un mot, rien d'autre que des clapotis de salive et de petits bruits saccadés quand elle reprenait sa respiration, il s'est senti exploser, elle ne s'est pas arrêtée pour autant et quand tout a été fini, elle l'a collé contre son visage et lui a murmuré de sa voix rauque presque étranglée :

— La miss laisse rien se perdre, c'est la fille sérieuse, tu lui payes un verre ou peut-être plus ? Allez file, tu vois pas qu'y vienne quelqu'un, ça barderait pour nous deux, tu la bipes, elle t'attend.

Victor savait que tout était enregistré. Le bar n'était pas à son nom mais c'est lui qui avait foncé, lui qui ramassait le fric, le gérant se faisait un petit salaire, ça lui suffisait, il cherchait pas à profiter, Victor voulait acheter tout le coin, le ponton et la piscine, il s'était dit que le bar était un bon début, il avait casqué, il avait investi sans hésiter. Il a fait signe au type du bar de s'approcher et il lui a dit tout bas :

— Tu m'envoies le p'tit film quand tu fermes.

Il s'est levé pour rentrer chez lui. Il a monté d'un pas vif les quelques marches menant à l'allée reliant le ponton à la rue, a regardé d'un air plutôt dégoûté la haie de thuyas qui bordait la bande de ciment puis s'est ravisé, a tourné à gauche. Il voulait revoir un truc qui lui trottait dans la tête depuis longtemps, il lui fallait trouver une solution. Des années plus tôt, quand le quartier en était à ses débuts, un ingénieur en construction avait acheté un lot de terrains juste au bord du lac. Il n'en avait rien fait pendant longtemps mais voilà qu'il avait brusquement commencé – avec quel fric, ça, mystère ! – à couler les fondations de deux immeubles avec vue sur le lac qui couperaient celle des gros malins qui avaient acheté des villas avec la promesse de ne jamais rien voir se construire devant leurs fenêtres. Sauf que ce coco, lui, ce n'était pas une petite baraque qu'il projetait de bâtir là – pas de quoi crier dans ce cas, on laisse passer –, mais deux immeubles de six étages (c'est ce qui était écrit sur la pancarte plantée au bord de son terrain). Victor a longuement observé les fondations et le lac qui s'étendait devant. Les types qui habitaient derrière, à l'extrémité du quartier, étaient chauds bouillants. Brûlants. Ils avaient essayé de racheter le terrain à l'individu en question, et les immeubles avec, mais l'autre n'avait rien voulu savoir, ils avaient tenté de le menacer, ils s'étaient retrouvés avec des plaintes au pénal, ça les avait calmés. Ils avaient fait des recherches pour connaître l'origine des fonds et l'identité de ceux qui étaient derrière tout ça. Zéro. Écran noir. Pas la moindre relation à son actif, un anonyme sans antécédent qui avait du fric et avait emprunté en plus, pas de moyen de pression, ils étaient le bec dans l'eau, aucune chance. Ils avaient essayé de lui interdire le passage dans le quartier, il avait gagné le procès, c'est eux qui avaient été obligés de sacrifier un petit parc pour lui accorder une servitude de passage, ça leur pourrissait la vie, ils dépérissaient, ils devenaient dingues. Alors ils avaient fait appel à Victor. Il avait fouiné, reniflé partout, rien à faire. On ne lui connaissait pas de relations, il était intouchable et refusait catégoriquement de leur vendre quoi que ce soit. Il avait très clairement dit à Victor : pas question de vendre. Tant pis si j'ai pas de clients, je préfère que ça tombe en ruine, je vends pas. Non, pas la peine d'insister, je vends pas. Victor avait laissé tomber. Il ne comprenait pas, y avait peut-être rien à comprendre dans toute cette histoire, sauf qu'il n'avait pas pu renoncer complètement, parce que le lendemain les types de l'administration lui avaient sucré la réduction qu'ils lui accordaient lorsqu'il achetait des appartements et des maisons. Le neveu du type friqué qui finançait Victor lui avait dit sur un ton mielleux qu'ils en reparleraient lorsque l'affaire des constructions en question serait résolue, ils réfléchiraient alors aux conditions qu'ils lui feraient, dans l'immédiat c'était plus possible, la situation était pas brillante, on lui demandait de booster les bénéfs, tu m'en voudras pas, Victor, c'est pas moi qui fais la loi ici, je fais ce qu'on me dit de faire. Il n'avait pas bronché, y avait rien à faire, il avait arrêté d'acheter pendant un temps, après il avait dû payer comme tout le monde, jusqu'au dernier sou, il avait rien à leur offrir en échange des prix qu'on lui concédait avant.

Il a fait demi-tour, direction chez lui. À peine abattu mais se demandant une énième fois de qui le type était le protégé et pourquoi on ne pouvait rien faire contre lui. Pas la moindre faille, la moindre compromission avec une bande de petits malins, le moindre cousin véreux, il n'avait encore jamais vu ça de sa vie. Il a posé le doigt sur la poignée de la porte, celle-ci s'est ouverte automatiquement, il est entré. Petite maison, quatre-vingts mètres carrés utiles sur cent-deux au sol (séjour au rez-de-chaussée, cuisine des plus banales, terrasse donnant sur une cour commune, meubles pas chers, canapé au centre, téléviseur au mur, commode, table de rien du tout avec quatre chaises que sa femme avait tenu mordicus à coller là – on sait jamais qui on peut recevoir, où on le fait asseoir ? –, un escalier étroit mal foutu en chêne bas de gamme, à l'étage un hall d'un mètre cinquante donnant sur deux chambres et deux salles de bains), pas plus grande qu'un appartement minable où il vivait depuis des années sans savoir pourquoi, il était venu s'installer là quand des types voulaient lui faire la peau, histoire d'être tranquille et ils avaient fini par y rester, le loft en ville demeurait vide, la baraque qu'il se faisait construire dans la forêt n'était pas finie, celles qu'il possédait à la montagne et au bord de la mer, il y passait les fêtes pour la forme, pas question d'y vivre. Il est monté se changer, il avait affaire en ville, il ne pouvait pas se permettre d'être en retard. Une fois un peu mieux sapé, et bien calé dans sa voiture, il a appelé sa femme pour lui dire qu'il ne savait pas quand il rentrerait. Des trucs à régler. Encore une grosse journée. Pendant qu'il passait un tas de coups de fil, il se demandait une seule chose : pourquoi le chef l'avait-il appelé le matin ? Il lui avait juste dit de venir au siège du parti à midi pour discuter. Sans lui donner la moindre raison, sans même lui demander comment ça allait. Et ces putains de ralentisseurs. Un monde de secousses, pas possible qu'il se trouve toujours un taré pour vous coller une dénivellation tous les cinquante mètres, de quoi vous pourrir la vie : une bande de caoutchouc en travers de la route ici, un dos d'âne en ciment ou en goudron là-bas, histoire de vous obliger à rouler à dix à l'heure. Tous des connards ! À vous donner envie de leur foutre ça en l'air au marteau-piqueur ! Il avait bien entendu dire que le chef avait des ennuis, ça il le savait, des affaires qui avaient plutôt mal tourné, un procès tordu mais rien de nouveau, c'était comme ça depuis toujours, pour eux la prison était la porte à côté, on avait pas encore inventé les affaires sans casseroles. Il l'avait appelé le matin, faut venir me voir à midi, ça sent mauvais, faut qu'on parle, j'ai des trucs à te faire faire. Qu'est-ce qui t'arrive, Miron, calmos, tu sais bien qu'on les laissera pas te coincer. C'est pas ça le problème, cette fois je crois qu'on est dans la merde, vrai. Voilà ce qui s'était passé : encore une histoire de subventions européennes, vache bonne à traire mais vicieuse, quand on s'approche du pis ça pue la taule. Miron avait monté une boîte de goudronnage et de travaux routiers, pas grand-chose, un conteneur et trois employés qui foutaient jamais rien, puis il avait embauché des consultants de Bruxelles pour qu'ils pompent du fric à travers sa boîte censée réhabiliter des routes de campagne pleines de putains de nids-de-poule et qui menaient nulle part, il avait palpé quelques millions comme ça, au lieu de payer de ses propres deniers, c'était pas des masses des masses, un peu d'argent de poche, sauf que le chef s'était monté le bonnet, il avait voulu devenir un gros bras en politique, être président, la folie totale. Villas en plein centre, il s'était mis à parader avec ses millions, limousines et tout le toutim, Victor l'avait averti : Miron, tu vas dans le mur avec ces types-là. C'est qui hein, ces zozos, c'est pas eux qui vont me baiser, je suis leur paternel, y crèveront avant moi, putain de putain. Et il avait réussi son coup, il avait viré le Ghéorghé de la tête du parti, il s'était mis chef à sa place, le délire. Personne ne pouvait rien lui dire, il savait tout, il se mettait la corde au cou et des boulets aux pieds, histoire de bien boire la tasse, du jamais vu, c'était mal parti complet. Plus on le convoquait devant le parquet, plus il se lançait dans des affaires louches, à croire qu'il n'avait plus sa tête. Aujourd'hui au tribunal, demain convoqué de nouveau, comme s'ils l'avaient embauché à vie, il connaissait mieux les procureurs que sa famille, des petits frères pour lui. Victor avait tout tenté, l'avait mis sans cesse en garde, ça finira mal, ils vont te coincer, mais il ne voulait rien entendre, alors Victor avait fermé sa gueule, il s'était occupé de ses oignons, y avait rien à faire, avec un sourd vaut mieux pas insister, c'est la bêtise assurée. Miron avait fini par donner un morceau de terrain de la cour du siège du parti à des types pour y construire un immeuble, le truc con à pas faire, nouveau dossier pénal, sauf que cette fois... Un crissement terrible l'a tiré de ses pensées, il venait de rentrer dans un autre gendarme couché, il allait de nouveau se balader en ville avec sa bagnole cabossée, il a juré de tous ses poumons, s'est signé sept ou huit fois, je meurs si je prends pas en concession toutes ces routes juste pour démolir toutes ces merdes et démontrer qu'on peut circuler normalement. Du petit centre commercial jusqu'au rond-point de la sortie il y avait huit limiteurs de vitesse, quatre en ciment – bon, admettons –, deux en caoutchouc, pipi de chat, et deux autres faits par un Dorel[1] à la pelle, des barres de goudron de quarante centimètres de large devant lesquelles fallait s'arrêter et se signer comme à l'entrée de l'église et on s'en sortait pas, même à cinq kilomètres à l'heure, on y cassait la bagnole. Tout le quartier gueulait à s'en péter les oreilles qu'il fallait dégager tout ça, mais les autres voulaient rien entendre, si on touchait à un poil d'un ralentisseur, toutes les mamans du coin se rappelaient qu'elles avaient un petit prince et le cirque commençait sur les groupes Facebook, leurs gamins allaient tous mourir, il fallait carrément interdire les voitures, c'était plus possible dans ce quartier plein d'assassins, ils guettaient leurs petits princes pour les

---

1. Prénom générique désignant un ouvrier, notamment du BTP routier, qui se roule les pouces quand il ne travaille pas comme un manche... de pelle. (Toutes les notes sont des traducteurs.)

tuer sur leurs trottinettes et leurs bicyclettes, c'était clair. On discute pas avec les dingues, lui avait dit le type de l'administration, d'un air entendu. On leur fait des ralentisseurs pour qu'elles la ferment, on leur pique leur fric, on roule moins vite, c'est la vie. Il avait pas tort. L'argent. C'était ça le jeu. On le jouait.

La cérémonie. Du repas. De midi. Un cérémonial, rien d'autre, une sorte de messe dite pour les princes de la tribu. Un gamin de cinq ans, rondelet, gâté comme c'est pas possible, son prince à elle, le seul devant l'Éternel, la seule forme de foi qu'elle s'autorisait. Elle avait désiré ça toute une vie, depuis l'âge de vingt ans elle ne se voyait qu'en train d'élever des enfants, en prendre soin toute la journée, cuisiner, faire le ménage pour eux, se consacrer à une famille parfaite qui serait son œuvre, l'équilibre de l'univers dans une âme puissante et inépuisable. La cérémonie commençait par les courses du matin, de la nourriture bio exclusivement, fraîche, si elle avait pu elle serait allée dans les champs récolter les légumes et à l'abattoir tuer les bêtes de ses propres mains pour pouvoir mettre dans l'assiette de son seigneur et maître les meilleurs produits possibles, elle aurait planté des oliviers dans un verger de Méditerranée et serait allée pêcher dans les mers du Nord, elle aurait trimé, nuit et jour, pour assurer les repas si essentiels du gamin qui dominerait le monde et devait pour cela être traité comme un maître depuis sa plus tendre enfance. Elle lui lavait les mains avant chaque repas, veillait sur la moindre bouchée avalée, guettait ses moindres gestes, elle était l'esclave parfaite, passait des heures aux fourneaux pour satisfaire tous ses appétits, cuisinait trois ou quatre fois par jour et s'éreintait à porter des sacs pleins d'achats, histoire de le voir heureux, petit et repu sur le canapé au milieu du séjour, hurlant, gueulant à réveiller les morts du matin au soir – c'était comme ça, il ne fallait jamais le critiquer, jamais le gronder, jamais le déranger, sa volonté était la seule volonté digne d'intérêt en ce monde et elle, sa mère, aurait assassiné de sang-froid n'importe qui pour le moindre de ses caprices. C'était pour ça qu'elle avait travaillé, pour ça que travaillait son idiot de mari toute la journée, pour lui, pour son bien-être, pour son avenir et que rien ne lui fasse obstacle. Elle avait travaillé comme corporatiste avant, de longues journées dingues de quatorze heures ou plus, elle avait sacrifié sa jeunesse pour la maison où ils vivaient et le bien-être garanti du petit. Puis quand elle l'avait eu, elle était restée deux ans à la maison, avait repris un peu le boulot, était tombée enceinte une nouvelle fois, fausse couche, deux ans plus tard une coïncidence miraculeuse, une combinaison inespérée avait propulsé son Marcel à la tête d'une compagnie et elle avait pu rester à la maison. Le paradis, une maison de cent mètres carrés, trois chambres à coucher, le genre de cage qui fait le bonheur des gens. Son chez-elle.

L'appartement d'étudiante, acheté à crédit et loué. Son chez-elle. L'appartement de cinq pièces du centre, acheté grâce à un arrangement de Marcel, loué, celui-là aussi. Son chez-elle. La villa de la montagne, l'ancienne maison de ses grands-parents, rehaussée d'un étage et louée toute l'année sur Airbnb sauf les deux semaines qu'ils y passaient en été mieux valait habiter ici, ça rapportait, pas une mauvaise affaire. Son chez-elle. L'appartement de Limenas, sur le port, avec vue sur mer, celui-là aussi loué pendant presque toute la saison. Son chez-elle. La limousine qu'elle utilisait pour aller faire les courses, sortir l'enfant au parc ou pour les fêtes organisées par d'autres parents du royaume corporatiste. Son chez-elle : trois mots comprenant un enfant et des revenus qui augmentaient chaque jour, les trois seuls mots qui l'intéressaient en ce monde. Son chez-elle. Le rêve humain primordial, des cavernes préhistoriques au luxe moderne.

Son chez-elle : le lieu de la tragédie mais aussi du bonheur depuis le jour où. Ces malins de l'administration avaient voulu faire un truc à eux et les écrans s'étaient éteints. Tous d'un coup, annulant tout un monde. Son chez-elle était devenu soudain un lieu muet, une tanière, une caverne, une chaumière dont la paix avait été déchirée par les cris interminables du prince ; sa console ne marchait plus. Après quelques instants de stupeur, sa glotte avait lancé des hurlements de harpies déchaînées, des grognements, des bêlements, les larmes avaient jailli d'un coup, il avait bondi au milieu de la pièce, c'était la fin, la fin de la paix, le début de la guerre. Elle l'avait pris dans ses bras. Regards perdus, soupirs profonds, quelques larmes aussi, de nouveau une coupure informatique, de nouveau le cirque, que faire ? Elle avait pris son téléphone, dans un geste instinctif, pour appeler Marcel, il lui avait dit qu'il était occupé, elle n'avait qu'à se débrouiller, putain, c'était pas lui l'opérateur informatique, non ? Corina ne savait que faire. Elle avait voulu téléphoner à la boîte en question, toutes les lignes étaient occupées, des centaines de mamans faisaient la même chose, probablement. Elle avait tenté de brancher les appareils sur le réseau normal, bloqué aussi. Elle avait ouvert non sans peine le groupe Facebook du quartier pour essayer de poser une question mais il y en avait déjà des flopées, tout un monde était bloqué et tout ce qu'ils pouvaient faire était de se poser des questions entre eux et à l'administration, de prier et d'attendre une solution qui ne venait pas, deux heures sont passées comme ça jusqu'à ce que cette cloche d'employée de l'opérateur daigne se brancher sur le groupe Facebook du quartier pour annoncer, désolée, rongée de remords, mortifiée : – *l'opérateur officiel internet du quartier nous a coupé le signal, nous vous présentons nos excuses pour les inconvénients occasionnés et vous promettons de chercher à trouver une solution dans les meilleurs délais* – qu'elle avertisse ses morts au cimetière, si elle veut, cette pouffiasse ! C'était la fin, tout s'est mis à tourner autour d'elle, le petit n'arrêtait pas de hurler (*Maman, veux jouer, Maman, veux jouer*), elle avait passé une veste pour sortir dans le quartier essayer de le distraire. Il y avait une foule de mamans qui tentaient de faire la même chose, tout un quartier en balade, les yeux braqués sur les téléphones, en quête de nouvelles, demandant à droite et à gauche, riant et pleurant, se consolant mutuellement, vainement. On discutait en pleurnichant, on se réconfortait en récriminant, tout un univers de souffrance infinie, on ne savait plus que faire de son temps, on ne savait plus de quoi ce monde était fait ni comment le prendre, un monde sans internet était non seulement incompréhensible mais encore moins utilisable. Le monde de ces mamans avait commencé avec leurs enfants. S'il y avait eu une Bible pour maman de quartier résidentiel alors elle aurait commencé par « Au commencement était son premier enfant ». Avant, la géhenne. Après, la béatitude. Un monde de la félicité suprême, du sacrifice sans limites, de l'entente parfaite entre humains qui – après des millions d'années – n'avaient plus qu'un but dans la vie : le bien-être des enfants. Leur avenir. Félicité. Mais un tel monde, selon toute apparence, ne pouvait exister sans internet. Tout avait volé en éclats d'un seul coup, l'avenir s'était arrêté, le temps s'était comprimé en un seul point, celui où les connexions se rétabliraient, où tout reprendrait son cours normal.

Lorsque le soir est tombé, lorsque mamans ou papas ont dû interrompre leurs balades et rentrer au foyer, lorsque papas et mamans sont revenus du boulot, un seul sujet agitait la vie du quartier des abords de la grande ville : quand ? Personne ne prononçait le nom fatidique, personne – par superstition ou simple dégoût – ne proférait le nom de l'ennemi invisible qui détruisait leurs vies, dans chaque maison un chœur de hurlements accompagnait la détresse. On ne savait plus que faire de sa vie. Sans téléviseur ni internet, rien n'allait plus comme avant, on était obligé de se parler, de parler, de tenter désespérément de communiquer et c'était justement ce qu'on ne savait plus faire depuis si longtemps, si on avait jamais su le faire, en réalité. Un monde sans écrans était un monde quasiment impossible, d'aveugles et de sourds, c'était la fin de toute perception. Lorsque Marcel était rentré, il avait trouvé Corina à deux doigts de la folie. Elle tentait de jouer avec le petit tout en préparant à manger. Recrue de fatigue, elle lui a fait un bref signe qu'il devait s'occuper de lui et elle est sortie fumer un joint. Elle a aspiré à pleins poumons la fumée du joint de la taille d'un petit cigare, a regardé le monde à travers un rideau de larmes, seule et muette sur la terrasse. Elle a rallumé son téléphone, dans le coin droit, en haut, apparaissait un vague et misérable 2G, sur le groupe Facebook du quartier la guerre avait pris des proportions insoupçonnées, il y était question de fraude, d'actes passibles de poursuites en justice, de conspirations financières, de meurtres, de génocide, de crimes contre l'humanité. Les accusations se multipliaient sans cesse, tous se sentaient obligés de rajouter une paille sur le bûcher de l'impuissance. On évoquait surtout une collusion entre l'opérateur et le fournisseur sous-traitant d'internet par câble, des sommes folles (*cent euros par appartement ou par maison x trois-mille, trois-cent-mille balles, tu parles, arrête un peu, tu veux dire cinq-cents pour chaque, ouais, dans les un million cinq-cent-mille, t'es pas dingue des fois ? Le dingue c'est toi et toute ta famille, c'est clair qu'ils nous ont baisés*), des pots-de-vin, des limousines qui viendraient se garer sagement devant les maisons des types en cause, il était évident qu'ils iraient tous se venger et qu'ils porteraient plainte le matin contre eux pour qu'on sache qui avait tort et qu'on les arnaque pas. Elle a aspiré la fumée du joint jusqu'à s'en brûler le bout des doigts, elle a ramassé les restes avec ses ongles et a tiré une dernière bouffée, la dernière de la condamnée, s'est levée, a remis ses cheveux en chignon, est rentrée. Marcel était assis sans rien dire près du petit, ils avaient ouvert un jeu de lego et il dispersait les pièces à dessein, pour que le petit soit obligé de les rassembler.

— Si on commandait quelque chose à manger, chérie, j'ai une faim de loup.

— Tu veux quoi ? Des pizzas ?

— Le téléphone marche ?

— On va essayer.

Il marchait. Rien de plus exaspérant que ces téléphones qui marchent avec si peu de connexion à internet.

Ils avaient mangé. Ils avaient lavé le petit. Ils lui avaient lu des histoires. Ils s'étaient lavés. Ils avaient fait l'amour. D'abord dans la salle de bains puis dans la chambre. Ils avaient regardé leurs courriels. Ils s'étaient endormis presque rassurés. Ils s'étaient réveillés à six heures et demie. Ils avaient fumé leur joint. Avec internet. Ils avaient relu, en riant aux éclats, les centaines de commentaires du groupe du soir. Ils avaient réveillé le petit. Marcel s'était habillé pour aller au boulot. Corina avait fait les courses, avait perdu son temps dans les petits magasins du quartier, lorsqu'elle était rentrée, internet était déjà mort. Elle avait réussi à occuper le petit une heure avec des dizaines de jouets et beaucoup de patience. Puis il s'était mis à hurler. Elle avait cuisiné dans les hurlements. Le petit était venu dans ses jambes, il voulait jouer. Elle jetait de temps en temps un coup d'œil à l'écran, plus rien, le 2G de la veille s'était évaporé, le monde avait disparu. Elle avait appelé une amie, avait mis le micro et lui avait tenu sa leçon de philosophie personnelle : tu te rends compte, nos mères devaient vivre comme ça, y a trente ans. Comme des sauvages, enfermées à la maison, sans internet, juste avec nous et nos hurlements, tais-toi un peu, toi, ou je te mets en nourrice, je vais te dire, ma petite, j'ai envie de mettre un ou deux locataires dehors pour nous réinstaller en ville, ça fait bientôt vingt-quatre heures, je supporte plus, ma petite, je vais me couper les veines, me jeter par la fenêtre de l'étage, oui, oui, c'est pas possible le culot qu'ils ont, *I mean,* tu imagines, tout couper sans avertir, y sont *unbelievable*, vrai, pas même une annonce, rien, *they don't give a damn, a shit*, ils nous piquent notre fric et ils nous pissent dessus à plein tube, qu'est-ce que je vais en faire de ce gamin, finie la tranquillité, *bullshit*, je sais pas comment faire avec lui sans internet et sans console, c'est pas possible, c'est *fucking* impossible, ma petite, je peux pas y croire, vous avez internet, vous ?, je sais pas pourquoi on est venus s'installer ici, c'est dingue des trucs pareils, allez, bisous, faut que je finisse de préparer à manger et après je verrai ce que je peux faire, salut.

Deux jours plus tard, quand le quartier s'était déjà habitué à la dépression, à la guerre (*Nous lutterons jusqu'au bout pour nos droits*, déclaraient pompeusement les posts du groupe Facebook du quartier, *Nous reprendrons nos droits, Personne ne foulera aux pieds notre liberté de choix*), l'installation de nouveaux réseaux avait commencé et Corina avait entendu dire qu'il y avait tout un tas de combines. Certains avaient priorité, ils étaient les premiers à obtenir les nouveaux services, d'autres avaient payé les équipes qui travaillaient dans le quartier, y en avait qui avaient des connaissances parmi les chefs des techniciens et ils avaient eu internet tout de suite, dans leur lotissement on racontait qu'il s'agissait d'une grosse combine des voisins de Victor : il leur suffisait d'un mot de lui pour annuler toutes les priorités, ils obtenaient internet et se la coulaient douce. Mais il y avait un petit hic : apparemment, les dames étaient les seules à pouvoir demander cette faveur à Victor, on racontait des choses affreuses sur certaines voisines qui, tu me comprends, hein, pour le bien des enfants, pour la tranquillité, c'est des choses qui arrivent, pas de panique. Alors, elle s'était bien habillée. Elle avait pris le petit par la main et, en route. Elle l'avait trouvé sans peine, pas difficile, il était au téléphone, en train de mettre ses combines au point, comme tout le monde. Elle lui avait demandé de sortir. Il l'avait fait.

— M'sieur Victor, j'ai un service à vous demander.

— Victor, pas de vous entre nous, je vous en prie.

— Victor, j'ai une demande à te faire.

— Dis-moi, je t'en prie, avait-il répondu avec la plus grande amabilité.

— C'est à propos de cette histoire d'internet, j'en peux plus avec le petit, j'ai entendu dire que tu as des relations et que peut-être...

— Tu es bien la femme de Marcel, c'est ça ? avait-il demandé en regardant au loin, l'air songeur.

— Oui.

— Pourquoi il n'est pas venu m'en parler ?

— Ben, les femmes du quartier disent qu'il vaut mieux que ce soit nous.

— Ah bon... avait-il dit sans se troubler.

— Et j'aurais besoin que les gars viennent m'installer internet assez vite, on s'entendra, avait-elle dit malgré elle, brusquement décidée à renoncer à tout pour un bout de câble.

— Je te mets sur la liste, avait répondu Victor comme s'il n'avait pas compris, alors qu'il était tout content de l'aubaine, Corina était un morceau de choix, c'était pas rien, il allait pas refuser.

— Merci de tout cœur, avait-elle dit, tout heureuse, enchantée du ton espiègle de la voix du type, se disant que ça vaudrait le coup d'essayer, pourquoi pas, après tout ?

— Rentre chez toi ma petite Corina, les gars viendront tout de suite, c'est réglé.

Elle était revenue chez elle très émue, quand elle était arrivée au coin de la rue, la voiture de la compagnie se rangeait devant sa porte, la canaille qui n'avait pas voulu de sa proposition de lui graisser la patte était là maintenant avec un sourire jusqu'aux oreilles sur la tronche, la fripouille, elle ne lui avait pas dit un mot, l'avait fait entrer, tout était rentré dans l'ordre aussitôt.

Elle avait dit à Marcel qu'elle s'était cotisée avec des voisines et que tout s'était arrangé comme ça.

— C'est plutôt cher payé, putain, mais tant mieux que ce soit fait, avait-il répondu.

Victor, étrangement, n'avait pas demandé sa prime, il ne lui avait jamais téléphoné, il la saluait toujours très respectueusement comme il le faisait avec tout le monde, il ne l'avait même pas regardée une fois dans les yeux, cela n'avait rien changé entre eux. Mais il s'était mis à passer chaque jour devant ses fenêtres. Pas plus. Pour aller en ville, il faisait toujours un crochet, roulait doucement, vitres fermées, sans regarder de son côté si jamais elle se trouvait être dans sa cour ou à sa fenêtre. Corina ne comprenait pas. Son comportement lui échappait. Peu importe, il y avait déjà pas mal de temps depuis, peut-être qu'il ne se passerait rien, se disait-elle parfois, lorsqu'elle se rappelait leur conversation devant le café.

Après la sortie du centre commercial, il n'avait pas pu faire plus de cent mètres. Embouteillage. Des millions de bagnoles, pare-chocs contre pare-chocs, lorsqu'il avait mis en route le GPS, il s'était pris la tête entre les mains, deux heures pour le centre-ville, il avait failli faire demi-tour, il avait appelé Miron, l'autre n'avait rien voulu entendre, s'il devait passer la journée en voiture, c'était pas grave mais il fallait absolument qu'il vienne. Il s'était conformé. Depuis quelque temps, il n'y avait plus moyen, quand Miron avait une idée en tête, il valait mieux être d'accord avec lui, inutile de protester. Le lendemain, il avait oublié, mais sur le moment c'était terrible. Il s'était donc calmé, avait passé quelques coups de fil, résolu quelques problèmes de la boîte, en fait pas grand-chose, il n'était pas indispensable mais il appelait les directeurs tous les jours, histoire qu'ils ne croient pas qu'il était mort, après ça il s'était vraiment mis au boulot. Le vrai, celui qui l'empêchait de dormir et le faisait carrément devenir fou. Le quartier, mettre la main sur le quartier. Il en avait parlé aux gars du parti, ils avaient appelé leurs familles et leurs amis, l'affaire commençait à tourner rond, les appartements et les maisons se vendaient comme des petits pains, les prix restaient stables, les maisons se vendaient dès les premiers travaux, les appartements sur plan. Tout se passait comme ça : ils mettaient du fric dans des boîtes de pauvres bougres de la campagne, les types venaient voir les projets, manifestaient leur intérêt, ils négociaient un cinq pour cent, bénéficiaient d'une réduction de la TVA en payant cash sans se compliquer la vie avec les banques. Les appartements et les maisons restaient un temps au nom des boîtes montées de toutes pièces puis étaient transférées à celles de Victor. Du tout cuit. Pour chaque transaction, les types touchaient cinq-mille euros en espèces, comme prévu, de toute façon y avait des réductions par rapport au prix de base des maisons, ça allait. Rien de plus simple. Acheter dans un pays où il n'y avait presque plus d'argent liquide. Acheter, accumuler, non par besoin, juste comme ça. En attendant que la queue avance de quelques mètres, se disait-il, en souriant derrière son volant. Lui savait. Les autres non. Être malin parmi les idiots et plus malin que les plus malins, c'était ça le truc. Pas parce qu'on pourrait en avoir besoin un jour, puisqu'avec ce qu'on avait on pourrait vivre dix, vingt, cinquante vies de plus, mais tout simplement pour être plus fort que les autres. Plus retors. Plus calé.

Le téléphone avait sonné de nouveau, le tirant de sa rêverie. Le nom, sur l'écran, lui était bien connu, c'était le sien au fond, son père qui l'appelait. Un peu comme si je m'appelais moi-même, s'était-il dit. Après tout, je suis le seul à me comprendre, je ne peux parler qu'avec moi, tous les autres sont des ploucs, un troupeau de ploucs. Son père. Sa tête, son image, non, attends, c'est le contraire, je déconne ce matin, c'est moi qui suis lui, pas lui moi. Moi ou lui, quelle importance, du pareil au même. Dans vingt ans, si j'y arrive, je serai exactement comme lui, on est kif-kif, c'est clair.

Victor, c'était Victor. Dès sa petite enfance, il s'était mesuré à la vie sans trop de peine, ses parents l'avaient aidé tant qu'ils pouvaient, comme ils s'y entendaient. Dès l'école de conduite de tracteurs, ils étaient intervenus pour le privilégier, on était dans les années 1970, tout était possible, fallait se mettre bien avec qui il fallait, sa mère et son père avaient fait le nécessaire pour qu'il ne soit pas obligé de suivre vraiment les cours, il y allait juste pour conduire, lui c'étaient les camions qui lui plaisaient. C'est une chose d'être conducteur de tracteurs, une autre d'être camionneur, c'est pas pareil, se disait-il sans jamais oublier de faire la même blague idiote à l'ingénieur, chaque fois qu'ils se soûlaient : Camarade, pas besoin d'être ingénieur pour se soûler. Il voulait devenir ingénieur lui aussi, passer son temps au bureau dans un baraquement correct ou même dans une entreprise pour dire aux autres ce qu'y avait à faire, être au-dessus, dominer le monde. Empereur dans un monde d'esclaves. Il en avait le talent. Il était fait pour ça, être au-dessus des autres, être quelqu'un au village. Une maison au centre, de la famille dans les hautes sphères, pas possible qu'il devienne pas quelqu'un. Et ses débuts avaient été plus que prometteurs. Il avait eu son fameux diplôme et on l'avait appelé tout de suite à l'armée, il avait pas réussi à entrer à la faculté mais peu importait, à l'armée sa mère – qui avait fait la sage-femme pour tous les enfants du colonel – l'avait propulsé empereur des popotes, il partait et rentrait à la caserne comme ça lui chantait, se tournait les pouces, en avait rien à faire de personne et personne n'aurait osé s'en prendre au protégé du colonel, c'était pas rien, on risquait pas de se mettre mal avec. Il avait fini par apprendre à conduire les gros engins et les camions, et même les blindés et les chars, son rêve était devenu réalité, au bout de ses deux ans il avait son permis officiel, il avait plus à s'en faire, personne n'avait un métier comme lui, il était Chauffeur, un type important, avec des relations, une maison, une famille prospère. Rien ne pouvait plus lui arriver, maman l'avait fait embaucher à l'*autobase*[2], il touchait chaque mois son salaire presque sans y mettre les pieds mais toujours collé derrière le volant du camion de l'entreprise pour se faire du fric avec. C'est comme ça que le matelas s'était constitué. Un matelas à rayures bleues et roses, trônant

2. Centre d'exploitation et d'entretien des véhicules de l'État sous le régime communiste.

triomphalement sur le lit de la pièce de devant et recouvert des meilleurs draps de la maison ; la pièce de devant, la meilleure où l'on n'habitait jamais, celle qu'on utilisait parfois pour veiller un mort mais qui n'avait encore jamais servi, avec ses meubles en bois massif débordant de bibelots (ballerines, chasseurs, cygnes, éternels poissons en verre coloré, enfants portant leurs cartables), tapis persan, table avec quatre chaises et l'inévitable téléviseur couleur que personne n'avait le droit d'allumer, trop cher, il risquait de tomber en panne, pourquoi dépenser des sous à le faire réparer, les bonnes choses pouvaient rester inutilisées, c'était la coutume, on savait ça de génération en génération et ses parents qui lui avaient tout appris, comme leurs parents et leurs grands-parents l'avaient fait pour eux, lui légueraient tout ça à lui, la prunelle de leurs yeux, les autres, c'étaient tous des idiots, le matelas était devenu le but de sa vie et notamment les poches pratiquées en bas où il glissait de l'argent, des liasses de billets tout neufs, bien propres et craquant sous la main, suivis, quelques années plus tard, de petits sachets d'or russe acheté à des trafiquants, non, lui n'avait pas eu le courage de devenir trafiquant, il avait eu peur, mais il les connaissait tous, on lui faisait des prix et il avait réussi à acheter cinq-cents grammes d'or avant la Révolution, et tout ça se trouvait dans le matelas de la pièce de devant, bien rangé, maman et papa n'auraient pas touché à l'argent (entre-temps il s'y était ajouté des dollars) ni à l'or de ses pots-de-vin, tout bien mis de côté dans le matelas qui était toute sa vie, mieux encore, ils lui avaient acheté un appartement en ville avec leurs propres deniers et une Dacia Break aussi, ils étaient si fiers de leur garçon si économe et qui les écoutait bien sagement, même s'il avait épousé une fille de l'est du pays qu'il leur avait amenée, dire qu'elle ne savait même pas faire la pâtée des canards (Victor, lui avait dit Victor père, quand était venu le temps de le marier, surtout prends pas une fille qui sait pas donner à manger aux canards, fais pas une bêtise pareille, c'est moi que je te le dis), elle s'approchait pas du cochon – trop sale –, elle aurait pas touché à une pioche pour sarcler, plutôt mourir, il avait épousé une dame et ses vieux pouvaient pas la sentir, elle était pas d'ici, elle les aimait pas et les aimerait jamais, sa petite maman était sûre qu'elle la laisserait mourir sans lui donner un verre d'eau, je les connais celles-là, elles tournent de l'œil comme des juments quand elles mettent bas, non c'était pas ça, mais lui, il l'avait aimée tout de suite, Éléna, il avait laissé ses vieux parler, dire tout le mal qu'ils voulaient d'elle, c'était lui qui avait fini par gagner, ils avaient fait des noces du tonnerre sous une tente dans la cour, avec Ion Dolănescu[3] pour chanter, et comme ça tout le monde avait compris qui

3. Chanteur folklorique populaire, sorte de star des mariages et des baptêmes que l'on s'arrachait alors.

il était, tout le monde avait parlé de lui, c'était un type plein aux as, il avait réussi, valait mieux être ami avec, il pouvait être utile, il connaissait des gens haut placés qui étaient venus à ses noces avec des enveloppes bien bourrées, de quoi épater, Victor était devenu vraiment riche après et plus il l'était, plus il se montrait discret et fauché, maman et papa lui avaient appris ça aussi, faut pas frimer, le monde il est méchant, il cherche qu'à te piquer ton fric, vaut mieux se faire passer pour pauvre et misérable plutôt que de se faire attaquer la nuit par des voleurs, tout perdre et peut-être la vie, ça serait pas la première fois qu'on verrait ça et pas la dernière, alors Victor, une fois marié, vivait deux vies diamétralement différentes, à la maison et au-dehors, dans l'une il se réjouissait de sa fortune qui n'était rien de plus que le matelas déménagé de la pièce de devant de la campagne dans la chambre vide en ville, dans l'autre, presque misérablement sapé, économisant le moindre sou, passant le plus inaperçu possible, ses vieux le lui avaient toujours recommandé – Dieu les maintienne en bonne santé et qu'ils vivent mille ans –, lui et sa femme – comme disait sa mère qui tenait à lui comme à la prunelle de ses yeux mais pas à l'autre qui n'allait presque jamais les voir – sortiraient du communisme jeunes et riches, avec des millions (il prononçait le mot en accentuant le o et en levant les yeux au ciel), des millions qu'ils avaient, lui et Éléna, commencé à placer dans des antiquités et de petites affaires rentables, tout en continuant à vivre dans leur petit appartement d'immeuble à quatre étages, après avoir transformé le matelas en comptes en banque et appartements achetés à des désespérés, sans se faire mousser, sans jamais se départir de la leçon donnée par Victor le père, se consacrant à leurs intérêts et à ceux de leur famille, comme le voulait la coutume ancestrale – économiser sou après sou sans s'occuper des étrangers, l'étranger il est méchant et il reluque ton bien, vaut mieux faire ami-ami avec et pas se faire mousser, on sait jamais – le troisième Victor de la famille avait appris ça de son père qui l'avait appris du sien des années plus tôt, c'étaient des lois qu'on devait jamais violer, se faire valoir sans se faire mousser.

Au beau milieu de la circulation, deux doigts sur le bas du volant, le regard vide, Victor pensait à son père et à ce qu'ils devaient faire le mois à venir.

BIEN SÛR QU'IL AVAIT ENTENDU PARLER de la scène du restaurant. De la fenêtre derrière laquelle il se trouvait, il l'avait même vue d'une certaine façon, avant que les modérateurs des groupes Facebook du quartier interviennent, quelques photos avaient filtré et tout le monde avait pu mater les instantanés de la noblesse assassinant la valetaille. Les commentaires avaient défilé, on évoquait un monde où personne n'était plus en sécurité, où l'on risquait de trouver des morts dans la rue, des enfants renversés par des voitures, des bêtes écrasées sous les roues de bolides, on y parlait de vols, de pillages, d'escroqueries, de prostitution, de proxénétisme, de brigades, d'un monde en déliquescence dont il ne sortirait jamais rien de bon et dont il fallait protéger les enfants s'il n'y avait plus la moindre chance pour les adultes. Et de bien d'autres choses encore, certains (certaines) avaient même donné les noms des protagonistes, radio-vipère ne devait rien laisser passer, toutes les informations devaient être fournies, pas de censure, pas d'interventions extérieures. Sauf que c'étaient justement la censure et les interventions extérieures qui faisaient la loi ici, et dans les groupes Facebook tous les posts avaient disparu comme par miracle, d'un coup. Tout se passait très simplement : les modérateurs intervenaient, effaçaient les posts puis disparaissaient pendant des heures et personne ne pouvait plus poster quoi que ce soit. Le silence retombait et la vie continuait comme si de rien n'était. Quelques heures plus tard, un désespéré photographiait une voiture garée sur sa place de stationnement. « *Hé, toi le fauché, t'as qu'à te payer une place de parking, chez moi c'est pas le mont-de-piété.* » Et après, des émoticônes de rire aux éclats apparaissaient avec les sempiternelles remarques moralisatrices et les allégations sur les étrangers qui pénétraient mystérieusement dans le quartier ou les gens qui n'achèteraient pour rien au monde une place de stationnement, les idiots n'avaient qu'à payer. Si ce n'étaient pas les places c'était une entrée d'immeuble où un malotru débarqué de sa campagne déposait ses ordures dans les couloirs ou – horreur ! – renversait une bouteille dans l'ascenseur ou – catastrophe, apocalypse – y urinait.

Robert notait méticuleusement tout cela. Il passait des heures entières à copier ce genre de commentaires et à tenter de les insérer dans un système à catégories et sous-catégories minutieusement conçues. Il croyait ferme que c'était un miroir du monde dans lequel il vivait et qu'il pourrait en tirer quelque chose un jour. Il n'était pas sûr de ce qui en résulterait mais cela ne l'empêchait pas d'accumuler des milliers de réparties et de formules d'un humour dingue, il les avait imprimées, les avait classées par dossiers et se promettait chaque jour de les revoir, de construire un système de pensée à partir d'elles. Il était convaincu que dans toute cette paperasse se cachait la vraie philosophie de la vie. S'il jugeait au départ que la pensée se forme dans le silence, dans la rumination à même de procurer l'essence pure de l'existence, à force de lire et d'analyser, il en était arrivé à la conclusion que le sens de la vie ne pouvait se trouver que dans les répliques disparates que se lancent les gens, dans le conflit inhérent à tout dialogue. Il s'était donc mis à engranger des données, à rassembler des informations dont il espérait réussir à tirer des conclusions essentielles. Et cela bien avant de venir s'installer dans ce quartier aux abords de la ville, lorsqu'il habitait encore sa petite chambre du centre-ville pour laquelle il ne payait même pas de loyer, une cage à l'entresol que lui avait offerte un vieil écrivain heureux de ne pas habiter seul son « palais ». Il y avait vécu environ quatre ans, avec ce même projet d'écrire quelque chose à partir de ces notes tout en survivant – mal – d'articles de presse. Dès qu'il réussissait à rédiger une page ou deux, il refilait son texte à un type connu de la presse culturelle avec un titre pompeux *Fragment de roman en chantier*. Il avait fini par se faire remarquer, même s'il avait été incapable de publier ne serait-ce qu'une nouvelle potable, on le considérait comme un genre d'écrivain et on le traitait comme tel. Il aurait eu bien de la peine à expliquer comment, de petit prof de philo dans un quartier de banlieue, il était devenu éditorialiste dans un des plus grands journaux du pays, mais c'était comme ça et au lieu de se poser des questions philosophiques ou morales, il préférait se réjouir de ce qui lui était arrivé.

Un miracle s'était produit. Un vrai. Il avait écrit un article pas spécialement critique à l'égard du parti de gouvernement dans lequel il posait des questions plus biaisées les unes que les autres, avec des sous-entendus à propos de la lutte contre la corruption et des tentatives de procès à l'encontre des barons au pouvoir. Il ne savait pas pourquoi il avait fait ça, peut-être parce qu'il en avait assez de cette résistance qui ne débouchait sur rien, de tous ces slogans, de cette propagande, de ce monde qui ne cherchait qu'à montrer du doigt sans jamais rien construire. Son article avait eu un succès fou, il avait été repris aussitôt dans les pages officielles de la prétendue gauche et avait totalisé des milliers de vues, des dizaines de milliers d'appréciations et de partages, il ne s'attendait pas du tout à ça, il était devenu un journaliste important invité à toutes les conférences de presse officielles, courtisé, bien mieux payé qu'auparavant. Et ce n'était pas tout : à la fin d'une de ces conférences au siège du parti, un type de l'organisation de la jeunesse l'avait invité à prendre un café dans la cour. Il avait accepté, le type avait été extrêmement courtois et en dix phrases lui avait révélé son objectif : quelqu'un d'important voulait le rencontrer pour discuter. Il avait regardé autour de lui, personne. Il avait été d'accord. Le jeune type avait bu une dernière gorgée de café, lui avait donné une tape amicale sur l'épaule et l'avait invité à l'intérieur. Il n'y avait plus aucun journaliste dans le bâtiment. Juste eux deux, au rez-de-chaussée et deux types d'une équipe de nettoyage. Le jeune l'avait fait entrer dans une salle de réunion et l'avait laissé attendre.

Il s'était assis et - ne sachant que faire - avait regardé la circulation sur le boulevard. Il n'avait pas pris de notes pendant la conférence, juste un enregistrement dont il pensait titrer quelque chose, il ne savait pas quoi exactement, un article mi-figue mi-raisin comme il en avait pris l'habitude. La porte s'était ouverte, il l'avait à peine entendue. Un glissement sur la moquette, même pas un bruit de pas, un homme qu'il ne se rappelait pas avoir jamais vu dans une conférence ou sur une scène mais dont le visage lui était connu s'était planté devant lui. Il s'était assis en souriant, lui avait tendu la main et avait dit seulement :

— Victor, enchanté.

— Robert, de même.

— Mon vieux, j'ai cru comprendre que tu as des sympathies et je t'ai appelé pour discuter un peu.

— Je ne dirais pas tout à fait ça, je suis apolitique, je ne suis pas membre du parti mais...

— OK, comme tu dis. Miron croit que tu peux devenir un ami très proche, il m'a envoyé te demander de quoi tu as besoin.

— Miron ?

Le nom lui était connu mais il avait éprouvé le besoin de faire préciser.

— Miron, oui, pas ma mère.

— D'accord, avait répondu Robert aimablement.

— Nous avons un poste de rédacteur en chef adjoint au journal *La Justice*. Si ça te tente.

— Adjoint ?

— Pour le moment, je suis certain qu'avec le temps tu pourras monter en grade sans problème.

Robert savait ce qu'on lui proposait. C'était ce qu'en termes de propagande on appelait une sinécure, un poste très bien payé, presque l'équivalent de celui d'un fonctionnaire de l'État ou peut-être même meilleur, avec tous les avantages afférents et une position influente dans le monde de la presse. Il savait aussi ce qu'il devrait en faire, il n'avait aucune illusion. Il avait souri.

— Pour le moment, a poursuivi Victor sans se démonter, devinant très bien ce qui se passait dans sa tête.

— Et j'ai quoi en échange ? avait-il répliqué du tac au tac.

— Je pourrais dire : tout, mais je suis sûr que, tout, j'ai pas, avait répondu Victor pour voir ce qu'il demanderait.

Robert s'était un peu agité sur son fauteuil, la négociation n'était pas facile, il aurait voulu obtenir le maximum du type. Il ne savait pas comment s'y prendre, il voulait tout, il savait qu'il était en train de vendre son âme, alors autant la vendre cher.

— À vous de me dire, je suis sûr que nous pourrons nous entendre.

Victor avait allumé une cigarette, bu une gorgée du café qu'il s'était apporté, s'était penché, les mains sur les genoux, avait attendu quelques secondes avant de dire :

— On sait que tu roules pas sur l'or. Salaire sérieux, indemnités journalières pour chaque déplacement, même de chez toi à la rédaction, primes mensuelles, tous les appareils que tu veux, tu choisis une voiture, tu l'auras, tu pars en délégation à l'étranger quand tu veux et avec qui tu veux, n'importe où, aussi longtemps que tu veux. Si jamais tu as besoin d'argent tu m'en parles, on s'en charge. Tu vois autre chose ? avait-il conclu, l'air très sérieux.

Robert ne savait que répondre, ce n'était déjà plus une négociation, il sentait qu'il n'aurait jamais pu demander tout ce que le type venait de lui offrir sans la moindre hésitation.

— Un appartement correct ? J'en ai assez de louer, c'est une vraie maladie.

— On sait que tu payes pas de loyer, calme-toi, cherche pas à nous flouer, ça prend pas. OK, je m'en charge aussi, c'est pas une affaire. Tu peux commencer quand ?

— À tout moment, bien entendu

Victor avait souri, lui avait tendu la main sans un mot de plus par-dessus la petite table, lui avait offert une cigarette, avait pris le téléphone :

— Miron, *mon cher*, tu viens que je te présente quelqu'un ?

Robert s'était un peu raidi, s'était senti rougir, n'avait rien dit. Le type avait sorti une enveloppe de la poche poitrine de sa veste, l'avait longuement regardé et la lui avait tendue par-dessus la table :

— En sortant d'ici tu vas te chercher des fringues un peu plus comme il faut, t'as l'air d'avoir été ramassé sur l'Olt[4].

Robert n'avait pas répliqué, il avait mis l'enveloppe dans sa poche avec un signe discret de la tête. Sur sa gauche une porte capitonnée s'était ouverte, pas celle par laquelle il était entré, on avait d'abord vu les chaussures laquées d'enterrement puis le pantalon, la

4. Le fleuve Olt qui marque la limite de la province d'Olténie est l'un des affluents majeurs du Danube et le lieu de noyades fréquentes souvent par suicide, il a donc l'air d'avoir été repêché.

chemise blanche impeccable, manches retroussées, le visage lisse et souriant, les yeux clairs au regard tranchant, les cheveux courts poivre et sel, c'était bien lui, le chef du parti de gouvernement. Miron. Miron Négrescou en personne, pas celui de la télé, pas l'ex-préfet, pas l'ex-ministre mais l'homme qui lui tendait la main en souriant et s'asseyait à côté de lui pour lui parler. Il s'était penché en arrière sur son fauteuil, avait allumé une cigarette, avait écouté de l'air le plus calme, avec le sourire, les présentations faites par Victor en approuvant de petits signes de tête ce qui avait été décidé puis il avait dit :

— Ce soir, je donne une fête dans la villa du lac, tu viendras, n'est-ce pas ?

— Bien sûr, m'sieur Miron.

— Y a pas de messieurs ici, on est amis. Tu m'appelles Miron comme tout le monde.

Robert avait approuvé de la tête.

— Victor, ce garçon a tout ce qu'il lui faut ? Tu lui as fait un petit cadeau de bienvenue ? Sinon, j'ai de quoi dans mon bureau.

— Je crois qu'on s'est entendus. Robert, si tu as besoin d'autre chose, tu me dis.

Il n'avait pas répondu, avait regardé les deux types, avait refoulé toute envie de fuir ou de battre en retraite. Il avait décidé de le faire, il devait le faire. Marre d'être pauvre, marre.

Et là, de derrière la fenêtre, il avait vu passer Victor. Il imaginait ses injures aux dos d'âne, son éternel discours sur les colonnes vertébrales brisées et les yeux exorbités quand on rentre éméché et qu'on oublie ces saletés sur la route. Une semaine qu'il ne l'avait pas appelé. Lui avait essayé de le joindre plusieurs fois, ses antennes de presse n'arrêtaient pas de lui chuchoter qu'il se préparait un truc moche, on lui avait conseillé de faire son petit boulot et ses bagages et de se faire oublier un moment, le temps que les choses se calment. Il avait tenté de rencontrer Victor, il était même allé le chercher dans le quartier mais l'autre faisait la sourde oreille, tantôt il ne répondait pas au téléphone, tantôt il lui parlait du temps qu'il fait en évitant tout sujet politique. Bizarre, bizarre, de la part d'un type fourré dans toutes les histoires troubles et qui voulait toujours tout savoir. Robert ne se posait plus de questions depuis longtemps. Il n'était qu'un simple employé, il avait compris que ce n'était pas la peine de tenter de les faire changer d'avis, ils ne tenaient pas du tout compte de lui.

Il s'était quand même acheté un billet d'avion pour Nice, s'était préparé un sac avec le minimum vital, il ne voulait prendre aucun risque.

AU ROND-POINT, juste avant l'entrée de la ville, le téléphone avait sonné. Le Neveu. Il avait d'abord eu envie de ne pas répondre, Miron l'avait rappelé, il avait insisté, qu'il se débrouille comme il voulait, il fallait absolument qu'il vienne au siège, ça l'avait mis hors de lui, il en aurait mordu son volant. L'autre avait insisté, il avait fini par appuyer sur le bouton et par dire un Oui totalement désabusé, pour s'en débarrasser. Rien de très important d'ailleurs, c'était juste pour lui dire qu'il avait avancé la fête du week-end pour le soir même, il l'attendait à la villa, des histoires, il a répondu qu'il viendrait, il avait raccroché. Il mourait d'envie de savoir ce que Miron savait, pourquoi il l'appelait si souvent, lui, le plus taiseux des hommes, capable de passer des jours entiers dans son bureau sans dire un mot, à regarder les arbres du jardin, pourquoi il était devenu si loquace ce jour-là.

Victor s'était brusquement rappelé Robert. Il n'avait pas cessé de l'appeler ces derniers temps, il était même venu le trouver dans le quartier, ils avaient pris des cafés, il délirait, il ne l'avait pas laissé dégoiser sur ses histoires de politique à deux sous. On lui avait pourtant donné des instructions très claires, il savait ce qu'il avait à faire, personne ne pouvait se permettre de brouiller les lignes de communication maintenant ou d'inventer des fantaisies qui lui passaient par la tête. Ils lui avaient bien expliqué, dès qu'ils l'avaient engagé, ce que devait être sa ligne : relativiser l'européanisme, nier toute affaire de corruption, mettre en cause la justice et surtout cette procureure qui leur pourrissait la vie, glorifier Miron, descendre de temps en temps un type qui ne leur revenait pas, le menu quotidien de la politique, des trucs de presse, quoi, qu'ils faisaient depuis toujours mais pas aussi importants qu'auraient voulu le croire ceux qui étaient payés pour le faire. Ils touchaient des fortunes pour ça, rien à faire des commentaires que pourraient faire les journalistes, pas besoin d'inventer l'eau chaude. Et puis ce Robert était un idiot. Une fois qu'il avait trop bu, il s'était confié, il savait qu'il faisait le mal, qu'il redoutait je ne sais quelle justice divine, qu'il avait de terribles remords d'écrire des articles pleins de mensonges éhontés ou d'accusations contre des gens qui n'avaient rien fait, ou quand on lui demandait purement et simplement de mobiliser les mouvements d'extrême droite et d'extrême gauche pour lyncher un type sur les réseaux sociaux, ça il n'aurait pas voulu le faire, non, Victor, qu'il lui disait, ils ont rien fait, ils sont blancs comme neige, putain. Il l'avait regardé avec pitié, il lui avait lancé, arrête, putain, c'est pour le fric tout ça, arrête tes chichis, et il l'avait envoyé coucher, trop bête ce type. Depuis, il avait renoncé à lui parler de ses problèmes, ça au moins, il savait le faire, se taire quand il fallait. C'était exactement ce qu'il avait dit lui-même à Miron, bien des années plus tôt. Le vieux l'avait regardé avec pitié, n'avait d'abord rien dit, ou plutôt il avait changé de sujet – comme il procédait toujours quand il ne voulait pas se fâcher avec quelqu'un et lui laisser le temps de la réflexion. Mais lui avait insisté, quelques semaines plus tard il lui avait redit la même chose et alors Miron lui avait tenu exactement les mêmes propos que lui à Robert, un truc dans le genre : Arrête, putain, c'est pour le fric, arrête tes conneries. Et il avait ajouté des mots qui s'étaient imprimés dans son crâne : mon petit Victor, y a ni bien ni mal. Tout dépend d'où on regarde, crois-moi, petit père. Sois pas idiot, des idiots y en a des tonnes dans ce monde. Sois malin, fais ce que je te dis, jouis de la vie, c'est pas la politique qui compte ni les gens, c'est notre intérêt. Rien d'autre : notre intérêt.

Ces mots lui étaient restés en mémoire, il les avait ruminés des semaines et, à force de bien regarder autour de lui, il s'était senti obligé de donner raison à plus vieux que lui. Il lui avait appris quelque chose ce jour-là, il lui en était reconnaissant. La soirée non plus il ne l'oublierait pas, le palais loué pour cette fête vraiment aristocratique, les files ininterrompues de limousines se rangeant sur l'allée, les costumes impeccables des hommes et les robes scintillantes des femmes, les montres de luxe, les diamants qui reflétaient jusqu'à l'obscurité de la nuit dans toutes les couleurs de l'arc-en-ciel, les sourires collés sur tous les visages sans exception, les candélabres, les canapés d'époque devant les glaces qui couvraient le marbre, multipliant la salle à l'infini, les chefs les plus raffinés cuisinant sous les yeux de tous, le champagne à mille euros la bouteille coulant à flots et les gens, les gens : politiciens, intellectuels, journalistes, hommes d'affaires, toute la crème d'un pays de l'est que cette crème tenait délibérément dans la pauvreté, au nom même du Bien. Et lui : tiré à quatre épingles, sa femme au bras (élégante plus que de mesure dans une robe de designer italien, un collier de diamants au cou avec les boucles d'oreilles assorties, une montre Cartier à diamants aussi, de la même facture que la sienne, brillant à son poignet sous la manche d'une chemise sur mesure dévoilant la moitié de son corps), descendant de l'arrière de la voiture dont la portière venait d'être ouverte par un valet, démarche majestueuse de prince d'un monde unique, le leur. Miron, l'accueillant en haut des escaliers, sa femme à ses côtés, sourire presque heureux, lui chuchotant qu'ils auraient à discuter, une fois les invités partis. Scintillements. Bonheur. Il avait encore en mémoire le scintillement et le bonheur de cette soirée, la bonne éducation aristocratique de tous : amis et ennemis, rassemblés pour les noces du vieux. La presse, tenue à l'écart. Ce soir-là, ils étaient tous réunis, la presse ne devait rien savoir, ils seraient payés pour ne rien dire. Le beau monde est unique, s'était-il dit en regardant la salle dans l'immense glace placée stratégiquement pour que l'on puisse observer sans donner l'impression de le faire, le beau monde était unique et l'hostilité jouée, comme au théâtre, pour la masse des idiots. Il les regardait calmement dans la glace en cristal, ils étaient là pour fêter l'un des leurs, un autre de ces nobles pauvres, parti de rien et devenu un des hommes les plus importants du pays. Il ne regardait que leurs yeux : exorbités, des yeux de types d'un âge déjà respectable, au foie et autres organes malades – la faute à la boisson toujours ; des yeux vitreux d'émotifs qui, en public, voyaient leur mort en direct et pouvaient pleurer avant et après chaque mot prononcé ; des yeux au regard tranchant de puissants menacés de tomber au combat pour le pouvoir, en victimes destinées à élargir la base de la pyramide, le sachant très bien ; des yeux dissimulés derrière des lunettes de soleil, donc quasiment inexistants, ceux de jeunes qui avaient trouvé dans les partis et les sinécures par eux procurées les réserves de fric pour la drogue et les nuits perdues en clubs et casinos ; des yeux langoureux, ceux des jeunes femmes qui accompagnaient les jeunes comme les vieux et dont la présence était le décor et la preuve du statut ; des yeux au regard lointain de types combinant de grosses affaires tout en feignant de participer activement à la conversation ; des yeux rougis, ceux de femmes accompagnant leurs maris pour se convaincre une fois de plus qu'elles comptaient pour rien dans leur vie ; des yeux étincelants où brillait l'avenir, ceux des promus d'une fonction à une autre ; des yeux sombres d'autres qui ne se sentaient plus à leur place et auraient aimé s'esquiver mais savaient que ce n'était plus possible ; des yeux implorants, ceux des jeunes qui entouraient les grands et petits chefs de parti dans l'espoir d'un bond dans leur carrière ; des yeux morts, enfin, ceux des vrais requins qui n'avaient plus rien à gagner ni à perdre mais continuaient de pédaler dans le monde comme si de rien n'était, en se distrayant presque. Et Victor le savait : dès que la fête serait finie, que toute cette opulence se serait évanouie comme fumée, que tous les scintillements auraient disparu, ils nieraient en bloc : non, il n'y avait jamais eu de fête, rien ne s'était jamais passé. C'était la fin de session parlementaire, la semaine d'après, tout ce monde rassemblé dans la salle de cristal déménagerait dans le sud de la France et en Italie pendant deux mois, on ne les verrait plus d'ici l'automne, c'était toujours pareil, ils disparaissaient dans leurs maisons de vacances et ne reparaissaient que lorsqu'ils étaient obligés de faire semblant d'être préoccupés par le sort du pays, parfois du monde.

La soirée était vite passée, il n'avait fait que saluer à droite et à gauche et sourire, pendant ces heures il n'avait parlé de rien avec personne, son existence s'était réduite aux vaines mondanités d'une fête. Comme toujours, s'était-il dit calmement. Dès qu'on sort dans le monde, le monde disparaît. Dès qu'on se retire, il reparaît dans sa totalité. Tout à l'envers, rien à faire. L'obscurité s'était faite à un moment dans la salle, par les doubles portes qui donnaient sur le hall étaient entrés des cuisiniers portant un énorme gâteau d'un blanc immaculé, une puissante explosion de lumières et de sons avait ébranlé le monde, comme si le bonheur les avait tous fait monter jusqu'aux cieux. Ils avaient chanté, s'étaient embrassés avant de sortir assister aux feux d'artifice. La musique s'était arrêtée, les voix s'étaient tues, presque toutes, le monde s'était métamorphosé en un murmure. Un chuchotement discret, la douce respiration d'une amoureuse au mois de mai. Puis nouvelle explosion : guirlandes, cercles, sphères et cubes, artésiennes ou galaxies, toutes formes imaginées par un artificier dément dont le spectacle devait manifester le scintillement, le bonheur, l'amour. Et tandis qu'un cœur immense éclatait dans le ciel au-dessus du palais, une main avait pris son coude et l'avait secoué. Il avait eu presque peur, il s'était retourné : c'était le Vieux qui lui faisait un signe discret de la tête pour l'inviter à revenir dans la salle obscure :

— Dès que c'est fini, un avion t'attend à l'aéroport. Tu iras dire qu'on achète à dix pour cent au-dessous du prix qu'ils demandent, tu reviens me faire signer les papiers et tu vas les leur rapporter. On prend le combinat des Russes, paraît qu'ils veulent se retirer de l'affaire, y a des Serbes sur le coup, faut signer demain matin.

— Ah, ah, c'est comme si c'était fait.

— Après, on file à Monaco fêter le truc, on a des types à voir là-bas.

— On emmène les filles ?

— Arrête tes conneries, ça va pas ? Juste tous les deux.

— Tu as parlé aux types du combinat ?

— Oui, je les ai appelés juste avant ce truc à la con. Allez, plus qu'une demi-heure et tu te tires vite fait.

Il était revenu à côté de sa femme, lui avait murmuré qu'il avait un truc à résoudre, qu'il devait y aller, le chauffeur la ramènerait. Elle l'avait regardé sans la moindre émotion, avait approuvé de la tête, les feux d'artifice venaient de finir, ils avaient applaudi, heureux. L'affaire avait été conclue le lendemain matin sans la moindre émotion, le Vieux savait y faire.

C'est pour le fric, se disait-il en regardant l'embouteillage avec exaspération. C'est pour le fric, putain de vie, et ce soir faut encore que j'aille voir l'autre sinon y se fâchera et vaut mieux pas.

Au rond-point de l'Ambassade de Chine, il bouillait. Il revoyait toute sa vie chaque fois qu'il levait le pied du frein et réussissait à avancer de cinq mètres. Miron l'appelait sans arrêt, il lui avait dit qu'il organisait une grande réunion en cercle restreint et qu'il ne pouvait pas ne pas en être, qu'il fasse tout pour venir. Il l'avait tellement énervé qu'il était capable de lui envoyer des photos de la circulation, de jurer sur sa mère que ce n'était pas de sa faute, qu'il ne s'esquivait pas, il serait là, bientôt, le Vieux était hors de lui comme jamais. Pas de ma faute, se disait-il aussi calmement que possible, si c'est le bordel dans la circulation juste aujourd'hui.

Entre-temps, une idée lui était venue. D'où, ça il ne savait pas, ni ce que ça donnerait mais fallait essayer quand même. L'appeler, voir de quelle humeur elle était, l'inviter. Peut-être qu'une soirée avec une autre ferait passer un peu de cette journée dans les embouteillages ? Il avait essayé quelques boutons du volant pour faire des recherches, il n'avait pas enregistré son numéro de téléphone. Facebook. Il y était entré depuis le menu de la voiture, avait trouvé son nom, l'avait appelée du téléphone en appuyant sur la petite icône de Messenger.

— Bonjour, madame.

— Bonjour, m'sieur Victor.

— Je suis en plein embouteillage et je me demandais si vous ne voudriez pas venir ce soir : une petite fête, rien de guindé, entre amis.

Silence à l'autre bout. Victor tapotait sur son volant, il a dépassé une voiture de plus, il s'est mis à compter tranquillement les arbres dans la cour d'une villa sur sa gauche. Sacrée cour qu'ils ont ceux-là. Sa maison du centre n'était pas loin – presque toujours vide. Achetée pour une bouchée de pain, directement à l'État, rénovée, meublée puis délaissée pour la petite maison du quartier où il se disait qu'il valait mieux pour lui de vivre dans l'immédiat. La voix de la femme a ressuscité :

— Ben, je ne sais pas, laissez-moi voir mon agenda, je vous rappelle dans une demi-heure, je passe quelques coups de fil, voir si la nounou est disponible pour garder l'petit.

— Bien, madame, j'attends. À bientôt.

— Au revoir, je vous rappelle, avait répondu la voix de femme d'un ton exagérément mielleux.

Il faisait des trucs comme ça de temps en temps, il ne savait pas très bien pourquoi, en général il ne couchait pas, juste histoire de discuter, de séduire, parfois il faisait de gros cadeaux mais la plupart du temps ça n'allait pas plus loin qu'un simple flirt agréable. Il se demandait depuis quand il était devenu presque impuissant, ou plutôt depuis quand il avait perdu tout intérêt pour le côté sexuel des rapports avec les femmes, ses petites aventures étaient devenues de pures comédies galantes, rien de significatif. Parfois, tard le soir, quand il réussissait enfin à rentrer chez lui s'étendre à côté de sa femme, il se posait des questions sur sa vie. Que se passait-il ? Il vieillissait ? C'était la fin, déjà ? Ou c'étaient toutes ces affaires idiotes qui l'accaparaient, ce fric qu'il se crevait à gagner pour ne jamais pouvoir le dépenser, ces sempiternelles discussions et négociations, tous ces papiers à signer qui ne l'intéressaient plus, qu'il oubliait dans la seconde où il les collait dans sa serviette ? Il ne savait plus très bien. Il y avait tant d'années qu'il ne faisait rien d'autre que toute question était superflue. Il était comme ça, il faisait comme ça. On ne se mesure pas à la vie.

DÈS SA SORTIE DU LYCÉE, elle avait compris que ce ne serait pas simple. Ses parents ne pouvaient guère l'aider, tout juste s'ils pouvaient joindre les deux bouts, mois après mois. Issus de familles de paysans pauvres, ils n'avaient réussi, en toute une vie, qu'à s'acheter un appartement de trois pièces dans un quartier de banlieue. De ces appartements de type tunnel, une salle à manger de douze mètres carrés et des chambres où il n'entrait qu'un lit et une armoire. Chichement meublé mais donnant toujours l'impression d'être encombré, il brillait par une cuisine de cinq mètres carrés où deux personnes tenaient à peine en plus d'une cuisinière et d'un frigo. La salle à manger était donc aussi pièce à vivre et chambre à coucher, pour sa grande sœur d'abord, puis pour elle. Elle avait passé son enfance sur un canapé défoncé sur lequel elle ne se couchait qu'une fois tous les autres au lit. C'est comme ça qu'elle avait grandi. Son père, alcoolique depuis tout jeune comme tout ouvrier, l'ignorait complètement. Sa mère, devenue prématurément obèse – elle mettait ça sur le compte des accouchements et le reprochait à ses filles alors que la vraie raison en était les quantités infernales de bouffe et de bonbons qu'elle ingurgitait chaque jour –, n'aimait personne, statue vivante de la haine et de la discorde universelle. Elle ne se rappelait pas l'avoir entendue dire une seule parole gentille mais ne pouvait oublier la réplique en guise de mantra qu'elle leur avait servie dès leurs quinze ans : « Vous savez faire qu'une chose, dépenser l'argent et baiser, vous avez que ça dans la caboche. »

Là, sa mère n'avait pas entièrement tort, hormis le fait que le verbe employé n'était pas le bon, elles baisouillaient juste un peu avec les garçons dans les cages d'escalier, en général il n'y avait guère mieux à faire et surtout pas d'endroit où le faire, d'ailleurs elles n'avaient pas envie de se ramasser une tannée devant tout le monde et de se faire traîner à la maison par les cheveux. Elle avait donc appris à dissimuler, à tout garder pour elle, à ne rien dire même à sa sœur qui, plus grande, était encore plus mal lotie.

Elle avait réussi à quitter le lycée presque indemne et à entrer à l'université, d'abord et avant tout pour pouvoir partir – c'était moins la malédiction du canapé qu'elle fuyait que les disputes de ses parents et les méchancetés de sa mère qui se vengeait sur ses filles, ne pouvant le faire sur leur père. Elle s'était installée dans une chambre de foyer et s'était trouvé un petit boulot dans une boîte, c'était pas la gloire mais au moins pas le cirque. Peu à peu la jeunesse prenant le dessus sur les mauvais souvenirs, ceux-ci avaient commencé à s'estomper. Mais Corina en était convaincue, elle ferait en sorte de bien vivre, elle ne resterait pas à l'étroit dans un appartement communiste ni avec un mari alcoolique sur le dos.

Elle avait vite appris l'art de frimer, le grand art à la base de la communication entre humains, plus ancien que l'histoire de la civilisation, au fond un vrai métier aux racines plus profondes encore que la prostitution, la reine sans couronne du travail. Parler affecté, émaillé d'anglicismes et d'exclamations d'étonnement ravi, d'attendrissements flatteurs, à la base du *romglais* de tout corporatiste triomphant ; ondulation calculée de la croupe, devenue réflexe avec le temps, petit doigt dressé au-dessus de la tasse de café ou du verre de bon vin, signe de distinction, d'origine, d'éducation raffinées ; regards jamais directs, toujours un peu soucieux sinon légèrement songeurs ; art du décolleté jamais vraiment exposé, perpétuellement suggéré jusqu'à la limite de l'opulence ; mécanique quantique de la barrette du string tantôt voilée par le tissu vaporeux du pantalon en tissu, de rigueur pour les soirées, tantôt mise en évidence à quelques centimètres au-dessus de la ceinture, tantôt juste au-dessous pour donner l'impression de l'absence de sous-vêtement ; regard espiègle ou amusé, jamais froid ou fâché ; chorégraphie achevée, subtile, de la position des jambes, langage de la disponibilité jamais totale mais seulement indiquée par un jeu dont le but n'était pas forcément de finir au lit mais de promettre sans tenir. Elle avait appris l'art de vivre dans le monde sans s'attirer une mauvaise réputation ni déchoir, chose ardue dans un contexte où seuls comptaient le fric, le sexe et les relations, comme dans tout secteur économique sérieux. C'est ainsi qu'elle avait acquis une image, d'abord, puis des postes toujours supérieurs, enfin de l'argent et des biens immobiliers. Sans rien donner à personne, elle semblait disponible à tous, rentrant seule chez elle, le soir ou le matin, prête à une nouvelle journée de combat. Tout ce qu'elle voulait, son seul rêve, ne pas être pauvre.

Quand elle était invitée à une fête dans une luxueuse villa d'actionnaires ou de types du conseil d'administration, si elle ne pouvait pas s'y soustraire, elle voulait alors se montrer dans toute sa splendeur de jeune espoir et n'hésitait pas à prendre un jour de congé qu'elle passait dans un salon d'esthétique, chez le coiffeur, la manucure, la pédicure puis dans un centre commercial ou les magasins de luxe du centre, en quête de la tenue idéale pour quelques heures. Elle savait paraître modeste tout en brillant parmi les femmes moins jeunes et rivaliser avec celles de son petit monde, manger avec modération mais surtout boire et se droguer mieux que les autres ; elle réussissait toujours l'exploit de demeurer droite et lucide quand les autres avaient cédé depuis longtemps et s'étaient compromises. Elle avait l'art de consommer des quantités impressionnantes d'alcool et de diverses substances, cela tenait du miracle, et lorsqu'un gros ponte pouvait croire qu'il allait mettre la main dessus, elle se révélait parfaitement à jeun, le repoussait gentiment et s'éloignait de la plus langoureuse démarche pour reprendre un verre. Lorsque ses collègues baisaient en public et perdaient la tête, devenant ce que les hommes souhaitaient en faire, elle restait à l'écart, verre en main, sans la moindre émotion. Elle savait pourquoi elle était là, pourquoi toutes les autres y étaient, personne n'aurait misé un sou sur elles si elles n'avaient pas eu des orifices tout prêts à être offerts aux poids lourds de la compagnie.

Jusqu'au jour où un type plus jeune l'avait mise sur le grill et l'avait fait lui céder sans le moindre effort, de la manière la plus naturelle qui soit. Elle avait bu et s'était droguée avec Marcel toute la soirée au bord de la piscine d'une villa d'une localité proche de la Capitale, s'était soûlée de bonheur, l'avait laissé la peloter partout, elle lui avait collé la main dans le pantalon, l'avait rendu fou, quelque chose dans un coin de son cerveau lui disait qu'il le lui fallait, pas seulement pour un soir ni pour le lendemain mais pour toujours, advienne que pourra avait-elle pensé, celui-là ne m'échappera pas, même si je dois me rouler à ses pieds.

Il était comme elle, au début, sans fonction bien précise ni comptes en banque bien garnis ou villas, mais il lui semblait être un type bien et cela était plus important que tout à ses yeux. Par ailleurs, il avait apparemment un talent extraordinaire pour boire et se droguer, cela lui promettait un avenir paisible, sans complications inutiles, un avenir où tout pouvait se résoudre avec un verre de cognac, un joint, une discussion et une partie de jambes en l'air.

Les années étaient passées si vite, ils avaient progressé dans leurs carrières, avaient eu un enfant, avaient mis un peu d'argent de côté. Elle était heureuse en ménage comme peu l'étaient, se levait le matin sans regretter ce qu'était devenue sa vie et la vivait comme elle le désirait. Depuis qu'elle avait un enfant elle était plus heureuse encore, la vérité était que le travail de corporatiste ne lui avait jamais plu. Son objectif était de ne plus jamais travailler, de rester à la maison avec son enfant sans être obligée de supporter tous les jours les regards des chefs rivés sur ses seins et sa croupe et leurs avances plus ou moins directes. Elle avait son petit plan en la matière mais elle ne savait pas dans quelle mesure il était réalisable. L'idée avait germé en elle de mettre en application ce qu'elle avait appris au début de sa carrière et de convaincre un type riche de lui donner de l'argent sans être obligée de devenir son amante, juste par amitié. Elle ignorait comment ce dessein lui était venu mais elle pensait que cela valait le coup d'essayer et l'appel téléphonique de Victor ce jour-là lui semblait l'occasion idéale. Elle pourrait dire à Marcel qu'elle sortait en ville avec son ancienne bande de copines du boulot, elle avait dans son téléphone des centaines de photos qu'elle pouvait poster sur Facebook ou Instagram pour lui montrer où elle était et qu'elle s'y sentait très bien, même si elle était persuadée qu'il ne vérifierait jamais, qu'il ne lui viendrait pas à l'idée qu'elle pouvait être à une fête en compagnie d'un homme et qu'elle était en train de concocter des trucs peut-être très logiques dans sa tête mais parfaitement dénués de sens.

Elle avait donc demandé à la nounou du petit de le garder quelques heures jusqu'au retour de Marcel, l'avait appelé aussi pour lui dire qu'elle sortait avec les filles, il l'avait expédiée vite fait, il avait du travail. Parfait, oui, très bien, faut que tu sortes un peu, il avait raccroché, au petit elle n'avait pas dit qu'elle sortait, il risquait de faire des histoires, de l'empêcher de partir, il fallait prendre ses précautions, le mettre si possible devant le fait accompli, elle avait appelé Victor et avait dit, sur le ton le plus cérémonieux possible :

— Rebonjour, oui, je serai là ce soir, à quelle heure et où ?

— Quelle joie, Corina. À huit heures, on se voit à la station-service du rond-point, lui a-t-il répondu, sachant qu'il ne pouvait pas aller la chercher chez elle en voiture et que la sienne devait rester quelque part.

— Celle du café, c'est ça ?

— Oui.

— Bien, je suis impatiente qu'on se voie. À ce soir.

— À ce soir, avait-il répliqué tout aussi calmement.

Victor a hésité quelques secondes puis il a composé un numéro. Costin. Cette fripouille de Costin. Encore un Sécuriste[5] raté reconverti en politique, ben oui, évidemment. On en rencontrait à tous les coins de rue. Galonnés. Lampistes. Passé camouflé mais connu de tous, fortunes inexplicables, relations de toutes sortes, généralement planqués dans des postes de conseillers auprès des puissants d'un jour ou d'un autre, plutôt discrets, jamais en première ligne mais incroyablement influents, toujours. L'État parallèle c'était eux, ils étaient fourrés dans tous les partis, toutes les organisations, tous les conseils d'administration des grandes compagnies publiques, là où se prenaient les décisions vitales qu'ils devaient valider ou non. Tout le beau monde les connaissait, on les craignait, on les aurait bien vus morts et enterrés dix fois, le cœur transpercé, comme les revenants. Dans la vie de tous les jours, Costin se faisait passer pour un expert en art

5. Membre de la Securitate, police politique communiste roumaine.

et un collectionneur. Une occupation comme une autre, personne ne savait grand-chose en l'occurrence, si ce n'est qu'il habitait un palais plein de tableaux, de statues et autres objets rares sans avoir jamais vraiment travaillé. Un type paisible, discret au possible, aussi peu loquace que les statues de son bureau, le visage aussi implacable que ceux des tableaux qu'il vendait et achetait, crâne impeccablement rasé en boule de jeu de quilles, rondelet, pas très grand, une infirmité au pied gauche qui l'obligeait à marcher doucement pour ne pas boiter, une très courte barbe, à peine une ombre, pour un effet probablement bien étudié et cultivé.

Costin était la solution pour s'informer de tout, si la vipère voulait bien parler.

— Bonjour.

— Bonjour, bonjour et pour toujours, j'espère, a répondu la voix. Sourire.

— M'sieur Costin, juste un mot, le temps presse. Le Vieux arrête pas de m'appeler depuis ce matin pour que je vienne au siège. Qu'est-ce qui se passe ? Hein ?

Il a fait quelques mètres de plus dans l'embouteillage, le GPS indiquait l'arrivée dans dix-huit minutes. Tu parles !

— Qu'est-ce qui se passe ?

La voix n'a pas répondu tout de suite. Toujours la même étrange manière de converser, au ralenti, avec des retards bien calculés, des répliques qui pouvaient tomber des minutes après l'épuisement du sujet. C'était le cas :

— Je crois savoir que vous venez au siège, a dit la voix de vipère.

— C'est ça mais je ne voulais pas venir sans être au courant, a tenté Victor.

— On doit discuter du Congrès qui devrait avoir lieu le mois prochain et de dépenses de sécurité qui paraissent trop grandes à certains.

— Moi j'ai toujours dit qu'on pouvait s'en passer, a répondu Victor, oubliant que son interlocuteur cherchait à gagner du temps, pas forcément à l'embarrasser.

— Par ailleurs, j'ai cru comprendre que vous devez assurer la présence de personnalités d'une certaine visibilité dans l'espace public. Je me trompe peut-être ?

— Alors ça, je ne sais pas ce que vous avez cru comprendre ni qui vous l'a dit, moi je n'en ai parlé à personne, c'est pas pour ça que je vous appelle, a réagi brusquement Victor. C'est pas pour parler d'organisation, juste pour savoir ce qui se passe.

— Vous avez raison, c'est vrai, ça s'agite pas mal ici, a répondu Costin, soudain branché sur le problème. On verra bien.

— M'sieur Costin, a grogné Victor.

— Faut pas vous énerver comme ça, a répliqué l'autre d'une voix mielleuse. Vous vous rappelez ce procès au pénal dont on parle depuis un moment et qui semblait devoir s'arranger comme les autres, n'est-ce pas ?

— Évidemment, ça fait un bail.

— Eh bien, mes sources à la Haute Cour me disent depuis quelques jours que le verdict traîne, qu'il est fort possible que les juges aient été influencés et que notre homme risque d'être enfermé un petit bout de temps, a-t-il ajouté avec le plus grand calme. Chose bien sûr inacceptable, a-t-il poursuivi imperturbablement.

— Évidemment, a confirmé Victor. On va quand même pas les laisser faire un truc pareil, non ?

— Bien sûr que non, cher ami, c'est sûrement pour ça que Miron tient absolument à ce que vous soyez présent pour qu'on en discute tous.

— Et comment ! Plutôt mourir en les étranglant, plutôt mettre le pays à feu et à sang, qu'est-ce qu'ils croient ces cocos-là, qu'y a pas de chiens au village et qu'ils peuvent mettre au trou qui ils veulent à leur guise ?

— Le passé très récent nous a appris que c'est tout à fait possible. J'en ai parlé avec des chaînes de télévision proches de nous, il est sans arrêt question de justice corrompue et du fameux État parallèle qui cherche à bâillonner ceux qui veulent le bien du pays en les enfermant et en les privant de postes publics si les menaces et la propagande ne suffisent pas.

— Je connais toutes ces bêtises, vous avez raison, mais je crois pas que cette fois ils auront le courage de faire ça.

— Comme je disais, j'ai des informations comme quoi tout ça risque de très mal se terminer et que nous devrions envisager sérieusement de faire prendre à notre homme de petites vacances à l'étranger, pour raisons médicales urgentes, par exemple.

— S'il le faut, a répondu Victor, songeur.

Brusquement, il commençait à comprendre la gravité du moment, quitter le pays n'était à l'ordre du jour que si les politiciens ou les hommes d'affaires comme lui étaient quasiment condamnés et devaient se faire oublier. Tout un tas de types l'avaient déjà fait, beaucoup le feraient encore ou tenteraient le coup, c'était une véritable partie de ping-pong entre différents partis et elle durerait encore longtemps. D'où la nécessité de changer les lois et de contrôler la justice, c'était plus possible de continuer comme ça.

— Oui, très juste, mais j'ai l'impression que Miron ne veut pas en entendre parler et qu'il serait bon que quelqu'un d'autre lui en dise un mot. Pourrais-je compter sur votre concours pour introduire la chose dans la discussion ? a demandé l'autre finement.

— Évidemment. Que puis-je faire d'autre ?

— D'abord venir vite si possible même si, à voir ce qui se passe dans la rue, j'ai le sentiment que ce ne l'est guère.

— J'ai mon homme dans la presse, il a les siens dans la presse et sur internet, je l'appelle ?

— Bien sûr, a répondu Costin. Toute aide est la bienvenue, ne serait-ce que pour la beauté du jeu. Je crois très peu, sinon pas du tout, à la possibilité de modifier les décisions de ces gens à la dernière minute mais on peut toujours essayer de faire pression, qui sait ?

— Je crois savoir que mon type a constitué des dossiers très intéressants, avec des contacts d'affaires, des photos, du lourd. Je l'appelle tout de suite après. Et Miron, il est comment ?

— Dieu seul le sait, cher ami, a répondu Costin sur un ton exaspéré ou affecté - il lui était difficile de bien saisir ce qu'il ressentait et quel était son degré de sincérité quand il en parlait. Il regarde la télé, il appelle des gens, tous lui mentent à l'envi par peur ou par intérêt, je ne sais pas ce qui lui arrive, il ne m'écoute plus du tout. Je vais essayer de lui parler avant que vous veniez, ça ne coûte rien.

— On en discute au siège. Merci beaucoup.

— C'est moi.

Les trois bips aigus annonçant la fin d'un appel. Les warnings allumés de la voiture de devant, comme s'il n'était pas évident que tout le monde était bloqué. Un petit nuage égaré dans le coin gauche du pare-brise. Le paquet de cigarettes en équilibre instable entre le levier de vitesse et le bord du cendrier. Le pied gauche ankylosé. L'autre mort. À droite, en arrière-plan, un couple promenant un chien. Robert. Combien de fois encore ? Lui et ses types pouvaient faire la différence, poser des questions biaisées et donner des réponses, sans révéler toute la Vérité mais seulement de petits fragments disparates à même d'induire le doute dans l'esprit des lecteurs.

Ce n'est pas Victor qui avait inventé ça, il n'avait pas accès au monde des intellectuels, il ne les comprenait pas, il était d'un autre genre et faisait tout pour les éviter. Il avait offert à Robert son influence dans l'audiovisuel, l'avait mis en contact avec des types de pouvoir, l'avait présenté à ceux qui comptaient pour qu'il soit invité aux émissions de grande écoute et puisse prendre la parole aux heures d'audience. L'autre avait compris, avait suivi ses conseils, avait appris en un tournemain à vivre parmi les patrons et les vedettes, à parler pour être entendu. Victor, de son côté, avait tiré parti de la leçon mais à l'envers : il ne parlait pas, évitait au maximum de participer à la vie publique, ne se montrait pas. C'était à l'autre, à Robert, de parler, de se faire écouter, de donner l'impression d'être bien informé, d'en savoir plus qu'il n'en disait, de laisser à penser qu'il pourrait faire des révélations devant les caméras ou dans la presse écrite. Que, s'il connaissait la vérité, il ne la disait pas toute, qu'il avait derrière lui de puissants amis qui le tenaient au courant de ce qui comptait. Robert avait appris entre-temps toutes les ficelles de l'image, s'habillait impeccablement, affichait tous les signes du pouvoir et de la richesse, n'avait jamais la moindre hésitation, n'aurait pour rien au monde reconnu être incapable de répondre à une question. Il n'avait pas eu besoin de la moindre discussion avec Miron, Costin ou d'autres plus âgés, il avait tout intégré vite fait, il se révélait jour après jour un vrai génie du mensonge, de la mystification. Peut-être ne connaissait-il pas la réelle portée de ce qu'il faisait mais peu importait. Il avait ses propres objectifs, moins ambitieux mais pour lesquels il aurait tout fait. Victor savait bien qu'un jour ou l'autre Robert disparaîtrait sans laisser de traces. Un autre le remplacerait, il en était toujours ainsi. Ils s'enrichissaient puis disparaissaient de la vie publique, s'engageaient ailleurs ou se taisaient tout simplement, s'installaient à l'Ouest pour y couler des jours tranquilles, jusqu'à la vieillesse, sur un poste universitaire douillet ou en écrivant des bouquins face au paysage de la villa acquise grâce au fric gagné au service du parti. Et pourquoi pas, se disait-il, le monde avance, c'est normal.

— Salut, maître.

— Salut, Victor.

— Tout va bien, la santé ?

— Autant que faire se peut.

— Écoute, j'ai besoin de toi pour un truc. La rumeur court que Miron aurait de nouveau maille à partir avec la loi, j'aimerais que tu t'agites un peu sur

Facebook et où tu sais mieux que moi, je te fais pas un dessin.

— J'ai entendu ça, apparemment c'est du lourd cette fois.

Victor n'a pas réagi, il ne s'attendait pas à une réponse aussi tranchante, il a mis la main gauche sur le volant pour s'allumer une cigarette sans même s'en rendre compte.

— Ouais le Vieux est sur le départ, c'est ce qu'on dit partout, moi j'en sais vraiment rien mais tout le monde a l'air de penser que c'est cuit.

— Allons, allons, putain, c'est pas vrai !

— Pas grave, *mon chef*[6]. On va faire ce qu'il faut, on va commencer par leur secouer les méninges et puis on avisera. Je rassemble tout le monde d'ici une demi-heure et on fait au mieux.

— Bien, merci. Tu me dis si t'as besoin de quelque chose et on règle ça plus tard.

— Je peux aller jusqu'où, question budget ?

— Est-ce que je sais, moi, tout ce qu'il faut, c'est pas une affaire, lui a répondu Victor calmement, en souriant presque.

— Bon, je m'en charge alors, avec ceux-là y a pas des sommes folles en jeu, ils jouent petit.

6. En français dans le texte.

— Écoute, Robert, cette fois promets-leur un peu plus, qu'ils pigent que c'est important, faut les motiver. Au diable le fric, on en trouvera.

— B... bon, a répondu l'autre, je monte d'un cran mais faut faire gaffe de pas leur donner de mauvaises habitudes, après on risque d'avoir du mal à baisser les tarifs.

— C'est bien vrai mais on se débrouillera, on en mourra pas. Allez, je te laisse, on en reparle.

— Salut.

Les éternels trois bips de fin d'appel. Une sorte de mort collective. Disparition sans traces dans l'éther. Une fois le téléphone éteint l'autre n'existe plus que virtuellement. Costin s'occuperait probablement des télévisions, là-bas tout était clair, chacun ferait le job, pas besoin de longues discussions, les contrats de publicité étaient signés, les sommes exorbitantes qu'on ne négociait jamais, on savait ce qu'il y avait derrière.

— Allô.

— Oui, Victor.

— Juste pour te dire que ce soir je rentre tard ou pas du tout, j'ai des trucs à faire.

— Bien, j'appelle ma mère, qu'elle vienne ce soir, je m'en occupe.

— OK.

Avec sa femme, quelques mots suffisaient, ils se comprenaient, cela faisait des années qu'ils n'avaient pas grand-chose à se dire et c'était tant mieux.

Il a raccroché. Deux secondes plus tard, son nom s'affichait de nouveau sur l'écran.

— Vic, si tu vas au siège, gare ta voiture plus loin, qu'on te voie pas.

— Pourquoi ?

— Branche un peu ta télé de bord, sors la tête du sable.

— Bon.

Il a raccroché, appuyé sur l'icône télé. Sur la bande du bas défilaient lentement quelques mots : Fin d'une époque. Le chef du principal parti de gouvernement bientôt arrêté ?

Il a ouvert le menu. Une application très utile permettant de transférer des sommes entre utilisateurs sans passer par le système bancaire. Suffit de taper les noms de l'agenda du téléphone, la somme et après, *Envoyer*. L'argent est immédiatement transféré. Il avait sous les yeux tout l'historique des transferts, certains plutôt rondelets, presque de vrais salaires. Quelques centaines d'euros par mois, de quoi améliorer l'ordinaire. Une poignée de secondes de réflexion, il a décidé d'en doubler les montants, voire de les tripler parfois. Pour ça, il a transféré des fonds de son compte secondaire, une belle somme, en fait pas tant que ça. Il a ouvert la liste et s'est mis, avec une incroyable dextérité, à envoyer l'argent. Méthodiquement, quelques centaines d'euros pour chaque nom de la liste, parfois cinq-cents ou même mille. Ceux qui ne touchaient rien ne bougeaient pas le petit doigt et c'était bien ainsi, ce qui est gratuit ne vaut rien, se répétait-il sans cesse. Dès qu'un prix est fixé, que les mots s'achètent et se vendent, il y a obligation. Et alors la morale ou ce qu'il en reste disparaît. C'est parfait, moi j'en tire le double, tout le monde est content, félicitations, ça danse après dans mon compte.

Gauche et droite. Extrême gauche et extrême droite. Centre. Des mots, des formules politiques pour une bouffonnerie complète où tout le monde cherche à s'assurer une vie tranquille et une vieillesse à l'abri du besoin. Tout ça au nom de la culture, plus elle est raffinée, mieux c'est. Robert avait fini par les connaître tous et même par les comprendre. Au fond, c'était le monde qui l'avait promu. Le monde des écrivains, des journalistes, des grands et moins grands fonctionnaires de la culture. Un petit monde d'une cruauté disproportionnée jouant petit mais prêt au meurtre pour gagner. Il se rappelait toujours, avec un sourire amer et candide, les années passées dans ce milieu, ses espoirs brisés, ses rêves désormais oubliés. Le travail infernal pour presque rien, les nuits perdues en controverses stériles, les échecs répétés de tous ceux qui n'avaient pas de soutiens politiques ou de clan. Il avait été si stupide autrefois de tenter de dire la vérité sur ce qui se passait derrière les scintillements du monde culturel, d'expliquer son fonctionnement, sur le principe de la pyramide de Ponzi, de découvrir des secrets, de les publier et de s'attendre, dans sa naïveté, à ce qu'on lui élève une statue ; si bête alors de penser que dire la vérité à haute voix changerait le monde et transformerait le milieu où il exerçait en une improbable méritocratie. Sinistre imbécile, se disait-il désormais, s'il n'a été possible nulle part, dans aucun domaine, de faire des choses correctes dans ce putain de pays, pourquoi cela aurait-il pu l'être chez ces types-là qui sont des gens comme les autres, au fond ?

Sauf qu'après l'accord conclu avec Victor, son statut avait changé. Il ne lui avait pas fallu longtemps pour comprendre le pouvoir de l'argent dans ce milieu et il s'était mis à inventer de quoi en rapporter aussi à ses collègues de corporation. Plus les sommes qu'il pouvait offrir grandissaient, plus son importance s'accroissait. Même si le livre sensationnel promis tardait à venir, sa réputation de grand écrivain s'affirmait, il était traité comme tel alors qu'il n'avait aucune œuvre à son actif. Et il l'était parce qu'au moindre besoin d'aide il était présent, on savait qu'il trouvait solution à tout, qu'il pouvait avancer n'importe quelle somme, organiser des déplacements à l'étranger, qu'il connaissait des éditeurs là-bas, que les subventions de l'État roumain si généreux engageaient à publier les admirables ouvrages des écrivains de ce pays. Il était si utile qu'il était inimaginable qu'il ne soit pas invité à tout événement culturel d'une certaine envergure et n'y figure pas sur le devant de la scène. C'était un Nom, c'était Quelqu'un.

Et ce quelqu'un ferait donc comme d'habitude : ouvrir ses courriels et rédiger une lettre qu'il enverrait à tous ceux qui avaient fait l'objet, juste avant, de transferts financiers :

Chers collègues,

comme vous le voyez, l'hydre de l'État parallèle tente à nouveau de mettre à mort la démocratie roumaine. L'opposition a réussi à tirer toutes les ficelles et à envoyer en prison le président du principal parti de gouvernement. Il faut évidemment s'attendre sous peu à un changement de gouvernement et suivront, très probablement, des restructurations massives, des mutations dans l'appareil d'État ainsi que des coupes sombres dans les fonds destinés aux événements et revues de culture. Nous devons donc unir nos forces pour dénoncer les intentions pernicieuses de ces gens qui limogent à tour de bras pour nommer les leurs à la place. La situation est inadmissible, des années de travail au service de la culture seront annihilées, tout ce que nous avons fait ensemble va s'écrouler.

Je vous recommande donc de vous battre contre cette justice corrompue et cette opposition qui tente de modifier l'ordre établi.

Bien à vous,
R.

Une fois appuyé sur le bouton *Envoyer*, ce qui devait arriver arriverait, il le savait. Certains liraient le message et prendraient leur téléphone. Tous se verraient menacés puisqu'ils sentiraient évidemment que leurs postes et leurs sinécures seraient en péril au cas où. Il savait que la majorité d'entre eux étaient des types bien intentionnés mais, l'intérêt personnel étant toujours le plus fort, ils ne mettraient nullement en jeu le leur pour une idée, quelle qu'elle soit. Ils avaient un prix comme tout un chacun, en fonction de leur importance, évidemment, mais ce qu'ils ne comprenaient pas c'est que l'argent était un détail du point de vue de Robert, les montants étant trop peu élevés pour poser problème à partir du moment où le résultat était celui escompté.

Ils n'étaient pas idiots au sens où l'on employait d'ordinaire ce mot. Il avait toujours pensé qu'ils ne saisissaient pas le monde dans ses détails les plus importants, qu'absorbés dans leur travail et leur désir toujours plus désespéré de faire reconnaître leurs livres, ils s'étaient délibérément engagés dans le combat politique et croyaient, pour la plupart, aux idées qu'ils défendaient. Il suffisait pour les motiver de donner un nom à ces idées, le plus élégant, le plus pompeux possible, en rapport avec leur milieu : démocratie, libéralisme, marxisme, néo-marxisme, ils préféraient en général ceux qui se terminaient en -isme, garantie de la hauteur de l'idée. Et il fallait peu de chose pour les pousser à l'extrémisme. Lorsque le soutien qu'ils apportaient à certaines idées semblait pouvoir les propulser fortement dans leur monde, ils étaient capables de tout. Robert avait étudié la chose dans le détail, tout fonctionnait ainsi depuis la chute du communisme, plus un écrivain était impliqué politiquement, plus son succès était assuré. Les bons écrivains étaient des gens de presse, des influenceurs, des militants, ils avaient en tout cas des liens avec le milieu politique et les pouvoirs de l'argent de ce milieu. Les politiciens, de leur côté, avaient appris à se servir d'eux et de leur bonne volonté, ils avaient progressé main dans la main, les uns vers le pouvoir en s'enrichissant plus que de mesure, les autres vers la gloire, en lisant leur nom associé à des qualificatifs extrêmement flatteurs – génie universel, unique – qui leur donnaient le sentiment d'être devenus des dieux.

Les réponses à son courriel n'ont pas tardé à tomber. Il regardait en même temps l'application ouverte sur l'écran de l'ordinateur, c'était là-bas que se livrerait la bataille, il était trop tard pour agir sur la presse écrite. Pourquoi Victor ne lui avait-il pas demandé d'intervenir plus tôt ? se demandait-il. Il eût été si facile de répandre le fiel et les horreurs dans la presse, de détruire l'image des juges, de traîner dans la boue la justice et toutes les instances de l'État, bref de faire ce qui se faisait en général dans ce genre de cas et un peu plus si nécessaire pour semer le doute dans l'esprit des gens tout en dépeignant Miron sous les couleurs les plus attirantes qui soient – un modèle parfait pour le pays. Peut-être n'étaient-ils pas au courant alors, se disait-il. À moins que Miron n'ait été sapé de l'intérieur, c'était courant, et qu'on lui ait laissé croire que tout était réglé, qu'il obtiendrait une victoire retentissante contre la justice qui tentait de l'éliminer de la vie publique.

Robert savait qu'il ne saurait jamais, que toute tentative pour poser des questions aurait mis en péril ce qu'il avait construit jusque-là. Il avait appris à ne pas se mettre en travers de ceux qui le payaient et que tout marchait comme sur des roulettes du moment qu'il jouait les idiots, ne disait pas un mot plus haut que l'autre, ne donnait pas à penser qu'il ne les croyait pas, qu'il jouait sur les deux tableaux ou, pire encore, pour le compte de l'équipe adverse. Laquelle avait mis en route, de son côté, l'énorme mécanisme de sa propagande, avait saturé les réseaux sociaux de l'image diabolisée de Miron, en faisant – si besoin était – l'ennemi numéro 1 du monde entier. Or, Robert et la dame qui se trouvait aux manettes du mouvement adverse se connaissaient plutôt bien, ils avaient travaillé ensemble et se consultaient même parfois, ils synchronisaient leurs actions, créaient de concert d'énormes scandales qu'ils étouffaient eux-mêmes deux ou trois jours plus tard. Elle s'était enrichie, comme lui, grâce à l'appareil de propagande et avait aussi sa liste de personnes qu'elle appelait et rétribuait régulièrement, sachant bien que rien ne se fait gratis en ce monde. Que ce soit l'une ou l'autre qui l'emporte dans la guerre du jour, ils restaient amis. Ils se refilaient des tuyaux. Ils collaboraient parfois carrément en mettant en place des mouvements qu'on aurait pu qualifier d'extrémistes, ils poussaient les gens à s'attaquer entre eux, à se ridiculiser, à se détruire pour récolter les fruits d'une guerre qui ne prendrait jamais fin et dont la base était, comme elle l'avait appris de son côté, le pouvoir du petit nombre de ceux qui dirigeaient le pays. Bref, ils avaient tous deux adopté les paroles de Costin prononcées lors d'une fête en comité restreint avec les chefs du parti et la presse : Messieurs, ce dont il s'agit n'est nullement le bien de quiconque et encore moins celui des imbéciles sous notre coupe. Mais de nous et des nôtres, de notre pouvoir et de nos affaires, de notre survie. Au diable le pauv'peuple, il se débrouille tout seul, occupons-nous de nous et de gagner les élections.

Robert savait tout ça, il n'oubliait jamais. Les types qui le payaient n'avaient rien contre personne, ne voulaient ni le mal ni le bien de quiconque, ils ne cherchaient que leur propre intérêt, ne faisaient pas le moindre cas des autres. C'était tout. Rien que de très simple.

Le téléphone a sonné devant lui, l'arrachant à ses pensées.

— Dis-moi, cher ami.

— Salut. Voilà, j'ai vu ton message, je sais pas, c'est plutôt compliqué, c'te fois, j'ai peur de me faire lyncher si je soutiens publiquement des trucs pareils.

— Allons, Mihaï, t'as pas eu assez d'oseille ? Dis vite, j'ai pas de temps à perdre.

— Non, il s'agit pas de fric, je sais que tu m'as bien aidé, je vais pas te coincer là-dessus.

— Tu ne risques pas, t'en fais pas.

— ... Non, mais tu sais, ça hurle de partout, on va se casser la gueule avec des idées pareilles, les autres ont fait entrer les leurs en bonne place à la Haute Cour, les vôtres y sont aussi, ça sent la guerre civile, putain.

— Calme-toi, l'ami, c'est pas la guerre, tu te goures. On fait ce qu'il faut, on fait place nette en deux minutes si besoin, personne n'est allé là-bas de son propre chef.

— Ah ah.

— Je t'ai rajouté un petit quelque chose.

— Fallait pas...

— Tu parles, prends et dis merci. On va procéder comme suit : agite un peu le chiffon, sors un truc d'avant, un petit scandale du même tonneau, ils en ont eu un paquet les autres. C'est quand même pas la mer à boire de raconter comment un de leurs types est allé en taule ou l'histoire de la cocotte visée depuis des années qui sait plus où se cacher et qui finira par se faire coffrer, ce sera pas de notre faute, je t'assure.

— Pas une mauvaise idée.

— Ou l'affaire de l'ancien président : le descendre avec tous ses intellectuels, ça non plus c'est pas dur, tu connais le scénario, t'en as entendu parler, non ? C'est du lourd, tu le reprends et tu fais ce qu'y faut. Faut faire feu de tout bois, cher Mihaï, personne te demande de passer le maillot du parti pour aller gueuler des slogans dans la rue. Tu connais le truc du *whataboutisme* à l'Ouest ? Faut aller dans le même sens, t'en remets une couche, une vérité acceptée par tous, tu y glisses une bonne peau de banane.

— Je vais chercher le pot de peinture et le pinceau, a répondu la voix sur le ton de la plaisanterie. Merci pour la rallonge, c'est pas de refus, t'es réglo, comme toujours.

— Bof, c'est pas grand-chose.

— Faut qu'on se prenne un café, un de ces quatre.

— Quand tu veux, dès qu'on en aura fini avec ce truc.

Il a raccroché vite fait. Une victoire d'étape en plus, pas besoin d'en rajouter.

Il aimait. Dès l'enfance, depuis toujours ou presque, avant d'être pleinement conscient de lui-même et du monde, il aimait. Il avait vécu avec le sentiment du désir insatisfait. Pendant des années, il s'était aimé seul - les nuits de son adolescence avaient été intégralement consacrées aux rêveries érotiques, aux moyens les plus ingénieux de les faire aboutir, en éjaculations qu'il tentait de dissimuler, y réussissant presque toujours. Il avait compris avec le temps que son corps en avait besoin, de ces quelques secondes de chute dans le vide, de la suffocation due au plaisir, du sentiment d'apaisement qui suivait. Il avait compris bien plus : son horrible peur de se voir offrir ce plaisir, et qu'il était au fond de lui un incurable timide que le simple geste de toucher une fille ou un garçon, plus tard une femme ou un homme, était au-delà de ses forces ; de crainte d'essuyer un refus, il repoussait indéfiniment le premier contact. Il n'avait jamais eu longtemps de liaison érotique qu'avec lui-même, suivie, dans le contact avec d'autres, d'une énorme désillusion. Énorme, indéfiniment, qu'il ne savait comment interpréter, le plongeant toujours plus avant dans les histoires d'amour imaginées avec des êtres qu'il désirait. Il ne pouvait oublier son premier contact avec une femme, une doctoresse un peu folle sur les bords qui hantait les discothèques de la petite ville de province où il avait grandi et racolait de petits jeunes à peine pubères qu'elle entraînait chez elle, où elle leur faisait faire ses quatre volontés. La soirée avait bien commencé, il avait bu, beaucoup plus que d'ordinaire, dès que la bouteille de bière ou le verre se vidaient, elle en mettait d'autres à la place, elle l'avait invité dehors à fumer pour discuter, quelques minutes après elle lui avait sauté dessus, comme folle à lier. Elle avait murmuré : tu veux pas qu'on prenne quelques bouteilles à boire chez moi ? Y a trop de monde ici. Aussi ivre qu'il l'était, il avait senti sa gorge se serrer, un pincement au cœur. C'était arrivé. Il avait bredouillé un vague « Oui », sa main qu'il lui avait mise dans le slip était devenue tout son corps, nulle proposition ne pouvait plus être refusée. Une fois dans son appartement, elle l'a fait se déshabiller. D'un simple « Vire-moi ce linge » qui l'avait laissé sans voix. Fini tout le reste, boissons, discussions. En quelques minutes, elle était sur lui en plein canapé de la salle à manger, si large qu'il n'avait même pas su ce qui se passait, il ne sentait presque rien, sinon dans sa tête et cette seule idée obsédante à laquelle il ne pouvait échapper, terriblement large, presque pas de seins, rien à voir avec le soutien-gorge rembourré qu'elle avait quitté. C'était sa première nuit avec une femme, il ne savait pas comment en finir au plus vite et rentrer chez lui, il avait fermé les yeux et, d'une page des revues qu'il glissait la nuit sous son oreiller avait surgi l'image d'une autre, son grand amour du moment. La femme avait voulu le retenir, elle avait tout tenté, tout. Ses lèvres disaient : tu peux me la mettre où tu veux, Robert, tu peux faire ce que tu veux de moi, vas-y. Elle s'était levée, lui avait tourné le dos, avait écarté ses fesses, lui avait montré tout ce qu'elle avait, s'était écroulée, ivre, à ses pieds, se l'était mise dans la bouche, avait tout essayé sans pouvoir le faire rebander. Il avait pris une bouteille de vodka sur la table, se l'était fourrée dans la poche, était parti seul à travers les rues désertes. Il ne comprenait pas bien ce qui venait de lui arriver. Alors c'était ça, juste ça ? Désillusion. Il s'était soûlé à mort, avait passé le reste de la nuit sur un banc du parc en s'aimant tout seul avec les images des diverses pages de ces revues qui lui semblaient tellement plus réelles que ce qui venait de se passer.

Puis il y avait eu bien d'autres filles et d'autres femmes, il avait fini par comprendre que la doctoresse n'avait été qu'un accident, elles n'étaient pas toutes pareilles, la majorité étaient plutôt étroites, certaines même ne s'ouvraient pas du tout, restaient sèches jusqu'au bout, le tenaient comme dans un étau, ne le laissaient sortir qu'au prix de douleurs, au point qu'il se promettait de renoncer d'avance, de ne plus s'en donner la peine. Le monde du sexe, le seul qui l'attirait, commençait pourtant à se substituer au monde imaginaire où il avait vécu. Ses épisodes de masturbation n'en étaient pas moins fréquents, il savait seulement qu'il pouvait les remplacer par des femmes bien réelles, d'autant plus attirantes que son imagination en faisait défiler tant qu'il voulait, transformables à son gré. C'était là que se passait surtout sa vie sexuelle, seul encore dans sa chambre à penser à toutes ces femmes et à ce qu'il aurait pu en faire si elles s'étaient trouvées là, sauf qu'elles n'y étaient pas.

Puis c'était arrivé. Une invitation à une soirée d'étudiants du genre de celles qu'il acceptait presque chaque jour, plus par manque d'occupation que par envie de se distraire. Inévitable discothèque. Pas mal. Il connaissait les vigiles en tout cas, même s'il prenait généralement garde de rester anonyme en tout lieu. Dans le *séparé* où ils étaient entre garçons et regardaient la piste de danse, il y avait en face de lui un type qu'il voyait pour la première fois. Ils se sont mis à parler, à plaisanter, sont allés au bar reprendre à boire, ils étaient devenus amis en quelques instants, ce Dan avait quelque chose qui l'attirait terriblement, comme un aimant, ses plaisanteries avaient un autre goût, il disait ce qu'il fallait quand il fallait, ils avaient passé presque toute la soirée ensemble et tout d'un coup, la proposition était tombée, venue de nulle part : Robert, tu viens chez moi après ?

Boire un coup et… Il avait pesé ce mot, sans le vouloir il en comprenait le sens, un bref signe de tête, la conversation avait repris son cours initial, tout était réglé. Ils étaient partis ensemble. Pas main dans la main, ils ne s'étaient pas même touchés. Rien entre eux sinon le désir fou de l'autre dont il venait à peine de faire la connaissance, et sa propre insatiable curiosité.

Dans le taxi (il avait laissé sa voiture au Centre, pas la moindre envie de se voir sucrer son permis, impossible de se faire conduire par un de ses gars), la main de ce Dan s'était posée sur sa jambe. Il n'avait rien fait pour la repousser, n'avait rien dit. Puis sa tête sur son épaule ; il l'avait rejetée d'un bref mouvement en lançant un coup d'œil plus bref encore au chauffeur qui aurait pu les voir. Le taxi s'était arrêté devant un immeuble de Cişmigiu, il avait payé puis acheté à boire au magasin du coin, ouvert nuit et jour. Dans l'appartement mansardé (coquet, propre, étonnamment bien meublé), il s'était senti plutôt tendu. Il savait à quoi s'attendre, pas ce qu'il devrait faire. Il avait évidemment pensé aux hommes dans ses longues nuits d'amour, sans quoi il ne se serait pas trouvé là, mais il n'avait pas la moindre idée de la suite. Dan avait beaucoup plus d'expérience, il a pris les devants : t'as jamais fait ça avant, n'est-ce pas ? Non, a-t-il répondu franchement. Alors voilà, je suis passif, c'est toi qui baises mais si tu y tiens absolument, je pourrai essayer aussi, on verra. D'ici là on va boire, histoire de se relaxer, et je te suce pour voir quel goût tu as. Je peux ? Il n'a pas répondu, l'a regardé calmement, des mains l'ont déshabillé, caressé, repoussé légèrement en arrière contre le dossier du fauteuil. Robert était sidéré, ce que ce garçon pouvait faire était incroyable, de l'art pur. Le reste était venu naturellement. Dan s'était levé, s'était déshabillé, l'avait déshabillé, l'avait pris par la main pour le conduire dans la chambre, s'était enduit de lubrifiant et se l'était mise tout seul. Robert n'avait rien à faire, il était le jouet de l'autre, se contentait de regarder le corps de cet homme, il se sentait prodigieusement excité, il n'avait rien imaginé de semblable dans aucun de ses rêves, ce type semblait deviner ses moindres désirs, être prêt à tout pour les satisfaire. Sa vie sexuelle venait de prendre forme, il était un homme. Un vrai. Il n'éprouvait aucun besoin de rentrer chez lui pour finir ce qui avait commencé, c'était parfait. Dan lui a demandé ensuite s'il voulait qu'il le baise. Il a pris peur, a refusé. Pas de soucis, a répondu l'autre. Une autre fois peut-être, a-t-il ajouté avec un sourire et un baiser. Viens demain, j'aurai peut-être une surprise. Il lui a demandé son numéro de téléphone. Robert a répondu par un « non » sec, s'est levé, s'est longuement lavé à la salle de bains, lui a dit en partant : Pas besoin de se téléphoner, c'est moi qui te recontacterai. Il avait l'impression d'être un personnage de roman érotique, en avait déjà le comportement. Il ne dirait jamais à ce type ce qu'il faisait, où il habitait, rien de sa vie de tous les jours. Non, inutile de se créer des problèmes, il se doutait bien, non, il savait que dans les cercles qu'il fréquentait ces choses-là se faisaient, mais dans la plus grande discrétion.

Le soir d'après, il est revenu. Dan était avec une femme. Pas spécialement jeune mais il n'était pas spécialement pubère non plus, longiligne en tout cas, fusiforme, avec de grands yeux ronds, d'une incroyable séduction. Une dame. Éduquée, il s'en rendrait compte sans tarder, stylée, mariée - elle n'avait même pas pris la peine d'enlever sa bague. Robert avait presque de la peine à comprendre, il était tombé dans un roman de Sade, pas de quoi lui déplaire. Il aurait pu se contenter de les regarder, d'imaginer tout un tas de trucs plus appétissants les uns que les autres mais il était assez clair que c'était lui l'objet de leur désir, qu'ils étaient là pour lui et qu'il était hors de question qu'il reste spectateur. Comme pour lui faire payer son refus de donner son numéro de téléphone le soir d'avant, la dame s'est présentée, Lili, pour toi, a-t-elle dit avec ironie, histoire qu'il sache que c'était un simple jeu, nul besoin de lui donner son vrai nom. Et tu seras le petit chéri de Lili. Elle s'est déshabillée calmement comme si elle était seule dans la pièce, comme si les deux hommes ne la regardaient pas. Elle s'est assise sur les genoux de Dan, a indiqué à Robert, d'un signe de doigt coquin, de se déshabiller. Il a eu un instant d'hésitation. Allez, ne sois pas timide, chéri, on sait tous pourquoi on est ici, on est adultes. Il s'est exécuté. Le jeu a commencé. Boisson à volonté, rien ne semblait interdit à la dame nommée Lili et à Dan, un monde totalement inconnu, dément pour Robert. Ils utilisaient des jouets, des lubrifiants, se baisaient l'un l'autre à la fois et ils l'entraînaient dans des combinaisons de plus en plus folles, il vivait un film porno dont il ne voulait plus sortir, Lili a fini par le faire se lever du canapé et se mettre à califourchon sur un fauteuil, l'a léché à le rendre fou, lui a mis du lubrifiant jusqu'à la dernière circonvolution du cerveau et Dan l'a pénétré comme si rien n'était plus naturel au monde. Il a un peu crié, une légère douleur mais la chatte de Lili est apparue devant ses yeux, il s'est mis à la lécher, a tout oublié, a éjaculé, il était au Paradis.

Il avait pris goût au jeu de Dan. Il l'avait dans la peau, il a fini par perdre tout contrôle et par l'inviter avec une autre dame de son cercle à une soirée du parti. Ivres, excités, ils sont entrés dans un bureau du rez-de-chaussée pour leurs jeux habituels. Sauf que tout ne s'est pas passé comme il l'avait prévu, même si personne n'est intervenu et qu'ils ont pu aller jusqu'au bout. Quand ils se préparaient à partir, Miron lui a fait signe de venir le voir.

— Reste un moment, laisse-les partir, j'ai à te parler.

Il a fait un geste vague en direction des deux autres, ils se reverraient, lui restait.

— Robert, mon petit, lui a-t-il dit lorsqu'ils sont entrés dans son bureau.

Ce *mon petit* n'annonçait rien de bon, il s'est brusquement dégrisé et s'est assis dans un fauteuil, un verre à la main.

— Robert. On a des caméras ici, putain, tu sais bien qu'on en a installé.

Il n'a pas répondu, il regardait l'homme à cheveux blancs dans les yeux.

— De mon point de vue, tu peux te la fourrer dans la cervelle, tu peux baiser les écureuils et les putois, tu peux en faire ce que tu veux. Mais ça se saura et ça gêne, tu saisis ?

— Bien sûr.

— Rampe, fais tes affaires en catimini, personne te dit pas de ne pas faire c'que tu veux, mais te fais pas coincer comme un bleu, ça ferait du vilain et c'est pas beau. Pigé ?

Il savait que ce n'était pas la peine de répliquer, a hoché la tête, s'est levé, il est sorti. Il s'était attendu à être viré, rien de tel. Il serait plus prudent, non, pas plus prudent, il dissimulerait, le Vieux en savait toujours trop.

Maintenant il aimait. Avec l'avidité désespérée d'un vieil homme, et le pire c'est qu'il le savait, il était conscient de ses moindres gestes, il ne parvenait jamais à vivre cet amour dans la zone habituelle de clair-obscur de l'esprit où se passent les histoires d'amour. Tout avait commencé six mois plus tôt. Il avait reçu du parti des sommes supplémentaires pour engager du personnel, il s'occupait des entretiens et passait des journées crétines à discuter avec toutes sortes d'écrivaillons, d'étudiantes et autres aspirants qui auraient pu lui être utiles pour lancer un nouveau journal dans l'ombre de celui qu'il dirigeait, un de ces organes de propagande camouflée avec rubriques mondaines et culturelles. Il s'efforçait d'inventer, de se rendre utile, l'argent ne coulait que s'il proposait du neuf et offrait à ceux qui le payaient de nouveaux canaux d'image et de propagande. Il en était conscient et se disait que c'était bien, au fond les termes de l'échange étaient corrects, il ne s'agissait là ni de vérité ni de morale ni de toutes ces bêtises dont il était question dans ces mêmes journaux. Il avait bien appris les leçons, de Victor d'abord, puis de Miron et Costin plus tard, jamais il ne commentait, il n'y avait qu'une vérité, la leur, il fallait d'une manière ou d'une autre que le commun des mortels finisse par les croire et par voter pour eux. Rien de plus. À d'autres de faire le reste, son boulot s'arrêtait là.

Le dernier jour d'entretien, il était entré dans son bureau. Plutôt frêle, pas vraiment petit, un peu maigre, pauvrement vêtu, baskets usées mais propres, doigts effilés, ongles très soignés, cheveux ni courts ni trop longs, juste ce visage d'ange à grands yeux ronds, de quoi l'affoler. Il parlait avec distinction, sans affectation, sûr de presque toute réponse comme si c'était lui qui la posait, et non Robert. Assis pas vraiment détendu, pas tendu non plus, comme tout jeune ne croyant plus à rien - il l'avouait - et se contentant de survivre d'un jour sur l'autre. Il avait dit son début sensationnel en littérature, les prix (là, Robert s'était dit qu'il avait entendu ce nom), les mirobolantes promesses sans la suite attendue, l'ombre après le deuxième livre, il ne comprenait pas. Robert était sous le charme, ni la littérature ni les rêves de l'autre ne le passionnaient mais son instinct lui disait les leviers qu'ils pourraient être au cas où. Il l'écoutait, l'avait laissé parler vingt minutes, de quoi dérouler mentalement une des plus belles histoires d'amour jamais imaginées, après quoi très doucement :

— Stéfane, je peux t'appeler Stéfane, d'accord ?

— Bien sûr.

— Et toi Robert, ici pas de formalités. J'ai une proposition. La rubrique littérature, tu fais ce que tu veux, je connais, j'écris aussi de temps en temps, j'aurai juste mon petit mot à dire ici et là, rien d'important, un petit coup de pouce à droite et à gauche, tu m'aideras.

Mutisme en face.

— Tu te montes une équipe, deux ou trois personnes, qui tu veux, je ne m'en mêle pas, papier et web, au choix, boostez la visibilité de la rubrique, c'est ce que je vous demande pour commencer.

— Et je suis entièrement libre ?

— Comme je t'ai dit, possible que j'intervienne ici et là.

— OK, a répondu l’autre, à peine s’il pouvait y croire.

— Tu peux commencer quand ?

— Sans délai.

— On va prendre un café à la terrasse d’en face, marre de ce bureau.

Il l’a écouté des heures, Stéfane avait un rêve nommé Grande Littérature et il se serait bien gardé de le priver de rêver. Il l’a écouté, le contredisant ici et là, il ne comprenait pas certaines de ses passions, mais ses contradictions n’étaient rien à côté de ses yeux brillants, de ses agacements, de ses arguments pour la défense de la moindre idée et de leur discussion même où il devait s’imposer sous peine d’une fin du monde imminente.

Il l’avait écouté encore plusieurs fois et lu, l’avait invité ou fait inviter ici et là, mais il avait surtout travaillé en sous-main pour que Stéfane voie son rêve se réaliser. Lorsqu’il l’avait engagé, il ne lui avait pas offert le poste objet de toutes les envies et le pouvoir allant avec, évidemment non, l’idée était d’abord de le faire émerger de la dépression due à son insuccès d’écrivain. Stéfane l’ignorait peut-être, mais Robert connaissait presque tous les écrivains roumains, en tout cas aucun grand nom ne lui avait échappé. Il savait créer ce genre de choses, motiver, il avait de quoi, c’était son métier au fond. En un mois, le nom de Stéfane avait disparu de toutes les listes noires, était redevenu un écrivain fréquentable et son deuxième roman montait avec fulgurance dans les tops des coups de cœur. Sans le savoir mais soupçonnant qu'avoir la haute main sur la page culture y était pour quelque chose, Stéfane avait été lancé sur le circuit nommé carrière dans le monde culturel dont Robert espérait qu'il ne saurait jamais la vérité vraie.

Robert était parfaitement conscient que la vérité – la sienne, en tout cas – était une habitude qu'il ne pouvait pas transmettre au jeune écrivain. Il avait eu beau tenter de l'attirer dans diverses combinaisons, de le mettre sur le bon chemin, celui de l'enrichissement et du statut social dont tout découlait dans leur monde, il n'avait pas compris ou fait l'idiot avec un talent frisant le génie. Il lui avait arrangé des prix, lui avait ouvert les portes de toutes les institutions, en quelques coups de fil et quelques mots bien placés il avait très vite fait de lui un jeune espoir pour qui le système Ponzi idéal – le célèbre Institut culturel roumain – était désormais une sorte de bureau à domicile, les fonctionnaires de l'État devenant les siens. Mais plus les agissements de son protecteur étaient corrompus, plus odieux ses procédés, plus Stéfane semblait planer de façon ingénue, fermement convaincu que tout lui était dû, qu'il n'aurait jamais eu besoin de la moindre intervention étrangère pour lui faire occuper la position privilégiée qui était la sienne. Rien d'étonnant d'ailleurs. Il faisait son travail du mieux qu'il pouvait, la rubrique culturelle de la revue était impeccable, ses livres, ni moins bons ni meilleurs que ceux avec lesquels ils partageaient les premières places sur les rayons des librairies et les meilleures pages des revues culturelles, les apparences étaient si bien sauvées que seul un mauvais esprit aurait pu imaginer que les avantages dont il commençait à jouir étaient l'effet d'un truquage politique monté de toutes pièces et pas le fait de ses éminents mérites culturels. Et Robert, par intuition, par instinct, peut-être par calcul cynique né de l'espoir de finir par le mettre dans son lit, n'avait pas ménagé ses efforts, sans rien lui en dire, sans que la vérité affleure pour une quelconque clarification ou ne serait-ce qu'un chantage. Non. Il le voyait presque tous les jours, affectait d'être étonné de son succès, lui offrait des primes de déplacement à la demande, lui trouvait des contrats publicitaires tenus sous le coude, faisait comme si tout n'était que parfaitement normal et nullement, jamais, truqué. Il n'avait même pas hésité à avoir un entretien des plus cordiaux avec la famille qui accordait le prix littéraire le plus important du pays et à offrir une bonne affaire de Miron, sachant d'instinct que ce dernier ne le lui reprocherait pas mais ferait tout pour en tirer profit. Et le soir de la remise des prix, ce soir où il avait espéré que, ce soir où, sans avoir rien demandé, il était entré dans la salle de théâtre pour fêter son protégé, après avoir réservé un *séparé* à l'Athénée et avoir invité quelques personnages importants à ce dîner où il se préparait à ouvrir de nouvelles voies au jeune lauréat, ce soir-là, un mardi, il s'en souvenait parfaitement, Stéfane avait eu la bonne idée de se présenter avec une fille. Dans le vaste hall où il l'attendait avec un verre de vin, Robert l'avait longuement, calmement regardé, comme on le fait devant une énorme trahison face à laquelle on ne peut plus que se taire. Il avait eu, l'espace d'un instant, envie de tout annuler, le repas, les invitations, le prix même et de vivre sa vie, d'envoyer se faire voir ce petit ingrat qui serrait convulsivement la main de la fille, assis sur le siège à côté de lui, il sentait son parfum, il s'était dit qu'il n'avait peut-être aucune chance et devrait le laisser tomber, il s'était fait tant d'obligations pour lui et voilà, ce soir, ce soir qui devait être le leur – il s'amenait avec une cocotte lambda ramassée on ne savait où pour l'embrasser devant lui et lui en mettre plein les yeux. Il ne se sentait pas capable de le détester, de lui faire du mal comme il l'aurait mérité. Ni même de lui adresser des reproches ou de petites remarques ironiques qui l'auraient ramené à de meilleurs sentiments, non, il se sentait le prisonnier de cet amour idiot et, pire encore, il était prêt à persévérer dans les démarches et les manœuvres destinées à faire de Stéfane un grand écrivain. Lorsque les lumières se sont éteintes dans la salle, que le silence s'est fait, que l'on n'entendit plus que les voix de ceux qui se succédaient au micro, un éternuement ou un accès de toux, Robert s'est soudain dit qu'il aurait très bien pu organiser tout ça pour lui-même. Cela lui aurait été si facile, plus peut-être encore. À un moment donné, Miron est venu s'asseoir à côté de lui, en retard comme d'habitude, lui a serré la main puis s'est penché pour serrer celle de Stéfane en lui faisant un clin d'œil amical et s'est plongé dans l'écran de son téléphone pour y poursuivre ses affaires, comme s'il n'était pas là. Robert a senti Stéfane un peu ému, le grand homme en personne était venu prendre place à ses côtés pour la grande soirée, il l'a senti si pénétré de ses mérites qu'il a eu un nouveau sursaut, l'impulsion de lui murmurer la vérité, de ruiner toutes ses espérances, y compris d'envoyer en pleines réjouissances un SMS pour annuler ce prix de merde et le descendre devant tout ce monde, pulvériser ses rêves et partir sans le saluer, avant de le priver de tout lendemain, de tout avenir. Il ne l'a pas fait. Il a entendu son nom prononcé sur la scène, il a vu, sur le visage du jeune écrivain l'émotion du succès, une larme à peine dissimulée, il l'a regardé monter, diaphane, sur la scène baignant dans une lumière tamisée, entrer dans le cône – bleu – du dernier projecteur allumé au maximum de puissance, a écouté les éloges de celle qui offrait le prix puis ses remerciements qui s'adressaient également à lui, parmi d'autres, dont certains de ses ennemis personnels, il l'a regardé sans un mot redescendre avec sa statuette, lui a serré la main, l'a félicité, Miron également, le plus chaleureusement du monde, ils ont passé tout le reste de la réception ensemble, les invités de marque ont compris qu'on lui devait le respect, Robert a suivi son plan à la lettre, ne se laissant toujours pas aller à châtier ce minuscule ingrat. Miron était charmant, saluant tout le monde, passant de temps en temps une main sur les épaules du jeune écrivain ou lui prenant le bras, comme il le lui avait demandé auparavant, pour bien montrer qu'il était de leur cercle, qu'il ne serait pas bien du tout de s'en prendre à lui. La soirée s'était prolongée comme prévu, à l'Athénée avec sept ou huit personnages parmi les plus influents du monde culturel, dans leur grande majorité totalement inconnus du public. Un président ou un ministre qui dans le civil n'ont jamais eu la moindre compétence en rapport avec leurs fonctions officielles sont plus utiles que toute une culture. Robert le savait. Miron veillait à ce qu'il en soit toujours ainsi, seul Stéfane, grisé par le succès et une vision de la vie d'un optimisme crétin, semblait ne rien soupçonner ou n'en rien laisser paraître. La situation était ahurissante, sinon humiliante - mais y a-t-il humiliation lorsque celui qui humilie n'a pas la moindre idée de le faire ? Robert n'avait rien trouvé de mieux que de se soûler à mort. Plusieurs bouteilles de vin sans rien manger, il avait été d'une amabilité universelle à toute épreuve, d'une jovialité sans égale à voir se dérouler sous ses yeux la carrière de son jeune ami, même s'il ne pouvait croire que cette petite crapule bécotait cette fille sous son nez et ne semblait rien comprendre à ce qui se passait autour de lui.

Stéfane était loin de tout ça. Il avait bien deviné quelque chose au tout début. Le somptueux bureau ouvert devant lui le premier jour, l'opulence de la rédaction n'étaient pas le fruit du hasard, qui sait ce qu'on lui demanderait s'il était engagé, dans quelles situations louches on le ferait entrer. Mais il n'en pouvait plus. À peine de quoi régler son loyer, les traductions ne payaient pas, malgré d'inimaginables efforts, tout juste si on le saluait dans le monde littéraire, on en avait fait un paria, pourquoi, il ne voyait pas, cela allait de mal en pis, il s'était présenté à ces entretiens pour survivre, sans savoir vraiment s'il en avait envie. Un poste de rédacteur dans une page culturelle quelconque l'aurait botté dans l'immédiat, lui aurait permis d'écrire ses livres, impossible d'en trouver le temps ailleurs. Il savait ou devinait qui était Robert, on parlait ici et là, il était conscient que derrière lui il y avait Victor, derrière Victor, Miron, qu'il entrait dans un jeu politique, la réalité ne lui échappait pas, les solutions lui manquaient. Et puis on l'avait toujours traité ici comme un grand écrivain, on lui avait ouvert des portes, on avait fait plus d'efforts que jamais pour lui reconstituer une image, le mettre en contact avec les puissants de l'heure, le faire passer, jeune infréquentable, des marges de la culture au centre de celle-ci, il se demandait ce qu'il devait comprendre. Il s'attendait chaque jour à voir s'effondrer le rêve qu'il vivait, à être congédié, jeté à la rue, à s'entendre demander toujours plus. Entre-temps, il vivait dans une béatitude quasi christique, si parfaitement inintelligible qu'elle en était impossible, mais parfaitement visible. Robert était toujours disponible et amical, ses amis Victor, Miron et tant d'autres apparemment animés du désir de l'aider à tout prix, une vraie parabole biblique, parfaitement inexistante mais bien réelle. Ses livres réédités par la plus grande maison d'édition, la publicité, les tournées de lancement, les ventes inespérées, les télés, la presse, les prix, à n'y rien comprendre, Stéfane avait commencé à y croire - aucun alcool ne monte plus vite à la tête et plus durablement que le succès - tout cela était donc mérité, ceux qui le protégeaient étaient persuadés de sa valeur et voulaient faire de lui un grand écrivain dont ils seraient fiers.

Robert hésitait devant les vols affichés sur l'écran. Il ne se décidait pas, acheter un billet, laisser tout en plan, appeler Stéfane et lui demander s'il voulait partir avec lui, acheter carrément deux billets, le mettre devant le fait accompli, non, il ne savait pas, son téléphone avait sonné, la voix violente de Victor :

— Salut, fais fissa, ramène-toi au siège.
— J'étais sur le truc de la presse, tu disais pas que...
— Laisse tomber, rien à foutre, viens.

Victor avait arrêté la voiture sur le côté. Il était pratiquement arrivé, il n'avait plus vraiment envie d'arriver à destination. Il regardait la télé sur l'écran du tableau de bord, il avait appelé Robert, l'attendre ou renoncer à tout, filer au siège où en finir avec toutes ces bêtises, il ne savait pas, il lisait les annonces qui défilaient en boucle en bas de l'image : « Le chef du parti de gouvernement en prison ? » Costin. Costin devait savoir mais à chacune de ses demandes il lui racontait des histoires, rien de concret. Ce type en huile de tournesol aurait glissé sur le fil d'un rasoir, rien à en tirer, pas croyable. Cette fois peut-être qu'il parlerait. Il a failli le rappeler pour savoir ce qui l'attendait, a renoncé. Il est allé se garer un peu plus loin, à une centaine de mètres du siège et, cigarettes et téléphone en poche, il est sorti en direction de la villa sans verrouiller la voiture.

Il regardait, sans les voir, les immeubles bordant la petite rue qui conduisait au portail de derrière. Il avait aperçu la presse groupée à l'entrée, en masse, et même devant l'autre siège, il était passé tout près avant de faire le tour par la place, aucune envie de leur parler ni de se faire photographier. Ils étaient tous au courant de l'affaire, elle traînait depuis des années, se terminait mal, ça aurait pu être un truc de rien – encore un sale coup –, ça tournait au vinaigre. Personne n'était innocent bien sûr, le problème n'était pas là, tous avaient fait pareil mais le seul qui risquerait d'aller en prison était Miron. Il avait fâché là où il ne fallait pas. Bon Dieu, dans ce putain de pays tout le monde vole ici et là, depuis le factotum de la mairie, depuis ton propre père, à la campagne jusqu'aux ministres et au président, tout le monde se débrouille, pas possible autrement, on est comme ça. La moindre maison un peu chouette que tu vois dans un coin, la moindre bagnole pas trop moche, t'es sûr qu'y a eu un truc là-dessous, un micmac quelconque, regarde autour de toi, les plus bas salaires de toute l'Europe et on vit comme en Suisse, alors Miron qui vaut pas mieux ni moins que les autres, c'est lui qui se retrouve sur la liste de ceux qui vont aller en taule. Je lui ai pourtant dit, plutôt dix fois qu'une, et y a pas que moi, c'est sûr, calme-toi, mon vieux, ça ira mal pour toi, secrétaire général du parti c'est OK, tu fais tes petites affaires, ni vu ni connu, tout le monde fermera les yeux, putain, mais il a rien voulu entendre, je te les balaie tous, qu'y dit, je te bâtis une autre Roumanie à la place, l'Europe lui fait pas peur, l'Amérique non plus, le monde encore moins, Burébista II[7], il va voir c'te fois, dans quelques heures la sentence va tomber, il ira gentiment faire sa peine, sûr qu'il y perdra pas un sou, ils sont pas capables d'exécuter personne, on trouvera ce qu'y faut pour qu'ils fassent rien mais il en aura pour quelques années à rire entre les barreaux, perché comme les poules, c'est pas de la blague. Lui, non ! Il a tout le pays derrière lui, le parlement, Dieu sait quoi, dingue qu'il était devenu, et il l'est toujours, enfermé dans son bureau du matin au soir à faire et

7. Burébista, le chef des tribus daces et thraces, de 82 av. J.-C. à 42 av. J.-C. Victor se moque de ses ambitions.

à défaire, à croire qu'il a pété un plomb, nous on fait quoi maintenant, on fuit devant la presse comme des lézards, on se cache, il nous a mis dans la merde, ça ira mal s'il a pas de sursis, ils vont nous sauter dessus, adieu les contrats d'État, les micmacs à l'œil, le pouvoir, le parti, à moins que, va savoir, ils n'en veulent qu'à lui, qu'ils nous foutent la paix, alors, d'accord, on survit avec élégance, on fait nos petites affaires et quand on le sort du trou on se remet en train, pas du grand art de faire de la politique, qui en fait pour de bon ?, tu parles, je l'ai entendu dire ça si souvent, la politique c'est pas ce qu'ils pensent, suffit de faire semblant et de s'en tirer, on a fini par le croire, au fond il a pas tort, il est pas idiot, il est même sincère, il fait ce qu'il dit et ça le perdra et c'est pas moi qui pourrai le sauver ni Costin ni personne ici, qu'est-ce qu'on est nous face à ces types qui nous ont virés et qui voudraient nous faire passer des tests, dire qu'il a été un père, il a jamais rien refusé à personne, toujours à chercher une solution où y en a pas, à faire de son mieux, à tirer les morts de la tombe s'y fallait, alors on fait quoi, là, on le laisse tomber, on s'envole comme des cailles, non, pas possible, lorsque mon père était malade, il était à l'hôpital comme chez lui, le staff médical c'est tout juste s'ils le portaient pas dans leurs bras quand ça a commencé à aller mal, qu'il a failli tourner de l'œil, il lui a trouvé l'hélicoptère des services d'urgence pour le faire transporter à Vienne, j'ai pas su comment il avait atterri là-bas mais question argent, il a pas voulu en entendre parler, dis pas de bêtises, Victor, me rembourser, ça va pas la tête, t'es pas un gamin des fois, va plutôt rester avec lui, t'occupe pas, le fric on le fait c'est pas lui qui nous fait, des broutilles, file, t'as l'avion du siège j'ai payé pour, t'y seras en un rien de temps, il t'attend, avec un peu de bol t'arrives avant l'hélico, qu'il m'a dit, j'en ai pleuré en allant à l'aéroport, idem pendant des jours et des jours, jamais chez lui, pas le temps de manger, et maintenant je rentre au siège comme on va à l'office des morts, y faire quoi, y dire quoi, je donnerais tout pour qu'il reste en liberté à faire ses affaires, et au diable ce parti de merde, je sais qu'il a de quoi vivre neuf vies et quinze morts, comme nous, il trouvera toujours à s'occuper, personne changera le monde, il est foutu, un vieux vélo rouillé au fond d'une cour, rien de plus à en tirer, paraît que c'est cuit dans pas longtemps, alors tout ce qu'il a fait pour nous c'est foutu, nous on est le pays pour lui, on est si nombreux et on peut rien faire, pourquoi, nom de Dieu, c'est pourtant pas le seul qui s'en est pris à l'aut'démocratie, on est tous pareils finalement, les libéraux et nous, le même parti, c'est de la poudre aux yeux et si on le savait pas, ça pourrait encore passer mais voilà, on le sait, on a trafiqué avec eux hier encore et on arrêtera pas demain et après-demain, on sera le pays de Miron, tous les partis ensemble sauf que c'est lui qui ira en taule à nous regarder nous la couler douce, la belle blague, faudrait plutôt construire des prisons dans les sièges des partis et nous y enfermer tous, ça leur éviterait de nous trimballer à Rahova[8] ou va savoir où, suffirait de deux ou trois miradors, des fils barbelés sur les clôtures, deux ou trois vigiles ici et là, de quoi avoir à graisser des pattes, et terminé, rien de plus simple, sauf que ceux qui devraient le faire sont aussi à nous, à Miron, aux Services et ils jouent le même jeu, les mêmes combinaisons, ils sont couplés au fric public comme l'ampoule au fil électrique, y peuvent pas fonctionner sans ça, y a qu'à aller d'un portail à un autre dans cette zone du nord de Bucarest couverte de palais et demander, tu l'as pris où ce fric et ta grosse cylindrée, tu verras le truc, on y va tous en taule, quelques dizaines de kilomètres de barbelés et c'est bon, de quoi rester un bon paquet d'années derrière avec notre fric et nos bagnoles, de quoi nettoyer le pays, Miron l'a assez dit, pas vraiment comme ça, pince-sans-rire comme il est, constipé de naissance, pas de risque de l'entendre plaisanter sauf peut-être à l'enterrement d'un type qui lui a craché dans la soupe, pas le genre à rire, sérieux dès le berceau qu'il était, sûr qu'il faisait déjà la gueule à son père, à sa mère, à ses cousins, y fait toujours comme ça, les yeux à moitié fermés qu'il nous regarde tous, en deux mots il t'envoie t'enterrer tout seul, pas la peine d'insister, c'est un bulldozer qu'il a

8. Nom d'une prison des environs de Bucarest.

derrière les paupières, tu passes dessous, comme après trop manger, t'en sors plus tant qu'il a les yeux sur toi, sinon ça fait pas propre et tu repars à zéro, mais quand même je fais quoi moi quand je rentre là-bas, je vois vraiment pas, c'est même pas un problème, tellement c'est compliqué.

— Oui, chérie, dis voir.

— J'ai appelé ma mère pour qu'elle vienne à la maison me tenir compagnie, fais gaffe à toi, je dis que tu ferais mieux de pas te montrer à la télé ou de t'évaporer, c'est pas le jour de risquer de te retrouver sur une liste.

— Pas question de disparaître, a-t-il répondu à sa femme du ton le plus calme possible.

Il savait qu'elle ne lui voulait que du bien, c'était son genre, enquiquineuse, on la changerait pas.

— On en reparle un peu plus tard, le diable est peut-être pas aussi noir qu'on croit. Oui, je vous en prie, il avait pris un autre appel en s'asseyant sur un banc du boulevard.

— Victor, mon vieux, j'ai vu ta voiture, du couloir, je crois que tu ferais bien d'entrer, t'es plus un gamin, t'as plus l'âge.

— M'sieur Costin, je réfléchissais un peu, je sais pas que dire, Miron est peut-être un peu en rogne.

— On est tous là, une sorte de cellule de crise, ça serait pas mal qu'on discute un peu, il nous reste encore quelques heures, je crois.

— OK.

Il a éteint son téléphone, a regardé la pointe de ses souliers, remis ses cheveux en place, décidé d'en fumer une dernière. Et s'il y avait encore des solutions ? S'ils pouvaient le faire se tirer du pays ? Ils avaient des relations partout, c'était pas là le problème, fallait surtout qu'il accepte.

Il a écrasé sa cigarette à moitié fumée d'un coup de talon, a dessiné des ronds dans le gravier. Fallait quand même y aller, ça se faisait pas. Il s'est levé, presque voûté, il se sentait vieux d'un coup ou plutôt dépassé, toutes ces histoires. Le vigile lui a jeté un coup d'œil, surpris de le voir venir à pied, le regard vide, sans saluer, entrer par le portillon de la haie vive directement dans le jardin entourant la villa. Les pins immenses faisaient un peu d'ombre, pas vraiment assez en été, suffisamment lorsque les températures étaient supportables. Il s'est promené dans les allées de gravier soigneusement ratissé, s'est arrêté devant deux ou trois rosiers juste pour les regarder, a fait mine de s'asseoir sur un banc au soleil, s'est ravisé, en a choisi un au pied de l'imposante bâtisse du siège. La villa d'un millionnaire de l'entre-deux-guerres, une de ces maisons qui avaient survécu près de cent ans, l'air d'un château qu'on aurait coupé en deux pour en faire une résidence de vacances, une tour imposante sur un côté, une large pergola de l'autre, volets d'origine en bois, d'innombrables portes conduisant soit à l'entresol soit directement au premier, une construction compliquée d'autrefois, à une époque du minimalisme et de la grisaille. Le crépi brique foncé de la façade témoignait de temps révolus. Il a allumé une nouvelle cigarette pour mettre de l'ordre dans ses idées mais ça ne prenait pas. Un coup d'œil à la pointe de ses chaussures, il a fait un petit tas de gravier avec puis l'a démoli, faisant jaillir les petits cailloux de tous les côtés. Une seule solution à la crise s'esquissait dans son esprit, il n'y en avait pas des tonnes, tous réagissaient de la même manière quand ils se sentaient pris au collet, rien de honteux à ça. Il a tiré son téléphone de sa poche, a tapé un numéro :

— Iuliana, appelle l'aéroport, réserve un petit avion pour cet après-midi, a-t-il dit d'un ton sec.

— Mais c'est très court, ça va être très cher, a répondu la secrétaire.

— Pas grave, qu'il soit prêt à décoller, c'est ce qui compte.

Il a coupé sans prendre congé, s'est levé avec des gestes de vieil homme ankylosé, a fait les quelques pas indispensables pour atteindre l'escalier conduisant à l'une des portes arrière de la villa et il est entré.

À l'intérieur, silence de mort. Personne. Le grand hall central si lumineux d'ordinaire était cette fois plongé dans une semi-obscurité où rien ne semblait bouger. Il a regardé autour de lui, presque amusé, c'était pas fréquent de voir ce lieu aussi désert, les portraits des présidents eux-mêmes paraissaient encore plus seuls. Il a monté l'escalier aussi lentement que possible, des voix s'entendaient au fur et à mesure – pas fortes ni gaies –, humaines. Il a frappé pour la forme à la porte du cabinet numéro deux, a passé la tête, est entré sans attendre d'y être invité.

Costin était assis sur un des deux sièges Louis XV formant un ensemble avec une petite table devant une des fenêtres, entre les bibliothèques imposantes qui couvraient tout son bureau. Les volets étaient presque entièrement fermés, seul un rayon de soleil traversait la pièce et faisait une tache claire sur le mur opposé. Dans son faisceau lumineux, dans la fumée bleuâtre presque immobile d'un cigare, rien ne semblait vouloir bouger, l'air même paraissait figé. Costin – rondelet, pas spécialement grand, calvitie toujours invraisemblablement luisante, tiré à quatre épingles, jambes croisées comme un lord, regard blasé mais tranchant derrière des lunettes rondes retombant sur le nez – fumait, l'œil fixé sur l'interstice entre les volets.

— Victor, a-t-il dit d'une voix atone alors même qu'il semblait impossible qu'il l'ait vu.

— M'sieur Costin, a répondu l'autre.

Une main s'est levée paresseusement d'un des accoudoirs du fauteuil pour lui indiquer le siège libre à côté, la même pour lui montrer la boîte de cigares, il a choisi le plus fin, l'a coupé, allumé, silence. Ils fumaient en regardant du côté des volets à peine entrouverts, attendant chacun que l'autre engage la conversation.

— Miron m'a demandé de le laisser un peu seul, il a des appels à passer, je ne sais pas, il nous dira d'aller le voir après.

— J'ai fait réserver un avion, prêt à décoller.

— L'idée n'est pas mauvaise, après tout, je lui ai suggéré de partir un moment, on avisera en temps utile.

Silence à nouveau. La fumée bleue s'épaississait, Victor s'est dit un instant que la situation n'était peut-être pas si terrible, qu'il s'agitait pour pas grand-chose, ils devaient en savoir plus que lui sinon le siège n'aurait pas été si calme, tous ne seraient pas restés si tranquillement dans leurs bureaux à s'occuper, comme si de rien n'était.

— Si je comprends bien, a repris soudain Costin, et je ne comprends pas trop mal le monde où je vis, Miron est au bout de sa corde. Ils ont quasiment réussi à le mettre en taule, ça me semble clair. Depuis hier, j'ai mes indices assez clairs, je ne peux rien faire, on ne me répond presque plus au téléphone ou pas à mes questions, beau temps, n'est-ce pas ? Et on change de sujet. J'y vois que les Services et ceux qui gravitent autour ne veulent plus nous soutenir, ils ont tourné casaque, l'opposition leur va bien. Laquelle, on le sait, est pleine de gens de chez nous, un genre de dissidents, comment dire, ils veulent leur part du gâteau et un peu plus, l'idée c'est de se servir les premiers. Le côté pénible de l'affaire c'est qu'on n'a rien pour les coincer, la plupart d'entre eux n'ont pas encore été à la manœuvre, ils n'ont pas de dossier, le bon côté, plus sympa, c'est que nous avons la majorité au parlement pour l'instant et qu'avec ou sans Miron – ils ne pourront pas en faire si facilement à leur tête. Les prochaines élections seront décisives mais d'ici là on avisera.

— Mais je croyais...

— Qu'on était là pour parler de la condamnation de Miron, de voir ce qu'on peut faire, je sais. C'est bien ça. Je viens de voir le premier ministre déclarer à la télé qu'on est un État de droit, que la loi s'applique à tout le monde, bref, il nous lâche. Les solutions ne sont pas nombreuses, je le disais, elles sont toutes mauvaises, une fois bien pesées. En cas de condamnation, pas de doute qu'il pourrait ne pas se présenter, se cacher ou quitter le pays, avec un mandat d'amener aux trousses, la comédie est déjà lancée de toute façon, disparaître ne serait pas bien compliqué. Sauf que, surprise, a-t-il dit en levant les bras dans un geste théâtral et en se frappant le front, il ne veut pas. Il prétend qu'il va se rendre, qu'il ne va pas se cacher toute sa vie, la prison n'est pas pour les girafes, comme dit l'autre, et ce n'est pas si bête. Je te le dis comme il l'a dit. Pas question d'avions, de villa en bord de mer ou à la montagne pour se cacher, bien protégé par les Services, on y a encore des types qui nous doivent tout et en leur demandant gentiment... C'est non, non et non, parce que s'il se cache, ils sont capables de s'en prendre à son fils et ça pas question, plutôt cinq ans de prison, que de voir toucher à un cheveu du petit.

— Alors c'est clair, a dit Victor.

— Oui, il veut qu'on protège le petit, on le fera, le problème n'est pas là. C'est plutôt simple, ils n'ont pas grand-chose à lui reprocher, on l'a toujours protégé, à part une firme de tuning automobile, il a rien, un hôtel acheté dans les formes, quelques maisons, deux ou trois voitures, pas de quoi le coincer. Mais Miron n'a pas tort, on en a vu d'autres, ce ne serait ni la première ni la dernière saloperie.

— Ouais, a répondu Victor du ton le plus détaché. Je ne comprendrai jamais pourquoi on se colle en prison les uns les autres, ça me dépasse.

— C'est la variante la plus simple pour tout le monde. Pourquoi faire des trucs malsains quand on peut payer un procureur et des policiers, intéresser un juge afin de mettre hors jeu qui on veut ? Au fond, c'est notre façon de faire les affaires, non ? a répliqué Costin en souriant. Quand tout va trop bien pour certains, qu'ils ne veulent pas lâcher le pouvoir, on sort la justice. Miracle assuré. Annonce aux télés, ils font un bazar qui s'entend jusque sur la lune, tu connais la recette, le type doit ramper un temps, une fois qu'il est sur la touche, il comprend, il vaut plus un sou, il va en taule ou pas, peu importe désormais. Sauf que cette fois ce n'est pas pareil.

— Non. On est amis et cette histoire ne me va pas.

— Moi non plus, même si je n'ai rien à gagner, rien à perdre.

Victor n'a plus rien dit. Il a tiré une grande bouffée de son cigare, il l'a regardé dans les yeux :

— Je reviens tout de suite.

Le père de Victor s'affairait dans sa cour. Il avait embauché des ouvriers pour réparer l'allée de devant et donner un coup de peinture à la petite maison de derrière, il faisait toujours mille et une chose à la fois, convaincu que c'était ça la vie, ne pas être inoccupé une seconde, faire ce qu'il avait à faire sans déranger personne. Depuis que Victor, son fils, lui avait confié tant d'argent, il se sentait encore plus pénétré de sa mission dans le monde, il lui fallait conserver cet argent et, si possible, le lui faire fructifier, il n'était pas là pour être dépensé, toucher au magot du fils, ça non. Il ne se forçait pas, c'était comme ça depuis toujours, le monde ne pouvait pas marcher autrement, l'argent servait à acheter des maisons et de la terre, ne jamais les vendre, les garder, tout transmettre aux enfants et pour ça ne pas y toucher. Sans vraiment le savoir, le vieux Vicky ne faisait que perpétuer une science de l'avarice, presque un art dans la zone où il vivait, les enfants demeurant plutôt pauvres jusqu'à la mort des parents, s'enrichissant par héritage, ne renonçant jamais au moindre lopin de terre ni à la moindre maison achetés par leurs parents, tel était le monde où il avait toujours vécu, raison pour laquelle il avait refusé toutes les propositions de Victor de se rapprocher. Il avait sa vie et l'idée de quitter, même un jour lointain, le village où il était né ou la petite ville où il vivait maintenant dans son appartement trois pièces ne lui serait jamais venue. Chaque fois qu'il en était question, il se montrait plutôt ouvert, il avait appris à ne plus se disputer avec son fils, intelligent, riche, c'est sûr mais rien dans la tête, il se taisait donc avec une habileté sans égale. L'argent dont il disposait l'enchantait, il n'en dépensait pas un sou même chose pour son salaire de la mairie, son unique désir était qu'on le considère comme relativement modeste, petit employé qui avait par hasard quelques maisons et un peu de terre et, à son tour, un employé, pauvre hère de son village, surnommé Mouchensac auquel il confiait toutes sortes de tâches et surtout les soins à donner aux bêtes en son absence.

Ils se prenaient une eau-de-vie ce jour-là, il venait de voir à la télé l'affaire de Miron et se demandait s'il devait aller voir le petit ou pas, qui sait s'il n'avait pas besoin d'un coup de main, de discuter avec quelqu'un. Et pourquoi pas Miron lui-même, ils se connaissaient depuis toute une vie, ils avaient été au lycée ensemble, étaient restés amis, chaque fois qu'ils se retrouvaient ils se buvaient une bouteille ou deux d'eau-de-vie ou de vin en refaisant le monde, il n'y avait pratiquement aucune différence entre la façon de penser de Miron et la sienne. Sinon qu'il se disait que le premier avait un peu déraillé, que ceci expliquait peut-être cela, gagner de l'argent sans se montrer, sans le crier sur les toits était une chose, devenir dingue en vieillissant et vouloir gouverner le monde en était une autre, c'était pas bon, mais il avait beau lui dire, chaque fois qu'ils se cuitaient ensemble, rien à faire, il pouvait parler, il était seul à entendre. Il pensait que Miron l'avait bien cherché, que ça lui remettrait les idées en place. Et puis tant pis pour cézigue mais il entraînait Victor avec lui, savoir dans quelle mouise il le ferait entrer, il voyait déjà le petit en prison, la honte, « Qu'est-ce t'en dis, hein, Mouchensac, avoir des milliiions (il prononçait le mot avec plusieurs i sans le faire exprès) et aller en prison pour de l'argent qu'on n'a pas vu passer, que si on l'avait touché, je dirais pas. » « Ben vrai, m'sieur Vicky, y a pas à dire », répondait l'autre en tétant, songeur, son verre d'eau-de-vie.

Le surnom de ce Mouchensac lui venait d'une histoire ancienne à deux versions, l'une et l'autre de même sens. Dans la première, il était question d'une famille pauvre d'autrefois. Lorsqu'ils partaient à la foire, ils mettaient une mouche sur le blé ou le maïs de leurs sacs pour voir au retour si on y avait touché. Dans la seconde, le père Mouchensac mettait une mouche sur le sac de farine pour savoir si on ne lui en volait pas. Dès qu'il revenait il y filait et si la mouche n'y était plus, il s'en prenait au monde entier, tous des voleurs. Quoi qu'il en soit, ce Mouchsac, comme disait Vicky, avait plutôt hérité de la pauvreté de la première version car il n'avait jamais réussi à mettre trois sous de côté et se faisait embaucher à la journée ici et là, Vicky avait eu pitié de lui et lui versait une sorte de salaire, un peu d'argent, le manger et la boisson à discrétion, pour s'occuper de tout quand il partait. Ils s'entendaient à merveille, à telle enseigne que Vicky lui avait cédé quelques lopins de terre et il pouvait compter sur lui quoi qu'il arrive. Mouchensac, George de son vrai prénom, aurait coupé le monde en deux pour m'sieur Vicky, sa parole était d'or.

— Dis-moi Mouchsac, qu'est-ce t'en dis, je vais voir mon petit lui parler ?

— Ben, m'sieur Vicky, lui a répondu l'autre en tirant une forte bouffée d'une nouvelle cigarette, j'sais pas moi.

— J'aurais comme idée d'y aller mais je l'ai appelé c'matin, tu crois qu'y m'aurait dit de venir ? Alors pas question d'y aller pour rien des fois qu'il y serait pas.

— C'est ben vrai aussi, m'sieur Vicky.

— D'un aut'côté, je voudrais bien lui parler, à Miron aussi, on sait jamais.

— On sait jamais, a répondu Mouchensac songeur, il répétait d'ordinaire ce que disait Vicky ou ne disait mot.

— Parce que tu comprends, hein, a repris l'autre comme s'il n'avait pas eu de réponse, l'histoire c'est que tous les autres tiennent pas compte de moi mais va-t'en savoir, Miron, lui, je pourrais lui parler autrement, sauf qu'il a peut-être pas le temps, et j'irais pour rien. Sinon j'irais bien.

— Allez-y, m'sieur Vicky, c'est pas une affaire !

— Alors, tu t'occupes bien de tout par là, surtout les animaux, avertis ta femme que tu dors ici, avec les peintures et le reste dans la cour, faudrait pas qu'y en ait un qui nous joue un sale tour. Moi, je m'en vais chercher ma femme en ville et on ira leur parler, ça peut pas faire de mal.

— Bon, j'fais comme vous dites, lui a répondu l'autre calmement, sachant d'avance ce qu'il avait à faire et parlant pour dire quelque chose.

— Mais juste un moment que j'appelle Magda, lui dire de se préparer, que je l'attende pas celle-là aussi.

Il a pris son téléphone sur la marche d'escalier où il était posé, a choisi un numéro, a attendu.

— Allô, maaman, j'veux qu'on aille en ville parler à Victor.

— Où ça, hein ? lui a répondu la voix, même pas agressive.

— En ville, parler avec ces gens-là, tu regardes pas la télé ?

— Ben bien sûr que si mais tu crois qu'y-z-ont du temps pour nous ? Que tu comptes pour eux ?

— Ben maaman, je me disais que...

— Reste dans ton coin, occupe-toi de tes réparations, qu'est-ce tu crois faire à Bucarest, hein, pisser dans un violon ?

— Ben maaman, si tu le dis, j'y vais pas, a-t-il répondu, se ravisant d'un coup. Attends, coupe pas. Tu viendrais pas ici, Mouchensac nous ferait des petits poulets au grill et on resterait un moment ?

— J'ai à faire, on en parle dans une heure.

— Allez, t'appelles et j'envoie quelqu'un te prendre quand t'as fini, a conclu victorieusement Vicky, il se sentait à nouveau maître de la situation.

Il a coupé.

— Mouchsac, a'm dit de pas y aller, qu'y-z-ont pas le temps.

— Alors faut pas, chef.

— Alors vides-en un autre, je vais plus nulle part.

Mouchensac a levé ses cent-vingt kilos pour aller aux toilettes du hall, est revenu, a rempli les verres.

Vicky a pris le sien, l'a vidé, s'est essuyé du revers de la manche et, brusquement inspiré :

— Fais-voir cette bouteille ici. Qu'on boive un bon coup.

Ce n'était pas la liberté de Miron qui lui faisait souci, même si, quand il discutait, il ne cessait de prétendre que tout le monde lui tenait à cœur et réussissait à convaincre qu'il était le plus serviable des hommes. Non, son vrai problème c'était ces Matraquou, devenus des sortes de gros fermiers qui entreprenaient de faire main basse sur toute sa commune, payaient bien, rubis sur l'ongle et lui faisaient ombrage. Ces types-là (un bon cancer et que le diable ait leur âme, qu'ils brûlent en enfer) étaient vaguement parents avec un député du département, donc presque intouchables. Vicky se disait que s'il pouvait parler avec Miron et que l'autre puisse dire un mot à ce député, ça l'aurait sûrement pas débarrassé de ces types mais il aurait pu faire affaire avec. Il jouait depuis des années cette farce avec Miron, se plaignant de n'avoir pas le sou, lui soutirant des miettes ou des actions ici et là, se faisant aider. Cette histoire de prison ne lui allait pas du tout, elle ruinait tous ses plans et – amis ou pas – l'argent est l'argent, le reste compte peu. Et c'était pas de la méchanceté, qu'il se disait, mais qu'est-ce qu'il y pouvait ? Laisser ces types-là s'enrichir dans son village et pas bouger, ça non, du moment qu'il savait qu'il pouvait avoir une part du gâteau. Il y avait là-bas de l'argent de l'Europe à prendre à l'œil, de grasses subventions, des contrats tout faits, pourquoi pas lui. Et s'ils s'associaient, qui le saurait ? Après tout, ils pourraient continuer à se payer de grosses bagnoles, à se faire construire des villas, faire ce qu'ils voudraient, lui n'avait pas besoin de se mettre en avant, il prendrait juste sa part et tout le monde y trouverait son compte.

Et puis il voulait discuter de choses plus personnelles avec Miron et si ce que racontait la télé était vrai (mais va donc les croire, tous des vendus, des crapules) il craignait de ne plus guère avoir le temps, il avait promis des coups de pouce ici et là, ces histoires avec les Matraquou (des broutilles, quelques injures, quelques menaces) avaient tout gâché, il ne pouvait plus rien demander ni au maire, un copain de lycée, encore moins au député, celui-là, c'était sûr, l'aurait envoyé promener. Sauf que sa femme lui avait bien dit sans ambages : ou il aidait ceux à qui il avait promis un emploi – à l'hôpital, à la mairie, ou ailleurs – ou il les embauchait lui-même et là c'était une autre histoire, il fallait payer, elle ne supportait pas. Non et non, même si c'était des parents éloignés. Une chose était de rendre service ici et là et de savoir qu'on pourrait se le faire rendre le cas où et une autre de payer sans même avoir à quoi employer des gens, les boîtes que son fils lui avait montées n'avaient pas grand monde à engager.

Vicky se disait malgré tout qu'il devrait aller voir Miron pour lui en dire un mot avant qu'il ne soit trop tard, on ne savait jamais ce qui pouvait se passer. Bien malin qui le dirait. Il a failli en parler à Mouchensac mais il s'est ravisé, il s'est fait verser de l'eau-de-vie et il a tiré son téléphone de sa poche pour appeler son fils. La voix a tardé à résonner, il avait presque eu envie de renoncer à son appel :

— Oui, papa, dis-moi vite fait, je suis occupé.

— Victor, mon gars, je voulais parler à Miron de c't affaire d'association, histoire de savoir s'y peut dire un mot quelque part, qu'on s'entende avec ces Matraquou.

Victor a tiré une bouffée de son cigare, a longuement regardé par la fenêtre, levé les yeux au ciel :

— Papa, il a d'autres chats à fouetter, là, il ne manquait plus que toi.

— Ben oui, Victor, chacun ses soucis.

— Mais ça peut attendre cette association, non, t'as pas encore les pieds dans l'eau ?

— Et puis ces cousins qui veulent trouver une place, ta mère t'a dit, j'crois bien.

— Vouais, a répondu Victor, déjà exaspéré.

— Et j'voulais en parler à Miron, il a le bras long, y pourrait nous donner un coup de main.

— Laisse tomber, ils peuvent attendre, bon Dieu.

— Bon, Victor, si tu le dis, a répondu Vicky, brusquement rassuré. Sinon tout va bien ?

— Si je savais. Pas la moindre idée. Je te rappelle.

— Bien, petit, prends garde à toi.

— Pas de soucis, salut.

Le téléphone s'est arrêté en émettant le son habituel, Vicky est resté le regard vide, il ne comprenait pas grand-chose mais ça ne sentait pas bon. Il appellerait sa femme plus tard, personne ne lui dirait ce qu'il avait à faire.

Victor et Costin attendaient dans la semi-obscurité du bureau empli de fumée que le grand chef les appelle. L'heure que les télévisions avaient annoncée pour le prononcé du verdict de la Cour était déjà passée, on saurait donc sous peu si Miron irait ou non en prison.

Victor a entendu une porte s'ouvrir derrière lui. Le bruit lui a presque fait peur mais pas un muscle de son visage n'a frémi. Sans se retourner, il a regardé Costin pour deviner à ses traits si c'était le chef ou non. Sur le visage rond et luisant de son voisin s'est affiché un immense sourire, il s'est levé d'un coup pour atteindre la porte. Victor a tourné la tête aussitôt, presque machinalement. L'homme dans l'encadrement était grand, tiré à quatre épingles, un petit insigne au revers de la veste, une cravate très colorée nouée à la mode la plus récente. Ses chaussures étaient si luisantes que toute la pièce s'y reflétait. Mains fines, ongles extrêmement soignés, l'allure du parfait diplomate de carrière. Rien dans l'attitude ni le large sourire ne permettait de deviner de quoi s'occupait l'homme qui venait de les rejoindre pour la réunion, peut-être la plus mystérieuse à laquelle Victor ait jamais participé, même s'il comprenait de quoi il s'agissait, sans certitude aucune. Celui qui serrait la main de Costin était le chef des Services de Renseignement, ex-sécuriste ayant survécu à tous les régimes, occupé tous les postes les plus enviés et qui avait finalement été récompensé par ce qui avait tout l'air d'être la plus haute fonction de l'État roumain –démocratie pourtant, dans son genre. On savait très bien qu'il contrôlait, lui et ses affidés, nombre de grandes affaires, qu'il avait des pions dans tous les conseils d'administration des grandes compagnies publiques, que les secteurs de l'énergie et des communications étaient dans sa poche, que ce monsieur Théodor, c'était le nom qu'on lui donnait généralement, était l'homme le plus puissant du pays après le président, sinon le plus puissant.

Sans affecter la moindre surprise, Victor s'est approché des deux hommes, sourire de circonstance et main tendue. Monsieur Théodor l'a regardé droit dans les yeux en lui présentant une paume ferme et soigneusement inclinée. Victor a compris ce message de pair à pair mais ne savait pas encore comment le prendre. Costin a approché un autre siège de la table basse, ils se sont assis tous les trois face à la fenêtre. Enveloppés de fumée, seuls au monde, les yeux fixés sur l'interstice entre les volets immobiles. Personne, nulle part, n'aurait pu dire où ils étaient, qui ils étaient, pourquoi ils y étaient. Trois hommes dans un bureau, attendant chacun que les autres se mettent à parler, redoutant qu'une parole mal placée compromette le résultat souhaité, Victor surtout s'était promis de se taire, de ne rien solliciter ni offrir. Il se demandait si les deux autres s'étaient déjà rencontrés avant, si la discussion présente n'était que la suite d'une négociation antérieure ou si tout commençait là, dans le silence de mort de ce bureau proche de celui, plus silencieux encore, de Miron. Il n'avait pas trop de peine à se faire une idée de ce qu'ils pouvaient s'offrir l'un à l'autre mais ne se le serait jamais avoué précisément. Costin fumait paisiblement, les traits inexpressifs, il semblait s'intéresser terriblement à quelque chose de l'autre côté de la fenêtre. Théodor paraissait extrêmement satisfait d'être là, étudiait avec admiration ce qui l'entourait - était-ce une façon de signifier qu'il s'y trouvait pour la première fois ou de différer le début de la discussion, Victor n'aurait su le dire -, il avait accepté sans un mot de prendre un cigare et l'avait allumé en connaisseur. Victor l'observait du coin de l'œil. Le calme de son regard, son visage souriant, ses gestes détendus, ses vêtements parfaitement coupés, cravate à rayures orange et chaussettes assorties, bague à filigrane à l'annulaire de la main gauche, petit insigne au revers, pas de député ni de sénateur non, il ne savait pas exactement, autre chose, chemise bien boutonnée et ne dépassant pas plus qu'il ne fallait de la veste, gestes naturels pour s'asseoir jambes croisées, comme s'il s'apprêtait à attendre sans un mot la fin du monde. Victor se rappelait un matin à la montagne en Autriche, il s'était réveillé à quatre heures, était sorti de l'hôtel, tasse de café en main, s'était assis à une table sur la terrasse avec la forêt en face, le bruissement d'un ruisseau qu'il ne voyait pas et d'autres qu'il ne reconnaissait pas, il régnait le même genre de silence dans le bureau de Costin, quelque chose allait se passer, il se passe toujours quelque chose, évidemment, le tout est de savoir combien de temps on est disposé à attendre sans rien faire pour influer sur la marche du monde, comme si on n'existait pas, comme si – dans l'éventualité où ce serait la fin du monde – on allait être le seul à pouvoir dire que l'on n'y est pour rien, qu'on a été un simple spectateur. Car le cœur du mal est d'un froid de glace, plus pesant que la pierre, il ignore notre existence, il ne s'y passe rien, le mal est en dehors du mal, il est extérieur à lui-même, un monde dans un monde qui n'a jamais existé et n'existera jamais, et lui, Victor, dans le cœur du mal, choisissait de se comporter comme toujours, de la manière qu'il avait apprise, sans donner le moindre signe d'être disposé à agir d'une manière ou d'une autre, mais dans son seul intérêt, ne cherchant jamais à faire le mal sous quelque forme que ce soit, pas celui d'autrui en tout cas, non, il était exclu qu'il fasse le moindre geste comportant la moindre trace de mal.

— Je proposerais de ne pas prolonger, a dit Costin d'une voix brève qui a coupé en deux la fumée, le silence, le monde comme un coup de couteau. Cher ami, j'imagine pourquoi tu es là. J'imagine aussi ce qui se serait passé si tu n'étais pas venu.

— Possible, mon cher, a répondu le diplomate, le regard aussitôt glacial.

Victor s'est abstenu d'intervenir, il s'est carré dans son siège, a souri.

— J'ai idée qu'à cette heure Miron est déjà en route pour la prison même s'il est à deux pas de nous, a dit Costin. La question n'est pas pourquoi, même si on pourrait le savoir, ni qui, ça on le sait bien, la question est ce que tu attends de nous du moment que tu es ici.

— Mon cher, je pourrais te dire que je te fais une petite visite de courtoisie ou au contraire que je suis là pour me réjouir en ta présence. Mais je ne ferai ni l'un ni l'autre, je serai aussi sincère que possible avec toi aujourd'hui : je suis venu faire la paix, a ajouté l'homme des Services d'information. Négocier.

— Et cela ne pouvait pas attendre demain, a tranché Costin d'une phrase qui n'avait rien d'une question.

— Non, parce que j'ai décidé de ne pas aller voir le premier ministre, je suis presque sûr qu'il ne saurait dire de bêtises aux télévisions, j'en suis moins sûr dans ton cas, j'ai donc choisi la solution la plus simple pour tout le monde, éviter les surprises et, a-t-il ajouté avec un très léger sourire, d'éventuels désagréments.

— Que pourrais-je dire que je n'ai pas dit ? Il est clair que vous nous avez eus. C'était déjà clair quand vous avez jeté des foules dans la rue pour nous mettre toute l'Europe à dos, je n'ai pas douté un instant que vous nous aviez pris pour cible.

— J'ai averti Miron tant de fois, a répondu l'autre avec une apparente tristesse. Directement ou indirectement, je n'ai pas arrêté de lui donner tout ce qu'il voulait, personne n'a touché à un cheveu de sa tête – on n'aurait pas eu de peine à le faire. On ne lui a demandé qu'un tout petit service, ne pas tenter de modifier le cours général des choses dans le pays, de s'occuper de ses affaires et de ses fonctions, rien d'autre. Au fond, a-t-il ajouté, il lui aurait suffi de débiter ses bêtises sans s'en prendre à tout le monde, de promettre des changements sans préciser de date, de dire tout et son contraire aux télés, de mentir avec élégance comme tout politicien qui se respecte. Eh non : il s'est senti mis à l'écart alors qu'on lui offrait sans cesse de faire la paix, il s'est mis en tête de faire sortir le pays de la voie de l'alliance avec le monde de l'ouest pour faire n'importe quoi, sans le savoir lui-même, quelque chose que je ne veux surtout pas imaginer, un genre de réalignement avec l'Est, j'espère qu'il n'est pas bête à ce point.

— Et pour ça, il fallait le mettre en prison alors qu'il est le seul politicien, probablement par peur, qui n'a pas fait de bêtise ces dernières années, a dit Costin d'une fois toujours aussi atone.

— Mon cher, a dit Théodor, on aurait pu le mettre en prison depuis longtemps même s'il avait passé toute sa vie au monastère sans jamais avoir rencontré que ses collègues moines, le problème n'est pas là, tu sais bien. De même que tu sais, a-t-il dit pour détendre un peu l'atmosphère, que nous continuerons à collaborer, que les listes des partis sont faites pour la racaille, foin d'illusions, on n'est pas à une émission de grande écoute. Nous avons toujours bien collaboré, nous avons été, nous restons tous amis, Miron est le seul qui a décidé de ne plus l'être et maintenant il arrive ce qui devait arriver aux gens qui ne savent pas respecter les conditions d'une correcte convivialité.

— Sérieux ? a dit Costin en regardant par la fenêtre.

— Sérieux.

— Sérieux ! J'espère que tu sais que j'ai mes contacts, que dans les deux minutes qui suivent toutes les télévisions peuvent annoncer que tu es ici et reproduire exactement ce que tu viens de me dire, a poursuivi Costin d'une voix glaciale. Depuis que tu es entré je ne pense qu'à ça, appeler deux reporters et te demander de leur faire une déclaration puisque tu es là.

— Mon cher, nous savons tous les deux que tu es trop intelligent pour ça et que si je suis ici ce n'est pas pour autre chose, sinon tu serais ailleurs et tu ne menacerais personne, a répondu l'autre en souriant. Ce genre d'embrouilles ne sert à rien, fais plutôt servir un café.

Costin a porté la main à sa poche poitrine comme pour sortir son téléphone, s'est levé lourdement du siège où il était resté collé jusque-là, est allé jusqu'à son bureau, a fait semblant de mettre un peu d'ordre dans ses papiers, le sécuriste a continué de regarder calmement par la fenêtre, Costin a jeté un coup d'œil à Victor qui a pris son téléphone, a formé un numéro et a dit sèchement :

— Radu, trois cafés.

Victor ne savait pas s'il devait intervenir dans la discussion ni si les deux autres discutaient avec lui, peut-être leur était-il nécessaire comme témoin et n'était-il là que pour ça. Il ne savait pas non plus s'il s'agissait de leur première rencontre ou de la reprise de négociations antérieures, si Costin n'avait pas vendu Miron depuis longtemps, s'il n'assistait pas à un genre de signature de contrat à long terme entre les deux partis, rien ne filtrait dans ce qu'ils se disaient sinon cet étrange « Nous avons toujours bien collaboré », au fond tout était possible, pour Costin ce qui se passait là était peut-être normal et cette rencontre pouvait fort bien être connue de Miron lui-même, il a décidé de se taire alors que ça lui brûlait la langue de demander sèchement s'il participait à la discussion ou s'il devait sortir.

— Mon cher Victor, a dit le sécuriste comme s'il venait de lire dans ses pensées, nous sommes de vieux amis, Costin et moi, mais pas au point de ne pas nous contredire ici et là. Et ce n'est pas notre première rencontre sur le sujet, ce ne sera pas la dernière, a-t-il ajouté avec un sourire entendu, mais tu te demandes peut-être pourquoi tu es ici.

Victor n'a pas répondu, Costin est revenu s'asseoir, la porte du bureau s'est ouverte sans bruit, le secrétaire est entré avec les cafés, les a posés délicatement sur la table, a vidé le cendrier. Costin a pris sa tasse sans la soucoupe, s'est levé, s'est posté, en leur tournant le dos, près du faisceau lumineux des volets.

— Victor, a repris Théodor, où tu en es avec ton quartier ?

Il a réussi à contrôler ses traits puis à boire son café sans que le moindre muscle de son visage frémisse, il se savait suivi, qu'ils étaient au fait de presque tout sur lui, mais l'offre était trop claire et brutale, il a préféré ne rien dire en regardant calmement celui qui lui parlait.

— Je te demande ça parce qu'on pourrait simplifier les choses, énormément, si tu voulais bien parler gentiment de nous dans les milieux d'affaires, je ne dis pas sans nous accuser d'être sécuristes, et autres sornettes du genre, ne changeons pas les belles histoires qui font tourner le monde surtout quand elles sont vraies à propos de nous tous, tu comprends, a-t-il poursuivi d'une voix mielleuse laissant entendre que la justice devait suivre son cours.

— Et pourquoi devrais-je faire ça ? a demandé calmement Victor. Je pourrais très bien dire autour de moi que tu es venu ici nous annoncer la sentence avant qu'elle soit rendue, que Miron a eu raison d'avance, pourquoi pas ?

— Parce que, tu m'obliges à me répéter, tu es trop intelligent pour ça, et j'espère que tu imagines que si tu le faisais nous ne pourrions plus être amis. D'autant que j'ai appris que tu es un gros actionnaire de combinats de la Mère Russie, je pourrais faire comprendre à d'autres de quel milieu tu proviens et ça risquerait de ne pas te convenir.

— Je pourrais le dire moi-même, a répondu sèchement Victor, c'est mon argent.

— Tu pourrais, bien sûr, tout est possible. Mais tu ne veux pas le faire parce que, je le répète, tu es trop intelligent et que nous veillerons à ce que tu ne perdes rien. Voici le plan, mon cher, que je te mette au courant, évitons de discuter plus longtemps : il y aura un gouvernement de transition dans lequel nous donnerons l'impression d'accueillir ceux qui veulent changer le monde aujourd'hui. Six mois, un an au plus. Après on les vire et nous faisons ouvertement alliance et tu pourrais devenir, disons, ministre de l'Économie ou autre, au choix. Ou alors... a insisté Théodor dans un murmure d'une infinie tristesse.

Au même instant, par miracle ou selon un calcul extrêmement précis dont les ressorts commençaient à lui échapper, le téléphone de Victor a vibré dans sa poche.

— Ma femme, excusez-moi, a-t-il dit pour mettre une pause dans la discussion.

Il a ouvert le message, la photo d'une voiture garée devant chez lui avec dedans deux types qui semblaient n'avoir rien à faire. Il a regardé l'écran avec le plus grand calme, a prononcé un bref OK, a levé les yeux sur l'autre sans rien dire.

Théodor a souri, a pris sa tasse, bu une gorgée de café.

Victor de même, le regard à nouveau fixé sur son téléphone.

Venant du portail de derrière la villa et donnant sur la cour, en short kaki et maillot bleu clair ou peut-être blanc, rondelet, coiffé au bol, deux yeux brillants, genoux éraflés, d'un pas ni pressé ni lent arrivait l'enfant de la maison d'à côté dont Costin se demandait toujours, en l'apercevant, à qui il pouvait bien être : il se dandinait en se rapprochant de son terrain de jeu favori, l'escalier de secours. Il ne savait pas depuis quand il avait pris l'habitude d'entrer dans la cour pour y jouer, personne ne lui avait jamais rien dit, même Miron avait fait signe un jour au vigile qui voulait absolument le faire sortir qu'il pouvait le laisser. « Je peux rester ici en attendant mamy après son travail, se disait-il en parlant tout seul, si j'ai de la chance le chat viendra, on s'amusera. J'ai dit à mamy que si je suis pas à la maison, je serai ici, elle me dira rien si elle me trouve pas là-bas. Et puis tiens, y a personne sur la terrasse, je peux y aller. » Il a monté doucement l'escalier de service, presque craintivement, s'est assis sur une marche en cherchant le chat des yeux. « Un jour mamy me laissera aller au foot avec les autres et après on ira manger des burgers et de la glace, je serai sage, elle a dit, elle me laissera plus seul à la maison, minou, minou, minou, tu viens pas qu'on joue ? » Costin le regardait avec curiosité, il aurait bien voulu savoir qui était cette mamy qui le laissait seul chaque jour et lui parler, elle n'avait peut-être pas les moyens de lui faire faire du sport, non, quelle idée, quand on vit dans un quartier comme ça, pareille hypothèse était idiote, en tout cas ce gamin était devenu une présence fantomatique régulière dans la cour et Costin était inquiet chaque fois qu'il ne le voyait pas, se demandant ce qui avait pu se passer. « Mamy a dit que si j'avais des bonnes notes elle m'achèterait un petit chien », avait repris l'enfant. « Y sera qu'à moi, on se promènera dans le quartier, on jouera tous les deux, on mangera ensemble. Ah, une sauterelle, si je l'attrapais, m'sieur Miron et m'sieur Costin ont dit que je peux jouer dans la cour tant que je veux, savoir si ça mord les sauterelles, sinon mamy me grondera mais de toute façon elle me gronde toujours, je sais pas ce que je lui ai fait. » Il s'est levé avec des gestes très lents et longuement répétés, s'est approché de la sauterelle posée sur la balustrade, a posé une main tout près, la gardant immobile quelques instants, se disant probablement qu'elle s'habituerait à sa présence et ne fuirait pas. Puis il l'a saisie par un élytre et l'a soulevée à la hauteur de ses yeux. Il l'a étudiée attentivement, comme un entomologiste qui viendrait de découvrir une espèce nouvelle, totalement différente de ce qu'il connaissait jusque-là, puis il a refermé son petit poing pour l'empêcher de fuir sans lui faire de mal. « Je vais t'emmener à la maison, tu seras mon amie jusqu'à ce que mamy m'achète le petit chien qu'elle m'a promis, je voudrais un golden retriever ou un labrador, ils sont si sympas avec leurs grandes oreilles et leurs yeux qui semblent parler, il sera mon meilleur ami. » Une idée a germé dans l'esprit de Costin, installer un chien dans la cour ou même en faire cadeau d'un au gamin, histoire de s'éloigner de Théodor et de Victor qui buvaient leur café à quelques mètres de lui en se taisant de manière élégante. L'enfant s'est brusquement levé. Au moment même où il se redemandait comment il pouvait bien s'appeler, question qui n'aurait probablement jamais de réponse, Costin l'a vu partir sur la droite, gambader sur la terrasse, poing refermé sur la sauterelle en parlant tout seul comme d'habitude, puis l'a entendu crier : « M'sieur Miron, m'sieur Miron, venez que je vous montre quelque chose ! Venez, ça sera vite fait ! » Pas de réponse, puis la porte de la terrasse qui s'ouvre et l'enfant : « J'ai attrapé une sauterelle, je vais l'emporter à la maison mais je reste encore un peu ici en attendant mamy, à la maison c'est pas amusant. » Costin tentait de s'imaginer le visage de l'homme ne disant mot face à l'enfant, à quelques mètres de lui. Il avait voulu lui parler le matin même mais Miron s'était muré dans son mutisme et tout le temps qu'ils avaient passé ensemble il ne lui avait même pas accordé un regard, chacun assis à son bureau, séparés par un mur de silence impénétrable. Il ne parlait pas plus à l'enfant. Celui-ci n'en cherchait pas moins un nom pour l'insecte et ne se laissait pas impressionner. « Il s'appellera Frodo », a-t-il dit dans une inspiration soudaine. « Frodo et c'est mon meilleur ami, il a neuf ans, il vient d'Afrique, ses parents et ses copains sont loin, loin. Vitement que mamy vienne pour que je le lui montre, elle ne tardera pas, elle m'a promis, on ira manger des éclairs et après on regardera la série. Vous avez vu l'épisode de cette semaine, j'ai pas bien compris pourquoi le père est mort, mamy a pas pu m'expliquer, elle a passé tout son temps sur son téléphone, je suis sûr qu'elle a rien vu du film, on regardera peut-être le replay, on fait que ça en attendant papa, c'est chouette et après on va en ville manger des gâteaux. » L'autre ne répondait toujours rien, ces scènes entre lui et l'enfant étaient fréquentes, presque quotidiennes, de sorte que tous savaient qu'il était le bienvenu ici. « Bon, alors je vais à la maison chercher une petite boîte pour Frodo, ça sera sa maison. Ou peut-être que je le laisserai libre, il aime peut-être pas être enfermé. » Costin l'a vu traverser la terrasse, la porte s'est refermée derrière lui, il a descendu les marches avec précaution, a parcouru l'allée jusqu'au portail, montré son nouvel ami au vigile et a disparu.

ELLE A REFERMÉ AVEC SOIN la porte en verre, s'est dirigée vers sa voiture, s'apprêtait à se mettre au volant quand le téléphone a sonné.

— Oui, baby, je suis en ville, j'allais rentrer, je suis passée un peu chez le coiffeur, oui, quand je reviens dans le quartier, non, je sais pas, allez, Oana m'appelle, bises, love you too, je te SMS, oui, cocotte, dis-moi un peu, café, bien sûr, on y va, t'es où, je suis là en five, girl, on parlera un brin, chouette qu'on soit sorties en ville en même temps, a dit Corina, renonçant brusquement à prendre sa voiture et partant à pied dans la rue baignée de soleil.

Villas les unes après les autres sur les deux côtés, elle aimait se balader là, c'était le monde dans lequel elle avait toujours espéré vivre un jour, elle s'y sentait plus maîtresse d'elle-même que jamais. Elle a vu des immeubles en construction, s'est promis de penser à chercher les prix des appartements à ce stade de travaux, y avait peut-être une affaire, acheter à crédit, ils avaient encore de quoi, pour louer, ça rapporte toujours, plus ou moins, en tout cas c'était un bon investissement et c'est bien connu, l'argent pas investi est perdu, elle le savait, le monde est plein de pauvres et d'imbéciles pas capables de mettre un sou de côté qui arrêtent pas de se plaindre sans rien tenter, ils attendent que ça leur tombe tout rôti, des inconscients, pas étonnant qu'ils fassent chou blanc, ils ont rien dans la tête, un point c'est tout, s'est-elle dit, très contente d'elle-même en parcourant les derniers mètres qui la séparaient de la terrasse où l'attendait sa meilleure amie, la dernière en date, comme toutes les autres qui cessaient de l'être à la seconde où elles étaient instantanément supplantées par la nouvelle pour les sorties en ville.

La terrasse n'était pas très grande, sept ou huit petites tables alignées parallèlement le long du trottoir, au pied d'un immeuble bon chic bon genre où apparemment il ne se passait rien. En dépit des voitures qui circulaient en trombe sur le boulevard, il n'y avait presque aucun bruit. Corina se sentait légère, contente, quasiment exubérante. Elle se l'était admirée pendant que la fille du salon l'épilait, elle était au poil, lisse, rose à souhait, juste ce qu'il fallait pour une soirée spéciale, lui avait-elle murmuré, et l'autre lui avait rajouté un lubrifiant extra tenant jusqu'au lendemain, elle s'y connaissait, ce n'était pas pour rien que toutes les petites malines venaient la voir, aucune ne s'en plaignait, Corina en tout cas était toute chose, elle en avait des bouffées lorsqu'elle imaginait ce qui allait se passer, du beau monde, champagne, danse, un type tout neuf à dresser, rien de plus formidable au monde, elle avait envie de danser de joie dans la rue, de chanter et de danser comme une folle.

Elle s'est approchée, légère comme un flocon, d'Oana, une de ses chérieschéries, comme elle disait, platinée, botoxée, refaite, nichons tout neufs, une gueule de Barbie qui l'avait toujours rendue un peu jalouse mais elle se savait une chériechérie elle aussi et cette jalousie était constructive, tournée vers un avenir meilleur où le concours se poursuivait, pas du genre amer ou violent qu'elle constatait chez d'autres. Chaque chériechérie a son talent propre, se disait Corina. Quant à Oana, en dépit de ses efforts pour rester une poupée toute neuve, elle n'était pas un bon coup pour les hommes, un type avait dit à Corina lors d'une fête qu'il y avait pas grand-chose à en tirer, il l'avait essayée et c'était guère mieux qu'une poupée gonflable qui restait les yeux au plafond et filait sous la douche quand c'était fini comme si on l'avait salie. Peu importe, se disait Corina, elle semble avoir bon cœur.

— Comment tu vas, chériechérie, a-t-elle crié en arrivant sur la terrasse, ça fait mille ans, tu te cachais où ?

— Moi, ça va très bien, chériechérie, c'est toi qui fais des cachotteries, t'es bijou de chez bijou, t'as peur de sortir de vot'quartier ou quoi, je t'ai crue morte.

— Les chevaux meurent pas pour faire plaisir aux chiens, t'as déjà vu un diable mort ?

— Je t'ai commandé un café au lait cannelle, tu adores, il est pas trop chaud, tu peux le boire.

— Merci. Je suis morte de soif. Oui bonjour, s'est-elle adressée cérémonieusement au garçon, une eau plate, une tranche de citron et glaçons, oui, alors raconte, cocotte, t'as fait quoi depuis ?

Oana et Corina représentaient, mises ensemble, un genre. Des centaines d'années d'évolution sociale, ces deux amies qui se prenaient un café dans une rue banale. Des centaines d'années d'efforts répétés pour ciseler le concept de l'enrichissement du parvenu se reflétaient dans leurs vêtements, leurs gadgets, leurs corps effilés faits pour traverser le monde. Des centaines d'années de pauvreté s'achevaient par une soif d'argent qui rappelait celle des peuples envahisseurs du Moyen Âge et du début du XXe siècle. Les deux femmes étaient du genre des barbares des portes de l'Europe, sauf qu'elles ne passaient plus personne par le feu et l'épée – on ne construisait plus de pyramides avec les crânes des vaincus –, leurs victoires consistaient en actes de propriété, en comptes bancaires de plus en plus gonflés, en actions et crypto-monnaies en tous genres ; entrer dans leur collimateur ne présentait guère de risque de mort mais un sérieux risque d'appauvrissement. Corina jouait son rôle de conquérante du sein d'une famille apparemment heureuse, Oana avait choisi une autre voie, moins perfide mais non moins dévastatrice. Elle était entrée dès ses années de faculté dans l'industrie du vidéochat, avait commencé à gagner des sommes relativement importantes, à se faire des relations et dès la fin de ses études avait occupé un poste de *Public Relation* la mettant en contact direct avec des gens qui, sans intermédiaires, pouvaient lui offrir beaucoup d'argent pour son image. Elle était ce que l'on appelle joliment une escorte de luxe, en fait une prostituée qui, outre les services sexuels prévus par le contrat, accompagnait de riches personnages, parfois même des dames désireuses d'aventures à l'étranger car dans le pays la chose n'était pas très bien vue quoique tolérée. Elles s'étaient liées d'amitié pendant leurs études et l'étaient restées longtemps car le job de rêve de Marcel et les investissements placés par Corina avec un sens suspect de l'opportunité n'étaient pas sans rapport avec les relations d'Oana. Laquelle, outre son image de femme indépendante, était devenue très riche, possédait non seulement un immense portefeuille de propriétés et d'actions dans le pays mais aussi des maisons à elle ou en location de longue durée dans quelques grandes villes à l'étranger et les stations de luxe où elle traitait ses affaires. De Biarritz à Courchevel, Monaco, Milano, Capri, Corfou et la Crète, elle avait tissé une vraie toile d'araignée sur laquelle elle jonglait avec un talent enviable. L'une et l'autre des deux femmes buvant leur café dans une rue presque anonyme des abords d'une capitale à l'est de l'Europe ne révélaient rien de ces activités qui devaient rester à l'abri de tout regard, elles n'avaient pas connu le communisme mais se conformaient à l'un de ses principes éternels : ne jamais faire étalage de rien. Devise de tout parvenu qui ne saurait guère justifier autrement sa grosse fortune sans s'accuser et se ridiculiser publiquement, sans reconnaître qu'il a volé, sans hurler à la face du monde : je suis riche oui, j'ai été payé pour baiser et je me suis enrichi.

— J'ai fait de tout et de partout, ma cocotte, la course, le boulot. J'arrive d'Italie, demain je suis à Londres, un contrat, le job, quoi.

— Et ça marche, ça roule ?

— De mieux en mieux. Tiens, je t'envoie une crypto, t'investis, du concret, je connais le type qui l'a lancée, il me refilera des tuyaux béton, un bon coup pour toi et des miettes pour ta chériechérie.

— Comme si c'était fait, tu m'écris. Sinon ?

— Rien de spécial. Des touches, ici et là. Et toi ?

— Un truc, ma cocotte, a dit Corina, le visage soudain rêveur et rayonnant, tel un ange descendu du ciel. Un type du quartier, *Le morceau*, il m'a invité à une party et j'ai envie de l'essayer, je me suis faite belle pour ça, a-t-elle ajouté en rougissant à peine, de plus en plus émue. Tout feu tout flamme, qu'il est, ma cocotte. Riche, beau comme un dieu, faut quand même que je sorte de mon trou, que je vive, c'est la mort dans c'tte maison avec le gamin et Marcel, j'en peux plus. Et je me le baise ce soir, tu sais ce que c'est, j'en ai le tournis rien que d'y penser.

— Pas vrai, ma cocotte, à ce point ?

— J'te jure, le dernier c'était y a trop longtemps peut-être, je résiste plus et puis ce qu'y a surtout c'est que je sais presque rien de çui-là, c'est doublement une affaire.

Le désir de Corina commençait à tisser un voile autour d'elles, Oana, généralement incapable d'émotions et de sensations, était entraînée dans la passion d'adolescente de l'autre. Il en avait toujours été ainsi : Corina était la passion, le volcan qui couve, qui fait éruption de temps à autre pour exploser de manière incontrôlable, prête à tout détruire pour un engouement de ce genre. Il y avait tant d'entrain en elle, dans ses mots, dans la manière dont tout son corps se portait en avant lorsqu'elle parlait des hommes qui lui plaisaient, qu'Oana ne pouvait guère ne pas entrer dans son jeu et ne pas sentir, serait-ce pendant quelques secondes seulement, le feu intérieur de l'autre. Elle s'est donc entendue dire :

— Et nous, baby, on s'aime plus ?

— Quand tu veux, a répondu Corina en posant une main sur la sienne, à la première occasion.

Autour d'elles se reformait la toile qui les avait maintenues liées pendant près de vingt ans. Celle du désir secret qu'elles vivaient, parfois sans même se voir pendant des mois, qu'elles portaient en elles depuis leurs études et qui, de façon inexplicable, n'était jamais devenu public alors que les deux amies avaient une relation stable, si on avait jamais songé à la nommer ainsi. Corina était la seule à savoir transformer Oana en une bête ivre de désir, la seule à pouvoir lui faire oublier ses intérêts, la métamorphoser en un être s'adonnant au plaisir. Et elle tenait elle aussi à ce corps qui était sa propriété, elle avait décidé de ne jamais l'abandonner, Oana était son autre mari, secret mais toujours présent dans tout monde imaginable. Le corps qu'elle aimait se nommait Oana.

Sauf que le temps manquait ce jour-là. Corina avait à résoudre des milliers de problèmes d'ici le soir, Oana devait comprendre.

— Faut que je parte, ma cocotte, j'ai des tonnes de trucs, je veux pas être en retard ce soir.

— Bien, chériechérie, a répondu Oana de sa voix la plus chaude. On se verra bien, a-t-elle poursuivi avec un soupçon de regret dans le ton.

Corina a ramassé ses affaires sur la table, s'est levée, Oana aussi, s'est approchée d'elle. Elles se sont embrassées, Oana a posé doucement sa tête sur son épaule, Corina sa main sur son cou, ses lèvres sur les siennes et lorsque leurs langues se sont touchées, lorsque leurs corps se sont effleurés une fraction de seconde, lorsque leurs respirations se sont mêlées, qu'elles se sont abandonnées au même frisson qui les tenait unies depuis des années, Oana a poussé un cri bref, a rougi, a presque vacillé et dit, d'une voix entrecoupée, le visage ému :

— Ça me suffira pour Londres et pour quelques jours de plus.

Un sourire chaleureux, Corina le lui a rendu, elle avait compris, elle est retournée à sa voiture garée devant le salon de beauté.

JE NE SUIS PAS IDIOT, ni bête ni inconscient. Pas couillon non plus. Pas un poulet du jour.

Il regardait l'écran sans grande émotion, les mots étaient là, le billet d'avion aussi pour l'après-midi, entre le courriel et le moment où il devait arriver à l'aéroport, il restait quelques heures, pas assez en tout cas pour qu'il puisse s'assurer qu'il la retrouverait au retour. D'un autre côté, dire non à Robert était très risqué, il ne savait toujours pas quelle pouvait être sa réaction devant un acte de refus caractérisé mais il savait très bien qu'il ne pouvait rien faire sans lui. Il était parvenu en quelques années, partant de zéro, au sommet de la pyramide en compagnie du petit nombre qui pouvait vivre de la culture dans un pays qui en manquait cruellement, il avait réussi – uniquement grâce à ceux qu'il avait derrière lui – à faire de deux livres dont il n'était même pas très fier une source de revenus égale ou supérieure au salaire d'un employé très bien payé de multinationale, s'était fait un nom, au moins dans les cercles où cela comptait, la proposition de Robert ne devait donc pas seulement être prise très au sérieux, cela allait sans dire, elle passait avant toute autre option.

Mais il avait beau se persuader que ce voyage ne saurait être refusé, il ne pouvait ignorer certaines choses. D'abord qu'il était très possible que l'étoile de ceux qui le soutenaient pâlisse définitivement ce jour même et que – parti ou pas – il se retrouve sans moyens le mois d'après. Il n'était pas exclu qu'il ne touche plus un centime, qu'il se voie carrément écarté de tout événement assurant un honoraire provenant de l'argent public. Il avait trop bien compris le jeu littéraire, une combinaison de ventes modestes, de publicité massive, de rentrées d'argent en majorité subventionnées mais surtout qu'écrire était survivre, tenter désespérément de rester à flot en attendant le livre qui le propulserait hors des frontières, dans un monde peut-être meilleur, pas aussi mauvais en tout cas. Mais il y avait pire, il lui semblait très vraisemblable que ce qui se passerait ce jour-là ferait de lui la cible d'un lynchage radical de la part des propagandistes avec qui il mangeait deux jours plus tôt, qu'ils fassent de lui un bouc émissaire politique – chose terrible car le discours politique était tout et sa littérature, comme celle des autres, était lue à travers cette seule loupe. Or, il s'était tissé lui-même un cocon où il entretenait tant bien que mal une vision esthétique et un idéalisme difficile à mettre en acte. Il se disait toujours que tout ce qu'il faisait de peu reluisant, c'était par besoin, qu'il continuait à fréquenter ces gens-là parce qu'il n'avait pas d'autre solution tout en n'ignorant pas, au fond de lui-même, que la vérité était légèrement plus nuancée, qu'il y entrait aussi de la désinvolture, du désir de parvenir, tous sentiments si communs, si universels – il l'avait dit lui-même un jour – bien qu'à la limite du pardonnable.

Et puis : les frôlements, les imprévisibles cadeaux de prix sans fin, l'apparente sincérité des conversations, la nostalgie de temps qui n'avaient jamais existé, la mélancolie de ses regards dès qu'ils étaient seuls, c'est-à-dire presque chaque jour depuis des années, un assaut dépassant l'imagination, témoignant d'une patience qu'aurait enviée un ange incapable de mieux. Il le savait : Robert ne l'aidait pas pour rien, jamais l'idée d'une amitié à ce point innocente n'avait existé, le désintéressement n'était qu'un masque que se mettait un homme qui l'aimait. Qui l'aimait avec le désespoir des gestes ultimes, les gestes de qui est trompé jour après jour et irait à l'autre bout du monde sachant que rien ne l'y attend.

Au fond, c'était bien de cette relation entre deux absents, de cette amitié qui n'avait même pas atteint le stade de l'amour platonicien qu'il avait tiré ses anges. *Anges morts,* le livre auquel il travaillait depuis si longtemps et qui n'était rien d'autre que leur histoire, une histoire qu'il diluait en y incorporant les faits et les événements quotidiens et dont il voulait, sans jamais en parler publiquement, faire le texte réunissant les deux ailes de la propagande dévastatrice du monde culturel, l'inclination des progressistes pour une sexualisation châtrée accompagnée d'une liberté aussi limitée que possible et l'obsession des esthètes à l'égard de ce qu'ils nommaient – d'une formule aussi stupide qu'anachronique – la suprématie de l'esthétique. Une idiotie plus grosse qu'eux, évidemment, mais pas plus que la conviction des autres que l'on peut baiser ici et là, que toute discussion est inutile. Il construisait son texte avec une patience d'ange qui meurt et regarde le monde avec un sourire de pardon, persuadé que les camps adverses finiraient par lui dresser ensemble une statue, qu'ils feraient de lui ce qu'il méritait d'être, le préféré de tous, le vainqueur détaché de la course à l'argent, à la visibilité, à la gloire qu'était la littérature. Il veillait donc à garder un équilibre parfaitement contrôlé, ne s'exprimait en faveur d'aucun des deux camps, non qu'il n'aurait pas su choisir mais afin de garder le contact avec tous, leur emprunter leurs idées et écrire son livre, chose impossible en l'absence d'informations précises sur les variations idéologiques des uns et des autres. Il les accueillait de manière égale dans sa revue et dans le supplément culturel du grand journal qu'il supervisait, car des conversations il pouvait soutirer un peu de ce qu'étaient leurs convictions et – avec une abnégation dont il ne se serait jamais cru capable – transformer ces contacts en une histoire qui, dans ses origines, n'avait rien à voir avec ce que dégoisaient ces inconscients mais était celle qui était en train de se dérouler, s'écrivait en même temps que le livre, était le livre.

Il fallait aussi que Robert ne s'éloigne pas, qu'il ne devine pas ses manœuvres, qu'il reste à ses yeux ce qu'il avait toujours été, un petit naïf, même s'il se disait qu'il était loin de l'être, qu'il s'imaginait qu'il finirait par le violer un jour – un sacrifice à consentir, que ne fait-on pas pour l'art et une soupe améliorée.

Mais le grand problème, celui qui pouvait tout enrayer définitivement, le seul facteur, au fond, qui risquait de peser sans appel sur toute décision s'appelait Roxana. Sa Diotime à lui, la vraie, pour qui il mettait tout en jeu, devant laquelle il ne bronchait pas, son grand amour, l'unique, le dernier, sa fin du monde, sa Roxana à la chevelure de soie, aux yeux bleus de mer, aux mains de velours qui le caressaient dans ses moments de désespoir, au regard plus doux que celui des anges, Roxana avec laquelle, dans un moment de folie, il avait emménagé, à laquelle il ne pouvait dire qu'il partait avec un homme dont elle savait quelques petites choses, la fille, enfin, qu'il envisageait d'épouser bientôt, qu'il ne voulait ni ne pouvait abandonner, il en serait mort. Roxana, la poétesse de rien qu'il avait tirée de l'anonymat, imposée sur la scène littéraire comme un génie de la jeune génération progressiste, celle pour laquelle il avait affronté tout le monde, fait chanter à droite et à gauche, menacé et exécuté le moindre récalcitrant, fait appel aux institutions, s'était brouillé avec les puissants du jour, pour laquelle il n'avait reculé devant rien, dont il avait fait la reine incontestée des tournées touristiques de poésie. Roxana, son seul amour, l'ange vrai d'une vie qu'il jugeait, plus que les autres, ratée, celle dont il espérait, en lui vouant les services d'un amour au fond vil et sale, faire sa rédemption, une fin excusant les moyens et un moyen de donner à ses actes une fin plus humaine, justifiable en tout cas. Dès l'instant où il l'avait prise avec lui, il était devenu plus agressif qu'avant, plus mesquin, plus avide d'argent et de position sociale mais il se répétait que c'était pour elle, pas pour son petit jeu de raté-pas-raté, mais dans l'espoir de devenir un jour un homme normal, avec maison, enfants et voiture, de quoi vivre décemment, loin des folies d'une carrière qu'il aurait abandonnée sans délai s'il l'avait pu.

Mais ce n'était pas si simple, Robert avait ses intuitions et pour les autres, les puissants qui étaient derrière lui, il ne comptait pour ainsi dire pas, ceux-ci ne lui auraient pas laissé la moindre miette des énormes ressources dont ils disposaient, intentionnellement, pensait-il, pour en faire leur esclave, un outil de presse, un zéro dont ils pouvaient se servir à leur guise car il n'avait pas le choix. Il l'avait dit à Roxana, chaque fois qu'elle lui avait demandé pourquoi ils ne prenaient pas plus d'indépendance, pourquoi il fallait se soumettre sans broncher aux ordres politiques venus d'en haut, se laisser montrer du doigt, car on savait bien qu'ils étaient à la solde du parti et pas si libres et artistes qu'il semblait. Il avait dû le lui expliquer – c'était la seule fois où il avait hurlé, l'avait humiliée –, lui dire la vérité sur sa position et la sienne qui en dérivait, lui remettre les idées en place, lui faire comprendre clairement que tout faux pas les aurait mis sur la paille, il savait bien qu'elle le quitterait pour un type plus puissant, il n'était pas bête à ce point, elle ferait bien de choisir tout de suite, lui ne pouvait pas faire plus, il serait idiot de se le cacher comme des enfants, la situation était ce qu'elle était, ou ils allaient ensemble de l'avant ou ils se séparaient. Sa colère s'était alors métamorphosée en désir, il s'était jeté entre ses jambes et l'avait léchée comme un désespéré, avec l'avidité de qui se l'imaginait déjà s'habiller pour partir, avec la servilité de l'animal qui a déjà été puni et sait ce qui l'attend la fois suivante. Elle lui avait pardonné mais il savait très bien qu'elle n'avait rien oublié, la seule chose qu'il redoutait était son idéalisme, sa conviction qu'au fond sa poésie était géniale, qu'elle pourrait se débrouiller sans lui, une idiotie sans bornes, la mère de toutes les idioties, la mère de la mère des idioties, il n'en connaissait pas de plus crasse mais ce soir-là – à ses regards lourds de haine et de reproches, à la position rétractile de son corps, à ses larmes mal contenues – il avait compris que ce n'était pas chose à répéter à haute voix, jamais, il avait choisi de la laisser vivre son rêve comme s'il pourrait devenir réalité.

Stéfane avait tourné la tête. De sous le drap froissé sortait, à sa droite, la belle jambe lisse de Roxana, dans la semi-obscurité de son extrémité apparaissait ce qui devait apparaître, il avait eu une impulsion, s'y jeter et y mourir, il s'était relevé à demi de sa chaise, s'était rassis. Tout cela était trop fort. Il devait se creuser les méninges et publier sur les réseaux sociaux de quoi témoigner de son dévouement au parti sans se mouiller, car il était clair pour tout le monde que le vieux Miron – la plaisanterie circulait déjà – irait en prison d'un pas alerte, comme à la parade. Robert le lui avait demandé sans ambages, les deux-mille euros déposés sur son compte n'étaient pas des broutilles, il devait s'exécuter sans faire de manières, il ne savait pas jusqu'où pouvait aller la fureur de ces gens-là s'il ne le faisait pas. Il s'est concentré, deux jours plus tôt il avait posté un truc de droite sur le libéralisme et autres conneries du genre – énorme succès, ça circulait toujours sur les réseaux –, le problème : il n'était pas question de le faire disparaître, cela aurait mis la puce à l'oreille, ce n'était pas du tout le moment. La chose était possible seulement pour des balivernes insignifiantes, jamais s'agissant de politique. La clique portant le nom de monde littéraire l'aurait aussitôt accusé d'inconséquence, il le savait, ces gens-là étaient disposés à mourir pour leur image de défenseurs intransigeants des grandes valeurs de moralistes de mes fesses, rien de pire que d'apporter de l'eau à leur moulin.

Roxana dormait, il aurait voulu être dans son rêve, qu'elle ne rêve que de lui. L'idée qu'il puisse en être autrement le rendait malade. Sa jalousie, son évidente laideur, leur différence d'âge, son corps mal ébauché d'enfant comparé à ses formes parfaites le rendaient fou. Cela en avait fait non pas un monstre mais un délicieux animal domestique qui passait tous ses caprices à Roxana pourvu qu'elle ne parte pas, qu'elle ne regarde pas ailleurs, qu'elle ne le trompe pas avec le premier venu alors même qu'elle lui disait avec un sourire coquin qu'elle l'aimait, pourvu qu'elle lui offre ne serait-ce que l'illusion d'un bonheur qu'il savait hors de portée. Il n'avait pas de preuve qu'elle l'ait jamais trompé mais il était convaincu que cela pouvait arriver, la moindre seconde qu'ils ne passaient pas ensemble en était gâchée. Quand Roxana partait en délégation, il faisait tout son possible pour l'accompagner. S'il n'y parvenait pas, il en était malade, il prenait le premier moyen de transport, une chambre dans un hôtel proche de celui où elle se trouvait, et lui faisait ce genre de surprises dont il ne savait jamais si elles étaient à son goût, seule façon pour lui en tout cas de ne pas tomber carrément malade, jusqu'à son retour qui le remettait sur pied. Roxana dormait, lui n'avait aucune envie de propagande, il se serait volontiers fourré sous les draps près de cette jambe qui en sortait pour y rester jusqu'à la fin des temps, y respirer le même air qu'elle, dans la même pénombre, ne faire que ça et rien d'autre, tout le reste n'avait qu'un sens, lui faire gagner cet argent dont il la gâterait.

Roxana dormait et il devait croire qu'elle rêvait de lui d'un rêve forcément humide, sinon il lui aurait fallu écrire qu'il souhaitait de tout cœur que Miron passe mille ans en taule avec tous ses acolytes et alors son destin eût été définitivement scellé, il serait resté à jamais sans le sou, obligé de mendier dans les rues si Roxana ne rêvait pas de lui, imaginer sa vie sans ces rêves lui était impossible.

Il s'est extrait de cette rêverie alors même que penser ainsi était son exercice favori, auquel il devait d'innombrables moments de bonheur. Il s'est concentré sur ce qu'il avait à faire, quelques lignes à écrire, il allait le faire, il ne pouvait pas risquer de se retrouver sans soutien pour si peu. Les réseaux sociaux sont la contrée sans mémoire, se disait-il calmement, je peux dire ce que je veux, dix minutes après un autre gogo en fera une plus grosse, on oubliera la mienne jusqu'à la prochaine, les réseaux sociaux sont le meilleur des mondes possibles, le mal y est sans conséquences. Il a respiré profondément, jeté un regard dans la pièce plutôt vaste de l'élégant loft situé plein centre, son mur de huit mètres de long transformé en bibliothèque, sa petite table entourée de fauteuils, sa petite cuisine côté est, son bureau côté sud, un appartement d'écrivain, bourré de livres, de papiers, de statues, de tableaux, de tapis persans où le pied s'enfonçait comme dans un édredon, de photographies artistiques, de diplômes attestant de divers prix, un appartement à la mesure de sa relation avec Roxana, la seule qui comptait, il s'y préparait à participer à une autre histoire, il a allumé une cigarette après avoir pris une grande inspiration mais ses doigts refusaient de le suivre, la seule idée qui lui venait était un petit éloge du communisme qui lui permettrait de suggérer subtilement qu'il était du côté de Miron, qu'il dénonçait le capitalisme sauvage : *Jugés et condamnés pour actes illicites, certains n'en réchapperaient pas, même dans le cas où la justice serait soustraite au contrôle des Services et deviendrait indépendante. Et pourtant personne dans les autres partis n'a jamais été jugé ou condamné pour favoritisme à l'égard d'un parent ou d'un ami car telle est notre démocratie : de transition, originale.* Il s'est relu, a corrigé une lettre manquante ici et là, ajouté une photographie du marteau et de la faucille sur un arrière-plan occulté suggérant que l'*Occulta* fonctionnait sans faille – sous-entendu que les Services secrets communistes contrôlaient toujours le pays –, a lancé le *post*, s'est pris la tête entre les mains, les yeux rivés sur l'écran sans le voir.

Une fois la demande de Robert satisfaite, une fois réalisé le compromis qui lui assurait la tranquillité et un bien-être relatif, en tout cas son loyer pour trois mois, il s'est tourné vers ce qui lui importait plus que tout.

Elle regardait par la fenêtre et ne pouvait toujours pas y croire. La journée avait si bien commencé, sûr que Victor avait rossé le type devant le restaurant, mais il savait ce qu'il faisait – toujours – et ce n'était pas à elle de s'en mêler, il ne l'avait pas fait pour rien, il devait avoir ses raisons. Elle avait fait une promenade, perdu pas mal de temps au téléphone avec des amies, à préparer les vacances toutes proches à la mer, passé un moment avec le petit sur la terrasse, en profitant pour s'occuper des géraniums, enlever leurs feuilles sèches, en replanter un ou deux dans des pots qui lui restaient, oui, la plus paisible des journées, si mortellement paisible qu'elle avait eu envie de préparer une soupe, histoire de faire quelque chose. Elle aurait très bien pu aller dans n'importe quel restaurant du complexe, elle était actionnaire de tous, le seul problème était cet ennui mortel et l'idée de préparer une bonne soupe à son homme pour le soir, quand il rentrerait, ne lui déplaisait pas. D'autant qu'avec cette histoire de Miron il ne devait plus savoir où donner de la tête, c'était son chef et son ami de toute une vie, Miron, et, à en croire les nouvelles, il était au bout de sa corde, ils allaient le coincer, il leur avait craché dans la soupe, ils ne le lui pardonneraient pas.

Tout en fredonnant une mélodie sans queue ni tête et en coupant ses légumes, elle avait levé les yeux, la fenêtre donnait sur la rue, une voiture était arrêtée à la hauteur des places de parking de ses voisins. Comme le scandale n'était pas de la veille et se rallumait chaque jour – pas seulement pour Pâques ou le réveillon –, provoquant instantanément tout un cirque sur le groupe Facebook à la moindre occupation abusive, elle ne s'en était d'abord pas soucié. Puis elle avait aperçu les deux types à l'intérieur. Une carotte, un oignon plus tard, elle s'était dit que ce n'était pas un hasard, les types fixaient sa fenêtre, un peu comme si elle et eux se regardaient, les yeux dans les yeux, sans se voir. Suspect. Au bout d'une demi-heure, elle avait bien compris, ils n'étaient pas garés, ils n'attendaient personne, ils étaient là pour les filer. Qui les envoyait ? Elle avait paniqué. Les avait photographiés avec son téléphone, avait envoyé le message à Victor, il lui avait dit de ne pas s'affoler mais un quart d'heure plus tard il l'avait appelée :

— Emmène le gamin en ville, à l'appartement. Laisse la bonne à la maison, dis-lui qu'on lui fera savoir quand elle devra partir.

— Mais... j'attendais Maria pour le café et je te préparais une soupe.

— Laisse tomber, bon Dieu, prends le gamin, on se rappelle.

Elle avait arrêté la soupe, dit à la bonne de tout jeter, de rester là jusqu'à son retour ou celui de Victor, avait inventé une histoire de jeux en ville pour faire lever, non sans mal, les yeux du gamin de sa PlayStation, ne s'était pas changée, à quoi bon, elle allait de chez elle à chez elle, pas plus. Dès qu'elle avait tourné pour rejoindre la route principale, la voiture blanche garée devant leur maison l'avait collée démonstrativement jusqu'au rond-point d'entrée sur le périphérique, à deux ou trois mètres de distance, sans laisser aucun autre véhicule s'interposer. Elle avait tenté de les distancer, sa voiture était dix fois plus puissante que la leur, rien à faire. Ce qui aurait été possible ailleurs ne l'était pas sur le périphérique. Elle avait appelé Victor, pas de réponse, elle était arrivée en ville, à l'appartement, la voiture blanche toujours à quelques mètres. Lorsqu'elle s'était garée, les autres avaient fait pareil juste derrière elle, sans même chercher à donner le change.

Elle avait renvoyé un message à Victor avec une nouvelle photo de la voiture prise par la fenêtre – ce qui s'en apercevait, juste le capot –, il lui avait dit qu'il s'en chargeait, ils partiraient d'un moment à l'autre, pas de soucis. Deux voitures d'intervention bourrées de types étaient apparues près de l'autre. Un vrai cirque dans sa rue.

Elle se demandait s'ils en voulaient déjà à Victor, s'ils allaient l'arrêter et elle avec, peut-être. Son mari lui avait dit de garder son calme, c'est ce qu'elle faisait, avait-elle le choix ? Si les choses étaient vraiment graves, il l'aurait envoyée à l'aéroport avec son fils, il ne lui aurait pas dit d'aller faire un tour en ville. Mais elle avait entendu raconter des histoires de ce genre, ils n'étaient pas les premiers à être suivis en plein jour, ils ne seraient pas les derniers, elle n'était pas tombée de la dernière pluie.

Assise sur le fauteuil du séjour, elle se sentait comme sur des charbons ardents. La nouvelle de la sentence attendue dans le procès de Miron tournait en boucle, accompagnée d'images de ses proches collaborateurs dont son Victor. Elle se levait de temps à autre pour jeter un coup d'œil par la fenêtre, la voiture était toujours là. Un peu plus tard, il ne restait que les véhicules d'intervention, l'autre avait disparu. Message à Victor, réponse immédiate : OK, j'ai fait ce qu'il fallait, je ne viens plus. Elle était impatiente de lui demander ce qui s'était passé mais elle ne l'avait pas rappelé, instinctivement elle avait senti qu'il ne fallait pas. Elle regrettait déjà la soupe à laquelle elle avait renoncé, elle était sortie dans le parc avec le gamin, suivie de près par une voiture d'intervention et deux jeunes types marchant à une distance constante de cinquante mètres d'eux. Elle avait appelé Maria pour l'inviter dans un restaurant du parc, elle n'allait pas gâcher sa journée pour si peu.

VICTOR A REGARDÉ THÉODOR droit dans les yeux. Il savait à quoi il pouvait s'attendre de la part du type élégant, stylé, assis de l'autre côté de la table, qui buvait son café avec le plus grand calme en lui souriant si amicalement. Il y avait tant d'histoires qui circulaient depuis si longtemps et circuleraient bien longtemps après qu'aucun des trois hommes qui se trouvaient dans cette pièce ce jour-là ne compterait plus en politique. Aucune preuve jamais d'une quelconque implication en quoi que ce soit n'empêchait ceux du genre de Théodor de faire et défaire les gouvernements, ils semblaient tout savoir de ce monde, pire encore, influer sur tout ce qui se passait autour d'eux. Les Services. Tel était le nom qu'on leur donnait. L'État parallèle. Dès qu'un puissant du jour ou du lendemain perdait son pouvoir et tombait au bas de la pyramide, les télévisions et la presse écrite étaient envahies d'histoires louches de services ou d'État parallèle qui avaient comploté pour l'éliminer et le remplacer par une marionnette plus utile à leurs fins. L'idée que ceux qui étaient ainsi éliminés n'en étaient pas moins contrôlés par les Services n'était évidemment jamais écartée mais à la faveur d'une brusque et incurable amnésie, ils devenaient aux yeux du public des victimes d'une puissance occulte acharnée à détruire, à déstabiliser le pays, à l'éloigner de son rêve d'Europe toujours différé, à accaparer l'industrie et tout ce qui pouvait se monnayer, à contrôler le parlement, le gouvernement, les agences de l'État. Victor le savait, le croyait même, quelle meilleure preuve que la condamnation de Miron pour une broutille, mais jusqu'à ce jour, jusqu'à cette photographie de la voiture garée devant sa maison dans le complexe résidentiel puis devant chez lui en ville, il avait toujours haussé les épaules et poursuivi ses affaires selon le principe de l'écureuil qui cache sa tête derrière le tronc de l'arbre en laissant son corps à découvert, persuadé que s'il ne voit personne il ne peut pas être vu.

Avec la sensation que son téléphone vibrait encore dans sa poche, bouillant de colère mais se contrôlant, Victor a dit sèchement :

— Ou alors ?

Toujours à la fenêtre, toujours symboliquement détaché de la conversation, Costin s'est tourné vers eux et les a regardés calmement. Prêt à tout perdre et tout gagner en même temps, comme qui sait qu'un chapitre de la négociation est clos et qu'il n'y a plus rien à discuter. Nullement vaincu mais sans envie de victoire. Conserver ce qu'il avait lui suffisait.

Théodor n'a pas répondu à la question de Victor. Il a tiré de sa poche un porte-cigarette en argent incrusté de rubis, en a extrait une cigarette sans filtre, l'a allumée, en a tiré plusieurs grandes bouffées, s'est levé, s'est approché de la bibliothèque sur le mur opposé de la pièce, y a pris un livre qu'il a feuilleté.

— D'ici peu de temps, je ne saurais vous dire quand exactement, disons d'ici au maximum un an, le monde connaîtra des événements impossibles à prévoir aujourd'hui. Certains hommes d'affaires bien vus et de confiance, naturellement, recevront d'énormes contrats sans passer par le ballet des licitations publiques. Ils feront sans nul doute leur travail de leur mieux pour obtenir des gains toujours plus élevés, a-t-il ajouté en souriant. Mais le sujet n'est pas là. Ce qui est sûr, à mon sens, c'est qu'on ne leur demandera pas de cotiser, que le profit leur sera intégralement acquis.

Victor a regardé Costin s'asseoir lourdement sur son fauteuil, sans dire un mot et sans se départir de son sourire. Et si c'était une grosse mise en scène ? Un coup tordu, se demandait Victor. Était-il de mèche avec l'autre ?

— Aussitôt après, a repris Théodor du même ton presque paternel, certains hommes d'affaires se verront conseiller de monter des firmes de consultation destinées à gérer la construction d'autoroutes à même de nous raccorder au réseau européen autoroutier. Certains contrats d'études de faisabilité, ainsi que la gestion des licitations seront à leur charge – leurs entreprises passeront sans contestation tous les contrôles et ainsi ils pourront collaborer dans les meilleures conditions avec l'État.

Le téléphone a vibré de nouveau, la voiture garée devant chez eux avait disparu comme elle était apparue. Il ne s'était rien passé. Il a écrit à ses types de ne pas bouger et de ne pas perdre sa femme de l'œil. Il a regardé l'homme qui, en leur tournant le dos, semblait parler aux livres de la bibliothèque tout en leur tenant un discours d'une finesse et d'un calme sans faille.

— Ou alors... Laissons ce « ou alors » pour une autre fois, je suis persuadé que nous n'en arriverons pas là.

Costin a esquissé un sourire.

Théodor probablement aussi.

Celui de Victor était de complaisance.

Un bourdonnement, comme celui d'une foule de gens qui parleraient tous ensemble, est venu de dehors puis s'est estompé.

— Il n'y a pas de doute, a poursuivi Théodor en continuant à feuilleter le livre, je crois savoir – et je suis sûr de ne pas me tromper – que des investissements massifs venus d'Orient, disons-le comme ça, sont sur le point d'être injectés dans le capital d'un complexe résidentiel du nord de la ville. Environ cent-soixante millions d'euros. Pas de doute non plus que ces investisseurs seront disposés à comprendre que la nouvelle phase d'extension dudit complexe se fera avec un partenaire roumain que nous leur indiquerons afin que les intérêts de l'État ne soient pas lésés. L'épouse de l'homme d'affaires roumain détiendra une participation non négligeable dans ce projet, tout le monde y trouvera donc son compte, le portefeuille de la famille en question connaîtra d'autres profits, de plus en plus florissants.

Victor restait silencieux, il comprenait que l'offre faisait de lui un membre de l'État parallèle, qu'après tant d'années de flou on lui donnait carte blanche pour de grandes affaires. Elle impliquait qu'il envisage, du coup, de trahir Miron et l'idée commençait à ne pas lui sembler si bête.

— Ou alors, pour reprendre un mot qui te plaît tant, cher Théodor, ou alors, a dit Costin en fixant un point du parquet auquel il semblait s'adresser. Nous le savons tous, a-t-il continué, nous avons annoncé hier sur tous les médias qu'une éventuelle condamnation de Miron - avec sursis ou non - entraînerait des manifestations de soutien et même des combats de rue. L'appareil du parti est prêt, les autocars n'attendent qu'un signe pour monter sur la capitale à tout moment, des trains spéciaux également. Nous ne permettrons évidemment pas une escalade comparable aux Minériades[9],

9. Descentes plus ou moins spontanées de mineurs sur Bucarest attribuées aux gouvernants récemment élus et dont l'objectif affiché était la défense de la Révolution contre une possible contre-révolution. Les responsabilités des différents détenteurs du pouvoir d'alors et d'éventuels provocateurs n'ont toujours pas été établies de manière objective.

néanmoins l'homme qui nous a alors aidés demeure toujours à notre disposition dans cette perspective. Nous ne souhaitons pas en arriver là, personnellement je ne suis pas pour l'escalade, mais il y a tant de gens dans le pays extrêmement fidèles à notre cause, ils pourraient fort bien se passer d'un mot d'ordre du Centre et se mobiliser spontanément. Ce serait tout à fait dommage.

— Tout à fait, a approuvé Théodor de l'autre bout de la pièce en se tournant vers lui.

— Dans un autre ordre d'idées, si nous parvenons à assurer pour un temps la tranquillité et le confort de ces gens-là, je suis certain qu'il y aura moyen de maintenir le calme, voire, a ajouté Costin en regardant Victor, de convaincre les télévisions et la presse loyales à notre cause de ne pas réagir aussi violemment qu'elles seraient en droit de le faire devant une situation d'une telle gravité, de se limiter à des détails techniques, à des interviews de personnes bien choisies au lieu d'attiser une révolte populaire justifiée par la gravité, j'insiste, exceptionnelle, des événements actuels.

— Ben voyons, Costin ! lui a lancé brutalement Théodor, un éclair glacial dans le regard. Si on avait voulu baiser tous ces cocos, ça serait plié depuis longtemps, laisse tomber ces petites histoires de merde, voilà donc où se cachait le grand révolutionnaire ! On touchera pas à un seul de leurs cheveux, on en a assez parlé, putain !

À ces mots, Victor s'est carré dans son siège, a croisé les bras sur sa poitrine, fixé la fenêtre à sa gauche puis, d'un geste mal contrôlé mais aussitôt réprimé, s'est passé la main sur le front, à peine une fraction de seconde. Il avait eu la bonne intuition, ces deux-là s'étaient déjà rencontrés, ils ne faisaient que l'associer à cette nouvelle discussion, mise en scène destinée à s'assurer de sa loyauté. Il s'attendait toujours à tout mais découvrir que Costin travaillait avec les autres était plutôt une surprise. Nul doute, s'il refusait cette avalanche de propositions, ça irait mal pour lui, très mal, même s'il n'aurait pas su dire en quoi. Le choix était clair, ou il filait direct à l'aéroport, en prenant éventuellement Miron au passage, y attendait sa femme et son fils dans l'avion, ou il collaborait avec les deux autres. Pas le temps de réfléchir, tout avait probablement été réglé pour ça, pas le temps non plus de se concerter avec ses proches, il était sous-entendu qu'en acceptant ces propositions il devenait leur associé. *On en a assez parlé*, avait affirmé Théodor. Que s'étaient-ils dit de plus, qu'est-ce qu'on avait bien pu offrir à Costin si on lui offrait tant à lui ? Et qu'est-ce qu'on avait pu promettre aux gens de la province qui étaient déjà au courant du troc à l'œuvre ici pour renoncer à monter dans les autocars et les wagons, mais qui le feraient si leur discussion échouait, alors que lui les croyait déjà partis ? Sans parler du fait que leur entente s'étendait probablement aux autres partis, ils n'étaient pas seuls au monde.

— T'énerve pas, mon vieux, y a pas de révolution, tout juste une révolte populaire en soutien à un grand homme politique accusé et persécuté à tort par les forces occultes qui dirigent le pays, n'est-ce pas ? a dit Costin avec le plus grand calme.

— L'Occulta, l'Occulta mondiale, l'écologie, l'énergie renouvelable, le progrès, Dieu merci, a souligné Théodor avec un sourire.

Il a soigneusement reposé le livre dans la bibliothèque, s'est rassis délicatement, a allumé une cigarette.

— Évidemment, dans le cas présent, on ne touche pas aux biens de Miron ni à ceux de ses proches ou à leur liberté, cela va de soi, ni à un cheveu de la tête de son fils.

Il s'est brusquement tu. Victor a tiré son téléphone de sa poche, a rapidement composé un numéro et a posé une brève question :

— Tu viens ou pas ?

Il a coupé, a regardé les deux autres, a souri.

Robert n'était pas dans les embouteillages, il attendait tranquillement à deux rues du siège. En fait il n'attendait pas, pour lui il n'y avait plus rien à attendre, les choses étaient claires avant même qu'on en parle, les décisions étaient prises et tout ce qu'il lui restait à faire – comme à tant d'autres – était de mettre en application un plan fou de manipulation de l'opinion publique, un de plus, sans le moindre objectif concret. Du court terme. Rien que du court terme. Chaque fois. Aujourd'hui on lui faisait soutenir une idée, le lendemain le contraire, un jour il fallait descendre en flammes le gouvernement, deux heures plus tard annoncer aux magnats de la presse de porter au pinacle le même gouvernement et, en échange de sommes plutôt rondelettes, d'écrire des éloges dithyrambiques à un zéro en chiffres qui ne savait pas d'où ça tombait ni pourquoi la presse lui voulait tant de bien. Ce dont il était sûr, ce qu'il avait compris avec le temps – et, au fond, cela le rassurait plutôt – c'était que toute cette mixture de politique, presse et culture dans quoi on le payait à jouer un rôle à la fois d'intermédiaire et d'acteur principal dans le domaine culturel (non sans contact avec la presse), n'était pas le fait de groupes adverses, antagonistes mais celui d'un groupe homogène qui connaissait de temps à autre des luttes internes à court terme pour le contrôle de divers territoires financiers, politiques ou autres. Il ne pouvait évidemment pas savoir ce que pensaient réellement les puissants, ni comprendre ou prédire vraiment leurs opérations mais peu à peu – cela n'avait pas été très difficile – il s'était rendu compte que ni les ennemis ni les amis n'étaient réellement ennemis ou amis, ils avaient tous, absolument tous les mêmes objectifs, tournaient tous dans le même cercle dont ils tiraient bénéfices, argent, puissance. Un monde. Un petit monde, infiniment sordide, dont les membres se partageaient un pays, d'une manière pas si différente de celle des nobles et des *boïeri* [10], cent, deux-cents ou cinq-cents ans plus tôt, mais finalement bien plus subtile. Quel que soit le groupe ou le parti auquel il s'adressait, tous n'avaient qu'un mot d'ordre, démocratie, défendaient les mêmes valeurs, le bien et le bien-être, personne, vraiment personne ne faisait allusion au mal qui se déroulait sous leurs yeux et qui, par divers procédés de manipulation, disparaissait ou se métamorphosait en bien.

---

10. Gros propriétaires terriens dont l'exploitation souvent brutale des paysans a provoqué la violente révolte de 1907, révolte réprimée dans le sang et dont le roman du même nom est un des chefs-d'œuvre de Liviu Rebreanu (*La Révolte*, éditions Non Lieu, 2021, traduction Jean-Louis Courriol).

Et lui, le serviteur qui, par une magnifique journée d'été, attendait dans une voiture à deux rues du siège du parti de gouvernement, ce serviteur enrichi plus que de mesure durant ces années où il avait joué la carte de la modestie et même de la pauvreté, lui, Robert, savait deux choses : la première, qu'il ferait tout ce qu'on lui ordonnerait de faire car il avait compris le système, n'accordait aucune valeur aux mots qu'on lui demandait de dire ou qu'il payait d'autres pour le faire, la seconde, que dans l'une et l'autre des issues qui restaient encore possibles, il partirait, ses billets étaient achetés, sa décision prise.

Dans l'une ou l'autre : acquittement de Miron, qui pouvait aussitôt se lancer dans la course à la présidence et tenter, en apparence, d'éloigner le pays de l'Europe, le rapprocher des régimes conservateurs de l'Est, notamment de la Russie, avec les conséquences de scandales à répétition et d'un possible résultat terrifiant, la sortie de l'Union européenne, ou la condamnation à la prison ferme (le plus probable à son sens), et dans ce cas il ne savait guère ce qui pourrait arriver, mais son groupe d'influence risquait de perdre son pouvoir, le gouvernement et le premier ministre marionnette qu'il avait installé au Palais six mois plus tôt, avec, à la clé, une crise gouvernementale et parlementaire, des élections anticipées, sans compter que Miron avait fort bien pu être débarqué par ceux de son propre camp, qu'il ait accepté la chose comme un fait accompli et que rien ne changerait sinon sa disparition de la scène politique.

Lui, Robert, n'avait plus l'intention de participer à tout ça. Il avait le sentiment d'avoir vécu trois vies depuis le jour où, dans ce même siège de parti non loin duquel il attendait, on lui avait offert son rôle de factotum de la presse. Trois vies au cours desquelles il avait suffisamment accumulé pour pouvoir partir sans un regard en arrière, conscient de ce qu'il faisait, conscient de ce qu'il perdait mais déterminé à y mettre un point final. Il avait sur ses comptes plus qu'il ne pourrait dépenser en toute une vie – il avait acheté une maison au bord de l'océan. Il souhaitait vivre désormais non pas pour oublier, non, mais comme si rien ne s'était passé, comme s'il n'avait jamais trempé dans toutes ces misérables combines. Vivre, seulement vivre, aimer, être tranquille, se réveiller le matin sans se demander quelles saloperies il allait devoir inventer et ce jour-là au moins, si possible, être heureux. Dégoûté de ce milieu, déçu d'avance de tout succès qu'il aurait très bien pu s'assurer sans peine, il avait fait éditer en sous-main le roman qu'il avait écrit par une petite maison d'édition puis avait payé sa traduction et sa publication en France. Il ne savait pas pourquoi, rien ne lui semblait plus sordide que la littérature mais il n'y renonçait pas, même si, dans ce milieu, le beau et les grandes idées puaient plus que partout ailleurs. Il se disait qu'il continuerait peut-être, qu'il vendrait son livre pour un scénario de film et que, s'il n'y parvenait pas, il paierait un scénariste pour tenter d'en faire une adaptation, pensées, projets à même de le maintenir à flot le temps de se détacher de tout puis de passer le reste de sa vie à regarder l'océan derrière l'immense baie de la maison qu'il avait achetée et d'aimer. D'aimer comme un fou, jour après jour, comme il avait toujours imaginé que devraient vivre les hommes, dans un océan d'amour.

La chose essentielle, en ce dernier jour vécu parmi ces gens importants, était la réponse de Stéfane à son courriel. Au fond, il était peu intéressé, sinon pas du tout, par ce qui pouvait arriver à un puissant du jour ou à un autre, il se fichait royalement du bien-être et de la liberté de quiconque, il se foutait de la politique comme toujours, il avait du fric, seule lui importait la réponse à un message qui pouvait transformer sa vie, tout lui faire oublier, le plonger dans un océan de bonheur, un néant définitif, celui qui précède probablement l'entrée dans les paradis. À quoi bon tout le reste, se disait-il, s'il n'était pas aimé, si de cet oubli et temps mêlés qu'on appelle la vie, seuls l'espoir et la souffrance demeuraient son lot désormais ? À quoi bon, si l'homme pour lequel il s'était battu dans l'ombre des années durant le rejetait, s'il ne se présentait pas à l'heure dite et le laissait tout bêtement seul dans l'aéroport, seul en route vers une vie qui perdait d'un coup tout sens, toute fin, toute valeur ? Pouvait-il passer là-dessus puisque, à l'évidence, il devait partir et que toute autre décision serait stupide ? Il n'en savait rien mais les questions qu'il se posait le rendaient carrément malade, l'empêchaient de penser logiquement à ce qu'il faisait et aux conséquences de ses actes, le faisaient se comporter quasiment en automate.

Quant à la proposition de Victor de lui confier la direction d'une télévision, il la refuserait évidemment pendant l'entrevue qui allait suivre. Ce n'était pas pour lui, il ne voulait pas entrer là-dedans, il avait fait son boulot, n'avait pas besoin de plus d'argent ni de pouvoir, il n'en avait cure.

L'appel de Victor l'a tiré de sa rêverie. Juste après, un message lui est arrivé : *Viens dans la cour, attends-moi sur le banc, passe par derrière, j'arrive.* Il a coupé le moteur, s'est regardé instinctivement dans le rétroviseur, est sorti et s'est dirigé vers la cour en question en suivant le même trajet que Victor un peu plus tôt. C'était le passage coutumier de tous les initiés proches du pouvoir, aucun d'eux n'avait envie de se retrouver au milieu des journalistes qui assiégeaient le portail principal, la cour du siège et celle de derrière étaient strictement réservées aux invités. Il a salué le gardien d'un petit geste de la main, s'est engagé sur l'allée de gravier et a jeté un coup d'œil du côté de l'imposant portail de devant : pas grand monde. Un seul car de transmission, la voiture d'un média, deux reporters, un homme et une femme assis sur un banc au soleil, fumant pour passer le temps. Robert a continué à tirer sur sa cigarette, son hypothèse que Miron avait été débarqué était la plus probable, se disait-il au moment même où un nouveau message s'est affiché sur son téléphone : *Viens dans le bureau de Costin.*

Il s'est dirigé d'un pas plus rapide vers la porte arrière de la villa, a traversé très vite le hall de l'entresol, a monté les escaliers jusqu'à celui de l'étage, est entré sans frapper. Autour d'une table basse devant la fenêtre, Victor, Costin et le chef des Services auquel il n'avait encore jamais parlé.

— Robert, tu connais monsieur Théodor ?

— De nom seulement, a-t-il répondu d'une voix timide.

— Voilà qui est fait, a dit Costin. Tu sais quoi, on n'a pas de temps à perdre, a-t-il poursuivi en regardant sa montre comme s'il ne savait pas quelle heure il était. Fais vite une liste de dix ou quinze journalistes de confiance, convoque-les au protocole, prends dans le placard de mon bureau un petit quelque chose pour chacun, disons deux-mille euros, qu'il n'y ait pas de mécontent, tu leur dis d'être là dans la demi-heure, qu'ils prennent un café ou un verre en attendant que je passe leur dire un petit mot.

— Je dois vous quitter, a dit Théodor tout en se levant. Messieurs, j'ai eu grand plaisir à m'entretenir avec vous, Robert, j'espère que nous nous verrons en France un jour ou l'autre, a-t-il ajouté comme si de rien n'était, le fixant dans les yeux.

Robert a senti son sang se figer, incapable de réagir sur le coup mais se reprenant aussitôt pour répondre en souriant :

— Oui, sûrement, à l'ambassade pour le lancement d'un livre.

Théodor a fait volte-face, a pris la direction de la porte puis s'est retourné à demi pour dire :

— Vous avez compris, n'est-ce pas, que c'en était fait de vous si on ne s'était pas entendus.

Puis il est parti sans attendre de réponse.

Le silence est retombé dans la pièce, les trois hommes se sont regardés, Costin a été le premier à éclater de rire, un rire nerveux de qui vient de l'échapper belle et peut se mettre à boire, ce qu'il a aussitôt fait, atteignant en deux enjambées son bureau pour s'y servir un verre de cognac et le boire cul sec.

— Vous en voulez ?

— Non, il faudra probablement que je conduise cet après-midi, a répondu Victor avec un signe de tête vers le bureau de Miron.

— Moi, oui, a dit Robert, je me sens un peu fatigué.

Parfaitement conscient que tout avait été orchestré à la seconde près, Costin a pris la télécommande et a allumé la télé cachée derrière une fausse porte de la bibliothèque. Selon le plan qu'il avait établi avec Théodor, toutes les télévisions de parti allaient se comporter de manière professionnelle ce jour-là sans que personne ne fasse allusion à la révolte populaire ni au moindre scandale durant la dernière semaine. N'importe comment, directeurs et présentateurs des infos attendaient un signe du côté du siège du parti et n'auraient rien laissé transpirer d'essentiel avant d'être correctement informés eux-mêmes. Robert l'a bien compris, il devait tranquilliser tout son monde, d'ailleurs ils ne faisaient rien s'ils n'étaient pas payés, lui était donc OK, il aurait pu ne pas bouger, la situation se serait stabilisée d'elle-même. En bas de l'écran de la télé de l'opposition défilait l'annonce :

Deux ans et six mois de prison ferme.

Robert se concentrait sur son verre de cognac. Costin avait allumé un cigare et regardait la télé sans réel intérêt. Victor semblait plus renfrogné mais, d'une certaine manière, résigné. Robert n'était pas dupe, tout s'était dit avant qu'il arrive dans cette pièce et poser une question aurait été malencontreux, il a donc décidé de faire son boulot et de tirer le maximum de profit de la situation. Dès le matin, il s'était dit qu'il devait obtenir un max de fric de Victor ou de Costin ou même de Miron sinon de tous les trois à la fois, sauf qu'apparemment Miron n'était plus dans le paysage et ne risquait pas de revenir de sitôt. Une porte, ouverte et aussitôt refermée dans le couloir, une voix connue donnant des instructions au secrétariat, devenant des pas dans les escaliers, le silence retombé, un bruit de moteur s'estompant très vite dans la rumeur lointaine de la ville. Le téléphone de Victor avait vibré dans l'intervalle, il l'avait pris sur la petite table : *Tu viens me prendre dans deux heures. D'ici là envoie une voiture devant la maison.* Il s'est exécuté, ses mots ont étrangement résonné dans la pièce :

— Pétrica, prends deux gars et file devant chez Miron, personne ne doit entrer, personne ne s'approche de ce côté du trottoir.

Il a reposé le téléphone, a pris une gorgée de café, ce serait donc à lui de conduire Miron, il s'y était préparé depuis le matin. L'étonnant était quand même que le chef n'était pas venu le trouver, avait choisi de partir sans rien lui dire, qu'il avait, en pratique, renoncé à se battre. Victor croyait encore que le faire sortir du pays était toujours possible, le mettre à l'abri pour un temps - tant de personnages importants étaient partis sans jamais exécuter leur peine et vivaient à l'aise dans des paradis tropicaux ou des capitales européennes sans que personne ne les dérange, pourquoi Miron ferait-il exception ? -, mais comme l'autre ne lui demandait rien et semblait décidé à se livrer l'après-midi même, il avait préféré ne pas l'appeler, laisser les choses suivre leur cours.

Robert s'est levé, s'est approché de la fenêtre, il attendait un mot, une justification au comportement des deux autres mais rien. Il regardait la cour si bien entretenue, de l'autre côté de la clôture un couple de lycéens s'embrassait avec fougue sur un banc du square.

Les véhicules de la presse commençaient à entrer, deux s'étaient garés sur le trottoir, les techniciens sortaient le matériel de transmission et les valises de micros, il s'est demandé qui allait devoir parler, s'est dit aussitôt qu'il n'y avait qu'une seule réponse puisque Victor refusait systématiquement de se montrer en public, mais on ne savait jamais, après tout ce pouvait être n'importe quel membre de l'appareil, il était clair qu'ils n'étaient pas les seuls dans tout le bâtiment, même si rien ne semblait s'agiter. Il s'est retourné vers Victor et Costin avec un regard interrogateur, lorsqu'il s'est rendu compte qu'ils n'étaient pas prêts à ouvrir la bouche, il a lâché un :

— Et maintenant ?

— Maintenant quoi ? a répondu Costin en haussant les épaules.

— Moi, par exemple.

— Toi ? Qu'est-ce qu'il lui prend, hein, Victor ? a demandé le chauve avec le plus grand étonnement.

Victor a repris une dernière gorgée de café et s'est carré dans sa chaise avant de dire :

— Maintenant, tu te prépares à donner le fric aux cocos de la presse. Comme on l'a prévu, s'il y en a un qui veut davantage, tu discutes pas, tu lui donnes. Tu leur fais comprendre juste qu'ils doivent dire ce qu'on leur a dit de dire ou alors... Après, tu rentres gentiment chez toi, t'es libre, tu veux faire quoi d'autre ?

— C'est tout ?

— OK, bon, discutons aujourd'hui de ce qui était prévu pour demain. Je te nomme directeur du monopole de presse et je te donne en plus la télévision. Tu fais ce que nous disons ou tu dégages.

Robert n'a pas répondu, il ne voulait surtout pas lui dire qu'il partait l'après-midi même et qu'il n'était pas dans son intention de revenir de sitôt. En revanche, il était bien décidé à faire un dernier bon coup pour ne pas devoir toucher à l'argent de ses multiples comptes d'épargne ou de dépôt. Il a changé de tactique :

— Deux millions d'avance aujourd'hui avant que je parte.

Costin a levé les yeux de sur son cigare qu'il étudiait comme la seule chose digne d'être observée au monde, Victor a souri, s'est penché au-dessus de la petite table, a pris sa tasse vide, a jeté un regard déçu, une gorgée de plus ne lui aurait pas déplu, il a dit sèchement :

— Un million et demi tout de suite et on en reparle.

Robert a approuvé d'un signe de tête, Victor a pris son téléphone sur la table, a appuyé, l'air très concentré, sur diverses touches, celui de Robert s'est allumé pendant quelques secondes, juste assez pour qu'il puisse vérifier, s'est aussitôt éteint.

— Va leur parler, t'attends quoi ?

— Qui fera la déclaration, je leur dis quoi ?

— Le premier ministre, a dit Costin. Je l'appelle, il meurt d'envie de venir.

Robert est allé ouvrir le tiroir de droite en bas du bureau, a compté les billets pour les mettre dans des enveloppes. Deux-mille dans chaque, cinq dans deux d'entre elles, il en avait vingt en tout. Il se disait qu'il prendrait ce qui restait en partant, si jamais il y en avait encore, c'était toujours ça. Costin s'est redressé sur sa chaise, a tiré son téléphone de la poche poitrine de sa veste, a formé un numéro :

— Bonjour, cher monsieur le président, Costin au téléphone. Oui une tragédie, c'est vrai.

À l'autre bout, le débit de la voix était très rapide, il a attendu qu'elle s'arrête.

— Cher monsieur, j'ai une chose à vous demander. D'ici plus ou moins une vingtaine de minutes, il faut que quelqu'un s'adresse à la presse, j'aimerais que ce soit vous, je n'ai pas voulu faire appel à quelqu'un en province, vous occupez désormais la plus haute fonction du parti même si formellement rien n'est encore concrétisé.

Le « Oui » à l'autre bout a été si fort qu'on aurait cru que celui qui le prononçait était dans la pièce.

— Alors, cher monsieur, nous vous attendons. Oui, nous avons appelé la presse, nous sommes là, nul besoin de personne d'autre, restons décents dans les moments graves pour le parti. Non, je ne pense pas que vous devriez accabler Miron ni le justifier, parlez de justice, de sa nécessité, de la réforme du parti, les thèmes habituels. Non, vous n'aurez pas de questions délicates. Non, nulle crainte à avoir, une déclaration de cinq minutes et nous rentrons tous chez nous, c'est assez pour aujourd'hui. Oui, je vous transmets les points essentiels par téléphone, vous les aurez avant d'arriver, rien de plus simple. Oui, merci beaucoup, cher monsieur, à plus tard ici, mes respects.

Il s'est levé, a inspiré profondément. Expiré de même. Une fois, deux fois. S'est rassis. S'est relevé. A repris son téléphone. L'a reposé. Peut-être que non. Il a lissé de la main un pli imaginaire sur sa veste. A repris son cigare. L'a rallumé. S'est assis. Puis il a fini par ouvrir son agenda téléphonique, a tapé quelques lettres, mis le haut-parleur, a posé ses deux coudes sur ses genoux, un observateur attentif aurait pu voir une veine pulser sur sa tempe.

— Bonjour, monsieur le président de la République, a-t-il dit. Je vous appelle pour discuter un peu.

Une voix chaleureuse lui a répondu comme à un vieil ami :

— Bonjour, monsieur Costin.

— Je voulais vous parler, comme vous savez...

— Je sais, cher ami, Théodor est dans mon bureau, il m'a donné tous les détails de votre discussion si sympathique.

Costin s'est redressé sur son siège, la veine ne pulsait plus sur sa tempe, il a tiré une bouffée de son cigare, a regardé par la fenêtre en souriant presque. Victor a souri, lui aussi. Robert a continué à faire semblant d'être très occupé près du bureau.

— Je me disais que nous pourrions nous rencontrer dans les jours à venir.

— Je suis très content que nous nous soyons entendus. Très. Votre plan me sourit vraiment, oui rencontrons-nous pour préciser notre ligne d'action.

— Pensez-vous qu'il serait bon de déclencher une crise pour faire diversion dans l'opinion publique ?

— Non, mon cher, c'est ce que je disais à Théodor, je crois que nous pouvons nous taire avec élégance, tant qu'un sujet n'est pas en première page, il n'existe pas ni n'existera jamais.

— Parfait, a répondu Costin. Le premier ministre reste donc en fonction ?

— Bien sûr, je crois que vous devez d'abord vous débarrasser de lui sans faire de vagues et après – comme prévu –, vous faites semblant de perdre les élections, vous le débarquez, nous offrons le nôtre, nous cohabitons un moment avec nos amis réformateurs avant de les mettre à l'écart, et cætera.

— Superbe, on fait comme ça.

Des bruits dans le hall, Costin a regardé Victor, celui-ci a fait un signe discret à Robert.

— Je dois vous laisser, cher monsieur. À bientôt pour notre rencontre.

— Très bien, cher Costin, on se rappelle très prochainement. Une dernière chose, a ajouté la voix après une courte pause.

— Je vous en prie.

— Dans l'immédiat, évite la conférence de presse, laisse le premier ministre parler, c'est plus sain pour tout le monde.

— D'accord, a répondu Costin.

Un son aigu, le téléphone posé sur la table a retrouvé son écran d'accueil.

Robert s'est levé, a mis les enveloppes dans un dossier à bulles, puis est sorti. Sans hâte. Sans rien éprouver, comme un robot. Il a traversé le couloir, a jeté un coup d'œil machinal aux portraits des grands chefs du parti, s'est demandé rituellement pourquoi il y manquait celui de Ceaușescu. Après tout, puisqu'il avait disparu partout, il aurait au moins pu rester là, l'idée l'a quitté comme elle lui était venue.

Il a ouvert discrètement la porte de la salle de conférence, il n'y avait encore que deux reporters, il s'est approché d'eux, leur a tendu une enveloppe sans dire un mot ni les saluer, a fait demi-tour. Ils étaient du même monde, ce monde de la presse et de la culture, ils faisaient tout pour survivre et s'enrichir jour après jour. L'histoire de chacun d'eux était la sienne - certains avaient réussi, d'autres moins, il était sûr en tout cas qu'ils se ressemblaient et que rien, d'ici une éventuelle fin du monde, ne changerait.

À chaque nouvel arrivant, Robert tendait l'enveloppe prévue, n'esquissant pas même ici et là un signe de tête, plongé dans ses propres pensées. C'était la dernière fois qu'il faisait ça. La dernière fois qu'il rencontrait ses semblables, qu'il vivait au cœur d'une habitude dont il ne savait pas si elle allait lui manquer ou non. La salle se remplissait peu à peu d'hommes et de femmes relativement bien habillés, dotés des meilleurs téléphones disponibles sur le marché, de montres et de bijoux de prix, portant, comme lui, l'uniforme du succès, qui était aussi celui de la classe moyenne. Vêtements de marque, chaussures de même, toilettes à peu près impeccables signifiant la réussite. Ils l'avaient fait, dans un monde où rien n'avait jamais été possible. Et la preuve en était qu'ils étaient payés pour participer à une conférence de presse et recevaient pour cela une somme qui était en général supérieure à leur salaire mensuel. C'était ça la réussite, pensait-il, être payé pour exister, être payé pour se trouver à tel ou tel endroit sans rien devoir faire pour cela. Il n'y avait pas là de quoi former une nouvelle noblesse, chose que la Roumanie n'avait jamais vraiment connue, mais une bourgeoisie de parvenus qui lui plaisait bien et qui, tout compte fait, était à son image. Il distribuait des enveloppes en songeant à son avenir et à la somme qu'il venait de toucher lui-même – cet argent si réconfortant qui lui assurerait sans peine la tranquillité convoitée depuis si longtemps.

Lorsque la dernière journaliste a pris place – Robert a ouvert largement la porte, s'est éclairci la voix de façon ostentatoire pour simplement dire :

— Attendez un peu, je vous prie, ce ne sera pas long.

Ivre d'amour pour le monde entier – elle aimait alors les bordures de trottoirs, les plaques d'égout, les glissières, les fils électriques et les câbles, les villas en construction poussant comme des champignons, les tronçons de rues défoncées partant à droite et à gauche de la route principale, le pont jeté au-dessus du périphérique en direction de son petit paradis, elle aimait tout, persuadée que son amour était universellement partagé –, Corina est rentrée chez elle. Il ne lui restait pas beaucoup de temps avant son rendez-vous mais suffisamment pour se préparer. Pour se rendre adorable, une vraie diva, une déesse, la plus belle de la soirée. Tel était son éternel objectif, être la plus brillante, attirer tous les regards comme un aimant, sentir les autres femmes, jalouses de sa beauté, désirer être à sa place, ne serait-ce qu'un instant, reine sans couronne en tous lieux.

Elle s'est garée vite fait puis est entrée directement par la cour, comme à son habitude, elle ne passait jamais par la porte d'entrée principale mais par celle de la terrasse. Elle a jeté son sac à main sur le canapé trois places qui occupait toute la longueur d'un mur, s'est assise jambes croisées sur le fauteuil tournant juste en face, a regardé la plante qu'elle avait repiquée une semaine plus tôt, elle avait bien pris, a posé son téléphone sur la table puis s'est penchée pour prendre en dessous une petite boîte en nacre et un paquet de fines feuilles à rouler. Elle souffrait toujours quand elle quittait son chez elle, les quelques heures qui la séparaient de sa terrasse et de l'herbe de sa petite boîte étaient source d'une grande agitation, presque de peur mais elles la transformaient aussi en la femme frivole que l'on ne pouvait pas ne pas remarquer partout. Elle a tiré une feuille du paquet, a extrait, d'un geste très précis, un peu d'herbe et l'y a répartie sans hâte en savourant l'instant. Elle en a rajouté beaucoup, elle voulait se faire plaisir, s'exploser, planer heureuse dans son monde idéal. Lorsqu'elle a compris qu'elle ne pouvait plus y faire entrer le moindre brin, elle a humidifié de la langue le liséré collant – geste longuement répété, préliminaire sensuel au désir et plus que ça, début même du plaisir sans égal procuré par le joint –, l'a roulé avec des doigts d'experte. D'une main légèrement tremblante, elle a mis le joint entre ses lèvres et de l'autre, qui ne l'était pas moins, l'a allumé, dans un état d'excitation incomparable. Elle en a tiré une grande bouffée, a senti son pouls se suspendre d'un coup – la brève sensation d'insuffisance respiratoire initiale –, puis a longuement libéré ses poumons. Nouvelle bouffée, plus forte encore, son pouls s'est à nouveau arrêté, elle s'est sentie suffoquer cette fois, incommensurable sensation de la mort. Elle s'est calmée soudain, ses yeux se sont humectés, les muscles de son dos et de ses jambes se sont relaxés, elle s'est laissée aller en arrière sur le fauteuil, a continué à fumer en pleurant presque de plaisir. À chaque bouffée elle était une autre, meilleure, plus belle, plus parfaite, elle était le centre du monde. Pas une bite, si dure soit-elle, ne vaut une cigarette, s'est-elle dit avant d'éclater de rire, d'un rire hystérique, convulsif. C'était leur plaisanterie à elle et à Oana, une plaisanterie vieille comme le monde. La vie, c'est cette poésie-là, a-t-elle soudain pensé.

Un tressaillement, un léger choc au cerveau, une sensation d'évanouissement, signe que cela suffisait, qu'il était temps d'arrêter ou... Trop bonne, cette herbe. Trop forte, Marcel s'y connaissait, rien à dire là-dessus. Le gazon dans la cour c'était lui aussi, alors l'herbe, quand on était capable de faire pareilles merveilles avec de la terre qui ne valait rien ! Elle s'est levée, le monde entier l'a suivie, elle est sortie sur la terrasse pavée, a avancé de deux ou trois mètres dans la cour, s'est approchée d'un rosier. Elle a esquissé des pas de danse, pris un bourgeon dans le creux de sa main, l'a humé, une larme a coulé sur sa joue, il était si beau, le monde entier était aimable et plus encore ce bourgeon de rose qui deviendrait dans quelques jours une superbe fleur odorante. Rose comme le monde, comme sa vie. Tout était si beau cet après-midi, tout. Sous le coup d'une nouvelle effusion, elle est revenue brusquement à la porte, a trébuché en entrant (la bonne était en train de lire, le petit était absorbé par un jeu sur sa PlayStation), elle s'est approchée de lui, l'a pris dans ses bras, l'a posé sur ses genoux, l'a regardé dans les yeux, lui a remis en place une mèche imaginaire, l'a embrassé sur une joue : elle n'aimait personne plus que lui. C'était son prince. La seule lumière éclairant ce monde, la prunelle de ses yeux. L'avenir, une vie sans embûches. Elle le ferait. Elle pourrait. Ses yeux si profonds, ses joues roses. Elle aurait soulevé le monde pour lui, le lui aurait donné tout entier. Ce n'était pas pour faire du mal, elle n'avait rien contre personne, les autres n'existaient pas pour elle, ne comptait que son bien à lui, détails que tout le reste, totale indifférence. Pas de sentiment, Corina, ils ne doivent pas gagner, s'est-elle dit en le serrant dans ses bras. Personne d'autre ne compte. Il sera heureux jusqu'à la fin du monde, il doit être à lui, rien ne sera jamais assez beau. Elle a souri avec tendresse, a regardé la bonne plongée dans sa lecture, la pièce parfaitement propre et rangée, un vrai laboratoire où rien ne pouvait atteindre son prince.

— Mamy, tu me fais mal, je veux jouer, a dit le petit qu'elle écrasait presque dans ses bras.

Elle l'a fixé, l'a férocement détesté pendant quelques secondes, s'est interdit de le faire, l'a reposé sur son coussin. Elle a failli se venger sur la bonne mais n'a rien trouvé de vexant à lui lancer.

Elle est sortie, a tiré une bouffée de son joint, s'est caressé la jambe sans le vouloir, a pris son téléphone :

— Mon cœur, ça va, mon cœur ? Je fume une cigarette sur la terrasse pour tuer le temps, oui je vais commencer à me préparer, à me faire belle. Oui, mon cœur, je mettrai peut-être la toilette que tu m'as achetée, je sais, c'est si beau, oui, les boucles d'oreille et le bracelet avec des diamants, oui mais je croyais que tu voulais que je les prenne pour un truc un peu spécial, oui, tu sais que je t'aime, c'est pour toi que je veux être belle.

Assis jambes croisées, en costume, Marcel écoutait calmement. Il savait, aux inflexions de sa voix (elle chantait un peu la fin des mots, hésitait légèrement au début, avec quelque chose de rêveur dans le ton) qu'elle était défoncée et même sérieusement, comme elle avait fait venir la bonne, elle avait dû tout envoyer promener pour se distraire un bon coup. Corina était une femme formidable, une mère parfaite pour son enfant, quelle importance qu'elle se drogue, se soûle de temps en temps et fasse un peu la vie, le lendemain elle s'en souvenait à peine, elle regrettait à moitié, se calmait un moment, se contentait de petits joints qui la maintenaient juste à flot et d'un petit verre le soir, rien de très spectaculaire, elle s'occupait de ses affaires sans le déranger, nul besoin par conséquent de tenter quoi que ce soit et de risquer de déclencher un scandale monstre. Il l'avait fait une fois, lui avait dit au téléphone d'y aller mollo, que les voisins, et cætera. Et elle avait explosé, il l'avait retrouvée ivre morte, elle avait fait un bazar du tonnerre et lui, au lieu de tenter de calmer les choses, s'était soûlé, ils s'étaient engueulés toute une nuit, non, ça n'avait pas de sens, ils se rabibochaient de toute façon, l'enfant et leur bien-être comptaient bien plus que les petites saloperies qu'ils se faisaient, ce n'était qu'un jeu, dans un couple, leurs querelles n'avaient pas de conséquences sérieuses, ils en riaient lorsqu'ils s'en souvenaient plus tard.

Il se sentait bien, il avait mangé à midi avec une fille des ventes, s'était senti devenir amoureux, l'avait un peu poussée contre un mur du stationnement, elle avait répondu constructivement, c'était le mot, il lui avait donné rendez-vous la semaine d'après, impatient de l'essayer, elle n'était pas mal du tout, pas super-super non plus, *ok-ish*.

— Mon cœur, poursuivait la voix chantante de Corina au téléphone, j'ai un chouette tuyau d'Oana, je t'ai envoyé un lien sur WhatsApp, mets-y un peu de thune. Oui, paraît que c'est béton, on peut tirer gros d'une affaire – un type à elle, non short short, elle nous dira quand on peut tripler la mise.

Elle l'a écouté parler un moment, a tiré une bouffée, regardé, songeuse, par la fenêtre.

– Oui, mon cœur, on a bien dit qu'on achèterait un autre appartement, faut peut-être pas laisser passer le train, on touche pas au magot, on pique aux idiots, ça vaut mieux.

Elle s'est tue soudain, l'a écouté attentivement.

— Non, non, pas tant, cent-mille, je crois que c'est suffisant, si je comprends bien le truc, un grand appartement dans ce nouveau complexe vaut un peu plus de trois-cent-mille, c'est pas des tonnes, on le loue et basta. Oui, mon frère s'occupe de tout, on saura même pas qu'il existe.

Marcel avait ouvert l'interface de crypto, il n'avait encore jamais entendu parler de cette nouvelle monnaie, elle ne gagnait ni ne perdait, autour de 0,005 USDT, sur des transactions modestes c'est-à-dire rien, un volume journalier réduit dans les 160 456,66 dollars, autant dire zéro mais s'ils y mettaient ensemble deux-cent-mille dollars d'un coup, elle pouvait exploser, c'était peut-être un filon, il a décidé quand même d'importer un bot, de le fixer sur des petites marges d'arbitrage pour commencer, le jour où ça se mettrait à monter il retirerait l'argent du bot, le remettrait en dépôt et ils pourraient ensuite investir par petites sommes, c'était pas si bête, il a retiré cent-mille euros d'une autre monnaie plus stable et les a mis là-bas, il ne pouvait pas perdre des masses, il a réfléchi une seconde :

— Mon cœur, je t'ai envoyé un bot malin, mets d'abord ton fric dessus, on verra bien ce que ça donnera, si ça marche, on suit le truc, on retire le fric en douce à X 3 et on avise. Oui, mon cœur, c'est plus sûr comme ça, quelques jours pour voir venir, dès que ça monte on fait les opérations, de toute façon les investissements restent, c'est OK.

Corina était toujours fascinée par ce qu'elle appelait le génie financier de Marcel. Un mixte d'avidité, de mesquinerie, de calcul et d'énorme prudence qui en faisait un investisseur très habile. On pouvait compter sur lui, il avait l'intuition des marchés, il avait commencé par bosser en bourse, elle a copié le bot dans le programme envoyé, a transféré l'argent de la monnaie qu'il lui avait indiquée sur WhatsApp, tout avait été déjà préparé par lui, personne ne savait faire de bots comme son petit Marcel à elle. Si elle pouvait faire entrer son type de la soirée dans la combine, elle en mettrait un peu plus, essayer de l'amener à investir, au moins de quoi augmenter les volumes, ça pouvait être un bon coup.

— Mon cœur, ça téléphone de partout. Oui, fais-toi belle, tu m'enverras des photos. Oui sur Insta, évidemment que tu es la plus belle, faut que je te laisse, je t'aime.

Corina était à nouveau seule. Elle a très vite effectué les dernières opérations indiquées par Marcel, s'est sentie d'un coup importante, à deux-mille étages au-dessus de la racaille. Elle a ouvert Insta, a scrollé distraitement, distribué des petits cœurs ici et là, lu des commentaires de posts à elle déjà anciens, a souri, enchantée.

Le temps pressait. Il lui restait tout au plus deux heures pour se faire belle, briller, devenir elle-même, la plus belle femme de la soirée. Elle n'imaginait pas qu'il puisse en être autrement, qu'un monde puisse exister où elle ne serait pas la plus belle, la plus élégante, la plus canon dans un rayon d'au moins cinq kilomètres.

ÉTENDUE SUR LE VASTE LIT, dans les draps froissés d'un noir brillant, les yeux protégés de la lumière par la main gauche. À demi endormie. Consciente des bruits du clavier, de ceux de la rue, de l'heure déjà avancée et de la présence de l'autre dans la pièce. Plutôt rassurante, d'une certaine manière. Entièrement préoccupée par une seule pensée qui l'empêchait de dormir depuis plusieurs jours, la paniquait : qu'aurait-il pu se passer si jamais. Mais non, il ne se passerait rien, elle en avait l'intuition. C'était là le gros problème, le terrible problème de sa vie : la monotonie, le néant quotidien, un bel appartement prison, un milieu chic, peut-être trop, un monde trop parfait qui lui pesait.

Étendue sur le vaste lit, dans les draps froissés. Mais ses pensées étaient loin et vivaient un beau rêve, dans le souvenir. Sa barbe dans son cou, son souffle imbibé d'alcool sur sa langue, son corps près du sien. Trois semaines plus tôt, presque une vie, lors de ce colloque où l'autre n'avait pas pu l'accompagner ni ne s'était ramené à l'improviste comme il le faisait d'habitude pour la surveiller – il était plus de dix heures, elle s'était dit que cette fois il ne pourrait pas se téléporter à quatre-cents kilomètres –, l'idée de ses amies, aller à la soirée organisée en leur honneur, avait brillé en rose sur les lumières de la ville, resplendi comme un diadème sur le halo de la rue qu'elle regardait de la grande baie de l'hôtel et l'avait attirée comme un aimant. Elle ne s'était même pas changée, elle avait bu un dernier verre avant de partir avec elles en direction du musée. Elles avaient ri, chanté sur tout le trajet, deux d'entre elles étaient vraiment ivres, les autres plus ou moins, elle était la seule à peu près lucide et regrettait de ne pas avoir bu davantage avant, tout se serait passé autrement mais il était peut-être encore temps. À la seconde même où elle était entrée dans le musée – dans la fulgurance de l'instant qu'elle avait déjà connue dans son enfance et n'avait pas oubliée, l'instant du coup de foudre –, elle l'avait vu. Pas très grand ni même beau mais intéressant, un regard d'acier qui fauchait tout sur son passage. Elle n'a pas résisté. Elle lui a souri. Il lui a rendu son sourire, rien encore de prometteur, mais déjà merveilleux. C'était bien le grand, le Journaliste, avec une majuscule, de la revue la plus connue, le type influent après qui tout le monde courait, le passeport assuré pour la célébrité. Il lui avait souri et elle en était tombée amoureuse, elle le croyait en tout cas.

Elle s'était comportée toute la soirée comme une oie idiote, lui avait lancé des œillades, avait failli lui glisser des billets enflammés, fait tout ce qu'elle pouvait pour être à côté de lui au repas qui avait suivi, lui avait donné tous les signes possibles de disponibilité au moment même où elle était sur WhatsApp avec Stéfane, avait été à lui sans l'être et s'était imaginé pendant quelques heures une autre vie, indépendante, brisant avec la relation qui l'étouffait, qui lui gâchait ses plus belles années. Il avait compris les signes, était entré dans son jeu, ils avaient passé ensemble quelques heures de cette fin de nuit. Roxana ne se rappelait pas très bien, elle savait que cela avait eu lieu.

Les remords n'avaient pas tardé. Elle avait appelé Stéfane et avait été extrêmement gentille avec lui, avait avancé son retour de province. Le mal était fait, l'autre avait commencé à lui écrire, à l'appeler, même quand elle lui avait clairement dit de ne pas le faire, il semblait très décidé à entamer une relation durable, ils s'étaient même vus mais rien ne s'était passé entre eux, la rencontre avait été protocolaire, plutôt froide, en tout cas elle n'avait rien trouvé à lui dire alors que lui n'arrêtait pas et ne semblait pas comprendre ce qu'elle éprouvait.

Étendue sur le vaste lit, bien réveillée sans donner le moindre signe de l'être, elle s'interdisait tout mouvement, contrôlait jusqu'à sa respiration, jouait dans sa tête à un jeu terriblement dangereux dont elle était loin d'imaginer les conséquences. Stéfane lui avait tout donné, il lui appartenait, elle pouvait compter sur lui sans faute dans n'importe quelle situation. Ils avaient déjà une vie commune, se comprenaient dans l'ensemble, il lui était impossible de se fâcher avec lui, il ne se disputait jamais avec elle, il lui passait ses moindres caprices, se comportait comme un amoureux transi et rien ne laissait penser qu'il en serait autrement un jour. Après tout, Stéfane était son assurance-vie et il avait en outre l'immense talent de la faire se sentir coupable à la moindre tentative de querelle, de toute fissure dans leur relation. Elle ne comprenait pas très bien pourquoi, même si elle se demandait parfois en souriant si la psychanalyse ne pourrait pas expliquer son comportement par quelque échec de sa relation avec ses parents ou s'il était tout simplement comme ça, un type naturellement bon, non conflictuel.

Et puis l'autre représentait un avenir mystérieux, il l'excitait même de loin – surtout de loin car une fois revenue chez elle, toute rencontre devenait pratiquement impossible –, il était le mystère, c'était justement ce qui l'attirait, l'inconnu, la face cachée du pouvoir mais pourquoi pas aussi l'impossibilité d'une vraie relation et le risque de se retrouver privée de tout. Dernière perspective qui n'avait rien d'enthousiasmant car elle n'avait pas de job, l'ultime tentative de Stéfane pour la faire engager sur un poste de référent dans une institution publique s'était lamentablement terminée et l'idée de travailler dans le privé était d'emblée à exclure. Elle dépendait totalement de lui et de sa petite bourse de doctorante, si mince qu'elle ne comptait même pas dessus pour lui permettre de vivre seule. Elle s'est imaginé durant quelques instants ce que serait sa vie dans un foyer d'étudiants insalubre, à plusieurs dans la même chambre, presque sans le sou et privée de son appui pour une future carrière. Quelle horreur !

Pourtant elle aurait voulu essayer, être libre au moins un temps, voir ce que pouvait être la vie sans lui, délivrée du poids d'une relation pesante, être jeune et indépendante, si tel était le mot juste. Indépendante mais en quel sens ? La pauvreté, s'est-elle dit avec un frisson dans le dos, ce n'est pas l'indépendance, elle est terrible en réalité, j'ai déjà oublié ce que c'est, je me vois d'ici vendre des bretzels ou distribuer des flyers dans une bouche de métro. Au fond, dépendre de lui n'était pas si mal, peut-être trouverait-elle une solution pour le garder tout en restant libre, pour l'obliger à l'aider tout en n'étant pas forcément qu'à lui, elle pouvait essayer, pourquoi pas. Il existait sans nul doute un compromis possible pour le quitter en le gardant : le chantage. Elle en savait assez pour pouvoir mettre fin à leur relation sans se démunir totalement, pour s'assurer de la carte de crédit qui rendait sa vie si douce, l'obliger à la soutenir dans sa carrière s'il ne voulait pas qu'elle révèle les secrets qu'elle connaissait : toutes les combines auxquelles il se livrait, sourire aux lèvres, l'argent d'origine mystérieuse qui entrait sur ses comptes, tous ceux dont il avait, pour le plus grand profit de son clan et le sien, brisé les carrières, la petitesse d'âme, finalement, de quelqu'un qui réussissait à se comporter en même temps comme un ange et à lui offrir une vie de rêve. Mais était-ce vraiment une question de petitesse, s'est-elle dit, la vie était peut-être comme ça, survivait le plus fort, celui qui savait aller de l'avant en accumulant les richesses. Si telle était la règle du jeu, elle pouvait donc très bien la mettre en application elle-même, le transformer en victime, le faire chanter et vivre sa vie sans dépendre d'une relation suffocante. Pourquoi ne pas le faire partir, le mettre à la porte de ce splendide appartement du centre, rester maîtresse de lui et de sa carte de crédit, tout garder pour elle, sauf ce type dont elle avait vraiment par-dessus la tête et dont elle ne craindrait plus rien ? Et pourquoi ne pas rester amis, continuer à sortir ici et là dans le monde mais en faisant que la réalité soit celle qu'elle désirait ? Il valait la peine d'essayer.

Elle a légèrement bougé, juste de quoi attirer son attention, s'est tournée sur l'autre côté pour donner l'impression qu'elle venait de se réveiller, a pris son téléphone sur la table de chevet, fait mine d'écrire un message, s'est levée d'un coup pour aller à la salle de bains. Stéfane a écouté les bruits familiers de son lever, rien de plus apaisant que d'entendre sa femme uriner le matin, s'est-il dit, tous ces petits détails sordides de la vie commune ont un sens, il a allumé une cigarette et s'est replongé dans ses pensées, pas vraiment noires mais inquiétantes. Devait-il vraiment partir ? Et pour combien de temps ? Comment l'annoncerait-il à Roxana ? Comprendrait-elle ? Il lui faudrait la laisser seule, il lui assurerait tout le nécessaire, évidemment et elle vivrait sa vie comme s'il n'existait pas, toute possibilité de contrôle était exclue dès l'instant où il mettrait le pied dans l'avion, à la seconde même elle ne lui appartiendrait plus, adieu, il savait qu'il n'était pas l'idéal de vie de cette jeune femme, il avait toujours aimé penser qu'un rêve réalisé, si petit soit-il, valait mieux que de plus grands, impossibles. Il regardait son courriel avec le pincement au cœur de celui qui ne voulait pas être aimé car il aimait de son côté, cette histoire lui semblait dépourvue de sens, pourtant la perspective offerte d'une carrière à l'étranger lui paraissait ce qu'il y avait de plus beau, plus beau même que sa vie de rêve avec Roxana, que l'image douteuse qu'il avait réussi à se créer, que l'argent lui assurant tranquillité et confort, que les manœuvres auxquelles il était contraint, ici et là, pour rester au sommet de la pyramide. Il ne faisait de mal à personne, il s'assurait seulement de son propre bien-être et, si certains autour de lui en souffraient, cela le laissait tout à fait froid quand il n'en savait carrément rien. De mal, il n'en avait pratiquement jamais fait intentionnellement, loin de lui cette idée, sauf que faire le bien prenait parfois des voies si étranges qu'il était purement et simplement impossible de ménager la chèvre et le chou.

Il a attendu assis au bord du lit qu'elle sorte de la salle de bains, elle y restait toujours longtemps, il en avait conçu toute une théorie – Roxana eût vécu parfaitement heureuse dans une salle de bains dotée d'un lit et de tout ce qui allait avec –, toute sa vie se passait dans un miroir, elle en avait d'ailleurs mis partout y compris sur le mur face au lit, son narcissisme ne connaissait pas de limites, il avait fini par en profiter lui-même. Le moindre signe d'admiration de sa beauté était récompensé, rien de plus simple que la simplicité après tout.

Elle est sortie vaporeuse dans une chemise de nuit presque transparente avec des mouvements moins étudiés qu'instinctivement épatants, ceux d'une fille que son miroir ne quitte jamais quand elle sort. Choses bien connues, habitudes. Ennui de l'indétermination des genres.

— Approche-toi, j'ai quelque chose à te dire.

Elle est venue s'asseoir près de lui sans un mot, a esquissé un geste pour prendre son téléphone sur la table de chevet, ne l'a pas achevé, l'a regardé calmement sans le voir.

— Je dois m'absenter pour quelque temps.

Elle ne lui a pas répondu tout de suite, a remis une de ses mèches en place, l'éventualité d'un voyage a bouleversé aussitôt toutes ses idées sur le monde et annulé tous les projets audacieux qu'elle avait envisagés quelques minutes plus tôt.

— Je ne peux pas t'emmener, a-t-il ajouté en la fixant. Je vais en France, tu vas devoir rester un temps seule ici.

Elle a pâli d'un coup. L'amour qui venait à peine de se rallumer pour lui s'est évaporé, elle a profondément inspiré, l'a regardé dans les yeux, simulant la douleur, le cœur débordant de haine.

— Tu pars avec une autre, c'est ça, a-t-elle dit d'une voix brisée.

— Je pars avec ta sœur, a-t-il répondu dans un ricanement soudain. On m'offre de me bâtir une carrière à l'étranger, je n'ai pas vraiment le choix. Tu viendras me faire de petites visites, a-t-il ajouté pour tenter de mieux faire passer la pilule.

— Non, c'est toi qui viendras, et elle l'a pris dans ses bras. Vas-y !

— J'irai, a-t-il répondu, très calme.

Sa timidité l'avait toujours exaspérée, le fait qu'au lit il était incapable d'être autre chose qu'une fille de la campagne pas déniaisée la nuit de ses noces, un couard, un efféminé. Tout juste bon à se masturber, se disait-elle, lorsqu'il avait brillé en boute-en-train de la soirée, semblé le type le plus intelligent dans un rayon de cinq kilomètres et qu'une fois rentrés il se servait, vite fait, l'intellectuel de ses deux, un verre d'alcool et s'installait à son bureau de merde qu'elle détestait, la laissant attendre au lit, non, pire encore, n'imaginant même pas une seconde qu'elle aurait aimé autre chose que ses superbes discours, ses manières impeccables, ses plaisanteries si bien ciblées, ses gestes mortels de mondain hypersophistiqué pour manger un simple sandwich. Stéfane était ça, un intellectuel raffiné, un éphèbe. Peut-être était-il intérieurement une femme et ne savait-il pas le dire, en tout cas il était à l'opposé complet du premier qu'elle avait connu – un ouvrier, un rocker, toujours ivre, violent, un vrai mâle – et qu'elle n'avait jamais oublié. Il n'y avait rien à attendre de Stéfanel, se disait-elle mentalement car il ne supportait pas les diminutifs, rien à attendre de Stéfi (si elle avait osé l'appeler ainsi elle était sûre qu'il lui aurait jeté quelque chose à la figure), il la regardait comme on contemple un tableau de la Renaissance et ne voyait que des aberrations intellectuelles, jamais sa chatte, lui écrivait des poésies au lieu de la fourrer, bref un incurable. Mais cette nouvelle l'avait prise au dépourvu, tout son projet de le quitter tombait à l'eau, c'était lui qui la quittait de la manière la plus avantageuse pour elle, cela lui fournirait de multiples moyens de le garder tout en vivant sa propre vie, la chance. Elle s'est sentie retomber amoureuse, s'est dit qu'ainsi elle serait à lui pour le restant de sa vie, il partait et leur relation en serait idéale, ils pourraient s'aimer, s'écrire de merveilleuses lettres d'amour, parler des heures au téléphone ou en visio, débarrassés d'un contact physique éternellement pénible, inadéquat, tout compte fait.

Il était si diaphane, si fin qu'il la dégoûtait. La rendait furieuse. Lui donnait envie de s'enfuir pour ne plus vivre la frustration d'une relation qui n'était que très vaguement celle de deux corps, de deux êtres vivants mais plutôt - et c'est lui qui l'avait si patiemment construite - celle de deux esprits et de deux caractères qui restaient, de ce fait, totalement étrangers l'un à l'autre. Il y avait d'innombrables non-dits dans cette relation, ils pouvaient se parler, cela ne comptait pas, au fond ils étaient deux silences vivant ensemble et qui se disaient tant de mots qu'ils finissaient par ne rien se dire.

Et voilà qu'il partait. Il n'avait pas dit pour combien de temps, il était resté volontairement vague, avait préféré se montrer pragmatique, intellectuel plus que jamais. Elle lui a saisi la main presque de force et se l'est mise entre les jambes. Elle avait envie de lui, sans se l'expliquer, elle lui en voulait sur le coup et son désir venait peut-être de là. Elle a dirigé ses doigts, l'obligeant à la caresser mais la main restait flasque, sans initiative. Elle s'est levée, l'a déshabillé, l'a enfourché, l'a embrassé et s'est fourré en elle son membre à moitié bandé, sa passivité même avait quelque chose d'excitant, elle en éprouvait un plaisir incompréhensible qu'elle aurait aimé prolonger.

— Ne me quitte pas, Stéfane, lui a-t-elle murmuré à l'oreille.

Mensonge instinctif, elle lui disait ce qu'il aimerait entendre, il en avait toujours été ainsi, il en serait toujours ainsi.

— Non, je ne te quitte pas, je ne te quitterai jamais, a-t-il répondu en éjaculant.

Elle s'est relevée, dépitée, un volcan de colère sous un sourire suave et apparemment comblé alors qu'elle lui aurait volontiers crevé les yeux, l'aurait tué sur place, mis en morceaux et jeté par la fenêtre ; une fois de plus, comme des milliers, des millions d'autres fois, il l'avait laissée sur sa faim mais il partait, elle se débrouillerait sans lui.

— Tu m'aides à faire mes bagages, hein ? lui a-t-il demandé comme venant d'une autre planète, à des milliers de lieues de ce qu'elle pouvait ruminer.

Robert n'avait en tête qu'une seule chose. L'avion. Il avait tout parfaitement planifié, ses bagages étaient déjà dans la voiture, il ne laissait rien à regretter derrière lui. Mais au rythme où les choses se déroulaient, il risquait de prendre du retard, il était presque sûr qu'il lui faudrait disparaître à un moment donné, filer sans prendre congé, carrément. L'idée qu'il aurait peut-être dû discuter de son départ avec Victor ne l'en quittait pas moins, il lui aurait vendu une histoire, un besoin de déconnexion pendant quelques semaines ou quelques mois, de quoi mettre quelque chose en route à l'étranger avant de disparaître du paysage. Il avait en tête toutes sortes de films d'espions changeant d'identité, de sexe, de couleur de peau, de visage, convaincu qu'il n'en ferait rien. Il partait, point barre, personne ne l'en empêcherait, quelles que soient les conséquences. On pourrait le faire suivre, le traquer, le menacer, il ne reviendrait pas.

Il croyait avoir bien compris ce qui s'était passé ce jour-là. Il le croyait car on ne pouvait jamais être sûr des actes ou des intentions des puissants avec lesquels il travaillait. C'était leur marque de fabrique, ne jamais rien révéler, ni totalement ni partiellement, ni à leurs subalternes ni entre eux. Une loi tacite du silence qui obligeait à travailler seul, chacun de son côté, à ne collaborer qu'au besoin et dans des buts très précis. Façon purement économique d'aborder les choses qui le rendaient fou parce que – même dans une presse payée pour dire ce qu'on lui ordonnait de dire, ce qui était le cas de celle dont il avait le contrôle – il aurait aimé en connaître les vrais objectifs. Il se sentait manipulé, un idiot utile, tout aussi désinformé que le public auquel il s'adressait. Depuis des années, il n'avait cessé de glisser des allusions à un possible rapprochement avec la Russie conduisant à tourner le dos à l'Occident, il avait payé des gens pour chanter le même refrain, avait fait des pieds et des mains en ce sens car il était payé pour ça et voilà que par la voix de quelqu'un qui n'existait pas deux ans plus tôt, ces gens-là disaient exactement le contraire et changeaient en quelques instants de position idéologique. C'était la politique, bien sûr, il le savait depuis qu'il était entré dans le jeu mais il n'aimait pas être pris pour un imbécile, payer les pots cassés, constater que tout ce qu'il avait cru jusque-là des relations entre les chefs du parti était du pipeau. S'il était convaincu depuis toujours qu'il ne pouvait avoir confiance en Costin – il mentait comme il respirait –, que dire de Victor ? Qu'il n'ait pas fait l'effort d'aller trouver Miron dans son bureau pour lui parler, qu'il le laisse carrément tomber et qu'il se concerte même avec les autres sans la moindre hésitation ? Tout cela était peut-être planifié d'avance, son ami du ministère des Affaires étrangères devait savoir ce qui se tramait lorsqu'il lui avait dit un jour : Mon vieux, c'est la racaille qui vote pour les partis, nous on connaît le truc, ces partis c'est nous. Non, c'était clair, il devait partir, ne jamais revenir, il ne comprenait pas ce jeu, même s'il comprenait parfois ceux qui le jouaient.

Quand il était entré là-bas, il y avait Théodor, la terreur, la Securitate, les Services, le mal incarné, et les gens de Miron lui parlaient, tiraient des plans pendant que leur chef n'était nulle part, peut-être même pas à l'intérieur du siège, on ne savait plus rien de lui et il ne communiquait pas.

Deux gardes du corps (pas forcément très grands ni du genre bodyguard, en costumes bleu foncé des plus anodins) sont entrés dans le hall, l'un d'eux a ouvert la porte de la salle de conférence, a jeté un coup d'œil professionnel sur chaque visage, s'est tourné vers son collègue, lui faisant un signe imperceptible d'acquiescement. L'autre, impassible, a prononcé un seul mot dans le microphone qu'il portait bien en vue.

Robert s'est senti soulagé, ça ne serait pas long, il ne serait pas obligé de partir avant la fin, il est allé s'asseoir au fond. Par habitude ou tout simplement pour s'occuper, il a passé en revue la faune de la salle. Classe moyenne, de genres à peu près similaires, téléphones mobiles dernier cri, tablettes et gadgets dernière génération, montres digitales pour la majorité, un peuple électronique à la conquête du monde. Fripes de luxe, aux étiquettes visibles pour les plus récents dans la branche, de celles que l'on peut voir dans tout centre commercial, pour les autres des vêtements plus simples – signe extérieur d'un relatif enrichissement – sans étiquettes mais de coupe irréprochable, le plus souvent sur mesure. Les hommes en vestes et chaussures décontractées de jour, les femmes en jupes sobres ou en pantalons, chemises blanches pour les uns et les autres destinées à donner une image impeccable. Pour les plus aisés, sur la table, devant eux, à côté du dernier modèle de Mac, trônaient négligemment les clefs des voitures de luxe où ils passaient la plus grande partie de leur journée dans une circulation infernale, mortelle, les débutants, eux, exhibaient tous des lunettes – pour des raisons que Robert ne saisissait pas toujours – de marque, de formes et de couleurs des plus fantaisistes. Un monde d'étiquettes, de sigles, de sapes, de voitures dans lequel il était indispensable de montrer que l'on possédait assez pour obtenir toujours plus, le monde magique de qui travaille pour des gains passablement modestes. Que signifiaient leurs quelques milliers d'euros mensuels, se disait Robert. Rien. Zéro. Au moindre contrôle, aucun d'eux n'aurait pu justifier un pareil niveau de vie et c'est ce qui les rendait si malléables et vulnérables, en faisait des instruments à la merci de ceux qui leur offraient des enveloppes pour les conférences de presse, des vacances de luxe et autres bénéfices en échange de leur docilité. Ils écrivaient ce qu'on leur demandait d'écrire et de dire pour de l'argent, sans un soupçon de déontologie journalistique. Leur objectif, comme celui de ceux qui comprennent le monde, était l'argent. Voitures, appartements, avenir des enfants. Robert avait peu à peu réussi à deviner qui avait ou n'avait pas d'enfant. Ces derniers étaient moins avides, moins agressifs, négocier avec eux pouvait devenir un plaisir ; les parents des petits princes de ce monde avaient renoncé depuis longtemps à tout scrupule, ils ne reculaient devant rien, convaincus qu'assurer la fortune de leurs enfants justifiait tous les moyens. Du point de vue de Robert, l'aubaine était parfaite, ces gens-là étaient à vendre (tout le monde avait un prix, autre découverte), ils étaient très utiles.

Le secrétaire est entré, a déposé une feuille de papier sur le pupitre d'où se ferait la déclaration, est ressorti comme il était entré, habitué à faire juste ce qu'il devait sans saluer personne, à hanter le siège comme une sorte d'esprit des lieux, à en être un meuble vénérable, patiné par le temps. Un des gardes du corps a poussé la porte et il est entré. En personne. Robert a souri malgré lui. Une apparition, sinon étrange du moins intéressante, une pièce de collection : la cinquantaine passée, un homme sans qualités, transplanté d'une filiale de province par les chefs du parti, large sourire, yeux pétillants derrière des lunettes à montures de couleur le rendant plus ridicule encore, richement sapé, jambes légèrement arquées, un derrière énorme et des seins visibles, voûté mais cherchant à rectifier sa posture et n'obtenant qu'une inimitable allure constipée, d'énormes pieds chaussant du 46, des mains rouges aux doigts épais en parfaite inadéquation avec la fonction et la prestance afférentes. Un paysan. Un paysan venu du pays profond et propulsé là par des paysans du pays profond qui avaient réussi à diriger un monde. Devenu célèbre dans la presse pour ses gaffes et ses fautes de grammaire, une caricature d'homme politique tout particulièrement drôle lorsque le secrétaire du parti ou un membre du gouvernement glissait dans son discours des mots de plus de trois syllabes qu'il ne pouvait prononcer correctement, même après avoir vainement tenté de les apprendre. Des sadiques de première ces types-là, se disait Robert, il eût été si facile de lui écrire des discours avec des mots simples, de ne pas le mettre en situation de bafouiller devant la presse et de piquer un fard chaque fois qu'il trébuchait sur un mot, un vrai cul de singe derrière un micro.

Pendant tout le temps où le vieux zozo – comme il l'appelait mentalement, les grosses légumes du parti, eux, le surnommaient le Pépé – ânonnait à mi-voix les quelques idées que le secrétaire lui avait soulignées sur sa feuille (Costin l'avait supplié de les lui rédiger aussi simplement que possible, mon vieux, il manquerait plus qu'il aille se prendre les pieds dans le tapis, on aurait le carton complet), Robert est resté confortablement installé sur son siège, comme au théâtre. Les reporters ont tous fait mine d'être attentifs, ont mis leurs appareils en marche, ont distribué à droite et à gauche des « chut » pour sauver les apparences. L'occupant du pupitre a inspiré profondément, l'a saisi des deux mains si fort que ses doigts en sont devenus blancs, la sueur a perlé sur son front et a coulé sur son sourcil gauche où elle est restée suspendue puis il a déclaré le plus clairement possible, comme un élève récitant sa leçon devant la classe : Mesdames, mesdemoiselles, messieurs. Silence dans la salle, on lisait sur tous les visages une tension dont Robert savait qu'elle n'était, ne pouvait être le signe de l'attention mais celui d'un effort pour réprimer le fou rire. « Nous vivons un jour triste pour le parti, un jour que nous ne pourrons jamais oublier. Notre président nous quitte, il a présenté sa démission voici une demi-heure pour se mettre à la disposition de la jusse-tice. Nous continuerons à veiller sur la bonne marche du pays, nous resterons une équipe soudée autour des mêmes idéaux, des mêmes principes euro-atlantides (éclat de rire vite couvert par les chut, chut, chut). Jusse-tice, égalité en droits, alignement sur les principes internationaux. » Le discours s'est poursuivi, émaillé de diverses fautes et nombreux bafouillages, Robert se sentait à l'aise comme au théâtre, attentif à ne rien rater, même s'il savait qu'une demi-heure plus tard il serait en route pour l'aéroport et que tout cela n'aurait plus aucune importance pour lui.

Avec le temps, il était devenu sceptique. Un incurable sceptique, un cynique de grande classe, inimitable. Pas le sceptique ordinaire, celui qui croit à des idées parce qu'il a pu croire dur comme fer aux idées contraires, pas le sceptique de façade, le genre d'agitateur décidé à faire de son scepticisme un instrument de propagande qui le ferait briller dans l'opinion publique, le propulserait de plus en plus haut dans des cercles de plus en plus sélects, l'intellectuel type des bords de la Dâmbovița[11], ni non plus le sceptique déçu par le système, combattant des causes perdues, du genre Don Quichotte patibulaire, sénile et ramolli avant d'avoir vieilli, ni enfin le sceptique affectant de l'être, l'idiot utile, niant tout afin de faire passer ses convictions profondes. Non, un sceptique d'anthologie qui ne croyait plus en rien depuis longtemps au point de parvenir à l'inégalable performance de ne plus croire en son entourage immédiat et d'aller jusqu'à se suspecter lui-même. Il était obsédé comme un vieil officier des services d'information, il passait parfois des jours entiers à débusquer la vérité derrière les faits, non parce qu'il aurait cru à un quelconque Bien ou aurait été disposé à

11. La Dâmbovița est la rivière qui traverse Bucarest, mise en parallèle ici avec la Seine pour un effet ironique.

le faire de manière désintéressée, choses qui lui étaient totalement étrangères, mais à seule fin d'alimenter la défiance qu'il nourrissait à l'égard de ses semblables. Il vivait depuis tant d'années au cœur du mal que celui-ci avait déteint sur lui. Mais il ne faisait pas le mal volontairement, il n'était qu'insensible aux souffrances et aux problèmes des autres. Pour avoir suivi de près tout ce qui s'était passé sur la scène politique les dernières années et dans le monde des grandes affaires, avoir eu accès à des informations pour l'obtention desquelles tout autre aurait probablement tué avec un sourire aux lèvres, il avait petit à petit compris ce qu'était le système et surtout - vaguement au début, puis de plus en plus clairement ensuite, avec de lumineuses intuitions - que le système n'était pas un genre d'opposition à un état de fait ni une superstructure contrôlant des structures plus petites et imposant des idées quand c'était opportun, ni un groupe politique gravitant autour d'un service d'information, non, au fond tout était très simple, le système était la totalité de ceux qui détenaient le pouvoir et les fonctions à un moment donné, et s'accusaient mutuellement d'appartenir à une force occulte, prétendument contraire, qui était en réalité encore eux. Le système était, pour le dire plus simplement, une entente. Un pacte universel entre puissants. Un code fondé sur des règles et des mots qui pouvaient n'avoir aucun sens ou tous les sens, mais une seule traduction :

le pouvoir. Le système était le pouvoir. Le pouvoir de vouloir vivre mieux.

À trois rangées devant lui, une jeune journaliste a eu un colossal fou rire, s'est pris la tête entre les mains, est sortie de la salle en coup de vent. Heureusement, personne n'a suivi son exemple. L'homme au pupitre a lancé un long regard, s'est concentré à nouveau sur sa feuille de papier, s'est remis à lire. Ce n'était pas une conférence de presse, la chose était connue d'avance. Simplement une manière de noyer le poisson et la preuve qu'il était devenu l'homme le plus important du parti, son président intérimaire. Il savait tout cela mais ignorait une seule chose, ce qui allait bientôt se passer. Tandis qu'il récitait son discours de son mieux, il n'avait qu'un désir, sortir de cette salle et trouver des toilettes, tout était arrivé si vite qu'il n'avait pas eu le temps de... Souffrant d'irritabilité du côlon et autres affections afférentes, il était constamment ballonné, s'était fait à la situation mais redoutait, en public, de ne pas pouvoir se contrôler, refusant d'imaginer l'effet d'un pet sonore et prolongé en pleine assistance. L'avantage de la chose était qu'il donnait l'impression d'être toujours très concentré sur ce qu'il disait, sur chaque mot, sur la moindre inflexion alors que la réalité était tout autre. Quant à ses problèmes d'élocution, il en était très conscient. Jamais il n'avait su maîtriser son émotion quand il s'exprimait en public et, bien que relativement équilibré, il se bloquait mentalement ici et là, sa langue fourchait, provoquant infailliblement des incidents du genre de celui qui venait d'avoir lieu. Il n'y pouvait rien, il avait appris que ces défauts le rendaient célèbre, inimitable, il ne les redoutait plus. Le ballonnement restait son grand problème avec sa terrible menace, il en serait mort de honte. Il a sauté par-dessus certaines idées, assaisonné son discours de quelques formules en langue de bois apprises par cœur, n'a pas oublié d'y introduire sur la fin l'attachement indéfectible aux valeurs de l'Union européenne, à la justice et autres conneries du genre, a chaleureusement remercié l'assistance, adressé un signe discret de la tête à Robert – qu'il connaissait –, est sorti avec la dernière miette de dignité qui lui restait, à pas mesurés, le regard désespérément fixé sur l'autre bout du hall qui lui semblait immense, impossible à traverser, un univers à lui seul, un purgatoire où le risque demeurait imminent. Il est entré dans les lieux salvateurs, a cherché d'un regard hébété le signe des toilettes hommes, tâtonné pour trouver la poignée, défait sa braguette, baissé son caleçon et s'est posté devant la cuvette, produisant aussitôt, dans l'air froid qui empestait le chlore, un son roulant et prolongé de volcan prêt à l'éruption qui fait vibrer les entrailles de la terre, de moteur de camion tournant à plein tube ou d'animal traqué montrant ses crocs. Les trompettes et les chants des anges. Vingt-trois secondes pour revoir sa vie, ses grands succès, ses terribles échecs. Le tout dans une épiphanie parfaitement réglée, aussi sonore que possible. Suivie de la rédemption finale, la libération du ventre et de l'urine, le retour possible et imminent à la position bipède sans douleurs. Le paradis ne pouvait être autre chose : le monde d'après-le-pet.

Il s'est relevé, visage écarlate, a tiré la chasse, s'est lavé les mains, est entré dans le hall de la villa : grand prince, chef de parti, chef de l'exécutif. Il se sentait beau, jeune, plein d'entrain. Il a failli aller saluer Costin dans son bureau, il savait qu'il ne pouvait pas ne pas y être, comme toujours, même quand il n'y était pas. Il a préféré monter les escaliers en colimaçon conduisant à l'étage et entrer dans celui de Miron, parfaitement rangé, glacial. Comme vidé, abandonné. Il s'est assis sur le fauteuil tournant où le chef passait d'ordinaire la plupart de son temps, a observé attentivement le bonsaï. La dernière chose qu'il avait dû faire : soigner le petit olivier, de quinze centimètres, touffu, avec une branche artistiquement détachée de la couronne et recourbée, racines découvertes, *nobori*. Quelques feuilles sur la surface impeccable du bureau, arrachées à la pincette. Silence total. Il en a lâché un autre, ce n'était pas tout à fait fini. Il a écouté avec ravissement le son se réverbérer sur les parois de la pièce et revenir vers lui comme une caresse. Il s'est levé, est sorti sans bruit, a refermé soigneusement la porte, non, ce ne serait jamais son bureau. Une fois les escaliers descendus, il a fait un signe discret au vigile de service, est parti sans un mot, évitant tout contact visuel, les yeux fixés sur la limousine dont on lui ouvrait la portière, s'est assis confortablement à la place arrière droite.

Robert socialisait, toutes plaisanteries dehors, il le fallait.

Corina était, dans l'âme, une femme très malade. Souffrant toujours ici ou là, le mot douleur sans cesse à la bouche, continuellement assombrie par la crainte de l'imminence des affres de la mort. Avoir bu et fumé, tabac et drogue, ne l'avait pas tant affectée que ça mais il s'était formé en elle une obsession de la maladie qu'elle ne cherchait pas à combattre. Elle habitait une pharmacie, sa voiture était une pharmacie ambulante, son bureau – du temps où elle en avait eu un –, l'une des pharmacies les plus luxueuses de la ville. Le tiroir à médicaments que l'on trouve chez tout un chacun – l'endroit finalement le plus important de la maison – n'avait pas sa place chez elle. C'était tout bonnement une armoire bourrée de pilules, cachets, potions et onguents plus miraculeux les uns que les autres dont la combinaison anarchique supprimait tout réel effet. Elle vivait son hypocondrie de la plus intense manière, l'impossibilité de calmer ses douleurs, réelles ou imaginaires, la conduisait à des conclusions carrément macabres. Sa vie se déroulait entre les médecins et le reste du monde, d'une clinique de luxe à une autre.

Où elle payait des abonnements exorbitants, toujours terrorisée à l'idée de ne pas avoir un docteur à portée de la main. La moindre égratignure lui semblait le signe avant-coureur d'une future gangrène et ses fréquents maux de tête les symptômes de maladies mortelles qui ne tarderaient guère à la ravir à l'affection de ses proches. Elle n'était pas allée jusqu'à se commander un cercueil pour toute éventualité, mais avait bel et bien fait rédiger un testament afin de s'assurer que personne de sa famille d'origine ne toucherait un sou le jour où... Le mot même lui était impensable, la paralysait, elle se jetait alors sur sa petite boîte et tirait longuement sur son joint, de quoi mourir plus ou moins heureuse.

Les dimanches, elle allait à la messe. Sereine après avoir copieusement fumé, un sourire songeur et mystérieux aux lèvres, le blanc des yeux jaunâtre dissimulé derrière des lunettes de soleil, le foulard à la Jackie pour faire comme tout le monde, elle occupait sa place dans l'église et priait avec ferveur pour son enfant, son mari, pour tout ce qui faisait son bonheur et qui, au fond, était sa vie. Faites, Seigneur, que j'aie de l'argent, que je vive heureuse, que je m'enrichisse, lui disait-elle le plus sincèrement du monde. Elle pouvait Lui parler sans réserve, sans détours : faites que je ne tombe jamais malade et que je puisse baiser jusqu'à quatre-vingt-dix ans. Et Dieu était là, généreux à souhait, il semblait l'écouter. Malgré des douleurs, elle survivait avec brio. Même si, de temps à autre, elle éprouvait une grande et lourde tristesse, comme elle l'avait lu dans la Bible, elle menait une vie agréable et sa reconnaissance ne pouvait aller qu'à Dieu. Elle était bigote au fond d'elle-même, personne n'aurait pu le croire. De son éducation dans une couche inférieure de la société, elle avait gardé les traditions auxquelles elle tenait, personne ne pouvait la détourner de respecter les fêtes religieuses et notamment la *pomana*[12], l'office à la mémoire des morts et ce qui le suivait. Et là, confortablement installée dans son fauteuil sur la terrasse, elle venait de se souvenir soudain qu'elle devrait s'occuper de celle de son père, c'était la semaine suivante ; elle avait déjà noté sur une page de son nouveau carnet de notes vert, qu'elle avait toujours à portée de main, ce qu'il fallait absolument pour la grande cérémonie à mettre en œuvre. Celle des sept ans après sa mort, elle voulait en faire un grand événement mondain auquel elle inviterait tous ses amis. Une vraie fête au restaurant, tout le toutim et trois popes. Elle savait bien que tous ces signes de croyance étaient très en vogue dans le monde des corporatistes, qu'au fond ses collègues et amis étaient des conservateurs à tout crin, elle procédait donc en conséquence et ne décevait pas leurs attentes. C'est le secret de la bonne entente entre les gens, ne pas les tromper dans

12. Office et surtout repas traditionnel offert à la mémoire des morts, revenant à dates fixes selon le rite orthodoxe ; peuvent y participer tous ceux qui ont d'une manière ou d'une autre connu la personne décédée.

leurs attentes, s'est-elle dit en souriant. Simple comme bonjour.

Elle a regardé calmement le joint éteint dans le cendrier, l'a rallumé, en a tiré une nouvelle bouffée, a saisi le téléphone, tapé sur une touche rapide puis a mis le haut-parleur :

— Mon cœur, tu as réservé le restaurant pour la *pomana* de jeudi ?

— Une minute, je suis occupé, je te mets sur *hold*.

C'était toujours pareil avec çui-là, chaque fois qu'elle l'appelait pour une affaire importante il était oc-cu-pé, il la mettait sur *hold*, savoir où il traînait, avec qui, tu parles, il lui jetait de la poudre aux yeux, histoire de sauver les apparences d'un mariage heureux. Bref.

— Je rappelle juste après. J'ai trouvé un restaurant encore meilleur.

Le visage de Corina s'est illuminé.

— Le truc hyperchic, ici dans la zone de bureaux, quatre étoiles sur tous les sites, fruits de mer, wagyu, ils ont leur propre pâtissier.

— Oui, mon cœur, mais c'est pas trop cher ?

— Je me suis arrangé avec eux pour tout regrouper avec une soirée que j'organise à la boîte, je refile au chef du restaurant un quart de ce que ça coûterait, c'est un type sympa, je l'aime bien, j'ai bu un coup avec lui la semaine dernière, j'ai oublié de te le dire.

— Tu as oublié, a répondu Corina d'une voix neutre.

— Oui, j'ai une période compliquée, avec les lancements de produits, excuse, je me ferai pardonner, tu verras ce sera inoubliable.

— Si tu le dis. (Elle a soudain senti avec horreur qu'elle perdait le contrôle de la situation, qu'elle ne pourrait pas être celle qui ferait les choses à la perfection.) Envoie-moi plutôt le numéro du type, j'irai lui parler.

— Pas de problème, a répondu Marcel - la désarmant du même coup. (Il était au fond soulagé d'échapper à une corvée.) Bisous, bisous, je me remets au boulot.

— Bisous, je t'aime.

Elle a écouté les trois signaux de fin d'appel. D'un geste lent, presque machinal, elle a éteint son joint et s'est ressaisie. Il était temps. Le moment décisif, le moment de vérité était arrivé. Comme dans tout combat guerrier, elle devait s'habiller pour la gloire. Rien ne devait plus être laissé au hasard dans son image, elle ne pouvait se le permettre, ces temps étaient révolus.

Elle est rentrée, a lancé un long regard d'amour à son enfant absorbé dans son jeu interminable, lui a caressé la tête, a relevé une de ses mèches rebelles, l'a embrassé sur le front.

— Mamy va se préparer.

Le gamin n'a même pas levé les yeux de l'écran, n'a pas dit un mot, Corina n'avait pas sa place dans le monde de ses jeux, personne d'ailleurs. Elle a regardé autour d'elle : le parquet en teck plus cher qu'un studio de banlieue, la cuisine d'un blanc immaculé faite sur commande, dotée d'une foule d'appareils dernière génération de marque allemande, l'immense canapé au centre du salon, les enceintes hi-fi, la cave à vins, la commode en bois de santal commandée en Indochine, le tapis d'Afghanistan, les lampadaires à routeur offrant des millions de possibilités de variations en intensité et en couleurs, le téléviseur à plusieurs milliers d'euros fixé au mur, une foule de signes de richesse invisibles mais évidents à y regarder de près. Et elle est montée à l'étage avec la satisfaction de qui le sait. Le temps pressait. Ce genre de préparatifs constituait le centre même de sa vie, celui d'un narcissisme plus que pathologique qui frisait la folie. Elle possédait toute une bibliothèque de livres qui savaient la persuader qu'elle était la plus intelligente, la plus belle, qu'il lui suffisait de désirer pour obtenir, qu'elle était douée d'une énergie positive universellement contagieuse. Rien ne comptait plus que sa beauté, sa santé, son enfant. Le reste du monde était fait de ceux qui devaient l'aduler sans conditions et de tous les idiots qui travaillaient pour des prunes afin qu'elle et Marcel s'enrichissent.

Elle est entrée dans la salle de bains, s'est déshabillée avec des gestes étudiés alors même qu'elle était seule entre les murs couverts de miroirs, s'est longuement admirée sous tous les angles possibles, s'est lancé un baiser du bout des lèvres. Elle a fait couler son bain, s'y est plongée et, dix minutes plus tard, une fois la peau suffisamment amollie pour éviter toute tragédie, elle s'est rasé les jambes et toutes les zones où les poils étaient susceptibles de repousser malgré l'épilation définitive. Elle devait être lisse comme un miroir, s'est-elle dit en s'inspectant dans la glace, pas la moindre dénivellation de la peau, rien, absolument rien ne devait sortir du modèle de perfection qu'elle s'était fixé au prix de tant d'efforts, depuis si longtemps.

Une demi-heure et quinze crèmes plus tard, elle est ressortie presque satisfaite d'elle-même, acceptant l'idée qu'elle ne pouvait faire mieux. Elle a ouvert la porte de l'armoire - trois mètres de longueur, deux mètres cinquante de hauteur -, est restée songeuse devant le spectacle toujours irréel à ses yeux. Perfection absolue. Des alignements de vêtements rangés par couleurs, nuances, styles. Une nuit, ivres morts et défoncés, au début de l'année, ils en avaient sorti ensemble tout le contenu puis l'avaient passé en revue. Et ils avaient fait les comptes : trois-cent-mille et quelque de vêtements, presque autant de bijoux. Leur bonheur avait été parfait cette nuit-là, ils avaient fait l'amour sur leur fortune, leurs fringues et leurs diamants. Personne ne pouvait être plus heureux, s'est dit Corina en sortant quatre robes chics et en les regardant, songeuse. Si dur de se décider. Elle a tourné en rond autour du lit et des quatre robes étalées dessus, s'est pris la tête entre les mains, désespérée, est allée passer un peignoir blanc dans la salle de bains, dix minutes plus tard, elle était encore assise sur le bord du lit, une larme au coin de l'œil, au seuil de la crise de nerfs. Elle a ouvert WhatsApp et appelé Oana en vidéo. Il lui fallait un conseil.

— Ma cocotte, dis-moi laquelle, j'arrive pas à me décider, a-t-elle dit en tournant la caméra du téléphone vers les quatre robes étendues sur le lit.

Oana a pris sa mine la plus sérieuse et lui a demandé un instant de réflexion.

— Dis-moi, c'est du sérieux avec ce type, tu gardes ou c'est juste pour la soirée ?

— J'sais pas.

— Pas de bêtise, fais gaffe.

— T'affole pas, j'suis pas si bête.

— C'est juste pour dire, a poursuivi Oana d'un ton plein de sollicitude. Prends la verte avec un sac jaune, des bijoux vert et blanc et c'est gagné, c'est moi qui te le dis.

Corina a tourné son téléphone sur elle et l'a réglé sur la caméra de devant.

— Des bijoux vert et blanc, t'es sûre ? J'en ai aussi des jaunes avec du vert.

— Non, ma cocotte, blanc, diamant, pureté, sois pas idiote ! Faut transmettre le bon message.

Elle lui a souri, lui a envoyé un clin d'œil, Corina a ouvert son peignoir, a dirigé la caméra vers son entre-jambe, a fait une capture d'écran et elle a appuyé sur *Partager*.

— Cadeau, t'es trop mignonne.
— Merci, bisous.

Une fois l'appel terminé et la décision prise, elle s'est accroupie devant le coffre-fort, a posé le doigt sur le capteur d'empreinte et attendu que l'appareil la reconnaisse. Dans le tas de petits et grands écrins, elle en a choisi un vert à sigle doré, en a extrait un collier, un bracelet et des boucles d'oreille, les a disposés sur la robe. Impeccable, pas croyable comme cette fille s'y connaissait, une artiste ! Le problème était que si elle s'habillait (et elle devait le faire, vu que la robe se passait par en haut, elle ne pouvait pas se maquiller avant), il lui faudrait éviter de toucher quoi que ce soit et ne surtout pas froisser la robe. En tout cas, il ne lui restait pas beaucoup de temps, si elle comptait trente-cinq à quarante minutes pour le maquillage, dix minutes de minauderie devant le miroir et un appel à Marcel (la photo cadeau était déjà prête, elle la lui enverrait avant de lui parler), elle devait donc se mettre à l'œuvre. Il faut travailler et souffrir pour être belle, elle le savait, s'efforçait d'être irréprochable. Quand leurs affaires avaient commencé à mieux marcher, elle avait fréquenté diverses spécialistes en maquillage pour des résultats médiocres au prix de beaucoup de temps perdu en déplacements. Mais elle en avait profité pour leur voler tous leurs secrets possibles et impossibles, avait investi une fortune en crèmes, potions, gouttes, trousses de maquillage, mascaras, tout un arsenal au secours de son art.

Assise sur le tabouret de la salle de bains devant sa glace, Corina se sentait une authentique artiste. Depuis la ligne des clavicules, rien n'échappait à son œil exercé. Avec une dextérité inégalable, dès qu'elle se mettait devant sa table de maquillage, ses mains devenaient celles d'un Picasso ressuscité créant la plus belle des femmes. Elle savait modifier les dimensions et la forme du moindre détail de son visage, avait appris à créer des ombres, à rehausser ses pommettes au moyen de petites variations de couleurs, à combiner des nuances de poudres pour suggérer un aspect naturel, mais surtout à faire en sorte que rien du modèle obtenu ne varie, que la couche épaisse appliquée sur la peau résiste jusqu'au matin - qu'elle transpire, se verse un seau d'eau sur la tête ou saute dans une piscine lors d'une fête. Il y avait là des secrets qu'elle n'aurait révélés à personne, l'art de se faire belle était sacré à ses yeux, quelque chose comme une prescience instinctive grâce à quoi elle renaissait plus jeune et plus belle. Au bout d'une demi-heure, elle s'est regardée avec admiration dans la glace, a apporté quelques retouches. Elle s'est envoyé un baiser, enchantée d'elle-même.

L'instant de vérité. La seule vérité d'un monde méchant et sauvage. Celui où, dans une position étudiée cent fois, contrôlant son regard et le moindre de ses cheveux, entourée des richesses de toute une vie

– la sienne –, installée dans un égo englobant le monde entier comme un grain de sable qu'elle aurait pu pulvériser d'un sourire, au comble du bonheur, elle s'apprêtait à lancer sur Instagram une de ces photos qui en avaient fait une diva, un modèle de perfection dans son cercle de connaissances et au-delà. Elle a réglé son appareil sur portrait avec le filtre que lui avait acheté Marcel, a flouté tout ce qui l'environnait pour ne garder qu'elle, a posé une jambe sur son tabouret en prenant soin que soit bien visible son porte-jarretière vert et le bracelet de platine et diamants de sa cheville (lui aussi grossi avec un truc acheté sur le web), s'est mis une main sur la hanche, a fait ressortir sa poitrine en rejetant la tête légèrement en arrière, a choisi une deuxième focalisation pour la ligne des yeux, appuyé longuement sur le bouton de l'écran pour obtenir une rafale de photographies dont une seule serait la bonne. Grâce à un programme dédié, elle en a donc choisi quatre qui lui semblaient superbes et que le programme superposerait pour créer l'image parfaite idéalement floutée, mettant en évidence chaque détail d'un visage angélique. Elle tombait amoureuse d'elle-même chaque fois, n'en revenait pas de se voir si belle et, même lorsqu'elle repassait son survêtement fatigué pour préparer quelque chose à la cuisine, elle sentait que sa perfection la suivait partout, qu'il lui était impossible de ne pas s'aimer. Elle a ouvert l'application, a choisi sans hésitation un filtre glamour et posté la photographie avec le commentaire *#lavieestmerveilleuse*. Dix secondes plus tard, les petits cœurs ont commencé à défiler, assortis de commentaires, partages, et moult #. Quatre-cents réactions en deux minutes et dont le nombre grandissait d'une seconde à l'autre, jusqu'au moment où elle l'a vue accompagnée d'un petit cœur en face du nom de Marcel. C'était ce qu'elle voulait. Le rendre heureux et jaloux à la fois avec son image parfaite, lui montrer le trésor qu'il possédait chez lui, le garder près d'elle grâce à son inégalable beauté.

Le nom de Marcel s'est affiché sur l'écran, elle a répondu en mettant le haut-parleur pour ne pas affecter son maquillage :

— P'tit cœur, t'es superbe ! Où allez-vous ?

— Je ne sais pas, les filles veulent me faire une surprise, je t'envoie des photos de là-bas.

— Je t'aime, amuse-toi bien, je t'ai fait une surprise sur Revolut.

Elle a vu la somme déposée sur son compte, a souri, lui a envoyé la photo faite pour Oana, a sorti sa petite boîte magique de sous la table basse de la terrasse et a entrepris paisiblement de s'en rouler un, tout en fouillant dans son porte-monnaie pour y chercher les quatre-vingt-dix lei qu'elle avait réussi à imposer à la bonne après de longues négociations, laquelle, devant leurs protestations répétées de pauvreté, avait renoncé à en obtenir cent.

Le coude posé sur la vitre ouverte de sa voiture, l'œil rivé sur l'écran qui ne l'écoutait jamais lorsqu'il tentait d'y inscrire une adresse d'ailleurs déjà sauvegardée, Vicky criait s'adressant à sa femme à la fenêtre du troisième étage qui l'entendait mal à cause de la circulation.

— Ajoute encore un peu de viande confite, moi j'ai oublié d'en prendre, hurlait-il.

— Tu dis quoi ? lui répondait sa femme en se penchant un peu plus, exaspérée de le voir faire le cirque devant l'immeuble au lieu de monter pour lui parler normalement comme tout le monde.

— Oh, oh, hurlait-il entre ses dentiers collés au Corega, de la viande du pot, y a pas le feu.

— Du veau, vieux zozo ? répondait l'autre.

— T'es folle ou quoi ? Du pot, du pot, nom de Dieu.

— Le fou c'est toi, et ta mère, à hurler comme ça dans tout le quartier, ajoutait-elle en se précipitant vers le réfrigérateur pour y prendre un petit seau en plastique blanc pourvu de l'étiquette adéquate apposée à Noël.

— T'entends, poursuivait Vicky sans cesser de crier sous l'arbre, par la vitre de la voiture. Descends une fois pour toutes, bon sang, tu fais quoi ?

Elle n'a pas répondu. Il était toujours pressé comme une fille vierge de se marier, ils finissaient invariablement par oublier des choses et il se fâchait contre elle, bien sûr, sur qui ça pouvait retomber ? Elle a pris quelques bocaux de zacuscă, des légumes en saumure, les œufs, Vicky en avait déjà dans la voiture, il avait demandé à son factotum de lui choisir les plus frais, couverts de fiente fraîche, mais elle était sûre qu'il manquait quelque chose et s'est assise sur la banquette de la cuisine, désespérée. Son téléphone a sonné.

— Oh, mamy, tu descends ou quoi ? Laisse tomber, on va pas déménager toute la maison aujourd'hui.

— Arrête un peu, t'as qu'un fils et t'es capable de rien, t'es bête comme tes pieds, parole !

La formule sentait le scandale qui couvait, Vicky s'est dit qu'il devait attendre, la sagesse du chien qui a pris des coups est toujours la meilleure, il était sûr que s'il insistait, elle ne se tairait pas une seconde des deux-cents kilomètres à faire et continuerait plusieurs jours après. Il s'est concentré sur cette saloperie d'écran en marmonnant dans sa barbe quelque chose à propos d'un monde dans lequel, lorsqu'ils étaient jeunes, ils se débrouillaient avec une carte, n'en mouraient pas et trouvaient les adresses encore plus facilement qu'avec ces misérables appareils qui ne savaient jamais quel trajet choisir. Sa femme est sortie de l'immeuble, chargée comme pour un départ en vacances, une valise de vêtements, deux filets de raphia pleins de bocaux, de casseroles et de seaux. Vicky est sorti de la voiture avec sa vivacité habituelle, s'est emparé de tous les bagages, les a rangés soigneusement dans le coffre en plaçant la valise entre le panier d'œufs et le reste.

Victor l'avait supplié depuis des années de ne plus rien apporter à manger lorsqu'ils venaient chez lui, depuis des années, ils déménageaient la moitié de chez eux quand ils montaient à la capitale et auraient volontiers vidé leur frigo, il pouvait toujours parler. Pour Vicky et sa femme, Victor était un idiot, sa femme, leur ennemie mortelle, pire encore. Deux idiots qui jetaient l'argent par les fenêtres pour des broutilles, mangeaient des saloperies, s'habillaient comme au cirque, bref, n'avaient rien dans le crâne. Des ânes bien sapés, comme le répétait Vicky à son homme de confiance chaque fois qu'il se soûlait – autant dire presque chaque jour – et qu'il parlait, inévitablement, de son fils.

Sauf que ce jour-là, ânes ou pas, toutes sortes de sombres pressentiments l'obsédaient, que l'eau-de-vie ne pouvait combattre. Il avait la gorge nouée et avait décidé que la seule solution était d'aller à Bucarest parler à son fils et se trouver à ses côtés, si jamais il avait besoin de lui.

— Tu sais, disait-il en démarrant en trombe, ce qui n'était pas dans ses habitudes, après tout Miron, disons qu'il l'a bien cherché, pour moâa, c'est Victor qui compte, faudrait pas qu'y se soit fourré dans un sale coup, ça serait pas la première fois. Tu comprends, toâa ?

Il parlait presque pour lui-même et l'inquiétude lui faisait prononcer le moi et le toi de façon bizarre, le premier « â » semblant avaler tout le mot, y compris le dentier de Vicky et le monde entier par la même occasion.

— Allons, allons, Vicky, on l'aurait su, il est pas idiot au point de nous cacher des choses si graves.

— Qu'est-ce que j'en sais, moâa, j'aurais mieux fait d'appeler Miron ou plutôt de partir hier, j'avais des trucs à lui demander pour les autres, là, qui cherchent des boulots, j'en aurais profité pour lui tirer les vers du nez.

— Trop tard, qu'est-ce tu veux savoir ?

Sa femme était plus inquiète que lui, elle avait passé toute la journée devant sa télé et les dizaines de théories défilant sur l'écran l'avaient rendue malade, sauf qu'une expérience de quarante ans lui avait appris à ne communiquer aucune crainte sérieuse à son mari car le motif le plus infime de peur se transformait chez lui en terreur.

— Fais gaffe, y a la police pas loin, appuie pas tant sur le champignon, y manquerait plus qu'y nous arrêtent, tu veux qu'on arrive en retard ?

— En retard, où ça ? lui a-t-il répondu sur le ton de la plaisanterie, on n'est pas invités nulle part.

— Invités ou pas, on y va, même si on sait pas pourquoi.

Ses craintes n'étaient pas vaines, juste après le rond-point qui faisait la jonction avec le nouveau périphérique, un jeune policier, gras à souhait, a jailli et leur a fait signe de s'arrêter avec des gestes énergiques.

— T'es verni, t'as bu en plus.

— T'en fais pas, je vais te lui parler, je les connais tous.

— Bonjour, agent principal Téodoroïou, permis, assurance et vignette, je vous prie. Oh, oh, mes respects, m'sieur Victor, a-t-il dit soudain en reconnaissant celui qui souriait calmement au volant.

— Bonjour Tony, a répondu Victor, un peu troublé.

— M'sieur Vicky, vous avez dépassé la vitesse limite, je vais devoir vous coller une amende.

— Si tu dois, vas-y.

— Et on est en filtre renforcé, faut que je vous fasse souffler.

— Hein, qu'est-ce que tu dis là, ça va pas ?

— Sérieux, sinon je me fais virer.

— Dis-moi un peu, je roulais à combien ?

— Soixante-et-un, juste la limite.

Vicky a plongé la main dans la poche de sa veste, a sorti au hasard quelques billets, les a repliés d'un geste expert pour les glisser dans celle du policier qui l'avait posée à cet effet sur le rebord de la portière, lui a adressé un sourire exquis tout en disant :

— Colle-moi l'amende pour la vitesse, laisse-moi partir, fais une photo de mes papiers et passe me voir avec l'amende ces jours-ci, a-t-il ajouté sur le ton de la promesse.

Le policier a regardé autour de lui, a fait disparaître les billets dans la poche de son téléphone, a porté la main à son képi aussi respectueusement que possible :

— Bonne route, m'sieur Vicky, je me débrouille avec les types de Talpa, pas de soucis, y a plus qu'un radar là-bas, allez doucement.

— D'accord, mon gars, merci, j'suis pressé, moâa ! a répondu Vicky de la même voix inquiète dont il usait avec sa femme, convaincu - et à juste titre - que le jeune policier savait ce qui était en train de se tramer et préférait s'en tirer avec une petite aubaine que de faire son devoir en un jour si important.

Dans le bureau toujours aussi silencieux qu'il l'avait été presque toute la journée, Victor regardait Costin, à moitié étonné, à moitié souriant. Avec cet étonnement serein qui ne disait rien de précis et pouvait tout vouloir dire. Il avait vu les appels répétés de son père mais n'avait pas répondu. Il était comme ça, le vieux, quand la danse de Saint-Guy le prenait, il se mettait à appeler tous les quarts d'heure, persuadé qu'il était le seul à pouvoir résoudre les problèmes et que les autres étaient des incapables. Sauf que Victor avait appris de son côté à l'ignorer, de sorte que leur petit jeu se prolongeait indéfiniment dans les mêmes conditions, sans le moindre espoir de changement. Il pouvait compter sur sa mère, elle savait le calmer. L'important était là : arranger les choses pour la prison et à cette fin il lui fallait faire une visite à leurs voisins, ce qui ne lui plaisait pas du tout. Il avait bien tenté de convaincre Costin d'y aller, d'expliquer au propriétaire du palais d'à côté de quoi il retournait et de trouver vite fait une solution. Mais son collègue, plus âgé, n'avait rien voulu entendre, il n'irait pas voir ce dingue, il risquait de se retrouver en pleine fête et de devoir y passer un temps fou.

C'était donc retombé sur lui. Mais il y avait peut-être une autre solution :

— Dis-moi, on ne ferait pas mieux de l'inviter dix minutes ici et de lui expliquer la chose ? Il ne s'éternisera peut-être pas, je ne risquerai pas d'y passer des heures, je dois aller chez Miron sans tarder pour le conduire.

Il avait prononcé le mot « conduire » si naturellement qu'il en était surpris lui-même. Costin a eu un haussement de sourcils, a voulu le répéter mais s'est abstenu.

— Appelle-le, pour voir.

— Plutôt toi, tu n'as pas d'affaires en cours avec lui, il ne peut pas vraiment te faire chanter.

Comme dans toutes les situations d'une certaine importance, Costin s'est composé une mine sérieuse, s'est collé sur le visage un sourire glacial et impassible, a pris son téléphone sur la table pour appeler un des contacts de son agenda. La réponse a été immédiate, comme il fallait s'y attendre. Il a mis le haut-parleur :

— Cher monsieur, bonjour.

— Mes respects, m'sieur Costin, quelle surprise, a dit une voix candide.

Le ton trahissait un sourire, la satisfaction d'entendre le vieux politicien, nulle trace de ruse, étonnamment.

— M'sieur Costi, je suis avec l'ami Victor et nous aurions quelque chose à vous demander, venez prendre un café.

— Ben, j'ai des gens ici mais je les laisse, je passe cinq minutes. Y a un problème ? a-t-il ajouté innocemment.

— Vous le savez bien, l'a coupé Costin. Nous vous attendons, a-t-il ajouté du ton le plus affable.

Ils ont entendu un bruissement, l'autre avait probablement oublié de fermer son téléphone en le mettant dans sa poche :

— Je vais juste à côté parler à des amis, mes gars vous apporteront à manger, ce que vous voulez, vous leur dites, je viendrai aussi, oui, on fera ce qu'il faut pour que tout aille bien, évidemment.

Victor a souri, depuis quelque temps son vieux partenaire en achat de terrains en gros avait contracté la passion des œuvres de charité et ne semblait plus en sortir, il l'avait vu à la télévision faire tout un cirque avec les extrémistes de droite, traîner dans la boue ceux de gauche – il n'avait pas inventé la poudre, il ne semblait pas comprendre que droite et gauche étaient une seule et même chose, si on le lui avait expliqué il n'y aurait pas cru –, c'était un type marrant à sa façon et on pouvait surtout compter sur lui quand on le lui demandait, par ailleurs il avait toujours été l'ami de Miron et il supposait donc qu'il pouvait compter sur son aide. Dans ce genre de situations, les gardes du corps et les relations du voisin étaient irremplaçables, d'autant que s'il s'impliquait dans l'affaire cela leur éviterait d'intervenir et de devenir la cible d'insinuations, d'accusations inopportunes quant à de prétendus liens avec le monde interlope.

La porte s'est ouverte sans qu'on ait toqué, dans la pièce sont entrés une montre de cent-mille euros, une bague à diamants, un costume fait sur commande chez le tailleur de la Maison royale, l'uniforme de base de tout magnat roumain. Les ont suivis une voix tonitruante qui a salué de la plus joviale manière et l'ombre du type immense qui accompagnait son chef et s'était déjà assis sur un siège près de la porte.

— Monsieur Costi, prenez place, a dit Costin en se levant pour lui serrer énergiquement la main.

— Ce n'est pas de refus, je ne me suis pas assis depuis ce matin, on me mettrait une pioche entre les mains que j'aurais trouvé mon nouveau métier. Cher Victor, salut, ça va, quoi de neuf ?

— Ma foi, a répondu Victor d'un ton neutre, légèrement triste.

— Allez, allez, ça va passer, pas de panique. J'ai vu ça à la télé, pas de chance, Théodor, c'est lui, hein ?

Les deux autres n'ont rien dit, aucun ne s'attendait à ce que leur invité entre si directement dans le vif du sujet.

— Oui, ça passera, allez, la prison est faite pour tout le monde, non ?

Ils ont souri tous ensemble, rien d'autre à attendre de ce genre de type, un zozo parvenu, la finesse et lui ça faisait deux.

Et ils n'ont pas eu besoin de s'expliquer. Le dénommé Costi leur a épargné le soin de l'introduction et d'éventuelles négociations.

— Je suppose que vous voulez que Miron passe tranquillement le peu de temps qu'il doit faire, un an, un an et demi ?

— Dans le genre, a répondu Costin en haussant les épaules.

— Mihaï, a-t-il crié. Viens un peu ici.

La porte s'est ouverte aussitôt, le jeune type de deux mètres et cent-cinquante kilos dont cent de muscles est entré de profil dans la pièce, comme s'il ne pouvait pas passer de face, s'est arrêté à deux mètres de son chef, l'air emprunté, ne sachant que faire de ses mains.

— Tu sais quoi, paraît que Miron va en taule, appelle quelques à gars à toi, que tout se passe bien, t'as compris ?

Le dénommé Mihaï a approuvé d'un signe de tête sans dire un mot, a simplement lancé un regard interrogatif.

— Non, bien sûr, je paye, c'est pour mon frère Miron, t'es idiot ou quoi ? Tu crois quand même pas que je vais demander à ces gens-là de casquer !

Il s'est retourné vers Costin et Victor :

— Mes amis, voilà un problème résolu, je crois, vous saviez bien que vous pouviez compter sur Costi, pas de soucis. Venez manger un de ces jours, pas la peine d'appeler, pour vous ma porte est toujours ouverte. Et maintenant je pars, j'ai des gens en visite, ils ont besoin d'aide, des âmes pures, on se tient au courant.

Il s'est levé, a salué aussi jovialement qu'à son entrée, son type lui a tenu la porte ouverte, il est sorti en coup de vent, s'en allant résoudre des problèmes sûrement beaucoup plus importants que celui pour lequel Victor et Costin l'avaient fait appeler.

Étrangement, Roxana ne se sentait pas heureuse. Pas complètement heureuse en tout cas, pas exubérante, pas dans cet état d'intense euphorie que ressentent tous ceux qui sont enfin libres après des années passées en prisonniers de leur propre vie. Elle s'était si souvent imaginé ce qu'il en aurait été si Stéfane était parti pour une longue période : ne plus se sentir sa propriété, enfermée dans une relation qui était en même temps la garantie de la sécurité de sa vie quotidienne et la négation de toute possibilité de bonheur. Mais la vie était bien plus compliquée, se disait-elle chaque fois qu'au terme d'une discussion trop animée elle éprouvait l'envie de prendre ses cliques et ses claques sans jamais revenir, non, tous les films avec des amoureux étaient des mensonges, la vie était autre chose, la sienne en tout cas, faite d'un mixte de bien-être et de captivité qu'elle avait accepté les yeux fermés et qu'elle ne pouvait ni ne désirait quitter car tout autre état d'esprit que celui qui était le sien lui semblait risquer d'être dangereux sinon mortel.

Elle redoutait le ridicule. Et toute situation où il eût été convenable de rougir et dont on ne pouvait se tirer que par impudence ou une honte infinie qui pouvait l'affecter pendant des mois. Rien ne lui semblait plus ridicule que de devoir un jour raconter dans le monde, d'une manière ou d'une autre, comment elle s'était séparée de son amant, comment ils en étaient venus là. Encore plus de le faire publiquement. Si elle pouvait aller partout et compter sur son soutien, ce qui signifiait que personne ne pouvait s'en prendre à elle et à son statut d'étoile prometteuse, une éventuelle séparation aurait déchaîné contre elle tous les démons qui hantent l'univers sous le nom de calomnies et auraient eu raison d'elle. Pire encore : elle se serait enfoncée dans le ridicule par un double effet de cette séparation, personne ne l'aurait plus jamais invitée nulle part, il lui aurait fallu faire des avances pour gagner sa vie ou accepter l'oubli et se contenter d'un rôle d'écrivaine et de journaliste mineur qu'elle n'était pas vraiment sûre de vouloir assumer ; par ailleurs, son combat public pour les valeurs humanistes serait brutalement tombé dans l'ombre et il était plus que probable que tous ceux qu'elle avait visés jusque-là se seraient cruellement vengés.

Sans trop savoir ce qu'elle faisait mais se laissant entraîner, elle était devenue un bourreau. Tout en mimant les meilleures intentions, elle était un de ces tortionnaires qui, dans la nouvelle mondanité d'internet, poursuivaient et lynchaient pour des délits d'opinion réels ou imaginaires ou tout simplement – c'était le plus souvent le cas – parce que devaient être éliminés des individus qui vous barraient la route. Avec toute une horde d'extrémistes, elle avait très bien compris que la violence, symbolique ou non, était synonyme d'argent, fonctions et avantages, de visibilité, la clé de tout avenir. Les mécanismes d'internet n'avaient plus de secret pour elle, elle en usait quotidiennement dans l'espoir – encore infructueux – qu'un jour ceux qui coordonnaient toutes ces actions de lynchage lui offriraient un statut bien supérieur à celui qui était le sien. Or, elle avait l'intuition plutôt juste qu'un de ceux qui était à la manœuvre, fût-ce à un niveau peu élevé, était justement Stéfane, mais elle ne pouvait pas lui demander de l'aider plus qu'il ne l'avait déjà fait, il n'aurait probablement pas accepté. Pourquoi, elle l'ignorait, mais elle soupçonnait que la raison en était sa jalousie maladive, sa crainte de la voir le quitter, une fois obtenues telle ou telle sinécure ou fonction importante. Elle ne se trompait guère. En conséquence, tant que son intégration au groupe extrémiste ne l'aurait pas propulsée davantage, elle se devait de rester bien sagement dans sa cage dorée, de faire semblant de ne rien comprendre au mécanisme du pouvoir, de ne pas savoir – elle en aurait mis sa main au feu – que Stéfane était au nombre de ceux qui payaient pour provoquer scandales, lynchages et interdits sur Facebook ou autres réseaux ; lui poser la question n'aurait servi à rien, du moment qu'il ne lui disait rien de lui-même il n'aurait pas répondu. Elle soupçonnait son ami Robert et les chefs de ce dernier d'être derrière tout ça, et que tous, elle y compris – une dizaine d'intellectuels plus ou moins influents –, étaient les instruments du parti. C'était ainsi. Elle avait vu, fascinée, comme tous les jeunes, de quelle manière les plus vieux impliqués dans la culture s'étaient vendus aux partis pour s'assurer des carrières, s'étaient enrichis et prospéraient malgré les scandales et les situations ridicules dans lesquelles ils s'étaient mis sans scrupules et dont ils étaient ressortis renforcés comme de toute guerre. Elle n'ignorait rien de ces comportements, s'efforçait de s'en inspirer aussi fidèlement que possible mais dans le sens inverse, convaincue que le combat politique était la seule manière de faire la promotion de son œuvre, que procéder autrement était voué d'avance à l'échec. Sauf qu'elle était, pour l'instant, trop insignifiante et l'unique fois où elle avait demandé à Stéfane d'intervenir pour lui obtenir un job douillet dans une institution publique avait provoqué une véritable guerre entre lui et le directeur de l'institution – lequel était du parti opposé –, Stéfane avait certes perdu avec brio mais le fonctionnaire en question avait été lynché, définitivement privé de tout espoir de promotion à venir, et, pour autant, Roxana n'avait rien obtenu. L'autre s'était battu comme un beau diable, avait répliqué puis posté sur les réseaux des révélations sur des compromissions qu'ils croyaient ignorées, pour les obliger à tenter de négocier, puis s'était finalement avoué vaincu. Mais elle savait qu'il n'avait pas oublié et qu'une brèche éventuelle dans sa relation avec Stéfane aurait conduit à son élimination définitive de l'espace public, à l'impossibilité de collaborer avec la presse et – au bout du compte – à sa marginalisation de la part de ses alliés du moment, tout indice de vulnérabilité étant le signe d'une maladie mortelle à éloigner sans tarder du corps politique. Elle n'avait donc pas les moyens de le quitter, ni même d'en rêver, Stéfane ne s'en serait probablement pas pris à elle, il était assez bête pour être berné mais il n'en aurait pas été de même des quelques ennemis qu'elle s'était faits avec le temps et qui n'attendaient qu'une occasion pour la traîner dans la boue et sa réputation avec.

Par ailleurs, quitter Stéfane pour l'autre était sinon risqué du moins délicat. Elle rêvait de lui, coucherait encore avec, ne serait-ce que pour se démontrer qu'elle en était capable – mais ce n'était pas cela l'important, non –, le problème était qu'il faisait partie du groupe adverse, celui de l'élite conservatrice, soudoyé lui aussi mais par les autres. Se mettre avec lui aurait signifié abandonner le camp qui était le sien, passer à l'adversaire, chose difficile et qui pouvait en faire aussitôt une paria. Elle savait d'expérience qu'il n'était pas bien de trahir, les vengeances et les lynchages ne cessaient plus, la carrière du coupable ou de la coupable prenait fin sur-le-champ. Elle n'en avait pas le courage, même si ça aurait été amusant d'essayer.

Elle n'ignorait rien de tout cela. Ni que ce jour même elle avait reçu une somme non négligeable pour poster sur les réseaux sociaux un message tendancieux – à moitié imposé, à moitié inventé – à propos de forces occultes qui manipulaient le champ politique et mettaient en prison des innocents. Elle était loin d'avoir été la seule à entrer dans ce jeu et elle n'y voyait aucune issue honorable. Les écrivains avaient leur propre cercle dans l'Enfer. Les politiciens, les journalistes aussi, tour à tour, ainsi que ceux que l'on appelait les influenceurs, à même de disséminer des idées sous le masque des meilleures intentions, ce qui en faisait une farce stupide puisqu'ils se connaissaient tous, elle en était consciente ; pourtant, si on lui avait dit que le personnage de l'ombre qui payait était justement son Stéfane, elle en serait devenue folle. Elle avait beau eu tenté de le faire parler pour savoir d'où venait l'argent, à qui ils devaient leur standing, il ne lui avait jamais rien révélé, gardant intelligemment un silence total ou changeant carrément de sujet. Peut-être cherchait-il ainsi à la contrôler ou peut-être à lui éviter le choc de réalités dont la connaissance aurait pu lui être fatale, ce qui est certain c'est qu'elle n'avait jamais pu obtenir de lui la vérité.

— Stéfane, tu as quoi comme bagage, cabine ou soute ? lui a-t-elle demandé d'une voix candide pendant que dans sa tête se bousculaient les idées noires.

— J'sais pas et peu importe, c'est pas moi qui paye.

— C'est qui ?

— La revue, je crois, pas sûr. Peut-être le groupe de presse. Pas moi en tout cas, je suis quand même pas fou au point de me payer l'avion !

Elle a attrapé une pile de tee-shirts dans l'armoire, les a entassés dans un grand sac, plus quelques jeans, les anoraks habituels et une veste - elle n'était pas sûre qu'il la porterait, ce n'était pas son habitude -, une vingtaine de slips dans les poches filet, autant de chaussettes, s'est assurée que rien ne dépassait, a replié la valise sans tirer la fermeture. Sa crainte du ridicule allait de pair chez elle avec un terrible conformisme, un désir de faire et d'être comme tout le monde - on le lui avait appris quand elle était toute jeune - dont les conséquences étaient peu visibles, encore moins prévisibles. Elle faisait tout comme il fallait. À l'opposé du rôle de bourreau angélique qu'elle assumait sur les réseaux sociaux et dans la presse, avec l'espoir de se faire une vie plus belle, Roxana était, au quotidien, d'un conservatisme rigide, incapable d'accepter l'imprévisible, la nouveauté, attentive à toujours bien mesurer ce dont elle avait besoin pour être en état d'y faire face. Le départ de Stéfane devait donc ne pas sortir des paramètres habituels, elle devait jouer son rôle jusqu'au bout, le maternant, ne lui passant aucun détail, comme si c'était là l'essentiel de la vie et non pas les pensées noires pour lesquelles elle l'aurait volontiers tué, même si cela n'en valait pas la peine. Ils étaient deux particules intimement liées, ils se seraient comportés de la même manière à des milliers de kilomètres de distance, personne ne pouvait l'en dissuader, toute autre hypothèse l'aurait vexée. Elle est allée l'arracher à la bibliothèque où il cherchait quelque chose sans le trouver, l'a assis sur le bord du lit et s'est installée sur ses genoux.

— Tu m'apporteras des trucs chouettes, lui a-t-elle dit en l'embrassant sur le bout du nez.

— Bien sûr, tu me diras ce que tu veux.

— Tu m'appelleras tous les jours ou ça ira mal, a-t-elle poursuivi sur le ton de la plaisanterie.

— Tu répondras quand je t'appelle ou ça ira mal, a-t-il répondu sur le même ton.

— Tu iras pas avec des Françaises perverses. Elles sucent pas mieux, rien d'extraordinaire, a-t-elle ajouté d'un ton professionnel.

— Pareil pour les voyous roumains, a-t-il répliqué.

Roxana n'a rien dit, l'a serré dans ses bras, en blottissant son menton sur son épaule.

— Tu as du fric dans le tiroir et la carte de crédit pour les dépenses courantes, au besoin tu me fais signe, a-t-il conclu calmement.

— T'en fais pas, je me débrouille, j'ai pas cinq ans.

— Oh que si !

Pas un mot sur les sorties, les événements, de nouveaux contrats. Elle savait bien qu'il ne fallait pas lui poser de questions à ce sujet et que s'il ne disait rien, c'était délibéré, pour la tenir enfermée, ne lui offrir aucune occasion de se mettre avec un type. Il était jaloux, elle ne l'ignorait pas, le comble était qu'elle l'était tout autant et que même si elle le trompait avec l'autre, son rêve vague et terriblement risqué, elle continuerait à être jalouse - parce que c'était la règle, il était absolument exclu qu'il en soit autrement, tout autant qu'elle le lui montre. Tel était leur petit jeu, on ne change pas les consignes en plein jeu.

Elle comprenait que tout ce qu'elle devait faire était de laisser la banalité prendre le dessus, les choses suivre leur cours. De la même manière, si Stéfane n'avait pas évoqué le nom de Miron après tous les messages qu'ils avaient postés sur les réseaux sociaux, cela voulait dire qu'au-dessus de lui, voire au-dessus de son chef, des décisions avaient été prises modifiant le discours officiel du parti, et en conséquence leur propre position, suggérant d'adopter la modération, peut-être même un changement de ligne et un glissement vers l'acceptation de la culpabilité de l'accusé sans toutefois incriminer le parti. Situation des plus compliquées mais, tout compte fait, le silence pouvait être la bonne solution, au moins pendant quelques jours suivi d'un peu de *whataboutisme* et de modifications subtiles du discours, avant de nouveaux mots d'ordre du genre « garde à vous dans les rangs », plaisanterie devenue virale en privé. L'argent continuerait à tomber, la propagande ne pouvait pas s'arrêter pour si peu et ils étaient indispensables dans l'équation.

— Stéfane !

— Oui, a-t-il répondu comme au milieu d'un rêve, un grand verre de cognac en main, qu'il venait de se verser.

Il regardait mélancoliquement par la fenêtre, Roxana aurait payé cher pour savoir ce qui se passait dans sa tête mais il avait dressé entre elle et lui un mur de silence que rien ne pouvait percer, la patience s'imposait.

— Tu veux que je te conduise à l'aéroport ?

— Non, je prends l'autobus, te fais pas de soucis, on se rappelle.

— D'accord, a-t-elle répondu d'un ton boudeur, se retenant à peine de lui faire une scène.

Elle l'a laissé mijoter dans son jus, il ne méritait même pas qu'on se fâche. Elle a ouvert Facebook. Le scandale était à son comble, évidemment. Une semaine plus tôt, ils avaient lancé une campagne de lynchage contre une revue où deux intellectuels avaient publié un dialogue – sans trop se cacher et donc sans possibilité de se démentir – dans lequel ils évoquaient des personnes lauréates d'un gala en termes peu respectueux des Lois de la diversité. Il s'agissait de deux individus patibulaires du système, universitaires l'un et l'autre, qui croyaient pouvoir fouler aux pieds les commandements de leur groupe de propagande. Le groupe ne cessait depuis quelques jours de les traîner dans la boue, avait exhumé tout leur passé, dévoilé ce qu'ils mangeaient, avec qui ils baisaient ou pas, faisait flèche de tout bois pour les détruire dans l'espace public, déformer leur image, les clouant au pilori et menaçant tous ceux qui auraient eu l'idée de contrecarrer rationnellement leurs allégations. Roxana et son groupe ne connaissaient pas le doute, ils n'avaient que des certitudes. Inébranlables. Et si on touchait au moindre de leurs principes ou de leurs idées fixes, rien n'aurait pu les arrêter, ils étaient prêts au crime pour défendre leurs convictions, le cirque s'achevait toujours par la défaite complète de l'adversaire. Elle a lancé un message dans lequel elle stigmatisait la société croulante et sans scrupules, les dinosaures conservateurs, les terroristes patriarcaux, utilisant en cinq phrases tous les poncifs de la Nouvelle Parole non orwellienne ; elle a été soulagée de tomber sur le post d'un intellectuel mollasson qui se permettait d'écrire : *Le roi est nu !* suggérant par là que tous ceux qui avaient relativisé la culpabilité et la condamnation du personnage en question étaient ses valets. Elle a vu rouge, a oublié instantanément Stéfane et presque comment elle s'appelait elle-même, a ouvert la fenêtre de commentaires, a tapé : *Pour un conservateur et un soutien déclaré de la discrimination, monsieur le professeur, vous semblez très sûr de ce que vous affirmez. Je me permets de vous suggérer de revoir votre position dans l'esprit de l'égalité et de la liberté d'expression*. Elle a appuyé sur *Post*, en voilà un qui était remis à sa place, tout son groupe savait désormais que ce type devait être éliminé et tous procéderaient en conséquence. Elle s'est dit, l'espace d'une seconde, qu'elle devrait lui communiquer son post et demander sur leur groupe privé qu'on en fasse de même mais elle s'est ravisée, un scandale monstre atténuerait l'histoire politique et c'était peut-être ce qu'il fallait faire pendant quelques jours, s'en prendre à plusieurs personnages importants pour faire diversion.

Du coin de l'œil, elle a vu Stéfane vider son verre et le remplir aussitôt. Il ne regardait ni son téléphone ni son ordinateur portable, ne lisait pas non plus, il restait assis à son bureau, elle aurait donné cher pour savoir ce qu'il avait en tête, lui qui avait toujours une plaisanterie au bord des lèvres ou une réplique d'un effroyable cynisme à même de faire vaciller son monde de convictions inébranlables. Elle s'est approchée de lui, l'a pris dans ses bras et a posé sa tête sur son épaule. Puisqu'il ne voulait pas parler, ils se tairaient de concert. Elle a vu l'écran de son téléphone s'allumer, elle avait dû recevoir de multiples notifications mais a choisi de ne pas en tenir compte. Elle s'est versé un verre de la bouteille posée sur le bureau devant Stéfane, elle est restée près de lui.

Elle bouillait. Les choses avaient semblé se calmer, la vie suivait son cours, les histoires et les affaires de Victor ne l'intéressaient pas, mais lorsque le téléphone avait sonné et que sa belle-mère lui avait annoncé, de sa voix la plus mielleuse, qu'ils arrivaient, elle était devenue folle. La formule signifiait en général qu'ils montaient à la capitale et que, Victor ne pouvant les voir que quelques heures au plus, la corvée de s'occuper d'eux retomberait sur elle. Sur ses nerfs déjà tendus au maximum, car il était exclu qu'elle laisse éclater son exaspération. Elle passait alors des jours à la contenir, comme un feu qui couve, à souhaiter mourir subitement ou à voir la terre s'ouvrir sous ses pas et l'engloutir. Avec Vicky et sa femme, Éléna possédait sur le papier une énorme part de la fortune de Victor. Ce dernier, prévoyant comme tout homme d'affaires roumain, la répartissait en divers lieux et comptes, ses proches étaient devenus de véritables magnats détenant des comptes en Suisse, des entreprises dans des paradis fiscaux, des propriétés dans toute l'Europe. Au moyen de multiples procédés financiers, Victor réussissait chaque année à en obtenir des profits, directement ou par intermédiaires, sans payer d'impôts, sans rien devoir transférer d'une firme à une autre ou en investissant dans l'immobilier ; un autre moyen, et des plus sûrs, était de s'enrichir et de conserver sa fortune en profitant de l'argent de l'État. Éléna était donc engluée au centre d'une toile d'intérêts et d'obligations qu'elle détestait, elle devait supporter de temps à autre ces deux-là et tenter de les distraire, même si ses efforts se heurtaient la plupart du temps à un mur. Plus exactement à l'avarice indomptable du beau-père, car sa femme avait malgré tout l'esprit un peu plus ouvert et aurait préféré profiter de la vie. Éléna aurait encore pu passer là-dessus, mais ce qui la mettait carrément hors d'elle c'étaient leurs interminables querelles. Ils étaient incapables d'échanger trois répliques consécutives sans s'engueuler, leur dialogue s'apparentant à une sempiternelle dispute à laquelle toute personne présente était invitée à s'associer. Exaspérée par le penchant à la boisson de Vicky et ses plaisanteries à répétition, sa femme lui adressait des reproches à tout bout de champ, lui criait dessus avant même qu'il ait ouvert la bouche, faisant de la vie des autres une succession de moments pénibles et ne leur donnant qu'une envie irrépressible, fuir leur « dialogue ». D'ailleurs, Éléna avait fini par comprendre, depuis tant d'années, que ces deux-là, malgré leur apparent conflit perpétuel, ne s'entendaient pas si mal et donnaient l'impression, dans les moments critiques, d'agir comme un seul homme tout en s'enguirlandant copieusement. Elle allait donc avoir droit à des journées éprouvantes, d'autant plus que Vicky avait sans aucun doute ses propres projets et ne céderait pas tant qu'il n'aurait pas gain de cause. S'il ne parvenait pas à rencontrer Miron, chose désormais évidente, il ferait des pieds et des mains pour obtenir une entrevue avec Costin et tout se terminerait par la beuverie et l'esclandre habituels. Éléna avait envie de disparaître, de filer s'installer dans une de leurs maisons à la montagne pour y attendre que l'ouragan passe. Sauf qu'il lui fallait en parler à Victor et elle était quasiment sûre qu'il ne rentrerait pas de la journée, elle pressentait qu'il avait beaucoup de prétendues affaires.

Elle savait. Il y avait bien longtemps qu'elle savait que Victor la trompait ici et là, au point de s'habituer à l'idée et de l'accepter car cela lui assurait la tranquillité domestique. Elle avait conçu à la longue de véritables stratégies, accumulait les informations de diverses sources et, dès que Victor semblait disposé à la dispute, elle les lui ressortait, de l'air le plus candide et d'une voix mielleuse, comme résignée à son triste sort, ne jouant pas à la victime mais assumant son rôle de femme vivant seule du matin au soir et n'ayant pas peur de s'en prendre sans pitié au coupable. Victor battait aussitôt en retraite, lui offrait des cadeaux aussi chers qu'inutiles, lui tenait des discours justificatifs au terme desquels il promettait que cela ne se répéterait pas, qu'il deviendrait, dès la première seconde du jour en question, le mari exemplaire par excellence, un petit saint en sucre et en peinture. Elle ne le croyait pas. Il ne croyait pas qu'elle le croyait. Mais c'était là leur petit cirque domestique, et ils devaient continuer chacun à pédaler dans la cage tournante à hamster qu'était leur mariage, la seule idée que leur fils risque d'être privé de l'un de ses deux parents étant exclue d'avance, inconcevable.

Il était bien vrai que quelques années plus tôt, leur union avait été à deux doigts de la catastrophe, ceci par la faute de Victor qui s'était amouraché d'une cocotte de quinze ans plus jeune que lui avec laquelle il avait pratiquement emménagé dans un appartement qu'il lui avait acheté dans le Quartier français. Éléna avait souffert un temps en silence puis était allée lui faire un scandale monstre à la firme, devant tout le personnel de la direction. Victor n'avait pas voulu céder. Devant cette impasse et refusant de rester seule et riche et surtout de détruire chez son enfant l'illusion d'avoir une famille, elle s'était fait violence et avait appelé Miron. Comme par miracle, le Vieux s'était présenté à sa porte une demi-heure plus tard, et avait parlé très sérieusement avec elle, comme entre adultes, chose qui ne s'était jamais produite jusqu'alors. Il lui avait calmement demandé de lui donner le nom de la femme avec laquelle habitait Victor, avait pris son téléphone et appelé Costin. Ce dernier était venu aussi – cela avait été la première et dernière fois – pour résoudre le problème sans tarder. Devant leurs tasses de thé fumantes et le cigare de Costin entre eux, les deux hommes avaient tenté de rassurer Éléna, ils s'étaient réparti les rôles : Miron se chargerait de Victor, Costin du reste du problème, selon ses propres termes. Elle n'avait rien su des détails suivants de l'histoire. Aussitôt sorti de chez elle, Miron avait dit à son chauffeur de le conduire à la firme de Victor. Il avait fait irruption dans son bureau, s'était assis sans attendre d'y être invité et s'était mis à le traiter de tous les noms, l'écume aux lèvres, le menaçant des pires horreurs et lui expliquant sans ambages, entre ses accès de colère, que divorcer d'Éléna était inenvisageable et qu'à la moindre tentative en ce sens il pouvait compter sur lui pour se retrouver à la rue. Victor ne l'avait jamais vu dans pareil état, si violent, à un moment donné, il avait cru qu'il allait le frapper et avait même eu peur que son vieil ami ne fasse une attaque ou un accident vasculaire. À le voir les yeux exorbités, les veines des tempes gonflées, hors de lui comme jamais, les dents serrées sur sa cigarette et frappant du poing sur le bureau comme un dingue, Victor avait paniqué. À juste titre. Quant à Costin, moins enclin aux scènes et beaucoup plus pragmatique, il avait passé quelques coups de fil, avait fait un dossier sur la fille en moins d'un quart d'heure et s'était présenté chez elle. Il s'était comporté de la manière la plus cérémonieuse, avait accepté un café, parlé du temps (un si beau jour d'été avec ses délicieux nuages dignes d'un tableau de Raphaël), puis il lui avait dit de sa voix la plus douce de faire ses bagages, un avion l'attendait à l'aéroport et lui-même était pressé. La fille avait commencé par refuser, il lui avait alors fait la liste de tout ce qu'il savait sur elle et lui avait promis solennellement que si elle ne voulait pas comprendre, son frère et toute sa bande seraient embarqués le jour même et, par la bienveillance d'hommes de bien qui se trouvaient être également procureurs, resteraient aux arrêts jusqu'à ce qu'elle devienne plus conciliante. Devant le fait accompli et impressionnée par ce type vu à la télévision et dans les journaux, elle avait accepté les millions qu'il proposait nonchalamment, une rente mensuelle, un appartement à Ibiza et une foule d'autres avantages utiles, elle avait disparu. Costin s'était retrouvé seul dans cet appartement avec vue sur le lac, avait appelé son chef pour lui rapporter que sa mission était accomplie et il était retourné à pied au siège du parti. En chemin, il avait quand même téléphoné à Victor. Il l'avait calmement informé de ce qui s'était passé moins d'une heure plus tôt, que la fille était déjà dans l'avion et qu'il n'avait aucun intérêt à essayer de la retrouver puis il avait conclu brutalement :

— Cher ami, cette cocotte sautera sur le premier jeune porteur de bite rencontré, à la seconde où elle sortira de l'avion, sois donc raisonnable, les occasions courent les rues, pourquoi se compliquer la vie ?

Victor avait reposé son téléphone, avait regardé Miron qui était encore dans son bureau :

— Bien, on fait comme vous croyez. Buvons un coup.

Éléna n'avait pas su le fin mot de l'histoire, elle n'y tenait pas, ce qui est sûr en revanche c'est que ce soir-là Victor était rentré ivre mort et ils n'avaient plus jamais abordé le sujet, chacun préférant employer son énergie à autre chose, finissant par oublier la chose ou faisant comme si.

Elle ignorait pourquoi elle se rappelait toujours la même scène pénible alors qu'il y en avait eu bien d'autres, des centaines, sa vie avec Victor - fortune et réputation mises à part - n'avait jamais été un long fleuve tranquille, mais chaque fois qu'elle devenait la victime de ses beaux-parents elle s'en rappelait les moindres détails et se disait qu'elle se devait de les supporter en souvenir d'une phrase de Miron. Ce jour qu'elle ne pouvait pas oublier, il avait eu des mots qui étaient restés gravés en elle. Serein comme à son habitude, buvant son thé en fumant cigarette sur cigarette, il l'avait longuement regardée lorsqu'elle lui avait dit qu'elle avait envie d'appeler Vicky et de lui demander de parler à Victor. En quelques mots, d'une voix inexpressive mais ferme, Miron lui avait dit que cela aurait tué le pauvre homme et que c'était justement pour éviter ça qu'il était venu, il ne voulait pas voir son vieil ami mourir d'une attaque. Leur famille et surtout son petit-fils étaient tout ce qu'il avait en ce monde, lui avait dit Miron. On ne pouvait pas lui faire ça. Et voilà qu'elle attendait ce même beau-père, ses mêmes plaisanteries stupides, ses interminables beuveries suivies des injures coutumières de son épouse, son éternel discours sur la nécessité de ne pas jeter l'argent par la fenêtre mais de l'investir pour en gagner plus, et elle se disait que ce ne serait rien si, par-dessus le marché il avait renoncé à ses horribles cigarettes bon marché qui empestaient sa maison à chaque visite ou s'il s'était décidé à boire des alcools de meilleure qualité pour lui éviter ses exhalaisons insupportables. Pour ne rien dire de sa toux continuelle, de ses allées et venues pour sortir, en chancelant, couvrir le sol de crachats noirâtres qui n'annonçaient rien de bon. Ni de sa manière de manger avec les doigts, de tremper son pain dans les sauces, toutes habitudes dégoûtantes qui l'horripilaient mais assuraient la nécessaire pérennité de son mariage. Et que pouvait-elle espérer d'autre sinon une relative sécurité ?

De l'autre côté de la barricade, à quelques époques et plusieurs millions de kilomètres de distance, ses beaux-parents l'aimaient et la détestaient à la fois. Ils l'aimaient comme la mère de leur petit-fils et parce que Victor se comportait quand ils étaient là en mari parfait, parce qu'elle n'oubliait jamais leurs anniversaires, leur trouvait des médecins, leur tenait compagnie quand leur fils était trop pris pour s'occuper d'eux, leur achetait des cadeaux, faisait tout pour sauver les apparences, ne les avait jamais brusqués, chose qu'on ne pouvait pas dire de l'autre enragé qui perdait aussitôt patience et leur faisait tout un cirque. Ils l'aimaient parce qu'on doit le faire, parce qu'aimer sa belle-fille est une obligation dictée par le bon sens et le respect des règles, y compris des préceptes chrétiens qu'ils voulaient faire croire qu'ils observaient. Pour eux, le conformisme était la base même du monde, ils ne pouvaient pas se permettre d'être mal vus et faisaient l'effort de se mettre bien avec les gens.

Si Vicky l'aimait presque sincèrement, car pour lui les choix de son fils étaient lettre d'Évangile et il aurait refusé toute vérité, même évidente, du moment qu'elle contrariait ses convictions, sa femme, elle, la détestait parfois jusqu'à en pleurer. De son point de vue – le seul qui comptait en ce monde –, Éléna lui avait volé son fils. Son prince au cheval blanc, son enfant si intelligent, à la tête de milliers d'employés, riche à millions et conduisant des limousines. Son trésor, sa seule raison de vivre. Et dire que cette mocheté fardée, opérée jusqu'au cul – elle en aurait mis sa main au feu –, le lui avait pris, et c'était à cause d'elle qu'il ne venait presque plus jamais les voir et, chose plus grave encore, qu'ils n'avaient pas la joie de pouvoir garder leur petit-fils. Elle avait engagé une bonne, le comble, elle avait fait entrer une étrangère chez eux pour s'occuper de l'enfant, ils avaient la peste, ils étaient bêtes, ses beaux-parents, ils auraient été incapables de veiller sur leur petit-fils, le double, à ses yeux, de son propre fils, la prunelle de ses yeux, le sens de sa vie, l'un comme l'autre – et voilà pourquoi Magda, la belle-mère, aurait bien aimé la voir morte.

C'était peut-être pas une mauvaise femme, se disait Éléna parfois, peut-être que toutes ces crasses n'étaient pas faites exprès, Vicky de toute façon était un idiot et ne comprenait rien à rien, mais elle ne lui trouvait aucune excuse, elle ne pouvait pas la supporter, dès qu'elle entrait chez eux sa belle-mère faisait la tête, se mettait dans un coin et n'en bougeait plus, ne parlait que si on lui posait une question ou s'il lui fallait absolument enguirlander son ivrogne de mari qui n'avait jamais eu la moindre jugeote et dont elle n'attendait plus rien de toute façon à soixante-dix ans. Par ailleurs, péché capital aux yeux de ces deux-là, Éléna ne supportait pas d'aller chez eux à la campagne, ne faisait pas le moindre cas de ce qu'ils possédaient là-bas, elle était donc une prétentieuse et une idiote qui finirait par causer la ruine de leur fils.

Ce jour-là, Éléna n'avait aucune envie de les affronter, elle aurait voulu s'enfuir et ne revenir qu'après leur départ. Toute l'histoire de la voiture qui l'avait suivie lui avait laissé un goût amer, elle s'était un peu détendue dans le parc mais la perspective d'être la cible de leurs silences têtus ou de leurs disputes à répétition la terrifiait. Prenant son courage à deux mains – consciente que Victor ne se montrerait pas de sitôt et ne pouvant lui reprocher de ne pas être, lui aussi, victime de leur comportement –, elle avait décidé de les conduire au centre commercial cinq minutes après leur arrivée puis de les entraîner dans un restaurant, bref, de les étourdir suffisamment pour ne plus être trop importunée par leur présence à la maison.

Le silence régnait toujours dans le bureau de Costin. Victor, assis jambes croisées, fixait la même fenêtre comme il l'avait fait tout le reste de la journée, ne sachant ni que dire ni que faire. Les choses semblaient plutôt claires, pourtant il était taraudé par une question qu'il avait évité de poser jusque-là :

— Juste un détail : c'est toi ?

Il voulait savoir mais il était loin d'être sûr qu'il obtiendrait la vérité, il tentait donc de la construire en observant la mimique, les mouvements involontaires, une intonation dissonante de son interlocuteur, le moindre élément.

Costin l'a longuement regardé, son visage s'est animé sous l'effet d'un sentiment qui pouvait être de la souffrance, de l'incompréhension, de la vexation devant une question qui ressemblait à une affirmation, cela ne lui échappait pas.

— Non, a-t-il répondu aussitôt.

— Qui alors ?

Costin a levé la main grassouillette qui tenait son éternel cigare, a dessiné un demi-cercle en l'air, l'a maintenue immobile un bref instant à la hauteur de son épaule, l'a reposée sur son genou, a regardé Victor dans les yeux.

— Je ne sais pas et tu ne me croiras pas.

— Comment te croire, bon Dieu ?

— Comme ça, Victor, il le faut. Je le connais depuis toute une vie, on a construit des empires ensemble, cela fait trente ans qu'on n'a pas de secrets l'un pour l'autre et toi tu viens me dire une bêtise pareille.

— Je ne peux pas croire autre chose, lui a répliqué Victor.

— C'est ton problème. Et le tien seulement. Je ne peux même pas t'en vouloir. Je pourrais tout aussi bien te demander : c'est toi ?

Victor a eu un accès de fou rire, s'est levé, a fait deux pas en direction de la fenêtre, s'est brusquement arrêté.

— Là, on s'égare. Est-ce que j'ai des relations au point de pouvoir monter un truc pareil, putain ?

— Mon petit Victor, tu crois parler à qui, ici ? a dit l'autre de sa voix la plus câline, comme s'il s'adressait à un enfant. Je ne sais pas tout sur toi, encore que, mais je sais que tu n'es pas un agneau de l'année et que tu aurais toutes les raisons de te débarrasser de pas mal de casseroles.

— Trêve de bêtises, a répliqué Victor. C'est toi et le type des Services. Et qui sait quel merdeux de province qui avait intérêt à faire oublier un dossier compromettant et a donc vendu Miron. Et tu as laissé faire ou tu as participé pour éviter de finir dans le même panier.

Costin lui a lancé un long regard.

— Quand tu aurais pu intervenir, a continué Victor - et tu le pouvais sans aucun doute -, tu t'es fait porter pâle, et résultat, Miron est en route pour la taule, comme ça vous vous en êtes tous tirés.

— Vraiment ? a demandé l'autre ironiquement.

— Vraiment. Je suis peut-être un plouc, je connais peut-être pas grand-chose à la politique mais je sais que vous avez tous des affaires au cul et que l'explication est là.

— Pas vrai !

Victor se sentait bouillir, il étouffait, s'efforçait de se maîtriser, de ne pas lui défoncer la gueule. Il s'est assis, a allumé une cigarette, a posé ses mains sur ses genoux et a fixé le sol avec dépit. Il n'y avait rien à faire, plus rien, c'était clair mais il aurait au moins voulu savoir la vérité, ne pas mourir idiot. Une minute de vérité, deux petits mots et il était tout disposé à repartir à zéro comme si de rien n'était, cela au moins lui aurait redonné confiance en Costin et lui aurait rendu des raisons de rester dans le jeu. Il a relevé la tête sans dire un mot et a fixé l'autre.

— Victor.

Son nom avait été dit d'une voix presque paternelle.

— Voici comment je vois la situation si je la vois bien, et je dois reconnaître que pour la première fois depuis tant d'années, je n'en suis pas si sûr. Les dossiers de Miron ne sont pas une nouveauté, tous les politiciens en ont, nous nous faisons tous la chasse en attendant le moment propice pour éliminer les autres, rien d'exceptionnel. Au début de l'année, j'étais encore persuadé que tout était sous contrôle, que c'était un soufflé de merde au four, qu'ils ne le foutraient pas en taule pour un truc que tout le monde fait, le pays grouille de compromissions du même genre.

— Ma foi, admettons, a répondu Victor.

— Admettons quoi ? J'ai quatre ou cinq types ici qui construisent des palais eux aussi, bref, peu importe.

Il l'a regardé dans les yeux, a repris :

— Les indices ont commencé à affluer au début de l'année. J'appelais les types de la justice, je les invitais à manger, à la chasse, tous étaient pris. Les types et les gonzesses des Services, de bons amis par ailleurs, évitaient toute proposition, ne voulaient rien accepter de moi, de nous. J'ai tout de suite pigé. Je me suis retrouvé dans des repas avec des types de l'opposition, invité par eux, amis amis, j'ai raconté ça à Miron, il a haussé les épaules, il m'a dit d'y aller, t'as rien à y perdre, on apprendra peut-être des trucs.

— Alors, il savait ?

— Il savait, j'allais pas lui cacher, un restaurant par-ci, boire des coups par-là, une soirée dans un club, pas de quoi fouetter un chat.

— Bon.

— Et voilà qu'un soir Théodor vient me trouver, j'étais au Club diplomatique et il me tient toute une théorie sur la Russie, l'alignement sur les valeurs européennes, tout le tintouin, il me parlait comme à un gamin, je voyais pas trop où il voulait en venir, je l'ai stoppé net, je l'ai interrogé. Et il m'a répondu, t'as vu comment il parle, on croirait que c'est l'oracle de Delphes, putain de putain : nous sommes convaincus que vous voulez rapprocher le pays de la Russie, cher monsieur. Je l'ai regardé et je lui ai répliqué : Stop, tout ça c'est de la propagande, juste pour dire le contraire des autres, voyons ! Il n'en démordait pas, soi-disant qu'ils étaient bien informés. Alors j'ai fait : tes informations, tu peux te les mettre où je pense. Il m'a regardé longuement, persuadé qu'il allait m'intimider, que j'avais quelque chose à perdre - à croire qu'ils sont mieux informés que nous - il a ajouté : Faites gaffe de pas entrer dans le collimateur, vous aussi, cher monsieur. J'ai bien retenu ce *vous aussi* et j'ai pigé, je lui ai expliqué une dernière fois comment je voyais la chose mais rien à faire, un âne bâté, ce coco. Il tenait à sa théorie comme le pendu à sa corde.

— Et Miron dans tout ça ?

— Attends voir un peu. La discussion n'avait pas duré plus de quelques minutes, je l'ai appelé. Arrête, arrête, putain, on est d'accord avec ces types-là, ils iront pas nous faire des crasses. Et moi : je commence à avoir des doutes. Laisse tomber, putain, je lui dirai un mot ces jours-ci, on se connaît de toute éternité.

— Ah bon, a dit Victor.

— Ils se sont parlé. Pour rien. Les autres ont pas lâché le dossier, lui est monté sur ses grands chevaux, bien décidé à en faire de la pâtée, à leur montrer à qui ils avaient affaire. Tu connais la suite.

— Et tu n'as pas essayé de lui reparler ?

— Si, mais c'était comme si je parlais à un mur, la presse n'en démordait pas, la racaille arrêtait pas de manifester, lui s'entêtait, il ne comprenait pas qu'il était sur la mauvaise pente. T'as bien vu, Victor, quel cirque ça a été, ils nous a tous mis dans la merde jusqu'au cou, il n'écoutait personne, alors j'ai plus su comment réagir. Je me suis concentré sur mes propres affaires, en essayant de ne pas nous mettre à dos la province et après je me suis avoué vaincu et je les ai abandonnés à leur propre sort. Qu'est-ce que j'aurais pu leur dire ? Vous êtes dingues, vous voulez qu'ils nous collent tous en taule ? Ils n'entendaient pas, ils étaient hypnotisés, alors je me suis mis ma bouée de sauvetage au cou, j'ai hurlé avec les loups. Mais je savais.

— Bizarre tout ça, j'ai toujours été persuadé que tu étais derrière.

— Pas le moins du monde. Je tentais de ménager la chèvre et le chou avec l'espoir de finir par nous en tirer. Et puis il y a eu cette campagne de menaces autour des enfants des grosses légumes, ici et en province, tous se sont envolés comme des cailles, prêts aux pires servilités pour sauver leurs gosses. Miron s'est retrouvé seul avec son rêve de victoire, il était foutu.

— Et maintenant ?

— Quoi, maintenant ?

— Tu fais quoi ?

— Rien.

— Comment, rien ?

— Plus rien. Je laisse l'autre diriger ce qu'il veut, au fond j'en ai rien à cirer de qui est président du parti, pas plus que du temps qu'il fait en Patagonie, je prends mes cliques et mes claques et je tire ma révérence.

Victor n'a rien dit, lui a jeté un regard interrogateur, incrédule, un vague sourire a ourlé ses lèvres.

— Faut savoir perdre en ce bas-monde. Ne me regarde pas comme ça, je suis très sérieux. J'ai encore quelques années à vivre, je peux m'installer tranquillement à la montagne, écrire mes mémoires, admirer le paysage.

— Alors pourquoi tu tirais des plans avec Théodor et moi ?

— Je lui ai dit ce qu'il voulait entendre. C'est la petite surprise que je lui fais, il peut croire ce qu'il veut, s'entendre avec qui il veut, avec sa sœur, avec sa mère, pas avec moi. Moi, je ne mets pas le nez ni le doigt dans ce genre d'alliances, non merci, j'ai des sapins à regarder. Et, aussi malin qu'il se croit, je lui mitonne ça à l'étouffée.

Il s'était tu, son regard était devenu glacial, il fixait un point du mur.

Victor ne disait mot non plus, il refusait de participer à cette guerre-là, il avait perdu assez d'illusions en une seule journée, et l'idée d'affronter Théodor et les siens ne l'amusait guère, en revanche il croyait Costin capable de tout. Lui, Victor, ne s'impliquerait pas.

Robert a passé la tête par la porte entrouverte. Costin s'apprêtait à dire quelque chose, a vu que son cigare était éteint, l'a rallumé. Robert a repris sa place autour de la table basse près de la fenêtre et leur a fait le compte rendu comique de la conférence de presse, ils ont tous ri, il y avait de quoi. Même si c'était plutôt triste. Il a poursuivi :

— Victor, je pars quelques semaines en France. J'aurai toujours mon téléphone si besoin.

— Des histoires de... petit fou ? lui a-t-il demandé en ricanant.

— De cape et d'épée, a répondu mystérieusement Robert.

— Des coucheries dangereuses ? a demandé Costin avec un sourire.

— Plus coucheries que dangereuses...

— Jeune, le type ?

— Couci-couça.

Ils se sont tus. Victor aurait aimé poser quelques questions de plus à Costin, mais il se rendait bien compte que la discussion ne pouvait pas se prolonger en présence de Robert. Ils auraient d'autres occasions, il n'y avait pas le feu.

— Messieurs, je vais assurer l'escorte, à plus tard.

— J'ai entendu dire qu'il y avait une soirée chez les camarades de ton quartier, a brusquement ajouté Costin.

— Oui.

— Tu diras à l'autre de passer me voir demain avant que je parte.

— D'accord, a répliqué Victor.

Robert l'a regardé sortir. Le pas toujours alerte, large d'épaules, presque plus large que la porte. Il a tourné son regard vers Costin, grassouillet, trapu, imbu de lui-même, mains croisées sur le ventre, les yeux fixés au loin sur des choses qu'il était seul à connaître. Il s'est levé, s'est versé un verre, l'a vidé d'un trait, s'en est versé un autre, s'est rassis devant la table basse pour le savourer.

— Il en a pour combien ? a-t-il demandé.

— Un an, un an et demi au maximum, lui a répondu Costin.

Inspiration profonde. Expiration. Respiration. Il a saisi le volant. Brouillard. Peur. Peur, peur encore. Il a appuyé sur le frein, a démarré le moteur, a regardé autour de lui comme un ressuscité, a vu dans le rétroviseur la clôture en fausse brique de la villa, au-dessus, la bâtisse élégante style dix-neuvième, son toit rouge, ses stucs, ses larges baies, toute l'élégance d'un monde révolu. Il s'éloignait, débouchait d'un coup sur le boulevard, traversait les trois files sans mettre son clignotant, bloquant la circulation, ne sachant pas encore très bien dans quelle direction il allait. Il attendait depuis des heures le courriel de Stéfane, parmi les centaines de messages, il n'y en avait aucun de lui, ce silence était de mauvais augure, il ne voulait pas se l'expliquer ni le comprendre. Espoir, quand même : que quelque part, au-delà de l'immense parc, des ponts, de cette route toujours si encombrée, il y aurait un genre de rédemption. Il serait peut-être à l'aéroport, il lui écrirait ou l'appellerait durant les quinze minutes de trajet, tout n'était pas perdu, pensait-il, en se disant que cela devenait une gigantesque farce, le mieux était de laisser les choses suivre leur cours, finalement s'il ne venait pas, cela ne changerait rien d'essentiel, il devait partir de toute façon, faire une pause sinon disparaître pour toujours, changer de nom, de visage, sans être pour autant certain de ne pas être retrouvé, ni sûr que ce qu'il savait et aurait très bien pu ne jamais savoir pourrait lui garantir une quelconque protection.

Il s'efforçait de récapituler ce qui s'était passé et n'y parvenait pas. Ce qu'il ne comprenait pas surtout, c'était le rôle de Costin, ni d'ailleurs celui de Victor, chaque fois qu'il était entré dans le bureau, ils s'étaient clairement tus, avaient cessé de converser, s'étaient mis à échanger des banalités, allant jusqu'à parler du temps qu'il faisait, il était sûr que ce n'était pas de ça qu'ils s'entretenaient avant, il se demandait s'ils n'avaient pas eux-mêmes manigancé et si tout cela n'avait pas été une simple pièce de théâtre habilement mise en scène dans laquelle seuls les trois hommes qu'il avait rencontrés au siège connaissaient leur rôle tandis que les autres ne faisaient que suivre des indications qu'ils ne maîtrisaient pas complètement et auxquelles ils ne pouvaient pas s'opposer. Que serait-il arrivé si, au moment où on lui avait demandé de distribuer les enveloppes, il avait dit : Non, j'ai un avion à prendre, je n'ai pas le temps ? Ils auraient probablement envoyé le secrétaire à sa place, tout simplement. Que se serait-il passé si, avant l'entrée du premier ministre dans la salle de conférence, il l'avait pris à part cinq minutes, pour lui dire – il ne savait pas très bien en quels termes – de ne rien changer à la ligne de communication du parti, provoquant ainsi un énorme scandale aux conséquences incalculables ? S'il lui avait dit que Victor et Costin étaient les coupables, qu'il fallait les exécuter publiquement et que l'autre l'ait fait, qu'il ait dénoncé en direct à la télévision les trahisons des structures les plus hautes de l'intérieur du parti, s'il avait évoqué clairement la présence des Services sur les lieux, où ils participaient activement au renversement du gouvernement, c'est-à-dire en fait à ce qui se voulait un coup d'État, une atteinte à l'ordre établi et à l'avenir du pays, bref une élucubration de ce genre ? Ou si, renversant la situation, il avait lui-même donné des consignes différentes aux journalistes destinataires des enveloppes pour déjouer ainsi tous les plans du Bureau n° 2 et répandre dans la presse et les réseaux sociaux une théorie terrifiante, mais pas si incroyable que ça, selon laquelle tout ce qui venait d'être dit à la tribune du parti était parfaitement exact – les effets s'en voyaient déjà –, après tant d'années au cours desquelles personne n'avait été condamné, le premier coup sérieux avait été porté au sommet contre les conspirateurs dont le projet était de s'emparer du pouvoir et de livrer le pays à ceux-là mêmes qui prétendaient le sauver ? S'il avait fait sauter en l'air tout l'échafaudage mis en place par Costin (il était convaincu que c'était lui, personne d'autre n'était diabolique à ce point) ? S'il l'avait mis devant le fait accompli en quelques petites minutes pour l'amour de l'art puisque lui, Robert, n'avait plus rien à perdre ou à gagner, ses billets en poche, il n'en avait cure ?

Ou, autre hypothèse encore : s'il était allé, pendant que Victor et Costin étaient occupés dans leur bureau, voir Miron dans le sien (à condition qu'il n'ait pas déjà quitté le siège) et lui avait raconté ce qu'il avait vu, dans une fulgurance terrible de l'instant – oui c'était la bonne formule –, si l'autre s'était levé, l'air furieux, lui avait tapé familièrement sur l'épaule avec un regard de reconnaissance, avait traversé le hall à pas mesurés et, au lieu d'entrer dans le Bureau n° 2, s'était dirigé vers la salle de conférence pour y tenir, convaincu que les deux autres et tout un pays le suivaient, un discours magistral, un de ces chefs-d'œuvre d'éloquence qui traversent les siècles et prennent place dans les manuels de rhétorique ? S'il avait dit la vérité, l'entière vérité qu'il connaissait sur tous, tout ce qu'il avait appris en des années de vie politique, tout ce qu'il avait commis lui-même dans son cercle rapproché, s'il avait démoli point par point chaque théorie qui l'accusait, et, dans le silence de tombe qu'on vient d'ouvrir de cette salle, avait fait la liste exacte de leurs agissements et de leurs affaires louches à même de les faire mettre en taule selon le vieux principe « Mourir en prenant l'adversaire à la gorge » ? S'il n'avait parlé que du président et de son armée de supporteurs, du nouveau parti, créé de toutes pièces ou presque ? Des armées de *politrouks*[13] de la culture payés pour faire de la propagande et parfois sans l'être, transformés par divers moyens plus ou moins subtils, sans le savoir ni le vouloir, en idiots utiles ? Des ententes au sommet jamais évoquées, de l'alliance tacite entre tous les partis pour spolier, à droite et à gauche, des dizaines, des centaines de milliers de proches et de connaissances engagées dans l'appareil d'État parce que rien ne s'y opposait, des échecs programmés d'une démocratie dont il savait tout, lui comme eux, qu'ils avaient démontée pièce après pièce et métamorphosée en une machine de belle allure mais incapable de fonctionner ? Que se serait-il passé si... ? Il a fait jaillir la voiture hors de l'embouteillage formé à l'Arc de triomphe, a adressé un sourire au policier qui avait levé les bras dans un geste tragi-comique infini, a parcouru trente mètres dégagés sur le boulevard Averescou avant de réintégrer sa file. Pas le moindre espoir d'avancer plus vite de toute façon.

Puis il est revenu à ses hypothèses : si Miron avait insinué que la gigantesque manifestation de soutien programmée pour ce jour se déroulerait conformément aux consignes données, si les milliers d'autocars et de trains s'étaient ébranlés en direction de la capitale pour

13. Terme communiste pour désigner les bureaucrates du parti toujours à l'œuvre sous l'apparence d'une multiplicité de partis.

envahir les rues et les boulevards, bloquant tout, noyant tout sous les slogans de liberté et de vérité, liberté et vérité qu'il soutenait lui aussi au fond mais sous des formes légèrement différentes ? S'il avait appelé les procureurs et ses amis des Services ou d'autres structures pour faire en sorte que Victor et Costin soient arrêtés au siège, traînés devant la justice au milieu de foules prêtes à les lyncher, humiliés, soudain anéantis, devenus des inculpés – ces proies si appréciées de la presse et de la rumeur publique – si, dans le même temps, les procureurs avaient effectué des descentes au siège des autres partis, dans les rédactions, les télévisions pour y arrêter, au hasard ou presque, quelques individus jetés en pâture sous le nom de conspirateurs dans les hurlements déchaînés des manifestants et pour la plus grande satisfaction, marquée de hochements de tête approbateurs, des téléspectateurs croyant enfin comprendre et découvrir la vérité, être informés, mettre le doigt sur la solution à des mystères jusque-là impénétrables ? S'il avait, de sa propre initiative, dès cette conférence de presse, appelé les forces de l'ordre pour se faire embarquer et se faire transformer en martyr, en victime innocente, traînée, menottée en direction de la prison à travers la foule de ses propres partisans avertis de ne pas intervenir pour le libérer des mains de l'odieuse camarilla qui voulait prendre le pouvoir ?

Ou s'il s'était propulsé en pleine place de la Victoire, devant le siège du gouvernement, pour y tenir un discours de vérité, la sienne, refusant de se rendre aux autorités et avait demandé – usant d'une formule dont personne n'aurait sur le coup saisi qu'elle en répétait une autre – d'être jugé par un tribunal du peuple qui l'avait élu et dont le vote lui avait conféré tous ses pouvoirs[14] ?

Non, il ne fallait pas exagérer, c'était trop ce discours sur la place de la Victoire, non. Donc : une fois arrivé devant la prison, accompagné par la foule, porté par son peuple soumis et dévoué, comme pour une procession funéraire de proportions apocalyptiques, n'aurait-il pas pu se dresser un instant, dans l'espace entre le fourgon cellulaire et la porte de la prison, sans dire un mot, accablé de douleur, en véritable victime du système qu'il combattait depuis toujours, lancer un regard dans lequel se serait gravée la souffrance immémoriale de toutes les victimes de la politique, n'aurait-il pas pu être élevé au rang de symbole absolu de la liberté, de l'homme providentiel méritant le combat des masses, voire leur sacrifice ultime, de l'expression absolue du martyre ? Et si, juste après, bouleversant le cours inchangé de l'histoire, par un coup de dés parfaitement pipés, cette même foule s'était révoltée, avait affronté les forces de l'ordre et les partisans adverses,

14. Allusion à la pseudo-défense de Ceauşescu lors de son procès demandant à n'être jugé que par « un tribunal du peuple » qui l'avait « élu » par l'intermédiaire de la « Grande Assemblée nationale » elle-même, « très démocratiquement » issue du vote du Parti unique.

transformant le pays en un champ de guerre civile, éliminant toute forme de démocratie puis l'avait, après des semaines d'horreur, libéré de prison et porté en triomphe au Palais présidentiel, lui conférant le pouvoir et par là même le destin du pays ?

Et si, dans le tourbillon de ces événements, Robert était devenu son bras droit – au fond il n'aurait été ni le premier ni le dernier journaliste à montrer son véritable visage et à entrer ouvertement en politique –, s'il était devenu le deuxième homme du pays, le maître absolu du système intégral de communication, le chef d'une censure inévitable à venir, un type parfaitement réalisé, puissant, outrageusement riche comme tout homme souhaiterait l'être ? Si, à la suite d'élections anticipées et gagnées d'avance, Robert était devenu premier ministre, occupant enfin dans ce monde la place qu'il méritait ? Si, et seulement si, s'est-il dit tristement, tous ceux qui n'avaient pas fait acte de soumission à son égard étaient venus implorer à genoux son pardon ou solliciter un regard indulgent de la part de l'homme fort qu'il serait devenu, tout lui offrir alors qu'il n'avait plus besoin de rien, pleurant et s'arrachant les cheveux en souvenir des innombrables occasions perdues où ils ne s'étaient pas rendu compte à qui ils avaient affaire ? Si, pour reprendre une pensée refoulée et qui ne l'avait même pas frôlé dans l'engrenage mental des derniers événements, il était devenu un homme digne d'être aimé ? Digne d'exister autrement que dans l'anonymat du troisième ou quatrième rang d'un parti, autrement qu'en tant que valet des tout-puissants, autrement qu'en qualité d'exécutant des ordres de gens dont il ignorait les véritables motifs tout simplement parce qu'il était trop petit, trop insignifiant, trop facile à remplacer ?

Un message s'est affiché sur l'écran de la voiture et l'a tiré de ses rêveries :

> *Cher Robert,*
> *On se voit à l'aéroport à l'heure dite.*
> *Bien à toi,*
> *Stéfane*

Toutes ses idées se sont évanouies. La vision apocalyptique s'est éteinte aussi vite qu'une allumette dans un cendrier, la politique s'est envolée comme une volute de fumée, la vérité de même, il n'en existait plus qu'une, celle de son amour, le but de sa vie et même de sa mort, la seule qui comptait réellement. *Cher, bien à toi*, il acceptait donc sa proposition, il l'accompagnerait, il serait à lui. Saisi de tendresse, suffoqué par tant de sentiments, il ne savait plus que faire de ses mains. Il aurait été capable de descendre de voiture, de bondir, de hurler, de crier son bonheur sur tous les toits, de dire au monde entier combien il était heureux, satisfait. Il aimait tant Stéfane dans cet instant que rien n'avait plus d'importance, absolument rien. Il lui aurait tout donné, le monde entier, il était son seul avenir concevable, tout ce qu'il désirait. Son Univers.

Il a conduit dans un état d'exaltation pendant les derniers kilomètres le séparant du terminal, il était heureux au point de saluer les avions qui décollaient ou atterrissaient en fredonnant une comptine de son enfance : Avion à moteur/emmène-moi dans ton cœur... Il s'est garé dans l'une des places de stationnement réservées à la presse, a pris son sac dans le porte-bagage, est entré dans l'aéroport, s'est acheté un café-whisky, est sorti fumer sur la terrasse. Heureux, plein d'espoir, optimiste, comme il avait toujours désiré l'être.

Lorsqu'il s'est retrouvé seul, quand le silence est retombé sur tout le bâtiment, quand il a senti l'odeur bleuâtre de la fin, a vu les particules de poussière se déplaçant au ralenti dans le rayon lumineux qui traversait la pièce pour aller se fixer sur un point de la bibliothèque, lorsqu'il a entendu plus nettement ses propres pensées, qu'il a réussi à se concentrer, il a rallumé son cigare, en a tiré une grande bouffée qu'il a rejetée perpendiculairement au cône de lumière. Il a regardé les volutes, les mouvements chaotiques de leurs formes, disparaissant et reparaissant aussitôt en courbes et ovales d'une étrange beauté. Il en rêvait depuis le matin : rester seul avec lui-même, ne serait-ce que quelques minutes, mettre de l'ordre dans ses idées. Pouvoir réfléchir sans personne autour. Comme si personne d'autre n'existait, comme si les gens qui l'entouraient n'étaient que des objets dépourvus de raison, manipulables. Objets étranges, espèces privées d'intelligence mais dotées d'une volonté instinctive d'être puissants. De dominer les autres pour le seul amour du pouvoir, sans aucune autre fin.

Il s'est levé lourdement, épuisé, dépassé par son propre corps et ses souffrances. Il a songé un instant à la poignée de cachets ingurgités quotidiennement et à la vanité de survivre dans ces conditions, à la laideur de la mort toujours différée, à ce qu'un ami à lui appelait la phénoménologie de l'imprévu. Oui, à partir d'un certain point, la vie se déroulait sous le signe de l'imprévu, d'un événement banal qui pouvait déclencher une cascade d'autres entraînant la mort. La chose était valable pour tous les êtres humains, la volonté de puissance aussi. C'était là le déséquilibre qui échappait toujours à la discussion, tous les puissants mouraient, la seule chose sûre dans l'équation du pouvoir. Il a tiré un livre de la bibliothèque et l'a ouvert au hasard, s'est appuyé contre le corps massif du meuble et a lu une page. Une seule toujours, prise au hasard, c'est ainsi qu'il procédait, commençant par le milieu d'une phrase du début et s'arrêtant au milieu d'une autre de la fin. C'était un jeu qui l'amusait et qui était devenu très efficace dans les moments de déroute, il n'aurait pas su dire par quel miracle.

Il a sorti son téléphone de sa poche, l'a déverrouillé pour appeler Miron. Il l'a écouté sonner, après quoi trois bips ont marqué la fin de l'appel. Il ne voulait donc pas lui parler non plus, il l'avait pratiquement évité toute la journée, c'était son choix, il le respecterait. Dans l'immédiat. Il a remis le téléphone dans sa poche avant de sortir dans le couloir, a regardé la rotonde et son escalier en colimaçon comme s'il ne les avait jamais vus, comme un désert surgi de nulle part, comme un univers soudain dépeuplé d'où tous les êtres avaient brusquement disparu et où ils ne reviendraient plus jamais. Les portraits des personnalités illustres du parti, le tapis persan qui bordait le hall, le parquet impeccable, les murs peints en jaune, l'immense verrière du plafond, l'imposant candélabre fixé à son socle de métal. Un monde propre, ordonné, parfait. Deux portes plus loin sur la droite, il y avait forcément le secrétaire, il était toujours là, n'aurait quitté son bureau pour rien au monde, vivant presque sans adresser la parole à personne au milieu de ses dossiers et de ses ordinateurs. Un type étrange. En bas, à l'entrée, il ne pouvait manquer d'y avoir l'un des vigiles attendant l'heure de la relève. Rien d'autre, ces gens-là avaient le job idéal, payés pour rester assis sur une chaise, on ne leur demandait rien de plus.

Il a franchi les sept ou huit mètres qui le séparaient du Bureau n° 1 et en a poussé la porte presque avec timidité, d'un geste qu'il ne pouvait contrôler, celui de qui ne veut pas déranger mais doit le faire. Devant lui, une tache sur le parquet. Il demandait depuis des années qu'on la fasse disparaître, on le lui avait toujours refusé, elle était restée, elle l'obsédait, elle le hantait jusque dans son sommeil, il ne pouvait concevoir un monde où le parquet n'était pas impeccable. Sur le mur dans lequel s'ouvrait la porte était installée la bibliothèque, aussi grande, aussi pleine de livres que celle de son propre bureau sauf que personne n'en ouvrait jamais un. Ici, le silence régnait d'ordinaire, un trop grand silence, on y parlait à mi-voix, les gestes brusques étaient bannis, les bruits aussi. Face à la fenêtre se trouvait une table basse et des fauteuils absolument identiques à ceux de son bureau, le tapis était le même, le bureau un peu plus petit et vide, mis à part le petit olivier parfaitement entretenu qui trônait dessus. Avec ses racines partiellement à nu, sa tige inclinée pour décrire un s parfait, ses branches équilibrées chargées de petites feuilles avec, à leur pointe, des perles de rosée, ce petit arbre réussissait à créer une perspective idéale sur le jardin, une illusion d'optique parfaite – à condition de le regarder sous l'angle correct, c'est-à-dire en se plaçant en face du jardin et à son niveau –, il semblait alors un arbre séculaire planté à une certaine distance d'une forêt, un arbre solitaire dominant le paysage et lui conférant une aura de noblesse.

Sur les murs étaient disposés, à des intervalles inégaux, en raison des meubles, des fenêtres et de l'immense bibliothèque, quatorze portraits, œuvres d'un photographe contemporain qui avaient leur histoire : ils avaient été réalisés à l'occasion d'une bourse obtenue par l'artiste en question dans un asile de fous, ils étaient l'image réaliste de la folie, de la misère, de la déchéance humaine, image nullement stylisée. Des femmes et des hommes en noir et blanc – pas de sépia –, des visages grimaçants ou souriants, déformés par le rire ou un début de sanglots, métaphore poignante de ce que pourrait être le monde s'il ne se composait que de fous, de criminels, de violeurs, de déchets sociaux. Cet ensemble de photographies était un cadeau de Robert, qui l'avait reçu lui-même et n'avait pas la place pour les accrocher ; le chef les avait aimées tout de suite et avait ordonné de les mettre sur les murs de son bureau où elles étaient restées. Un autre ensemble, représentant des mannequins dénudés ou habillés, des corps en plastique, contorsionnés ou mutilés, décorait le bureau de Costin chez lui.

Il s'est assis au bureau, a pris sur une petite table dissimulée derrière le meuble massif un petit râteau miniature et a nivelé la terre à la base de l'olivier. Il a essayé de tirer sur une racine et de la déplacer d'un petit millimètre, n'y est pas parvenu, a brusquement pris peur, a reposé l'outil où il l'avait pris, regrettant son geste comme un sacrilège. Ce n'était vraiment pas à faire.

Costin était né dans une famille de nomenclaturistes. Les Barancéa. Il avait passé son enfance dans le quartier sélect de Primăverii, celui des pontes du parti communiste, dans une maison de dix pièces avec une immense cour, œuvre d'une célèbre architecte. Tandis que tout un peuple mourait de faim, ses parents vivaient dans l'opulence. Ils avaient eu tout ce qu'ils pouvaient désirer y compris, chose qui serait particulièrement visible plus tard dans la personnalité de Costin Barancéa, la possibilité dont dispose la noblesse de vivre sans avoir besoin d'argent. Dans leur monde, tout était payé d'avance, ils n'avaient jamais à manier l'argent, ils vivaient et se comportaient exactement comme les aristocrates européens, possédant des choses dont ils ignoraient le prix, à la tête de fortunes incommensurables dont l'importance leur était indifférente. Costin avait suivi les cours des meilleures écoles, avait toujours eu des amis issus des couches supérieures de la société, il avait été étudiant en Suisse et à un moment donné - chose naturelle - il avait fait partie du cercle rapproché de Nicou, le fils de Ceaușescu, le dictateur de l'époque. Il n'avait jamais connu le besoin, les difficultés, les pénuries, même s'il lui était bien difficile de ne pas savoir dans quelles conditions vivait la population et combien la vie avait été dure en Roumanie avant 1989 et même un peu après. Sauf que par un réflexe du genre auquel il appartenait, celui des nobles de toute époque et de tous lieux du monde, il avait choisi, presque inconsciemment, de ne rien voir et d'être indifférent. Tout lui avait été offert en abondance, tout lui était dû, il lui était difficile de s'imaginer la vie des autres, de sorte qu'il préférait fermer les yeux et passer son chemin. Lui et ceux de son cercle - un cercle relativement restreint, quelques milliers de personnes - avaient régné sur le pays et y tenaient plus que le patriote le plus ardent. Monarques d'un pays de valets, ils s'étaient retrouvés et pour longtemps, après la Révolution de décembre 1989, les seuls vrais riches de Roumanie. Millionnaires en dollars, devenus propriétaires des maisons qu'ils avaient toujours occupées gratuitement jusque-là, ils avaient fait main basse en quelques années sur le capital du pays pour la simple raison qu'ils en avaient les moyens et les autres pas. Eux et les Services, c'est-à-dire ce qui subsistait de l'appareil de Securitate de l'État communiste, eux et les hommes politiques dont la majorité provenait de leurs propres rangs puisque personne ne s'était porté candidat, eux avec leurs relations à l'étranger et avec le pouvoir parce qu'ils avaient eu la chance de se trouver au bon moment au bon endroit sans rencontrer d'obstacle.

Costin n'avait vécu qu'à l'intérieur de ces cercles, il n'aurait pas su vivre autrement et n'y tenait pas. Il avait été élu député dans sa jeunesse, pour un seul mandat, n'avait rien fait pendant quatre ans et regrettait amèrement les heures qu'il était obligé de passer malgré tout à la Maison du Peuple, il avait ensuite jugé qu'il n'avait aucun intérêt à exercer lui-même le pouvoir, que cela n'était pas digne de son rang, lequel pouvait se maintenir sans qu'il s'abaisse à la chasse aux fonctions comme d'autres. En revanche, il avait choisi de se faire le conseiller de l'ombre des puissants du jour, de passer sa vie entre mondanités et coulisses du pouvoir, de conserver ou même d'accroître sa fortune sans s'exposer aux éternels lynchages ou accusations que s'échangeaient les partis. Il était en apparence un genre d'homme sans qualités, très bien éduqué, stylé, affable et respectueux jusqu'à en être maniéré, polyglotte, auteur de livres de politologie appréciés dans les milieux éducatifs et tout à la fois quelqu'un de réservé, le plus souvent taciturne, nullement extroverti en tout état de cause, glacial dans ses rapports avec autrui. Il savait tout mais ne disait presque rien. La manipulation politique n'avait pas de secrets pour lui, il était plus diabolique qu'un Médicis, plus onctueux au besoin qu'un despote éclairé, connu dans les milieux du pouvoir mais quasiment anonyme par ailleurs, vivant retiré dans son énorme palais de Primăverii et au siège du parti qu'il soutenait sur le moment, de temps à autre. Il n'adhérait à aucune orientation politique particulière, il ne croyait qu'au pouvoir et à sa perpétuation et faisait son travail de la plus consciencieuse manière, quel que soit le camp pour lequel il combattait. Sceptique par tempérament, nihiliste comme tout être raffiné, ironique du fait d'un défaut acquis, il ne craignait rien ni personne, parvenu à un âge où il n'avait rien à perdre. Marié et heureux jusqu'à ses cinquante ans bien que sans enfants, il s'était isolé plus encore après le décès de sa femme et avait choisi d'épauler Miron pour la seule raison qu'on lui laissait les mains libres pour agir à sa guise et à son rythme. Il prenait grand soin de ses collections d'art, faisait de splendides excursions à l'étranger, de musée en musée, intervenant si on le sollicitait mais pas plus. Il comprenait que les autres puissent lutter pour le pouvoir mais lui, ne s'engageait pas. De son point de vue, bien et mal étaient une seule et même chose, il ne croyait ni à l'un ni à l'autre, ce n'étaient que des degrés à gravir vers une fin légitime, le reste n'était que détails. Costin n'accordait d'importance qu'à ce qu'il devait faire, il n'aurait jamais reconnu ni compris qu'il pouvait faire du mal aux autres, de tels sentiments de culpabilité lui étaient étrangers. Il vivait, agissait. Il n'aimait plus, sauf le souvenir presque sacralisé de sa femme. Il ne désirait plus rien. Ce jour-là, seul dans le bureau de Miron, il était incapable de la moindre introspection, ne cherchant même pas à analyser ce qu'il ressentait pour ce qui venait de se passer. Par-delà le bien et le mal, il admirait le petit arbre en s'apprêtant à partir.

Il avait bien tenté, six mois plus tôt, d'avoir une discussion avec son chef. Il avait souvent procédé de même avec d'autres auparavant et avait toujours réussi à les convaincre de faire le pas en arrière qu'on attendait d'eux, les débarrassant ainsi de leurs problèmes. C'était tout ce qu'exigeait le système : reculer d'un pas au moment voulu, quitter la fonction occupée et se taire quelque temps, tout problème s'évanouissait comme par miracle, les dossiers étaient indéfiniment différés, finissaient par disparaître, ces gens-là pouvaient vivre leur vie tranquille jusqu'au bout sans être inquiétés, sans qu'on touche à un cheveu de leur tête. Il l'avait dit à Miron, l'avait informé avec sa patience habituelle des avertissements reçus, du ton ferme de ceux qui l'avaient contacté. Peine perdue. L'autre n'avait rien voulu entendre, il avait refusé de se retirer momentanément de la politique, de céder une miette de son pouvoir. Costin avait cru un instant que c'était peut-être lui qui était mal informé, lui qui savait et pouvait tout, que ce que disait la rumeur était vrai, que quelque chose lui avait échappé, qu'il y avait une entente secrète au sommet du parti, qu'il jouait un rôle dont il ne connaissait pas toutes les règles. Et si jamais ceux qui parlaient de possible alignement sur l'Est ne bluffaient pas, savaient très bien de quoi il retournait et l'informaient par là que cela ne se produirait pas – quelles que soient les conséquences ? Il avait regardé Miron attentivement, les yeux plissés, pour tenter de percer ce qui se cachait derrière son entêtement et les motifs stupides qu'il égrenait comme un enfant. Costin avait décidé ensuite de lui dire carrément : si tu ne te retires pas, ils te mettront en taule. Le vieux l'avait regardé les yeux vides ou plutôt l'avait regardé sans le voir, ne lui avait pas répondu, il était déjà passé à des choses bien plus importantes à son sens, la discussion n'avait jamais été reprise, entre eux s'était tissé un rideau de mots, prononcés ou pas, qui excluait toute communication.

Leur collaboration n'avait pas cessé pour autant, malgré la proposition de Costin de se retirer pour laisser sa place à un conseiller plus jeune. Leurs parties d'échecs, elles, avaient continué ainsi que leurs discussions sur tout autre sujet que celui abordé ce jour-là. Costin avait bien compris que tel était son choix, libre à lui de l'assumer, il sentait qu'il n'y avait rien à faire, que même une révélation publique ou un coup d'État interne au parti n'aurait pas donné de résultats extraordinaires sinon de fragiliser davantage la position du parti dans les sondages. Il avait donc minutieusement préparé sa propre éviction, avait progressivement quitté les conseils d'administration du parti, ses fonctions honorifiques – royalement rétribuées –, avait renoncé à tous ses avantages, avait pris la sage décision dictée par la situation : se retirer dans sa maison à la montagne ou partir à l'étranger pour éviter de participer à la suite de cette histoire, quelle qu'en soit l'issue.

Il a regardé le bonsaï sous tous les angles, a sorti son téléphone, l'a remis dans sa poche, est allé dans le couloir. Au secrétariat, il a demandé un carton de papier à imprimante, est revenu dans le bureau, a soulevé le petit arbre presque avec vénération, l'a posé précautionneusement à l'intérieur pour qu'aucune feuille ne soit touchée. Il a réinstallé les outils miniatures dans leur boîte à couvercle en verre achetée au Japon, a posé celle-ci sur le bureau, l'a refermée et placée dans le carton contenant le bonsaï. Il le porterait à Miron en prison, dans quelques jours ou quelques semaines. D'ici là, il se disait que le mieux était de tout emporter chez lui afin d'assurer les soins nécessaires à la survie du petit arbre, il ne pouvait confier la chose à personne d'autre, de toute évidence. Il a pris avec soin le carton sous son bras gauche, est sorti, s'est arrêté un instant comme s'il avait oublié quelque chose, a crié au secrétaire d'appeler son chauffeur, et s'est dirigé vers la sortie en murmurant un *Exit Ghost* – ce n'était pas la première fois –, sa formule à lui pour signifier qu'une étape s'achevait, que la vie continuait. Il est monté à la place arrière droite de la limousine, son petit bagage dans les bras, refusant net l'aide du chauffeur.

— **Dis-moi un peu,** Victor, il va y passer longtemps ?

— Y disent que non, est-ce que je sais, moi ?

— Mais comment ça se fait que ça lui est tombé dessus, je comprends pas, moâa !

— Ben ouais, des trucs qui arrivent, y a pas mort d'homme.

— J'sais bien mais quand même, c'est la honte...

— Bon, bon, papa, on verra bien. J'vais le voir.

— Qu'est-ce tu vas faire là-bas, toi ? a crié sa mère comme piquée au vif sur son siège à l'avant de la voiture.

— Ben, je l'accompagne avec mes gars, faut bien !

— Mais tu crois pas, mon petit, qu'il vaudrait mieux qu'on te voie pas avec lui un jour comme ça ?

— Sûr, mais j'y peux rien, a dit Victor.

Ses parents se sont tus. Sa mère mourait d'envie de lui dire ce qu'il devait faire, de l'empêcher de prendre des risques dans pareille situation.

— À propos, Victor, a dit le père pour changer de sujet, ta mère t'a apporté des œufs et de la zacuscă.

— Mais enfin, papa, a répondu l'autre, à deux doigts de lui raccrocher au nez, on parle de quoi là ? Le pays brûle et toi...

— Tu manges plus, alors ? a répondu le père, content malgré tout qu'il ne lui ait pas carrément raccroché au nez.

Il comprenait très bien la situation mais il ne pouvait s'empêcher de jouer son rôle de clown à la perfection, même s'il savait qu'il énervait et qu'on l'envoyait promener, lui et toutes ses blagues.

— Bon, allez, on en reparle à mon retour, salut.

Il n'a pas attendu la réponse, a démarré. Il ne savait pas ce qui était prévu mais il lui faudrait sans aucun doute rentrer chez lui ; il ne manquait plus que sa mère et son père, c'était le bouquet. Il a jeté un coup d'œil à la parcelle clôturée de la cour du siège – au terme d'un arrangement dont il ne savait pas grand-chose, probablement une dette d'un requin de l'immobilier, un morceau de terrain de vingt mètres sur vingt était passé de la propriété de l'État à un obscur propriétaire privé (dont le véritable nom ne figurait pas dans les actes notariés) et c'était là, en plein centre, que devait voir le jour un immeuble de trois étages ainsi qu'une boutique de luxe, sources de richesses dès le lancement même du projet. Il n'aurait pas détesté en avoir quelques miettes, ne serait-ce que pour l'amour de l'art. On ne l'avait pas invité à cette combinaison, de toute façon, ce n'était pas le moment. Il a regardé la carte affichée sur l'écran de la voiture, du rouge partout, dans toutes les rues, il s'est accroché à son volant pour suivre les indications et a dû s'arrêter au bout de trente mètres dans une file de voitures dont tous les chauffeurs avaient le même souci : traverser le centre.

De part et d'autre de la rue, des immeubles élégants, à vastes baies vitrées, avec d'immenses appartements, propriétés de la couche sociale supérieure : politiciens, hommes d'affaires, leurs amantes, leurs proches, un tout petit monde prospère. Ces gens-là n'y habitaient que de temps à autre – rares étaient ceux qui ne disposaient que d'un seul logement –, les prix de ces propriétés avaient très vite atteint les dix-mille euros le mètre carré grâce à un procédé presque toujours identique : les requins de l'immobilier achetaient aux anciens propriétaires de l'entre-deux-guerres leur droit de propriété puis engageaient des avocats pour obtenir de l'État des indemnisations colossales se montant parfois jusqu'à des dizaines de millions d'euros ou construisaient sur des terrains ainsi acquis des immeubles de luxe, obtenant en conséquence l'équivalent de ces dizaines de millions d'euros. C'était de cette façon que la ville avait pris son nouveau visage, le procédé ne changeait pas, ne changerait jamais, Victor détenait lui aussi des droits sur deux terrains dans une rue parallèle à celle où il était bloqué dans l'embouteillage, il les avait acquis pour presque rien, un million et demi d'euros, et en attendait, selon ses calculs, plus de vingt. Un sport comme un autre, une simple occupation, il en était arrivé à un point où l'argent comme tel ne comptait plus, se réduisait à des chiffres qu'il manipulait mentalement de manière presque machinale. Entre lui et le moindre de ses employés habitant un deux pièces en banlieue, la différence se limitait à ça : l'argent. Ils pensaient de façon parfaitement identique. Il ne savait même plus pourquoi il se démenait autant, il eût été si facile de se retirer, de ne plus laisser la moindre trace de ses implications dans les affaires, de tout vendre pour vivre une vie de nabab où il voudrait dans le monde, sans plus avoir à lever le petit doigt, il continuait malgré tout, courait du matin au soir, payait des milliers d'employés, dirigeait à visage découvert ou dans l'ombre des dizaines de firmes, investissait, gagnait, perdait, dans un tourbillon incontrôlable qui était sa vie et auquel il ne pouvait échapper.

Sur l'écran s'est affiché un message, c'était l'enregistrement qu'il avait demandé au garçon du bar. Il était bien, ce jeune, il en ferait le chef. Il a appuyé en souriant sur la pièce jointe, a regardé pendant quelques secondes la scène de sexe dans le vestiaire de la piscine, bon boulot, s'est-il dit. Il a cherché un numéro de téléphone dans son agenda, a appelé, attendu qu'on lui réponde.

— Monsieur Ionescou, bonjour.

— Bonjour, dites-moi.

— Victor.

Silence à l'autre bout. Victor n'avait pas besoin de donner son nom de famille.

— Nous nous sommes vus la semaine dernière.

Silence à nouveau.

— Vous vous êtes montré plutôt réticent quant à notre proposition, je vous envoie tout de suite un courriel plus précis, nous maintenons notre offre malgré la crise qui s'annonce, vous êtes au courant.

— Non, pas que je sache, a dit la voix.

Blanche, sèche, s'attendant au pire. Victor lui a laissé le temps d'ouvrir le message, a eu l'impression d'entendre un juron mal réprimé après quoi :

— Sale con, a dit la voix, je vous foutrai tous en taule, toi et ton clan, pour chantage, t'as compris ?

— Cher monsieur, lui a répondu calmement Victor, inutile de nous fâcher, inutile d'en venir à des discussions désagréables pour les uns et les autres, a conclu Victor d'une voix tout aussi blanche alors même qu'il aurait eu envie de lui écraser la gueule sur un bureau.

— Vous avez raison, cher monsieur, mais je transmets quand même cet enregistrement à qui il faut.

— D'ici là, ce joli petit vidéoclip sera posté sur tous les réseaux et témoignera de la belle moralité décadente de ce pays, a ajouté Victor en souriant à sa propre plaisanterie.

— Crève si tu as le culot de faire ça.

— Je ne sais pas depuis quand nous nous tutoyons, cher monsieur. Putain ! a-t-il crié, changeant de ton brusquement. Tu crois vraiment que je vais perdre mon temps avec toi, que j'en ai quelque chose à foutre de ta fille et des conneries que tu dégoises ? Présente-toi ici demain à la première heure, je t'attends à huit heures, sinon le petit film sera en ligne. On s'est pigés ?

— Pas de menaces, Victor, a dit l'autre qui s'était ressaisi. Pas de menaces avec moi. Huit heures demain.

Il a écouté avec plaisir les trois bips signalant la fin de la conversation, c'était agréable de faire des affaires avec des gens qu'il pouvait faire chanter, y avait pas de ratés possibles. Il a trouvé un couloir libre dans la circulation et a parcouru en quelques secondes les deux petites rues, appuyant au maximum sur l'accélérateur et provoquant les huées des autres chauffeurs. La voiture était pour lui, comme bien d'autres objets, une question de statut. En Roumanie, les voitures de luxe se vendaient comme des petits pains, il y avait des listes d'attente pour les modèles les plus sélects, sans parler des enveloppes à glisser en sous-main. Victor avait toujours le dernier modèle de la marque la plus en vogue, toujours au moins cinq-cents chevaux. Il pouvait donc s'amuser de temps en temps à dépasser tout le monde, à faire hurler et vibrer les rues.

Lorsqu'il est arrivé à la hauteur de la rue où habitait Miron, il a ralenti, s'est garé pour attendre l'énorme véhicule d'intervention qui avait quitté le siège en même temps que lui. Un Hummer à moteur de cinq litres suralimenté où avaient pris place cinq de ses meilleurs gars, des sportifs professionnels qui avaient fait carrière dans le domaine de la surveillance et de la protection et qui pouvaient rivaliser sans peine avec les troupes d'élite. Comme dans d'autres États de l'Est, les puissants avaient à leur disposition de petites armées privées de gardes du corps qui les accompagnaient partout, jour et nuit, pour parer à toute éventualité ou simplement faire preuve d'un certain statut. Victor était évidemment un de ces personnages les mieux protégés de Roumanie. Il le méritait. Il le méritait bien. Il méritait tout. Il a vu arriver le gigantesque véhicule dans son rétroviseur, a tapé un message sur son téléphone tout en quittant la place où il s'était garé et s'est engagé dans la ruelle privée sans accélérer, en freinant même par petites touches. Il y avait là un genre de quartier de personnages puissants, bâti de part et d'autre le long d'un accès menant à l'une des villas présidentielles des bords du lac, au nord de la capitale. En dehors du président, personne n'habitait aucune de ces maisons individuelles, il ne restait plus dans les immenses bâtisses encore propriétés du protocole que des appartements, aux premiers étages, loués pour presque rien aux grands fonctionnaires de l'État. Le cirque éternel des villas, s'est-il dit en souriant. Il n'y a pas d'autre solution, si on ne veut pas payer éternellement un loyer, on fait tout ce qu'il faut pour devenir propriétaire.

Il s'est garé devant une de ces villas, a rédigé un nouveau message, a eu envie de monter. Y a renoncé. Miron occupait, depuis des années, avec ses diverses amantes, au premier étage de la villa numéro 6, un appartement qui était en fait une véritable maison de trois-cents mètres carrés sur un seul niveau, avec parquet en bois massif, meubles anciens et de prix, tapis Boukhara, glaces vénitiennes, services de table en argent, verres de cristal et personnel de service, une maison digne d'un noble mais dont les frais d'entretien étaient à la charge de l'État et le resteraient. C'était l'un des rares endroits de la capitale dont les requins et les maquignons de l'immobilier ne pouvaient songer à s'approcher en raison de la présence de la villa présidentielle qui faisait de la zone un lieu de haute sécurité, à l'abri, en conséquence, de toute affaire véreuse. Si l'un des puissants du moment avait pu acheter l'appartement qu'il occupait, c'eût été déjà beaucoup. Mais toute tentative en ce sens avait été vouée à l'échec en raison justement de cette zone de protection niveau zéro, comme elle s'appelait.

Victor ne savait à quoi s'attendre. Pour faire face à toute éventualité, il a écrit à ses gars, demandant à l'un d'eux de descendre de voiture et de se poster devant la villa. Il s'est appuyé contre la clôture, a allumé une cigarette. Les reporters tout autour – certains, par des moyens dont ils avaient le secret avaient réussi à franchir la barrière de l'entrée et étaient en faction dans la rue – attendaient comme lui la sortie de Miron. Ils espéraient probablement une déclaration fracassante, des révélations sur les cercles du pouvoir qui auraient fait grimper les audiences et leur cote par la même occasion. Reporters-bingo. Tel était leur surnom. Posant des questions et obtenant, ici et là, des réponses qui les propulsaient au sommet de leurs carrières sans avoir rien fait de spécial pour cela.

Victor attendait en fumant, une main négligemment posée sur la vitre, laissant tomber les cendres sur l'asphalte. Il avait songé à déplacer le cendrier de la voiture mais cette envie même lui était passée. Il était un peu gêné par la situation, redoutait que le vieux lui fasse la morale, lui reproche de l'avoir trahi, lui hurle dessus, fasse un esclandre. Il en aurait eu le droit. De son point de vue, ils l'avaient tous trahi, il n'y avait rien à redire. Victor ne pouvait oublier son absence totale de réaction, son départ du siège sans dire un mot, l'absence de toute initiative de sa part ces deux dernières heures. Il semblait résigné – mot si étrange, le concernant. Il acceptait son sort, tel était son message. Avait-il joué et perdu ? Personne, dans leur monde, n'acceptait jamais la défaite, cela ne fonctionnait pas ainsi. Victor avait vu bien des choses ces dernières années, tant d'autres avaient fini en prison, mais jamais le silence n'avait été aussi assourdissant, personne ne s'était jamais résigné, n'avait accepté de s'avouer vaincu. Ceux qui avaient été condamnés avaient continué à donner des déclarations à la presse, à lancer des théories conspirationnistes, à se battre pour faire modifier les lois de la justice, pour dégoter un petit paragraphe inobservé jusque-là leur permettant d'échapper à la condamnation et de les blanchir, en fait c'était là, depuis des années, le sujet de débat le plus fréquent, à savoir la révision des lois de la justice pour le plus grand profit des infracteurs. Miron avait soutenu indéfectiblement leurs démarches, transformant le parti en un bastion de la corruption, en faisant une tribune de la lutte contre la justice, pour les soustraire à son action. Et voilà que, s'agissant de sa propre personne, il était d'un silence de mort.

Sans Costin, sans son armée d'avocats étrangers et roumains royalement payés, sans la presse, sans les barons locaux qui lui étaient si fidèles, si dévoués à son combat contre les lois de la justice et pour le pardon des péchés, sans un seul ami à ses côtés, Miron avait donc accepté sa condamnation en silence, un silence suspect. Peut-être avait-il su ? Peut-être savait-il depuis longtemps ? se demandait Victor. Peut-être était-il en train de se venger, en train de se construire une image de martyr – il ne serait ni le premier ni le dernier martyr de la politique – et les écraserait tous sans la moindre pitié, comme il l'avait toujours fait ? Il ne comprenait pas, il regardait le portail gardé à l'extrémité de la rue et se disait qu'il n'y avait peut-être rien à comprendre, dans l'immédiat, il fallait prendre les choses comme elles se présentaient, le Vieux lui confierait peut-être, peut-être seulement, des choses quand ils ne seraient qu'eux deux dans la voiture, loin des oreilles indiscrètes, à l'abri des vitres blindées et qu'ils se parleraient en amis, comme toujours.

Du coin de l'œil, il a vu la porte d'entrée de la villa s'ouvrir lentement, les reporters se sont mis en branle et se sont précipités comme un essaim de mouches vers le portail, le gars de Victor l'a ouvert, Victor a remarqué que Miron adressait quelques mots au type massif et celui-ci, après lui avoir jeté un coup d'œil et avoir haussé les épaules, ce que Victor n'a pas compris, a saisi le petit sac de voyage de Miron et l'a accompagné jusqu'au véhicule d'intervention. Les reporters les ont suivis, la rue a résonné de leurs questions, leurs mimiques trahissaient l'étonnement, la déception, le désespoir de qui a attendu vainement une déclaration, le garde du corps a ouvert la porte arrière du véhicule, Miron y est monté sans un mot, sans aucune expression sur le visage, froid comme une tombe, sans jeter un seul regard du côté de la voiture de Victor qu'il ne pouvait pas ne pas avoir aperçue. Victor a suivi des yeux la manœuvre du véhicule, le jeune garde du corps s'est approché de la voiture de Victor, est monté à l'avant, l'a regardé sans la moindre émotion, au fond ce n'était pas son affaire.

— Tu lui as pas dit que je l'attendais dans la voiture ?

— Si.

— Et alors ?

— Il a dit qu'il partait avec l'autre et que je devais suivre avec celle-ci.

— Rien d'autre ?

— Rien d'autre.

Victor n'a rien ajouté, a fait demi-tour pour rattraper la grosse voiture à la place arrière droite de laquelle Miron était assis. Il s'est arrêté presque aussitôt, a fait signe au type de descendre et de s'installer à la place arrière droite, il valait peut-être mieux que l'on croie que Miron était là et pas dans le véhicule qui le précédait. Comme si ça comptait, au point où on en était, a-t-il pensé. Ce qui est sûr, c'est qu'il refusait de lui parler, comme aux autres. Rien n'était dû au hasard, il devait avoir un plan s'il avait choisi le véhicule d'intervention, et Victor se demandait ce qu'il foutait là, à perdre son temps à conduire pour rien dans les embouteillages au lieu de faire ce qu'il avait à faire et de le laisser aller sous escorte jusqu'à l'entrée de la prison. C'était clair, Miron ne lui dirait strictement rien, considérant qu'il n'y avait rien à dire, que tout devait se passer comme cela se passait, que toute discussion était superflue.

De l'autre côté de la ville, de l'autre côté du bureau, Roxana se tenait, nue, dans le cadre de la fenêtre. Elle avait un beau corps, bien équilibré. Lorsqu'il a levé les yeux du sol, Stéfane, sans le vouloir, a vu le monde entre ses jambes et s'est dit que c'était bien ainsi que le monde devait être contemplé, dans l'angle formé par deux jambes - voir Olympia, l'origine du monde. Après tout, au commencement était la chatte et rien d'autre, comme dans l'histoire de l'œuf et de la poule. Aux débuts de l'humanité, il n'y avait pas le Verbe, peut-être un hurlement dénué de sens. Un singe qui a mis bas un homme en hurlant. Il a souri et a repris son idée : à l'origine de toute belle maison, il y a une fosse infecte pleine de boue, des murs sales sur lesquels ont pissé des ouvriers ivres, sous le parquet les déjections desséchées du temps où les toilettes n'étaient pas encore installées dans la bâtisse. Il a regardé Roxana, il savait pourquoi elle faisait ça, elle voulait lui montrer ce qu'il perdait, sauf qu'elle croyait savoir, ne savait rien. Ne saurait jamais rien. Il aurait pu ouvrir son ordinateur, écrire un courriel qu'il programmerait pour qu'elle le reçoive plus tard, lorsqu'il serait déjà à l'aéroport, pour faire quoi ? Se prostituer pour l'art. Putain, quelle histoire ! s'est-il dit en souriant mentalement. L'histoire est l'histoire de l'histoire, jouons sur les mots, qu'est-ce qu'il me reste d'autre ? Je vais partir ivre à l'aéroport, je dois me soûler, pas question d'y aller à jeun, sinon je reviendrais la seconde d'après et j'enverrais valser la proposition de l'autre taré, même si je devais mourir de faim et abandonné par cette cocotte, mais c'est pas possible, en tout cas pas à jeun, se soûler, se soûler c'est le nouveau mot d'ordre, ma profession de foi.

Se cabrant un peu, s'offrant à ses regards alors qu'il l'avait rejetée net lorsqu'elle s'était jetée dans ses bras – lui brisant le cœur, le lui arrachant et le jetant au loin, dans une zone appelée peur –, Roxana regardait par la fenêtre sans rien voir. Rien d'autre que son immense et impardonnable culpabilité, seulement la conscience du fait que – même si rien ne devait se produire – elle avait déjà anticipé et trahi Stéfane, que, dans la chambre de l'hôtel de province s'étaient passées des choses pas si innocentes et que maintenant, alors qu'il s'apprêtait à partir si mystérieusement, elle aurait peut-être dû les lui avouer, lui demander pardon. Mais ne le savait-il pas ? Si c'était justement pour cela qu'il partait, parce que, le sachant, il voulait éviter une confrontation, que c'était sa manière à lui de le lui faire comprendre sans employer de mots qu'il n'aurait jamais dits, sa façon de la punir ? Et si ce départ n'était pas aussi subit et innocent qu'il le semblait à première vue mais relevait d'un plan parfaitement mis au point, une première étape dans une suite d'événements couronnés par un coup de fil, de Nice ou d'ailleurs, ou par un message qui lui intimerait de prendre ses cliques et ses claques et de foutre le camp ? Rien d'impossible, tout était possible et rien ne lui semblait moins incertain que la solitude dans laquelle la jetterait son départ, que l'état précaire qui serait le sien, que les questions qui la hanteraient, ruinant son existence. Elle savait combien elle était peu sûre d'elle-même, elle était consciente de ses réflexes de défense, de sa tendance à se raccrocher à tout ce qui pouvait la rassurer, de son besoin d'être toujours convenable. Même si elle avait eu des aventures, elles n'étaient que des aventures qu'elle n'avait jamais prises au sérieux. Elle avait le sentiment que, seule dans l'inconnu, elle n'aurait pas pu vivre aussi à l'aise que dans un milieu sûr, c'était on ne peut plus clair. Et maintenant ? Encore quelques minutes d'exhibitionnisme inutile et cet imbécile prendrait son sac et foutrait le camp de leur maison, de leur vie, du nid douillet qu'elle aimait, quelle idiotie !

Après le déchaînement qui s'était produit le matin sur les réseaux sociaux, il avait attendu d'autres instructions. On avait dû rire, faire de nombreuses plaisanteries, tout s'était transformé en une nébuleuse encore plus impénétrable, mais Stéfane savait bien que Robert et ses supérieurs ne laissaient rien au hasard, qu'ils étaient très bien organisés et savaient utiliser à merveille les moyens de communication, c'était eux qui lui avaient tout appris, là il se sentait désarçonné, pas le moindre courriel, pas un signe, toute l'agitation était retombée comme par miracle, il ne savait pas à quoi s'attendre. Ses commanditaires et ceux de son groupe préparaient à l'instant peut-être un gigantesque coup d'image, il recevrait un message avec des consignes précises qu'il lui faudrait transmettre à d'autres, accompagnées des habituelles promesses de rémunération, sauf que la situation présente lui semblait inacceptable, c'était fou, il se sentait brusquement inutile, un rouage de trop dans l'engrenage. Il avait ses théories personnelles, il savait (ou s'imaginait savoir) certaines choses, les gens parlaient, des fragments d'information circulaient qu'un œil attentif était à même de décrypter et qui, mis bout à bout, permettraient de reconstituer une forme plus ou moins cohérente de vérité. Sauf que cette fois il n'en était rien. Dans tout monde normal, la condamnation de Miron aurait entraîné une énorme vague de propagande, de luttes acharnées, un véritable massacre sur les réseaux sociaux et dans la presse. Tous les acteurs auraient dû être sollicités, les nerfs auraient dû connaître le paroxysme de leur tension, c'était comme la fin d'un monde dont il eût été dommage de ne pas profiter. C'est bien connu, rien de plus profitable que l'apocalypse et pourtant : rien sauf le courriel sirupeux de Robert sans le moindre lien avec la situation d'ensemble. Comme si le monde s'était arrêté de tourner, que rien ne pouvait l'ébranler, ni l'argent, ni le pouvoir, ni la volonté démentielle de ceux qui ne déposaient jamais, absolument jamais les armes. Franchement, on les avait soutenus des années durant, on en avait fait des hommes et maintenant, alors que cette loyauté inconditionnelle aurait pu avoir du sens, ils n'exigeaient rien en retour. Il était vrai que Robert lui demandait d'être son amant mais ça n'avait rien à voir, et tout en se versant un nouveau verre, il a vu Roxana, a senti une larme perler au coin de son œil, s'est vite ressaisi, a bu son cognac, le regard vide mais toujours braqué dans la même direction qu'il refusait absolument de quitter. Il aurait aimé lui dire qu'il partait pour leur bonheur commun, lui avouer la vérité, la laisser planer entre eux, lui expliquer clairement que c'était pour consolider leur relation, leur avenir et l'amener à se sentir coupable, redevable et disposée à l'attendre car il reviendrait. Nul doute, il reviendrait, plus tôt qu'elle ne l'imaginait.

De son côté, elle devait parler, lui dire la vérité. À lui et à lui seul. Se tenir là, devant lui, nue, belle et sincère, tout lui avouer. La soirée à l'hôtel, l'égarement, le trouble des sens, incompréhensible, ses plans pour le tromper avant de finir par le quitter, tout, la moindre de ses pensées, le moindre de ses gestes, lui montrer les messages échangés avec l'autre sur le téléphone, lui donner toutes les raisons de ne pas la quitter, de ne pas la laisser seule, lui faire comprendre que ce serait la jeter dans les bras de l'autre, la laisser en proie aux décisions déjà prises, les confirmer puisqu'après tout c'était lui qui l'abandonnait, lui qui était coupable, pas elle. Si jamais. Cette vérité, elle sentait qu'elle devait la lui dire. Non pas que cela aurait pu changer quoi que ce soit entre eux - de toute façon elle était pratiquement sûre que ce type taciturne avait soigneusement planifié ses actes et que si, dans leur relation c'était un mollasson, il était par ailleurs très dur et déterminé, par frustration et besoin de dominer les autres, caractéristiques du faible, enfin, trêve de psychanalyse - un obsédé de la chatte, incapable de bien baiser ; pas de doute qu'il était en train de manigancer quelque chose mais lui avouer la vérité lui éviterait le désagrément de l'entendre de sa bouche. Chaque minute qui passait la confirmait dans sa certitude qu'il savait, qu'il ne partait pas pour assurer la suite de sa carrière, pour trouver l'éternel agent introuvable et se faire publier en France, mais pour s'éloigner d'elle et pouvoir lui jeter à la figure tout ce qu'il savait d'elle, la laisser à la rue, presque sans ressources dans un monde hostile qui n'attendait qu'une occasion pour la broyer. Elle refusait d'imaginer sa vie publique sans Stéfane, en quelques secondes elle serait retombée dans l'anonymat, pareille hypothèse lui était insupportable d'autant plus qu'elle n'était pas si sûre de l'autre, elle ne savait ni s'il envisageait une relation durable ni si elle pouvait compter sur lui.

Peut-être pouvait-il encore réagir, se disait-il. Ouvrir Facebook pour y étaler sa vérité, toutes ces années durant lesquelles il avait été payé à mentir, à manipuler l'opinion publique, à créer des cercles d'influence, à soudoyer des gens pour disséminer sa version, leur version de la vérité, à danser sur leur musique pour le pouvoir et l'argent. C'était le moment ou jamais – ce jour où tout le monde l'attendait, les attendait au tournant sans rien dire encore – de lancer en ligne un témoignage fracassant, de livrer des noms, des sommes, des données, d'étayer ses affirmations publiques sur des éléments concrets, de préciser jusqu'aux comptes sur lesquels on le payait, d'énumérer, avec noms et prénoms à la clé, tous ceux qui étaient dans le coup avec lui, payés comme lui, de dévoiler la manipulation de la culture par le parti à des fins obscures, l'alignement prétendu aux valeurs européennes et globalistes pour en obtenir argent et visibilité, de déballer tout cela en quelques pages qui seraient reprises aussitôt en masse et le rendraient plus célèbre qu'il ne l'avait jamais été. Il devrait y joindre le nom de Roxana pour lui montrer tout ce qu'il avait fait pour elle, donner celui de tous ceux qu'il avait sollicités pour la soutenir et la payer, et dans les plus infimes détails, dans un délire des mieux élaborés. Et, une fois cela fait, tout en omettant délibérément quelques personnages importants, demander assez pour lui-même afin d'être à l'abri du besoin. Se faire payer non plus pour ce qu'il écrirait ou dirait mais pour son silence, plus cher encore. Avertir tous ces gens-là qu'il en avait plus qu'assez d'eux, puis emmener son amour et disparaître sans laisser de traces, s'installer dans un lieu paradisiaque, seuls, délivrés des misérables saloperies où ils avaient été obligés de vivre si longtemps.

Elle aurait aimé de l'affection, de quoi apaiser ses doutes, un geste prouvant un peu d'intimité. Elle sentait qu'il y avait un monde entre eux, il était là mais déjà loin, l'avait abandonnée, son univers s'écroulait. Dire qu'on se bat des années pour une miette de sécurité – même si c'est illusoire – et la voir s'évanouir un beau matin, comme l'automne avant l'hiver. Elle l'a bien observé, il n'y avait plus rien à dire ni à faire, peut-être rien non plus à espérer.

L'esprit de plus en plus brouillé par l'alcool, de plus en plus détaché, libéré, Stéfane aurait eu envie de se remettre à écrire. Ouvrir un fichier et y noter tout ce qui se passait, les gestes, les détails qui sont la base d'un texte, pas les idées, non, les regards esquissés, ce qui reste après un contact de la main, les débuts qui ne mènent nulle part ailleurs qu'à un sempiternel début qu'il renouvellerait indéfiniment et métamorphoserait continûment. Qu'aurait-il pu dire de plus à Roxana ? Peut-être l'attendrait-elle, peut-être pas. Peut-être serait-il lui-même capable de prendre une décision – plus tôt ou plus tard, peut-être le lui dirait-il ou ne le lui dirait-il pas –, peut-être réagirait-il en conséquence, en jouant ses cartes, en poursuivant sa vie. Il l'ignorait. Et il ne voulait surtout pas lui mentir. Il a regardé sa montre, a sorti son sac de sous la table, y a mis son ordinateur, sa tablette, ses chargeurs, s'est levé en vacillant un peu, a regardé Roxana avec toute la tendresse possible – si petite, si vulnérable, sincère même, qui sait ? –, a respiré à fond, est revenu à son bureau pour vider son verre :

— Tu me conduis jusqu'à l'arrêt du bus ?

— Tu sais bien que je n'aime pas les séparations.

— Je sais.

— On s'appelle, tu m'appelles de l'aéroport.

— Oui.

Il l'a embrassée sur la joue – geste dénué de la moindre intimité, de celui qui n'est déjà plus là –, a empoigné son sac de voyage, est sorti.

Regard vague, léger tremblement des mains et des jambes dus à l'alcool, il est entré dans le petit magasin du rez-de-chaussée de l'immeuble pour y acheter une bouteille de deux-cents millilitres d'alcool pour la route. Il a levé les yeux vers les fenêtres invisibles de la mansarde dans un geste plus que pathétique, s'est senti saisi de tendresse, d'amour même, il a failli faire demi-tour, se jeter à ses pieds, rester avec elle pour toujours, quoi qu'il arrive. Enfantillages que tout ça, s'est-il dit sans cesser de se diriger vers l'arrêt du bus de la démarche caractéristique de toute personne ivre qui ne veut pas le laisser voir. Au bout d'un petit moment, il a sorti le flacon de la poche de son anorak, a bu une gorgée, l'autobus est arrivé étonnamment vite, comme exprès pour lui, il est monté et s'est assis sur un siège à l'avant. Toujours cette même ville embouteillée, banale, grise, sale, aux rues que l'on ne pourrait jamais nettoyer, en train de devenir une vraie capitale européenne, s'est-il dit en souriant. Il évitait ses propres pensées, s'en défiait, ne voulait pas avoir à faire à elles en ces instants. Écartelé entre deux choix impossibles, il préférait regarder par la vitre du bus et boire de temps à autre un peu de cognac. Que faire d'autre ?

Lorsque l'autobus est sorti du passage de Banéasa, il s'est senti seul, accablé, dévasté par la décision qu'il venait de prendre. Il a regardé l'immense centre commercial, les ponts qui se succédaient, la forêt, la ville proche, est descendu au dernier arrêt avant l'aéroport, est entré dans une station-service. Il a acheté une autre bouteille, s'est assis à une table et a levé les yeux vers un avion qui amorçait avec une surprenante lenteur son atterrissage, planant au-dessus de la route et des champs.

Il n'en avait jamais été aussi près qu'une autre fois du temps où il était étudiant, après une beuverie dans le restaurant face à l'université, avec des petits voyous qu'il avait déjà rencontrés. Ils avaient beaucoup bu, un des types ne l'avait pas quitté des yeux de toute la soirée, lui avait payé des coups, il n'avait pas saisi le pourquoi de son jeu et vers dix heures il l'avait invité tout seul à continuer la soirée dans son appartement du quartier de Berceni, Stéfane avait accepté sans plus réfléchir, il voulait juste voir, se soûler pour oublier un truc, comme d'habitude, ils avaient pris un taxi et chez ce type grand et pas spécialement moche se trouvaient deux autres hommes, on lui avait offert une bière, il les avait regardés sans se poser de questions, à un moment donné le type l'avait fait entrer dans la chambre de cet appartement modeste et lui avait dit, avec un regard langoureux : Voici le lit, Stéfane. Il avait tout saisi en une fraction de seconde, avait éclaté d'un rire démentiel, avait failli lui briser sa bouteille de bière sur la tête avant de s'échapper, mais lui avait seulement répondu de manière tout aussi stupide : Et alors ? L'autre s'était rembruni, lui avait jeté un regard féroce, sur son front une cicatrice était devenue brusquement écarlate, il lui avait saisi le bras : Alors, c'est pour que tu me suces, Stéfane. Il s'était arraché à la main de l'autre, s'était enfui dans le couloir, l'autre avait crié à ses acolytes : Coincez-le, les gars, il s'enfuit. Il avait réussi à sortir avant que les types réagissent, avait descendu les escaliers quatre à quatre, n'avait jamais su s'ils s'étaient mis à sa poursuite ou pas, il n'aurait même pas pu localiser l'appartement dans telle ou telle rue, tout ce qu'il se rappelait c'était qu'il avait pris un taxi et avait bu jusqu'au matin à la gare, se mêlant à la foule, de peur qu'ils ne le retrouvent. Il n'y avait pas eu de suite, ils s'étaient croisés après, salués, même, comme si de rien n'était.

Il a regardé le ciel – plus d'avion –, a pensé à sa peur de le prendre, à tout l'alcool et à tous les cachets qu'il avait pu ingurgiter à cause de ça, a saisi son téléphone sur la table, parcouru tous les messages reçus. Il avait presque oublié le nom qu'il cherchait puis celui-ci s'est affiché, il a appuyé dessus et avant même d'entendre le son de l'appel, il l'a entendu dire :

— Stéfane, je t'attends, il est arrivé quelque chose ?

Il a lancé l'application spéciale qui lui permettait d'enregistrer les appels sur son téléphone.

— Non rien.

— J’espère que tu vas venir, a dit la voix à l’autre bout.

On sentait un début de crainte et de colère.

— Oui, mais tu ne m’as toujours pas dit pourquoi je dois venir.

Il a écouté l’autre lui énumérer les merveilles d’une vie à deux sur les bords de la Méditerranée, lui murmurant son amour, entrant dans tous les détails, s’excitant. Il a répondu par des monosyllabes à ses questions, presque en marmonnant. Lorsqu’il a jugé qu’il en avait assez enregistré, il l’a coupé :

— Robert, je ne viens nulle part. Je t’envoie un message dès qu’on raccroche.

— Mais enfin, Stéfane, a repris la voix, pathétique.

— Pas d’enfin, salut, c’est comme ça.

Il a mis fin à l’appel, a bien pris soin de sauvegarder la conversation dans iCloud, a appuyé sur *Partager* et lui a écrit un courriel pour lui faire part de son point de vue. Pur chantage. Parfait, s’est-il dit en souriant de satisfaction. Bonne méthode.

Il a appelé un taxi sur son application mobile, est sorti l’attendre devant la station-service.

Inutile, pourquoi ? Pourquoi toute discussion l'était donc, inutile, puisqu'il lui avait demandé de venir, puisqu'il l'accompagnait – dans une autre voiture, mais quand même – en ce dernier jour ? Il ne comprenait pas exactement ce qui se passait dans la tête de Miron, il n'y avait peut-être rien à comprendre, ce n'était peut-être pas la clé du mystère. Cette histoire des deux voitures n'était peut-être qu'une diversion, ne s'expliquant que par le souci d'éviter les paparazzi, de ne pas être pris en photo, qu'il n'y en ait aucune dans la presse à scandale. Comme s'il y avait encore quoi que ce soit à cacher, comme si tout le monde ne savait pas déjà où il allait et pourquoi, au moins selon la version officielle. Quelques secondes entre la voiture et la porte de la prison et ce serait fini ! À quoi bon tant de simagrées pour si peu ? Il aurait très bien pu prendre un taxi, ça n'aurait rien changé. Victor a vu l'énorme véhicule démarrer lentement, il a vu le garde du corps plongé dans son téléphone, pratiquement étranger à tout ce qui se passait, peut-être indifférent aux problèmes des gens pour lesquels il travaillait, payé seulement pour protéger pas pour comprendre, il a démarré lui aussi. Il s'attendait à tout instant à recevoir un appel de Miron, à l'entendre l'enguirlander, l'accuser d'être coupable, lui et le monde entier, de ce qui lui arrivait, faire un scandale monstre. Lui promettre de se venger. Toutes choses coutumières de ceux qui se croient victimes. Il s'est engagé sur le boulevard, a appuyé sur la commande *follow* et s'est efforcé de ne plus penser à tout ça, au fond tout était dit, une demi-heure plus tard il retrouverait sa vie normale, il avait des choses à faire, point barre.

Il a cherché un dernier contact sur son téléphone :

— Bonjour, madame Jéni. Un service à vous demander. Le contrat pour la plateforme dont on a parlé, à préparer pour demain. Oui, paiement en espèces. Paquet majoritaire. Oui, j'ai tout réglé.

Il a écouté attentivement ce qui lui était répondu, a poursuivi :

— Une dernière chose. Rajoutez un million, oui, c'est sans importance maintenant. Oui, il reste directeur général pour le moment, on n'intervient pas, on a le temps.

Il a écouté la femme lui énumérer les conditions du contrat, a tout approuvé, a raccroché. Elle était sa première comptable, beaucoup plus âgée que lui, il n'en avait jamais changé. Elle occupait désormais le poste de directrice générale de toutes ses firmes, était sa main droite, parfois aussi la gauche, savait tout, il avait entièrement confiance en elle, aller jusqu'au bout du monde avec elle et en revenir ne lui ferait pas peur. Riche à millions (il avait pris soin de faire en sorte qu'elle le soit, l'avait gratifiée de divers avantages de façon à ce qu'elle n'ait aucune raison de le quitter), elle portait au moindre sou la plus grande attention dès lors qu'il s'agissait des comptes de l'entreprise, cherchait et trouvait les solutions les plus ingénieuses aux situations les plus limites, madame Jéni - comme il l'appelait toujours, qu'elle soit présente ou non, ne la tutoyant jamais, n'ayant pas la moindre tentation d'employer la concernant des termes irrespectueux - lui était de son côté d'une fidélité à toute épreuve, elle veillait à ce que ses affaires - leurs affaires - ne risquent pas de frôler l'illégalité. Elle avait son franc-parler avec lui, prenait des soins de mère pour lui signaler toute erreur, il lui laissait carte blanche s'agissant de négocier tel ou tel paragraphe de contrat afin d'éviter toute équivoque dangereuse, Victor avait compris qu'en affaires les gains comptaient finalement moins que la correction. Dans un monde où ne pas payer d'impôts et filouter était la règle, il faisait fortune de manière relativement honnête. Du point de vue comptable, en tout cas. Madame Jéni était son ange gardien et il en serait toujours ainsi. Il allait acquérir cette plateforme, c'était un investissement, le terrain l'intéressait particulièrement, sa situation, pas les affaires du type qui se trouvait être l'administrateur de l'ensemble.

— Merci beaucoup, madame Jéni, oui, on se voit demain, je ne passe pas aujourd'hui, bonne soirée.

Il a regardé autour de lui : l'embouteillage, les grands immeubles faisant une haie de part et d'autre – quelques-uns derrière des échafaudages recouverts de toiles plastiques, d'autres non, comme si un géant fou, en en omettant certains, les avait peints pour s'amuser, de vert vif ou de rose, en contraste avec la grisaille générale –, le chapelet interminable de magasins et de restaurants au rez-de-chaussée, les omniprésentes fenêtres et portes en inévitable Termopan, les réclames lumineuses toujours allumées, y compris dans la journée, comme si on ne savait pas les éteindre, les passants fourmillant sur les trottoirs, s'efforçant de se croiser sans se toucher et y réussissant. Il y avait une différence majeure entre les deux grandes zones de la ville : celle du nord, aérée, paisible, verdoyante, entourée de parcs et de zones d'agrément, couverte de villas imposantes et d'immeubles peu élevés, construits avec goût, parfois même beaux, la zone des riches, des affairistes, des cadres supérieurs des multinationales, des restaurants excessivement chers, des boutiques où les prix n'avaient pas d'importance, où l'on ne payait pas comptant, les employés connaissant tous leurs clients et leur envoyant discrètement les factures à la maison, la zone des privilégiés, l'espace du pouvoir, en un mot. Zone de la nouvelle noblesse puisque le concept de classe sociale n'avait pas disparu et ne disparaîtrait jamais. Le Petit Paris, la zone où les tableaux accrochés aux murs et les sculptures meublant les intérieurs étaient souvent de plus grand prix que les maisons, elles-mêmes excessivement chères, dont les propriétaires changeaient de limousines et de voitures de sport uniquement pour avoir le dernier modèle, pouvaient posséder sans peine un appartement à Monte-Carlo, des résidences de vacances en bord de mer ou dans les stations de ski suisses, cette zone où rien ne changeait jamais sauf lorsqu'un de ses habitants s'apprêtait à disparaître pour un temps, comme c'était le cas maintenant. Mais qui y reviendrait de toute façon.

Des années plus tôt, dans l'un des restaurants du XIXe siècle, devenu une sorte de club en circuit fermé ayant conservé la patine du temps et du vrai luxe – un de ces lieux aux murs couverts de tableaux authentiques et de tapis Boukhara et Samarcande, meublés de buffets séculaires regorgeant de services de table en argent que l'on entretenait encore et que l'on ressortait pour certaines grandes occasions, d'assiettes de porcelaine plus anciennes que la plupart de ceux qui les utilisaient, où les serveurs avaient le parfait style français élégant, les chefs une formation chez les plus grands restaurateurs, les pâtissiers les talents qui leur auraient permis de faire le bonheur des plus grands établissements européens –, avait eu lieu une scène que Victor n'avait jamais oubliée, une scène d'anthologie d'un humour fou : il était attablé avec un grand écrivain qui se trouvait par hasard être le protégé de Costin. Leur serveur, stylé, parlant le français avec le meilleur accent, avait regardé l'écrivain habillé d'un tee-shirt et d'une veste orange contrastant regrettablement avec les clients tirés à quatre épingles et avait dit d'une voix pointue : Cher monsieur, vous avez bien choisi l'endroit, faites-moi confiance, je vais vous conseiller, je n'ai ici que des intellectuels, *vous savez ce que je veux dire*, politiciens, docteurs, professeurs, hommes d'affaires, des intellectuels authentiques, quoi. L'écrivain avait failli répliquer, Costin lui avait fait un signe du pied sous la table, il y avait renoncé. Lorsque le serveur s'était éloigné, tous les deux avaient éclaté de rire, un vrai fou rire qui avait surpris tout le monde. Une fois ressaisi, Costin s'était expliqué en commençant sa phrase par un : Hein, vous les in-tel-lec-tuels, vous savez. La tension générale était retombée et plus tard, au cours de la même soirée, Costin, après avoir copieusement bu, avait dit à Victor : Victor, mon vieux, je vais te dire une chose, histoire que tu meures pas idiot. Être riche ce n'est pas avoir du fric, crois-en le type éduqué en face de toi. Victor avait souri, avait mis son verre de vin de côté et l'avait écouté attentivement. On est riche, mon ami, quand on ne connaît pas le prix des choses, quand on n'a pas besoin de savoir ce que coûte le pain ou un repas au restaurant. Mets-toi bien ça dans le crâne et tu seras un in-tel-lec-tuel, un vrai. Ils avaient ri. Belle époque. Il en serait toujours ainsi.

Toujours ainsi – sauf si l'on décidait de démolir, dans un projet grandiose, l'intégralité d'une ville de millions d'habitants – de la zone qu'il était en train de traverser maintenant : grise, la zone grise interminable y compris les jours de grand soleil, de cette partie de ville-dortoir aux appartements dont les meubles étaient à l'étroit, de cette ville terne du communisme défunt qui n'en finissait pas de mourir et n'avait changé que de nom, ce nom de plus en plus mal compris : démocratie. La démocratie des pauvres, leur droit à élire ceux des riches qui les gouverneraient ou du moins à le croire. Zone grise, avec ses kebabs à tous les coins de rue, ses magasins de vêtements d'occasion et leurs étals sur le trottoir où l'on pouvait s'habiller de pied en cap de fripes fabriquées en Chine pour quelques centaines de lei, aux marchés où les rats mouraient empoisonnés par les déchets de légumes et de viande, aux immenses terrains vagues envahis par les herbes, aux écoles dont les toilettes empestaient, aux immeubles se touchant presque, des dizaines de milliers où s'entassait, à ne plus pouvoir y entrer, toute une population et, en guise de décor, des poubelles, pleines à craquer, puantes et toujours trop peu nombreuses. La zone grise capable d'une infinie résistance au profit de la zone nord et incapable de comprendre le cours du monde. Un monde ne comprenant pas le monde, ne se comprenant pas lui-même, qui se contentait d'être, sans autre commentaire superflu.

Victor, lui, regardait par la vitre de sa voiture et comprenait. Il croyait comprendre le monde, il croyait se comprendre lui-même. La différence était là : il était intelligent, les autres étaient des imbéciles. Des pigeons. Un numéro s'est affiché sur l'écran de la voiture, il a cru, une fraction de seconde, que l'autre avait fini par l'appeler. Qu'au dernier moment il avait décidé de lui parler. C'était Costin.

— Victor, je me demande quand même si on ne devrait pas changer de tactique.

— Et comment ?

— Puisqu'on n'a pas réussi à le mettre à l'abri à l'étranger, alors qu'on aurait très bien pu - c'est lui qui a refusé -, on pourrait peut-être faire un peu le cirque, non ?

— À quoi bon maintenant, Costin ?...

— C'est une idée, rien de plus. Réfléchis, si jamais, tu m'appelles.

— Ça marche.

Il a appuyé sur le bouton du volant pour interrompre la conversation, le nom de son père s'est affiché sur l'écran, savoir quelles bêtises il avait encore à lui dire, il n'a pas répondu, aucune envie. Il a pensé pendant quelques secondes à son rendez-vous et à la soirée qui suivrait. De ça, oui il avait envie. Il éprouvait le besoin de se relaxer, d'oublier quelques heures au moins ce qui se passait, et si ce n'était pas possible, de penser à autre chose. À n'importe quoi. De s'enlever tout ça de la tête pour prendre de la distance, au milieu de la foule, c'était là qu'il pensait le mieux, en s'isolant au milieu des gens, de beaucoup de gens.

Il a regardé les immeubles alignés le long de la rue, le gris, le gris qui était la garantie de tout ce qui pouvait arriver de mieux. Tant que ce gris serait en place, il n'y avait aucun danger, ni pour lui ni pour les siens ni pour la zone nord. La masse de manœuvre était toujours là, il y avait de quoi prendre, de quoi donner, c'était parfait. Il a franchi d'un coup les lignes de tramway, les quartiers d'immeubles étaient dépassés, le véritable désastre ne faisait que commencer. La banlieue et ses baraques bariolées, disgracieuses, ses magasins installés dans des garages, ses nids-de-poule, ses rues non goudronnées partant de la chaussée principale, sa laideur qui ne disparaîtrait jamais, qui serait entretenue. Provoquée. Encouragée. Portée aux nues, même.

À l'horizon, pas très loin, à quelques kilomètres, la tour de garde de la prison. Il la connaissait, il était passé par là des centaines de fois pour y rendre visite à des connaissances, ça lui arrivait. La tour de garde qui dominait une cour immense d'un kilomètre de long sur cinq-cents mètres de large. Une cour entourée d'immeubles gris, eux aussi, sans balcons ni fenêtres de dimensions variables, absolument identiques à ceux réservés aux célibataires dans le ghetto jouxtant la prison, mais pourvus de barreaux. Avec des vêtements mis à sécher dehors sur des supports métalliques qu'il soupçonnait l'administration pénitentiaire d'avoir installés elle-même. Il se rappelait souvent tout le cirque que ça avait été alors pour défendre les droits des détenus, quel tapage il avait fait, lui et son groupe dans la presse, avant de militer activement pour la construction d'une aile de luxe destinée aux hauts fonctionnaires et aux riches, détenus prétendument sans danger social et jouissant de conditions bien meilleures que les autres. Des studios pas forcément exigus qu'ils pouvaient meubler la plupart du temps à leur guise en graissant la patte de qui il fallait et s'assurant ainsi une belle vie durant leur période de détention. En réalité, Victor et son groupe auraient même voulu aller plus loin, créer une sorte de prison privée pour eux et les leurs, une prison dans le genre zone nord de la capitale et autres zones privilégiées. Ils avaient même choisi un endroit dans la vallée de la Doftana, pas très loin, où leur projet était de construire un complexe hôtelier de luxe dont ils auraient ensuite fait don à l'État pour qu'il soit transformé en prison. Un petit paradis avec terrains de golf, piscines, saunas, cinémas, un petit casino, restaurant de luxe, bungalows, jolies allées serpentant dans la forêt préservée, bref tout le confort pour éviter aux privilégiés de souffrir de leur détention. Extraordinaire opération permettant de montrer à l'Europe leurs bonnes intentions tout en se réservant cet espace pour l'éventualité où il leur arriverait de petites histoires et devraient y passer quelque temps enfermés. Après des années de tapage et un investissement dissimulé aboutissant au projet d'un complexe de luxe, tout avait capoté lors d'un vote sous un gouvernement de transition mineur auquel on avait concédé le pouvoir pendant trois ou quatre mois, histoire de montrer qu'on ne privait pas les autres de tout. Cet échec était évidemment provisoire, il passerait forcément un jour ou l'autre et il était clair qu'aucun haut fonctionnaire ou homme d'affaires ne serait plus obligé de passer sa détention entre les murs gris et laids qui se dressaient maintenant en face de lui et n'assuraient aucun confort psychique à la classe dominante.

Il a eu un petit sourire, a noté mentalement de reprendre le projet et de relancer le débat dans la presse, c'était une chose à refaire au plus vite, il s'en occuperait personnellement. Mais il ne comprenait toujours pas pourquoi Miron ne lui faisait pas signe, il a dit au type installé sur le siège arrière de téléphoner à ses collègues pour demander si tout allait bien, s'est dit en même temps que c'était idiot, il le saurait sans tarder de toute façon, l'a quand même laissé appeler, tout était en règle, évidemment, qu'aurait-il pu se passer ? Il a freiné, s'est arrêté à la hauteur de la porte métallique de la prison. Une tôle verdâtre vraiment sinistre, gardée ce jour-là par une armée de journalistes attendant une déclaration de la part de celui qui allait se livrer quelques minutes plus tard. Visages blasés de jeunes filles et de jeunes hommes envoyés là pour tenter d'obtenir cette déclaration alors qu'elle n'avait pas été annoncée et qu'elle n'aurait peut-être pas lieu, même si Victor n'était pas sûr de ce que pouvait décider Miron au cours de ses dernières minutes de liberté. Ce Miron. Toujours silencieux. Visages blasés de minables. Tous travaillaient pour lui ou pour un autre comme lui, d'un autre parti, tous étaient à leur service, la plupart sans le savoir, tous relativement bien payés, tous finiraient par mettre cet argent dans des projets immobiliers de Victor et le lui rendraient par ce biais. Costin avait eu ce mot prophétique, quelques années plus tôt : Tu leur dirais la vérité qu'ils ne te croiraient pas. Ils avaient ri, c'était sa manière à lui de dire crûment les choses, quand il le voulait.

Le véhicule d'intervention est entré après lui dans le stationnement, a stoppé à une dizaine de mètres de la porte. Au milieu des reporters, il y avait aussi les autres. Tous ceux qui entraient en prison le même jour allaient être engloutis par cette même porte. Des femmes en larmes, certaines avec leurs enfants dans leurs jupes, visages figés par la douleur, l'impuissance, à la pensée de l'inconnu caché derrière ces murs verdâtres, d'une vie qui basculait d'un coup. Des hommes de toutes catégories déjà vêtus de simples survêtements qui disaient adieu aux leurs. Et puis, dans un mélange facile à déchiffrer, ceux qui étaient libérés, large sourire aux lèvres, embrassant leurs proches venus les accueillir. La prison ne faisait pas exception, la marche du monde s'y retrouvait à l'identique. Le garde du corps est descendu de l'arrière de la voiture et s'est posté à côté de la portière. Victor a attendu qu'il lui ouvre, a pris son téléphone sur la console centrale, est descendu. Massif. Aussi massif que son garde du corps. Il a jeté un regard serein autour de lui, a soutenu ceux qui ont croisé le sien, s'est dirigé vers le véhicule d'intervention. Les autres en sont sortis. Grands, larges d'épaules, visages impassibles, conscients de la présence du chef et de l'importance du moment. L'un d'entre eux a ouvert le coffre, en a sorti le sac de Miron. Il s'est dirigé vers la porte arrière droite, tous, Victor y compris, ont fait un mur autour de lui. Impénétrable. Le garde du corps a ouvert la portière, Miron est descendu, digne, tout aussi grand que ceux qui l'entouraient. Il a regardé à droite et à gauche, puis a baissé les yeux un instant avant de fixer Victor. Les autres ont reculé d'un pas, ils sont restés seuls face à face. Miron le regardait sans dire un mot. Avec une terrible sérénité. Il a tiré son téléphone de la poche poitrine de sa veste et a fait mine de l'éteindre et de le lui tendre. Victor a interrompu son geste. Les mots étaient inutiles, il avait compris, il pouvait le garder. Les reporters, autour d'eux, posaient des questions stupides, parlaient tout seuls, les deux hommes ne les entendaient même pas. Il était clair que personne ne ferait de déclaration, mais ils devaient démontrer qu'ils avaient fait leur travail. Miron a avancé d'un pas, Victor s'est placé à sa droite. Ils se sont dirigés vers la porte, flanqués des quatre gardes du corps. Un enfant s'est faufilé entre eux et a tendu la main : « Donnez-moi *quéque* chose, m'sieur ! » Miron l'a regardé, a plongé sa main dans sa poche, en a sorti tout ce qu'il avait, lui a tendu une poignée de billets. Pas grand-chose. Il a regardé Victor sans un mot. Instinctivement, celui-ci a cherché dans sa propre poche, en a tiré de l'argent, l'a donné à Miron et ce dernier l'a tendu à l'enfant qui a dit : « Merci, m'sieur, Dieu vous garde. » Puis Miron s'est arrêté, s'est retourné comme s'il voulait quand même parler aux reporters, a tendu la main vers son sac que le garde du corps tenait à son niveau, a fait demi-tour et a franchi la porte entrouverte sans la toucher.

Elle s'est refermée sur lui avec un bruit métallique. Victor a gardé les yeux fixés un instant sur le métal verdâtre, a fait signe aux gardes du corps de le suivre, a rejoint seul sa voiture. Il est monté, a mis la radio, a démarré doucement, attendant patiemment que la foule s'écarte et le laisse passer.

Soudain voûté, vieilli, Robert regardait sa tasse de café. Il avait posé son téléphone à côté avec d'infinies précautions, comme s'il avait été en cristal et que s'il s'était brisé ou avait été seulement éraflé c'eût été la fin du monde. Il observait le café où s'était formé un cercle d'écume, il aurait aimé se voir enveloppé du liquide fumant quelques minutes plus tôt, froid désormais, image mouvante de la mort. Comprendre. Pourquoi. Pourquoi Stéfane lui avait fait ça, pourquoi il l'avait laissé venir plein d'espoir jusqu'à l'aéroport, prêt à repartir de l'avant, à tout abandonner derrière lui à la seconde où l'avion commencerait à rouler sur la piste, où leurs mains se seraient jointes au moment du décollage, où leurs doigts se seraient serrés, où ils auraient volé ensemble dans l'azur du ciel, seraient devenus une seule personne, sans avoir besoin de mots, comme dans un de ces poèmes qu'il n'avait jamais écrits mais qu'il pourrait... Il l'aurait aimé, il l'aimait encore mais il aurait su alors lui consacrer tout son talent, faire jouer en sa faveur toutes les relations qu'il s'était acquises et qui, bien utilisées, auraient fait quelqu'un de cet idiot qui avait refusé ses avances pour une pétasse qui ne serait plus rien dès le lendemain, quoi qu'il arrive, il se devait bien ça à lui-même, la rayer de la surface de la terre, détruire tout ce qu'elle avait pu faire avec lui, les éliminer définitivement. Quel-les-que-soient-les con-sé-quen-ces, se disait Robert, quoi qu'il puisse croire pouvoir faire ou qu'il ait pu faire, il lui donnerait l'argent le jour même, il lui laisserait croire qu'il avait gagné le match, qu'il l'avait battu à plate couture et qu'il pouvait le faire chanter désormais, lui demander tout ce qu'il voulait, il le lui donnerait, quelles que soient les conséquences, sauf que tout cela était à double tranchant, Stéfane apprendrait à ses dépens que le moindre pas dans le paradis coûtait cher, terriblement cher, que personne ne s'était permis des choses pareilles avec lui, qu'il avait encore les moyens de se venger et qu'il le ferait, quelles que soient les conséquences. Il a de nouveau regardé la tasse, le cercle d'écume avait dérivé du côté de l'anse et menaçait de se dissoudre complètement, de laisser toute la place au noir, il a pris délicatement son téléphone sur la table, a ouvert l'interface de paiements, a cherché le nom de Stéfane et lui a transféré une somme beaucoup plus importante qu'il ne le lui avait demandé, a tapé son mot de passe, a confirmé le transfert, a fermé l'application, ouvert Facebook, a fait défiler son fil d'actualité un moment sans but précis, juste pour ne pas être tenté de regarder la tache d'écume qui disparaissait peu à peu, à l'image de tous ses espoirs, lui semblait-il, il refusait de s'imaginer ce qui se passerait lorsqu'elle ne serait plus du tout là, cela l'obsédait, et il a écrit sur Facebook : *Demain, mes amis, car je suis trop fatigué aujourd'hui, je vous raconterai quelques petites choses d'une certaine importance. Demain à 10 heures.* Il a posté le message, a ouvert le programme secret de promotion et l'a distribué à tous ceux qu'il payait pour disséminer ses messages, il a arrêté tous les programmes et ouvert ses courriels, salué ses nouveaux subalternes, a fermé toutes ses applications et reposé son téléphone.

L'entrée en prison de Miron n'avait pas fait de vagues, il l'avait suivie sur l'écran de télé du café avant que ce salaud l'appelle et détruise toute sa foi en l'humanité. Du moins ce qui lui en restait, mais quand même. Il se demandait bien comment pareil événement avait été possible mais, au fond, lui avait joué ses cartes pour être très loin lorsque les choses tourneraient mal et ne pas risquer d'être lui-même pourchassé et publiquement exécuté. Il connaissait trop bien le monde de la communication pour ne rien craindre, il avait participé à trop de scandales, orchestré trop de grandeurs et de décadences d'empires, pendant des années il s'était attaché à bâtir et à détruire des réputations, et se tenir à l'écart des événements à venir lui avait donc semblé la meilleure option. Il savait d'avance qu'en province les barons du système se préparaient, que dans les télévisions et dans la presse, les narratifs étaient prêts à être livrés brutalement dans l'espace public, que l'opposition ne resterait pas les bras croisés, qu'elle mettrait en train tout ce dont elle disposait et même davantage, que personne ne pouvait se permettre de perdre le pouvoir, ni la presse son audience et par conséquent l'argent de la publicité et les subventions des partis. Il avait contribué personnellement à l'installation du système de Breaking News qui perdurait et dont il savait quels étaient les effets. Fanatisation des masses, multiplication des nuances de gris, relativisation de l'information, entretien de l'incertitude, tous ces procédés constituaient son cœur de métier. Et cet étron à lunettes, ce zéro en chiffres, cette petite crapule se permettait de le rejeter. De briser son cœur et ses projets. De le laisser bredouille à l'aéroport, de prendre des décisions qui lui semblaient raisonnables comme si on le lui avait jamais demandé. Chantage, tu parles, chantage. Je t'en donnerai, moi, du chantage, s'est dit Robert, je vais te faire un truc à te secouer les plumes du cul, à te faire passer dix concours en trois jours, à te faire recaler à la réanimation. Conditions défavorables à la vie, c'est pas comme ça qu'ils disent là-bas ?

Il l'avait choyé pendant des années. Payé pendant des années, lui avait appris des choses, lui avait même accordé la liberté de prendre de petites décisions et laissé croire qu'il pouvait exercer un certain contrôle. Il l'avait mis en avant, lui avait obtenu des relations, l'avait introduit dans les cercles les plus raffinés, lui avait ouvert des portes dont on ne savait même pas qu'elles existaient, offert tous les instruments nécessaires pour qu'il puisse devenir ce qu'il était. Jouant le rôle du parfait altruiste, assumant le rôle de bienfaiteur et de protecteur de l'art, pendant des années, il lui avait assuré un salaire et des contrats de mécénat lui permettant de vivre mieux que bien, dans l'aisance même.

Il lui avait appris, avec patience, le guidant à chaque pas, corrigeant ses erreurs, l'art de la manipulation du public, il l'avait introduit dans le monde de la propagande, seul moyen de devenir ce qu'il était devenu. Chaque fois qu'il avait senti se révolter en lui la fibre morale, il lui avait expliqué inlassablement l'inanité des concepts de bien et de mal, démontré que l'art était une fin supérieure qui les englobait, l'art suprême de la manipulation pour la domination de l'espace public. Chaque fois qu'il avait orchestré un scandale, il lui avait laissé entrevoir une partie de ce qui était à l'œuvre, lui avait fait comprendre que rien n'était ce que l'on pouvait croire, que la vérité n'était que ce que lui et les autres voulaient qu'elle soit, pas un fantasme moral à dormir debout. Il lui avait fait comprendre que tous procédaient de même, que personne ne croyait les histoires que l'on répandait dans l'espace public, que les prétendus adversaires étaient des amis, qu'ils observaient tous scrupuleusement les mêmes principes. Il lui avait appris aussi – et maintenant cela lui semblait un sacrilège – l'odieuse trahison des lois non écrites, les règles secrètes du bien et du mal : pas le mal des autres, le bien pour soi. L'art de l'indifférence. L'égoïsme bien compris, le seul valable, celui de qui gagne à tous les coups. Même lorsqu'il semble perdre. Il l'avait laissé se créer des noyaux d'influence, des sites à même de lui permettre de contrôler ce malheureux monde littéraire dans lequel il voulait être Dieu, des mécanismes de promotion équivalents à ceux de l'élite et qui, bien subventionnés, fonctionnaient à merveille. D'un zéro il avait fait quelqu'un.

Et lorsque cette fille s'était pointée, jolie d'ailleurs et raffinée, un beau morceau, il avait tout de suite compris ce que voulait Stéfane, ne s'était pas opposé à son influence croissante, même si son instinct lui disait de se montrer réticent, de ne pas le laisser la prendre chez lui, de lui réduire ses ressources. Mais il lui était impossible de ne pas être altruiste, passionné d'art et de beau. Stéfane lui avait fait un tableau si exalté des talents de cette fille que toute objection aurait été comme une échancrure dans la toile d'araignée qu'il tissait autour de lui, l'aurait obligé à lui révéler un peu des raisons de sa constante sollicitude. Il avait jugé que le moment n'était pas venu. Non sans exercer une surveillance attentive. Un groupage de textes, ici et là, sur un site sponsorisé par le groupe de presse, une nomination pour un prix tel jour, une invitation à un festival un autre jour, une délégation à un salon du livre international dont elle ferait partie. Stéfane avait fait d'elle un nom à partir de rien, et Robert avait observé de près, avec fierté, la promotion que son disciple, devenu un maître, avait su favoriser. Il apprenait à cette fille ce qu'il lui avait appris, l'avait métamorphosée en une sorte de leader d'opinion du militantisme en lui révélant les mécanismes de la manipulation. Vue de dehors, un ange. Peut-être aussi de l'intérieur. Robert s'était affiché en leur compagnie dans des milieux sélects, des réceptions, leur avait obtenu des invitations à des soirées en milieu fermé, les avait présentés aux puissants du jour, les avait laissés se montrer à la télé, se faire un nom, il avait contribué finalement à renforcer leur relation, se disait-il à présent avec un sourire amer. Et voici qu'ils, ou plutôt que lui, car elle ne devait probablement rien savoir de l'histoire, avait fait un autre choix. Il ne lui avait pourtant pas demandé de partir pour toujours – même s'il en avait bien eu le projet –, mais seulement de l'accompagner un temps, de lui tenir compagnie pendant une période difficile. Rien de plus, s'il avait refusé qu'il le touche, il ne l'aurait pas touché, ne lui aurait fait aucun mal. Robert aurait été capable de porter jusqu'à la fin des temps sa croix d'homme auquel on refuse son amour, de se traîner à genoux si nécessaire, sans cesser d'espérer. Il le savait : il aurait accepté qu'il emmène cette fille avec lui s'il le lui avait demandé, il aurait fait d'eux des noms célèbres, aurait inondé la presse de leurs réussites à l'étranger au risque même de les perdre, il y était prêt.

Mais ses plans, avec tout le bien qu'il était décidé à faire, avaient été bouleversés par ces quelques mots avec lesquels ce ver de terre croyait pouvoir le faire chanter. Dans sa petite tête pleine d'idées merdeuses, il se faisait des films avec un Robert manipulable à l'infini.

Il a pris son téléphone, a cherché dans l'agenda une lettre qui cachait un nom, a appelé. La réponse a été immédiate.

— Je vous salue.

— Mon cher Robert, quelle surprise ! Tout va bien ? Tu es arrivé à l'aéroport ?

— Oui, oui.

— Tu voulais me dire quelque chose ?

— Oui, si c'est possible.

— Vas-y.

La voix de l'homme était pleine de bonne volonté. Robert savait qu'il pouvait compter sur lui.

— Premier point : j'espère que tu as fait ce qu'il faut avec la presse, qu'on n'ait pas de surprise.

— Pas de problème, on n'a encore rien lancé, on attendait de voir comment les choses vont tourner.

— Toujours aussi intelligent. Je t'écoute.

— Stéfane, a-t-il dit, et il a senti quelque chose se briser en lui en prononçant ce nom. Stéfane.

— Eh bien, qu'est-ce qu'il lui arrive à ce petit ?

— J'aimerais qu'on lui retire ses ambassades, il a besoin de faire une pause, qu'on ne réponde plus à ses demandes pour un temps.

Silence à l'autre bout du fil.

— Même chose pour son amie Roxana.

Robert s'est senti coupable un instant, il a poursuivi :

— Elle aussi a besoin de faire une pause.

— J'en parle au secrétaire, il s'en occupera, bien sûr, c'est comme tu veux, tu te charges du reste, d'accord ?

Que l'autre ait semblé savoir le dérangeait, l'avait toujours dérangé, en sa présence il se sentait insignifiant, un pion sur un grand échiquier invisible. Il jouait sans savoir avec qui ni pour quoi, toujours aussi stupide. Mais il l'avait appelé parce qu'un seul mot de lui pouvait les réduire à néant, pas du tout parce qu'il leur voulait du mal, mais pour leur prouver qu'ils n'avaient plus le moindre soutien à attendre.

— Tu as bien fait de m'appeler. Dommage qu'on en soit arrivé là.

Robert n'était pas fou, il était persuadé que l'autre savait et que dans ses milliers de dossiers, Stéfane et lui étaient un cas en cours de traitement, qu'ils représentaient une curiosité, du genre d'un couple de poissons captifs dans un aquarium, s'apprêtant à se dévorer ou deux guignols dans une pièce de théâtre pour enfants.

— Je peux savoir ce qu'ils t'ont fait ?

Robert n'a pas répondu, il ne savait donc pas tout ou faisait semblant, le respectait assez pour jouer les innocents et simuler la curiosité. Bon signe, la preuve qu'il le jugeait encore utile.

— Mieux vaut pas, s'est repris l'autre aussitôt. Je fais le nécessaire, pas de soucis, bon voyage.

Bref moment de silence. Robert se sentait dévasté, il savait que son geste était irréversible, qu'une fois démarré l'engrenage on ne pouvait plus l'arrêter et qu'il était impossible de se raviser.

— Il n'a pas voulu de toi, c'est ça.

Il ne lui posait pas la question, il affirmait.

Le ton de sa voix n'était nullement interrogatif, c'était justement ce qui le terrifiait. Il a décidé d'être diplomate :

— Je vous remercie infiniment, monsieur Costin. Nous reparlerons à mon retour, je suis impatient de prendre un café avec vous.

— Bon voyage.

Fin de la conversation. Sourire amer de Robert. Il a fait signe au garçon du bar de lui servir un autre café, a cherché un nom, a appelé :

— Salut. Tout va bien ?

— Boss. Salut, oui, j'suis là, à la ferme.

C'était une plaisanterie de son spécialiste informatique, chef du département de la communication, il avait tout un répertoire de blagues zootechniques, dans le genre élevage des cochons, sarclage du maïs, ou « tu sais, le Toto de la section outillage », lui-même, probablement, bref de bonnes blagues à tout prendre et qui provoquaient toujours un sourire involontaire chez Robert.

— Tony, ton frère a une demande à te faire, tu as le temps ?

— Si je l'ai pas, je le prends.

Décidément il était incapable de parler sérieusement, c'était agaçant et reposant en même temps, ce qui se passait dans le monde ne lui importait guère, il faisait son boulot.

— Ton cher collègue Stéfane, tu le connais.

— Je le connais et je le découvre toujours, a-t-il répliqué.

— Et sa chère Roxana.

— Ben voyons, ma chère Roxana, notre chère Roxana à tous, elle nous est si chère, cette chère Roxana.

— Si on veut. Tu vas voir. Je t'explique. Ils ont besoin tous les deux d'une pause sur le web, ils commencent à parler un peu beaucoup et je me disais que je pouvais compter sur toi pour les freiner un moment.

— Bibi y te les efface carrément, a dit l'autre, en souriant probablement. Comme s'ils n'avaient jamais existé. C'est pour quand ?

— Attends un peu, mon vieux, t'emballe pas. C'est juste une petite suspension, pour un temps mais que ça se sache.

— Ah, ah, super, une exécution dans les formes ?

— Mieux encore. Veiller à ce qu'ils ne puissent plus poster ni intervenir. T'auras un dossier tout prêt, je te le fais passer dans la soirée, tu commences à le publier toutes les trois heures.

— Je mets les fermes dans le coup ? Les chevaux rétifs ?

Il faisait allusion par là tout autant au potentiel humain qu'à celui des bots. Robert connaissait son jargon.

— Les bons chevaux. Combien de temps pour en faire du petit bois ?

— C'est toi qui vois, boss.

Il employait à dessein le langage de la rue tout en étant un type très intelligent et très bien formé. Sa manière d'allonger le « o » de boss et de faire siffler les « ss » de la fin avait quelque chose de magnétique.

— Au choix, un jour ou des semaines de labour.

— Bon, merci, je savais que je pouvais compter sur toi. T'as une augmentation de salaire et tu me dis si tu veux prendre la direction de la revue et des sites.

Il a imaginé le sourire de son interlocuteur. L'offre était claire, il lui suffisait de dire oui et c'était gagné.

— Boss, mais qu'est-ce qu'il t'a fait pour te fâcher si fort ?

— Des crasses, des saletés, pas le temps d'en parler.

— Bien, boss, on met les outillages en route, fais confiance à mézigue. Ho, ho, j'en fais de la bouillie, putain, de la bou-i-ll-ie, putain, y-z-avaient qu'à pas s'en prendre au boss, ces guignols, ces marionnettes !

La plaisanterie s'est brusquement interrompue.

— Cézigue il veut aussi un siège ergonomique dans son bureau de chef, tu sais ce que c'est la vieillesse, la canne, le fauteuil à roulettes et tout le toutim.

— Tout ce que tu veux, a répondu Robert. Merci, boss, a-t-il conclu en reprenant sa formule préférée.

— Comment, Robert, allons, allons ! Pour toi, toujours prêt !

Il a raccroché. A cherché dans son téléphone une photographie assez récente, l'a ouverte et l'a détourée de façon à se faire disparaître. À droite Stéfane, à gauche Roxana, et entre eux, les mains posées sur leurs épaules dans un geste protecteur, Miron. Souriants, tous les trois. Stéfane, indiciblement fier d'être invité à une soirée diplomatique. Roxana, les joues rouges, le champagne probablement, elle avait encore son verre à la main. Il a agrandi la photo, a flouté tout élément qui pourrait être un indice de lieu précis, a sauvegardé, appuyé longuement sur la photo pour partager le courriel, a cherché l'adresse de Tony, appuyé sur *Envoyer.* Tout commençait toujours comme ça, par une photographie, d'ici le soir il demanderait au directeur financier de faire des paiements louches aux deux autres et les transférerait à Tony pour la nuit, au moment où la faune et tous les leurs se branchaient pour préparer les nouvelles du matin. Il s'est rappelé quelque chose, l'a appelé de nouveau.

— Boss, un oubli ?

— Tu sais, Tony, cet imbécile a un truc dans son téléphone et c'est pas bien pour lui. Tu peux t'occuper de sa mémoire et de son iCloud, s'il en a ? Sans oublier son ordinateur portable, a-t-il ajouté.

— Ah, boss, là je te reconnais, bibi passe son nouveau survêtement, une petite bagarre fera du bien, une balade à la clé. Quoi d'autre pour ton grand cœur ?

— Rien pour l'instant. T'es un ange.

— Et c'est pas fini.

— Mais lui casse pas son téléphone, tu fais juste sauter la mémoire.

— Enfin, boss, tu me prends pour un manchot, de la neurochirurgie que je fais, y sentira rien.

Il a raccroché, s'est ravisé, a rappelé.

— P'tit boss, encore une chose.

— Vas-y.

— Les sites de la fille, ses soi-disant revues aussi. Sur pause. En vacances.

— La belle au bois dormant/était pressée/d'aller pisser, a déclamé l'autre du ton le plus sérieux. C'est comme si c'était fait.

Il n'a plus appelé. Il avait envie de mourir. Que tout s'arrête là, dans une fraction de seconde. Ne plus rien savoir, que plus rien ne compte. Il a regardé l'immense hall de l'aéroport, ces centaines de personnes qui ne savaient rien de lui, de son amour non partagé, de son désir d'une mort subite. Tous préoccupés d'eux-mêmes, de leurs soucis, de leurs joies, de leurs émotions. Aucun lien entre lui et ces gens, s'est-il dit, il s'est senti devenir philosophe, a payé la note, a laissé son billet d'avion sur la table et s'est dirigé vers les portes tournantes de la sortie, en tirant sa valise. Une fois dehors, il a allumé une cigarette, il avait l'impression d'avoir vécu un épisode de mort clinique, il avait lu quelque part que tout ressemblait alors à une mer de blancheur silencieuse, tout était bien, tout était bien, hors de ce monde. Il tirait de longues bouffées de sa cigarette, regardait les autobus venir pleins et repartir vides en direction du terminal des arrivées, leurs roues énormes, le bruit de leurs pneus au redémarrage. Ici, maintenant. Un pas, rien du tout, cela passerait pour un accident. *Le directeur d'un groupe d'information mort dans un accident de la route à l'aéroport,* tels seraient tous les titres dans tous les médias une heure après le terrible, l'horrible, l'incroyable événement. Breaking News : *Un tel est reparti au royaume des anges, et cætera.* Il a rallumé une cigarette, ceux qui se suicident sont des types vraiment courageux, s'est-il dit, si ça fait mal, si je ne réussis pas et que je me retrouve légume, dans un fauteuil roulant ? Non, ce n'est pas possible avec un de ces monstres d'au moins dix tonnes, aucune chance, il a tiré une dernière bouffée, la dernière, toutes les histoires de condamnés à mort avant l'échafaud lui ont traversé l'esprit en une fraction de seconde, il a saisi la poignée de sa valise, a regardé prudemment à droite et à gauche pour retourner au parking. Pas maintenant, pareille bêtise n'avait aucun sens.

Une fois dans sa voiture, il s'est dit qu'il avait annoncé qu'il partait pour un temps, a passé en revue tous les endroits où il pourrait aller, ici, dans le pays, a arrêté le moteur, a repris sa valise dans le coffre, est rentré dans le terminal.

En chemin, hormis les quelques mots échangés avec Robert qui n'avaient aucune importance sérieuse, un simple interlude plutôt comique, une histoire ridicule d'amoureux incapable de mettre la main sur sa proie, il avait poursuivi une idée qui avait commencé à prendre forme dans son esprit quelques jours plus tôt lors de sa dernière entrevue avec Théodor – peut-être par hasard, peut-être pas, il ne pouvait savoir et cela comptait finalement assez peu –, l'autre lui avait en effet dit sur un ton plutôt serein qu'il aurait très bien pu, au prix d'un petit effort et d'un investissement minime, se rendre utile en inventant un autre parti pour Miron qui l'accueillerait à sa sortie de prison laquelle, lui garantissait le chef des Services, se produirait bien plus tôt qu'on pourrait le croire. Costin connaissait bien le jeu : discréditation, dossier pénal ou multiples dossiers, dans les cas les plus graves, procès tapageur dans la presse, mobilisation de la société civile, focalisation constante sur le sujet, peine symbolique, limogeage de la personne en question de toutes ses fonctions possibles et impossibles, libération conditionnelle rapide car le but n'était pas de le garder en prison mais de le priver de son pouvoir et de le transférer vers un autre. Il s'est redemandé pourquoi il n'avait pas choisi de saisir l'occasion, on le lui avait clairement offert, il était suffisamment populaire dans le parti pour en devenir président mais il s'est redit que ce n'était pas pour lui, que cela n'aurait eu aucun sens.

Il était malade. Pas forcément souffrant, les médicaments faisaient merveille, il vivait sa maladie presque sans en sentir les effets, comme une absence toujours présente dans ses pensées, le vieillissant visiblement ; malade de toute façon. Cela avait commencé par un contrôle de routine, comme toutes les morts, par des analyses plutôt mauvaises que son médecin avait voulu approfondir. Les résultats avaient tardé à tomber mais avaient transformé sa vie en un chemin sans autre issue que l'inévitable annoncé. De toutes les innombrables maladies de ce bas-monde, il avait écopé de la pire, une dégénérescence du pancréas causée par une tumeur. Il avait demandé si c'était opérable, les médecins – dont le nombre s'était aussitôt considérablement accru – avaient assuré que non. Il avait alors demandé ce qu'il fallait faire. L'un d'eux, qui était un ami, lui avait clairement répondu : rien, simple question de temps. Combien ? L'autre avait haussé les épaules et avait avancé prudemment un pronostic : un an et demi, peut-être deux. Costin avait encaissé le coup sans vaciller, calmement, comme s'il ne s'agissait pas de lui. Il avait pris l'ordonnance, avait demandé s'il pouvait continuer à boire et à fumer. Avec un sourire dont il avait soigneusement gommé la moindre émotion, le médecin lui avait dit qu'il le pouvait, cela ne changerait rien.

Il prenait donc une poignée de médicaments chaque soir et chaque matin. Il n'en avait parlé à personne, le seul mis dans le secret était son secrétaire et il lui avait ordonné de ne rien dire. Il avait décidé de laisser les choses suivre leur cours sans chercher de cliniques ou de médicaments en Occident, il ne croyait pas aux miracles, il n'était pas du genre à passer sa vie dans les hôpitaux, même si dans ce cas il aurait peut-être dû, se disait-il. Mais il ne l'avait pas fait, il avait continué son traitement palliatif, poursuivant son activité, les calmants qu'il ingurgitait deux fois par jour lui assuraient un étrange état de sérénité. Le plus étonnant était qu'il n'avait jamais eu de douleurs. Il ne sentait pas sa maladie, elle était quelque part, étrangère à lui et à son corps, travaillant en silence sans jamais le déranger. Il savait qu'il y aurait des moments difficiles, il s'y était préparé et même au geste ultime destiné à y mettre fin. Il ne craignait rien. Depuis la mort de sa femme, il ne redoutait rien, il était entré dans un genre de tunnel de solitude et de paix dont rien ne pouvait le tirer, il s'y trouvait avec elle, le reste, les autres, le monde et ses divers événements, la vie, la mort étaient choses extérieures, insignifiantes. Il n'en continuait pas moins à se consacrer à ses manipulations habituelles mais sans s'impliquer vraiment, avec un calme qui frisait parfois un genre de démence, comme si rien ne comptait vraiment sauf de marcher vers cette fin qu'il sentait proche et vers des objectifs qui n'étaient plus les siens mais relevaient d'un métier qui n'en avait jamais été vraiment un puisqu'il n'avait jamais eu besoin de travailler un seul jour de sa vie. Il semblait n'avoir pas changé le moins du monde : le même homme puissant et mystérieux que tous craignaient, la même présence subtile dans tous les couloirs du pouvoir, le même ange gardien pour ceux qu'il considérait comme les siens. Plus politicien que les plus politiciens, totalement dévoué aux causes fluctuantes, cynique jusqu'à la moelle, Costin vivait une double vie, la première plus ou moins publique où il était le numéro deux du plus grand parti et l'autre absolument intime dans laquelle il était le vieil homme seul et malade attendant sereinement sa fin.

Lorsque la voiture s'est engagée sur l'allée principale devant la maison puis a contourné la vasque en marbre du parterre, il a pris les boîtes, a attendu que son secrétaire – en fait un majordome à l'ancienne mode qui s'occupait de tous ses problèmes personnels – lui ouvre. Il a dit au chauffeur de ne plus l'attendre, a remis les boîtes à celui qui lui tenait cérémonieusement la portière. Il est resté un moment à suivre des yeux la limousine démarrant avec le bourdonnement typique, étrange pour lui, des voitures hybrides et qui l'amusait toujours, puis a regardé longuement et tendrement le jardin, les arbres séculaires près desquels il était né et près desquels il mourrait, les arbustes, le gazon parfaitement entretenu des allées du parc. Le portail s'est refermé et il a eu un instant à l'esprit l'image du gardien en train de faire des mots croisés dans sa guérite pour passer le temps, a dit au majordome de lui accorder une prime – comme ça, tout simplement parce qu'il en avait eu envie. Ou même de l'envoyer à la montagne pendant une semaine avec toute sa famille. Le majordome qui était resté tout le temps derrière lui à sa droite a répondu : Bien sûr, je m'en occupe aujourd'hui même, puis il l'a accompagné pour monter les marches, lui soutenant le bras droit, il avait chancelé une fois et lui avait alors adressé un regard de reproche comme s'il ne concevait pas qu'il puisse ne pas être près de lui lorsque son corps le trahissait. Or, Costin se trouvait particulièrement fatigué ce jour-là, épuisé, vieilli, sans parler d'un sentiment de profond dégoût. Il n'aimait pas ce qui s'était passé ni ce qu'il avait fait lui-même, c'est-à-dire presque rien. C'était pourquoi il avait appelé Victor – dans une ultime tentative pour ne pas laisser les choses en l'état, pour se prouver qu'il pouvait encore agir. Mais non. Pas dans l'immédiat, en tout cas. L'idée d'un nouveau parti avec Miron à sa tête lui souriait, même s'il ne croyait pas un instant à la possibilité de débaucher des partisans du parti principal. Le chemin était long, de pareil projet à l'entrée au parlement, et il était loin d'être sûr du succès, il redoutait plutôt un fiasco, quant à lui il ne se voyait pas bâtir un parti de toutes pièces, il se sentait trop affaibli.

Il a quitté sa veste et l'a donnée à son secrétaire, a regardé avec tendresse l'escalier de marbre en colimaçon qui conduisait du hall majestueux à l'étage. Il était chez lui. Il ne connaissait pas de lieu plus agréable, n'en avait jamais trouvé. Il est entré dans le séjour spacieux, meublé de façon classique, où le marbre Acceglio du hall avait cédé la place à un parquet Renaissance en teck de la meilleure qualité posé là depuis plus de trente ans et qui lui survivrait, espérait-il. Les canapés en cuir de Cordoba avec leurs lampadaires vénitiens posés autour de tables anciennes admirablement décorées, les murs couverts de tableaux de haut en bas donnaient l'impression que la pièce était une véritable pinacothèque alors que toute la maison en était remplie, Costin n'avait accroché ici que ceux qui lui plaisaient le plus, de telle ou telle période. Au-dessus de la cheminée en marbre Rosso Lepanto qui avait son histoire – que personne ne voulait se rappeler – se dressaient quelques statuettes et aussi, étrangement, un sucrier en or massif dont la place eût été ailleurs mais que son propriétaire avait choisi de poser là pour des raisons connues de lui seul. Dans les angles et partout où il restait de l'espace à la verticale entre les tableaux, il avait installé des sculptures contemporaines pour produire un contraste intéressant, un genre de fusion du classique et du moderne qui lui plaisait, même si cela était en général considéré comme un excès de maniérisme. Il vivait entouré d'art car il avait toujours vécu ainsi et ne se serait jamais départi de ses précieuses collections pour un décor minimaliste ou de toute autre nature. Il comprenait très bien que le monde évoluait et l'art aussi, à sa façon, mais il ne voulait rien changer chez lui. Il s'est assis sur un canapé devant le bow-window donnant sur le lac (il y avait fait planter juste en face un liquidambar qui avait poussé et créait un très bel effet de prolongement de la cour), a approché un cendrier sur pied en argent et s'est allumé un cigare. Plus par curiosité pour ce qui avait pu se passer pendant la journée que pour se tenir à sa disposition (il pouvait effectivement vouloir qu'on lui serve un thé mais la plupart du temps ce n'était pas le cas, il se contentait de fumer pendant une demi-heure en admirant le paysage ou en étudiant en détail un de ses tableaux), le secrétaire s'est assis à l'autre bout du canapé et l'a longuement regardé, espérant des révélations. Costin n'a rien dit. Il n'éprouvait aucun besoin de parler, il se retirerait dans sa bibliothèque dès que son cigare serait fini.

C'est bien ce qui s'est produit. Ils n'ont échangé aucun mot. Lorsque Costin se taisait, il se taisait. Il avait, malgré sa grande fatigue de la journée, fait un effort considérable pour rester longtemps au bureau. Il lui restait une dernière tâche à accomplir avant d'achever cette journée, il se sentait incapable de plus. Il est entré dans sa bibliothèque, a fini par s'adresser à son secrétaire pour le prier de lui apporter un thé noir très fort. Il a regardé la pièce avec le plaisir toujours renouvelé qu'il éprouvait depuis des dizaines d'années. Parfaite, purement et simplement parfaite. Il ne pouvait se l'imaginer autrement ni envisager d'y changer quoi que ce soit. Le parquet en acajou, orné de divers motifs compliqués qu'il avait expressément voulus était, ici et là, couvert de tapis afghans couleur bordeaux à couper le souffle. Des vitraux de la même nuance, qui montaient d'un étage à l'autre, se prolongeaient sur les murs de la bibliothèque dont les livres s'étageaient jusqu'au plafond haut de six mètres. Une immense bibliothèque constituée en deux vies partiellement superposées, celle de son père et la sienne. La bibliothèque Barancéa, un mythe pour les collectionneurs et les connaisseurs, un véritable trésor pour qui aurait voulu faire des études de sciences politiques et aurait eu besoin de livres rares, de thèses de doctorat soutenues dans diverses universités d'Europe et d'Amérique, contenant même des fac-similés de documents de la Bibliothèque du Vatican, obtenus au prix de grands efforts et religieusement conservés dans des tiroirs secrets, parfois carrément dissimulés dans les murs ou derrière des portes qui s'ouvraient en même temps que les rayonnages. Le bureau, une pièce du XVIe siècle parfaitement conservée, était à lui seul une œuvre d'art. Costin s'est assis sur le fauteuil tapissé de velours bordeaux, a attendu le thé, le secrétaire le lui a apporté et s'est assis en face de lui avec sa propre tasse. C'était le moment le plus agréable de la journée, celui de l'Heure de la Mémoire comme il l'appelait, où il dictait à cet homme grand et distingué les événements de la journée. Il procédait ainsi depuis qu'il était entré en politique, à la mort de son père il avait d'abord gardé le secrétaire de celui-ci et lorsque ce dernier était décédé à son tour, son fils lui avait tout naturellement succédé. Fidèle à son maître jusqu'à le vénérer, ce secrétaire (du nom de Zghibercéa) était chargé d'enregistrer et d'archiver toute la carrière politique de Costin.

Sans un mot, il a pris le stylo sur le support en ivoire et a écrit sur une feuille blanche à en-tête la date du 16 juin 2016. Costin s'est mis à parler lentement, d'une voix fatiguée, rappelant d'abord que près de dix ans s'étaient écoulés depuis la mort de sa femme et que tout homme de bon sens aurait dû penser à mourir aussi depuis. Il a tenu à faire noter entre parenthèses qu'un amour éternel le liait à elle avant de satisfaire enfin la curiosité du secrétaire pour les événements du jour : pendant plus de quarante minutes il l'avait attisée, cela faisait partie de leur jeu, il pouvait maintenant lui faire noter que ce jour avait été tout particulièrement mémorable. Il lui a donc détaillé, avec une sincérité absolument inhabituelle pour lui, ce qui s'était passé, de manière objective, sans commentaires. C'était une règle tacite de l'exercice : la réalité brute, la réalité seule. Il avait compris que tel était le principe intangible de ses mémoires dont il savait qu'elles seraient publiées après sa mort dans une série d'œuvres qui expliqueraient, partiellement au moins (et clairement de son point de vue), ce qui s'était passé au plus haut niveau de la politique en vingt-sept années de démocratie. C'était ce qu'il laisserait derrière lui, sa vérité, sans fard. Chaque journée et ses événements étaient notés avec une minutie presque maniaque esquissant une image proche de la vérité historique. Deux pages par jour multipliées par trois-cent-soixante-cinq jours multipliés par vingt-six ans, plus de dix-neuf mille pages de notes, une contribution sans égale à la science politique. Plus encore, avec la mégalomanie et l'égocentrisme de tout mémorialiste désireux de marquer carrément l'histoire en profondeur, Costin avait choisi de faire de ses mémoires un vrai roman réaliste à même de faire pâlir de jalousie, sinon par le style du moins par les dimensions, un Balzac ou un historien patenté. Tout y était. À sa manière bien sûr, avec les noms, les dates, les chiffres nécessaires à la compréhension d'un pays. *Opera Magna, Une histoire vraie de la Roumanie,* tel était le titre qu'il avait choisi et le mot vrai n'était pas faux en l'occurrence puisque les faits relatés étaient réels, il le savait. La réalité était par-delà le bien et le mal, il s'en considérait le maître absolu, son seul gardien, l'unique dépositaire de la vérité.

Il dictait lentement, améliorant le style, revenant sur certains points pour insister, par la main de son secrétaire, sur les faits réels de cette journée qui sans cela eût été bien vite oubliée et supplantée par une autre, toujours plus importante, de la vie des gens importants. *Qui se rappellera*, a-t-il dicté, *qu'un homme politique d'Europe de l'Est, un certain Miron, a été condamné à la prison aujourd'hui ? Que son homme de confiance, moi-même en l'occurrence, a choisi de le laisser y aller sans dire mot, considérant que des intérêts plus puissants que sa liberté l'avaient condamné d'avance ? Que sa main droite a accepté l'offre des Services afin de pouvoir accroître ses affaires en échange de son silence et de son renoncement à toute tentative pour défendre son associé ? Que tout le monde connaissait la vérité mais a choisi de se taire, en conséquence de quoi nous ne notons pas ce jour, ce 16 juin, ici, dans notre bureau, seulement comme un jour de tristesse mais de fiction politique ?* Tel était le ton d'ensemble de ses mémoires, c'était ainsi qu'il voulait passer à la postérité, ainsi qu'il serait connu, il avait mis à la disposition de son secrétaire un fonds spécial destiné à la publication de tous les volumes de son œuvre, deux par an, à leur traduction et à leur diffusion. Il l'avait prévu dans son testament, qui laissait à son secrétaire une partie de sa fortune, le reste étant destiné à la construction d'un hôpital ultramoderne au centre-ville.

Au bout de près d'une heure de travail, il s'est levé lourdement, a rectifié la légère boursouflure de son ventre, a lissé un pli imaginaire sur sa chemise, est passé dans le hall. Son secrétaire lui a demandé s'il voulait manger quelque chose, le cuisinier avait acheté un poisson du jour et préparé de quoi l'accompagner. Costin s'est arrêté un instant devant le tableau représentant sa femme qui trônait dans la cage d'escalier, a observé les traits parfaits de son amour d'une vie, s'est retourné :

— Appelle la maison de la montagne, je t'en prie, qu'on y prépare tout pour ce soir, nous allons nous y installer un moment. Tu prendras tout ce qu'il te faut.

Sans répondre, l'autre lui a offert son bras et ils sont montés ensemble à l'étage supérieur. Costin s'est étendu, le secrétaire est allé à la penderie choisir les vêtements à emporter pour un séjour de longue durée.

Réseaux sociaux. Photographies. Pas forcément truquées. Brillance d'un instant. Illusion de réalité. Pas forcément mensongères. Affirmation sociale. Professionnelle. Familiale. Sexuelle. Tout cela en un seul lieu, le téléphone, arme mortelle d'une espèce isolée, encore appelée humaine. En un seul lieu, avec ses milliards de calculs et de connexions par minute, et ce désir d'être présente instantanément sur toute la planète, connue partout de gens qui l'ignoraient ou qui n'en connaissaient que des bribes, de sorte qu'elle, Corina, pouvait aussi bien être une femme de pouvoir qu'une balayeuse des rues, un top modèle ou une étudiante pauvre du tiers monde. Le mystère. Le mystère séduisant caché sous la photographie passant des amis aux connaissances puis des connaissances aux amis des connaissances, pour finir sous les yeux d'étrangers qui pouvaient imaginer ce qu'ils voulaient. Imagination. Rien de plus flatteur que d'imaginer des hommes salivant devant la photo d'une femme se préparant pour une soirée, une femme riche, étincelante, à jamais intouchable.

Installée sur sa terrasse, cigarette allumée dans une main, téléphone dans l'autre, elle se préparait mentalement pour la soirée à venir tout en répondant aux messages et aux commentaires qui n'en finissaient plus, qui faisaient d'elle le centre de l'univers, la métamorphosaient d'une seconde à l'autre en une vedette qu'elle n'était pas, même si, en son for intérieur, elle se sentait une diva incomprise, isolée chez elle, loin des plaisirs du monde, prisonnière de sa propre vie, que rien ne pouvait plus aider, ni la boisson ni la drogue ni les innombrables cadeaux ni ses investissements qui s'enchaînaient avec un beau succès ni la validation qu'elle cherchait sur les réseaux sociaux les rares fois où elle sortait. Tout ce qui la faisait supporter cette situation c'était son enfant. Son prince, la prunelle de ses yeux et l'espoir qu'un jour il serait heureux et deviendrait un malin qui dominerait les autres, pourrait les regarder de haut comme il le méritait. L'espoir de pouvoir lui offrir le monde dans quelques années. Pour elle, il était le centre de l'univers et elle devait s'en occuper, lui apprendre la chose la plus simple – que tout lui était dû. Puisqu'elle avait été une enfant pauvre, puisqu'elle avait dû faire tant de choses désagréables pour réussir, puisque ses parents l'avaient parfois battue – provoquant ainsi des traumas dont sa psychothérapeute lui disait qu'ils étaient partie intégrante de son être et devaient rester constamment au niveau de la conscience –, puisque ses salopes de camarades plus riches l'humiliaient avec leurs beaux vêtements, leur fric, puisque ses collègues de bureau lui avaient gâché sa jeunesse avec leurs voitures, leurs vacances, leurs maisons luxueuses, leurs bijoux de luxe, puisque le monde entier avait comploté pour la faire se sentir humiliée, marginalisée, puisqu'elle avait dû se traîner à genoux si souvent pour parvenir et devenir leur égale, ou peut-être, non, sûrement, plus que tous ces gens-là, si l'on pouvait se venger du passé et manipuler l'avenir, alors c'était son enfant qui serait sa vengeance. Un jour, quand il serait grand, il humilierait tous ces possesseurs de belles voitures et de belles maisons, tous ces richards, il serait sans peine au-dessus d'eux, pourrait les regarder de haut comme de simples déchets qu'ils étaient, il le méritait et personne, jamais, ne lui dicterait ce qu'il devrait faire. Et c'est alors qu'elle pourrait se sentir guérie.

Toujours sur sa terrasse, à fumer quelques bonnes cigarettes pour la soirée – opération chirurgicale habituelle avant toute sortie en ville –, sans oublier de glisser dans le paquet de quoi l'agrémenter un peu plus encore, elle vivait l'avenir avec une intensité qui le métamorphosait en présent. Tout ce qu'elle imaginait s'était déjà produit, son enfant était grand et beau, homme important, fierté de sa mère. Et les notifications se succédaient en même temps sur l'écran de son téléphone, sa toilette, ses bas bien visibles sur la photographie avaient dû susciter des milliers de commentaires favorables et elle se sentait sinon enchantée du moins valorisée. La soirée commençait bien, elle était une diva, elle ne pouvait pas se plaindre.

Corina vieillissait, elle le savait. Elle avait beau pédaler avec ardeur sur sa bicyclette d'intérieur installée dans le séjour, tirer sur des extenseurs, faire des dizaines de pompes, ses muscles et sa peau ne répondaient plus comme auparavant, ils commençaient à trahir son âge. Elle avait bientôt quarante ans et songeait de plus en plus sérieusement à des opérations esthétiques à même de rendre un peu de jeunesse à son corps. Son visage, malgré toutes les crèmes appliquées au coucher et au lever, se ridait et, depuis le printemps, quelle horreur, son cou était moins souple et avait tendance à rester gonflé si elle oubliait de se tenir bien droite ou si elle baissait la tête pour une raison ou pour une autre. Elle détestait son corps. Tout en l'aimant. Vieillir lui semblait inacceptable, elle sentait la mort approcher avec chaque nouvelle ride, les opérations qu'elle envisageait n'étaient plus seulement éventuelles mais inévitables. Corina voulait rester belle jusqu'à soixante-dix ans, comme les vedettes de Hollywood, que l'on se retourne encore sur elle, et pour cela était capable de tout. Rien de plus essentiel que son corps, aucun sacrifice ne serait superflu pour en prolonger la jeunesse. Son téléphone s'est allumé et s'est mis à danser légèrement sur la table en verre fumé.

— Chérie, je viens de voir ta photo, je t'ai envoyé un petit cœur, ma femme est si belle !

— Tu as vu, je crois que toutes ces pouffiasses crèvent de jalousie, j'ai mis les nouveaux bijoux que tu m'as offerts, y sont chouettes.

Marcel, un pied sur son bureau, faisait son habituel petit numéro. La moindre photo postée par Corina sur Instagram était un événement essentiel pour elle, il le savait, il était conscient de sa vanité et croyait d'ailleurs qu'elle était une belle femme, il la félicitait de tout cœur, même si elle ne semblait pas toujours le croire. Leur union se fondait en grande partie sur cette mutuelle confirmation, il était grand, beau et jeune, elle était une vraie vamp quand elle y tenait vraiment, ils étaient jeunes, beaux et immortels, rien ne pouvait barrer le chemin de leur brillante ascension sociale au monde des corporatistes.

— Je suis impatient que tu fasses une photo de ta sortie, n'oublie pas de tenir le téléphone un peu de biais, comme je t'ai montré et d'utiliser un filtre d'intérieur soir.

— Oui, chéri, tu veux que je t'envoie une photo en culotte plus tard ?

— Viens plutôt sans après, le médecin, à la dernière consultation, m'a recommandé de te la mettre souvent pour rester jeune.

— Fille toujours prête.

En un geste qu'elle n'a pas pu contrôler au dernier moment pour ramasser les derniers brins d'herbe et effacer les traces de poudre, la main de Corina a glissé sur le verre de la table, un de ses ongles s'y est accroché. Elle a ressenti une douleur qui l'a traversée de la tête aux pieds, elle a d'abord cru qu'il ne s'était rien passé mais, en y regardant de plus près, elle a aperçu une perle de sang à la pointe de l'annulaire et une fissure de l'ongle jusque-là parfait. Son cœur s'est arrêté de battre pendant quelques secondes, sa respiration aussi, des larmes se sont formées malgré elle au coin de ses yeux, elle a crié d'une voix de haine :

— Regarde, chéri, je me suis cassé un ongle, c'est à cause de toi !

— Bon, je te laisse, j'ai du boulot, on m'appelle, a dit Marcel qui ne voulait surtout pas se laisser entraîner dans une discussion à propos de toutes les fois où il s'était rendu coupable de petites infractions qui, il ne l'ignorait pas, gâchaient la vie de sa femme.

Quant à Corina, elle savait qu'elle ne devait surtout pas pleurer. Sinon, tout son maquillage serait à refaire et elle n'en avait pas le temps ni la moindre envie. Elle a rallumé d'une main tremblante le joint posé dans le cendrier, a jeté un coup d'œil de haine autour d'elle, d'une haine de fin du monde, a tiré une ou deux bouffées de plus, s'est un peu calmée, a monté quatre à quatre les marches jusqu'à l'étage et là-haut, avec des gestes précis, de neurochirurgienne, elle a coupé l'ongle, l'a limé en quelques minutes, reconstruisant son monde détruit avec une simple couche de vernis.

Elle est redescendue, s'est assise à côté de l'enfant qui tapotait, le regard absent, sur la manette de sa console de jeux, a jeté un coup d'œil dans la pièce, moins pour s'assurer que tout était en ordre que pour ne rien oublier de ce qu'elle devait encore faire, a informé la bonne que Marcel rentrerait dans deux heures environ. Elle est ressortie sur la terrasse, a mis ses chaussures à talons hauts, a fait quelques pas en direction du coin de la maison, ondulant de tout son corps au soleil de l'après-midi pour s'admirer dans les baies vitrées puis a brusquement fait demi-tour, et a crié en ouvrant la porte :

— Passe-moi la clé de ma voiture, je te prie, elle est sur la cave à vin, dans la cuisine.

— Tout de suite, madame, a dit la fille qui jusque-là n'avait pas levé les yeux du livre qu'elle lisait.

Une fois dans la voiture, elle a appuyé sur le bouton de démarrage, a soigneusement rangé la clé dans son petit sac à main orné de pierres semi-précieuses. Elle l'avait oubliée une fois près de son verre, il n'aurait pas été étonnant que cela se reproduise et qu'elle ne puisse pas remonter en voiture. Elle a réglé l'air conditionné à vingt-deux degrés, s'est penchée pour saisir dans la boîte à gants la housse de son téléphone incrustée d'or 24 carats et de cristaux Swarovski qu'elle utilisait pour ses sorties en ville. Plus chère que le téléphone, sa fierté. Elle lui avait coûté deux-mille euros et tenait à ce que ça se sache. Elle a enlevé ses chaussures à talons, a pris sous son siège ses tennis de conduite, a desserré le frein à main, appuyé sur la pédale de frein, est sortie de sa place de stationnement et a démarré en trombe, la soirée commençait.

Dans son bureau du deuxième étage, une pièce qui s'étendait sur la moitié de la longueur de la façade entièrement vitrée du nouveau siège où il avait installé sa firme moins de six mois plus tôt, assis sur un canapé en cuir placé de manière à lui permettre de voir le stationnement, le périphérique et les gratte-ciels à l'entrée de la ville ainsi que la nouvelle autoroute urbaine qui lui semblait une merveille et lui avait rapporté pas mal de profits, Victor, apparemment épuisé, épaules voûtées, regard un peu trouble à la fin d'une journée crétine comme il n'en avait pas vécu depuis longtemps – c'est ce qu'il s'était dit en prenant l'ascenseur car il ne s'était pas senti capable de monter quelques marches pour atteindre son bureau –, regardait sa tasse de café fumant et très fort (du New York, un nouvel assortiment d'arabica que sa secrétaire avait découvert par hasard et dont il avait fait son préféré), tirait de temps à autre des bouffées de sa cigarette et surveillait sa montre. À côté de lui, soigneusement posées, sa chemise et sa veste qu'il enfilerait dans un petit quart d'heure. La montre, il ne l'avait pas enlevée pour prendre sa douche mais il avait pris soin – par un réflexe qu'il ne s'expliquait pas – de quitter son alliance. Il l'avait mise pour l'instant dans la poche à fermeture éclair de sa veste, il la remettrait plus tard. Au stationnement, il a vu ses gars admirer la voiture que son chef de la flotte de véhicules lui avait commandée des mois plus tôt et qu'il avait réussi à faire livrer par la concession l'après-midi même : une voiture Maybach S680, édition limitée, le nouveau joyau de sa collection. Il regardait la carrosserie à deux teintes et avait eu envie un instant de descendre l'essayer mais il s'était ravisé. Il lui fallait se comporter comme si cette limousine de six-cent-mille euros n'avait pas d'importance, ses employés devaient comprendre qu'il n'y tenait pas tant que ça. Le voyant n'accorder que peu de prix à des choses qu'ils ne pourraient jamais s'offrir, ils n'en seraient que plus motivés pour bien travailler et avancer dans leur carrière. Il le savait. Au début, il calculait tous ses gestes puis, peu à peu, le détachement à l'égard de la richesse qui l'obsédait avant était devenu un réflexe aussi naturel que respirer. Le pouvoir c'était la sérénité, le sourire en toutes circonstances, la générosité. Seuls ceux qui en connaissaient le secret survivaient au sommet, les autres étaient voués au labeur. Le pouvoir, cela signifiait travailler de moins en moins, la fortune se mesurait au temps passé à ne rien faire et à tenter des coups sans grand effort. Victor avait compris le principe, tout allait bien.

Il observait de temps à autre la station-service d'à côté où elle viendrait garer probablement un SUV neuf, ils avaient tous, ces corporatistes, l'obsession des gros 4 × 4, vrais ou pas. Cela l'amusait de les voir rouler dans ces horreurs de quelques dizaines de milliers d'euros pour lesquelles ils payaient des traites énormes et se ruinaient mais il les comprenait, ils voulaient paraître, s'afficher dans des bagnoles de prix, jouer des mécaniques dans leur petit univers, ses employés faisaient de même. Tant que l'idée d'acheter un SUV neuf qui perdait dix-mille euros dès sa sortie de la concession les enchantait, tout était parfait, ils n'en travaillaient que mieux pour se le payer.

Son téléphone a sonné, son père, une fois de plus – il n'a pas répondu. Il a bu une gorgée de café et s'est tourné de l'autre côté du bureau, celui d'où l'on voyait le reste du quartier. L'objectif de toute sa vie. Il apercevait de là la courbe sud dans toute son élégance jusqu'au grand centre commercial. La zone nord était invisible, elle était cachée par les nouveaux immeubles qui avaient poussé là en un an. Un jour ou l'autre elle lui appartiendrait, elle serait sa propriété, sa petite ville à lui. Il a tiré une serviette de la boîte posée sur la table basse, a nettoyé l'écran de son téléphone, un modèle *Vertu* dernière génération. Il l'a regardé d'un air satisfait, son type des acquisitions avait soin de toujours lui commander les derniers modèles, de les acheter dès leur sortie sur le marché. Connecté de manière permanente au réseau GSM, il était ainsi relié au monde entier, il ne s'en séparait jamais. Un léger bourdonnement, un message sur l'écran : Je suis là, je t'attends. Il s'est levé, a franchi les quinze mètres qui le séparaient de l'autre extrémité du bureau, la voiture de Corina était devant la station-service. Il était temps. Il a quitté son tee-shirt, l'a jeté sur le canapé, a passé une chemise et sa veste. Nul besoin de cravate pour la soirée en question, il s'est jeté un bref coup d'œil dans la glace, a vérifié qu'il avait bien pris son portefeuille, a quitté son bureau en coup de vent. Lorsqu'il est sorti de l'immeuble, ses gars enlevaient les dernières protections plastique du tableau de bord de la voiture neuve, ils s'attendaient à ce qu'il vienne faire les réglages d'initialisation avec eux mais il a dit :

— Tudor !

— Oui, chef, a répondu un dégingandé de deux mètres, sortant la tête de la voiture. On fait les réglages ?

— Écoute-moi. Là, j'ai pas le temps. Vous prenez une voiture, vous me suivez jusqu'à la station-service, vous prenez la voiture que je vous dirai de prendre et vous la ramenez ici derrière.

— Et qui va avec vous, chef ? a-t-il demandé, déçu, sortant sans entrain de la voiture.

Il espérait être à la fois chauffeur et garde du corps ce soir-là, il aurait essayé la voiture neuve et se serait bien mis avec le chef.

— Personne, vous montez dans une voiture, vous venez jusqu'au coin de la rue du type, vous prenez un café, vous vous détendez. Vous buvez un coup, y a un restaurant par là-bas, vous y mangez sans faire d'histoires, sinon ça ira mal pour votre matricule, et vous me ramenez chez moi quand c'est fini, je ne sais pas à quelle heure.

Le jeune homme s'est un peu calmé, tout était parfait, il le prenait avec lui, il ne partait pas sans réfléchir comme il le faisait d'autres fois alors que leur mission était de le protéger et d'intervenir au besoin, pas de rester à la firme. Ce Tudor était fidèle comme un chien, il aimait bien ne pas s'éloigner de son chef pour pouvoir flairer le moindre danger. Ancien sportif de performance, lutteur, il avait jadis eu une histoire qui s'était terminée par un scandale et deux tarés en fauteuils à roulettes. Il avait purgé sa peine après quoi Victor l'avait engagé, en avait fait son garde du corps personnel, l'avait copieusement enrichi, il pouvait avoir la plus absolue confiance en lui. Tudor aurait tué n'importe qui pour son chef. À tout moment. Sans hésitation. Il savait très bien ce qui s'était passé dans le quartier le matin et préférait ne pas s'éloigner. Si Victor avait un problème, il finirait à la rue.

Victor est monté dans sa nouvelle voiture, a admiré le nouveau design du tableau de bord qu'il n'avait vu qu'en photo jusque-là, a réglé son siège, a eu envie, l'espace d'une seconde, de connecter son téléphone mais s'est aussitôt dit que le système d'*infotainment* était déjà connecté à internet, il a sorti prudemment le bolide du stationnement, a attendu que Tudor le suive avec la voiture sans marque distinctive et a démarré en trombe, déchaînant avec ivresse les six-cents chevaux du moteur. Il a brusquement freiné, et avec toutes les précautions voulues, est entré sur le boulevard de ceinture en passant d'un seul coup de zéro à quatre-vingt kilomètres à l'heure, est venu se garer parallèlement à la Volkswagen de Corina, est descendu de voiture.

Grand. Sans le moindre ventre malgré son âge. Soigné. Elle : vaporeuse, soignée, avec des gestes étudiés (en descendant de sa voiture, elle a rejeté la tête en arrière pour mettre en évidence sa chevelure et sa poitrine dans la lumière du soir tombant), pas très grande mais assez pour attirer l'attention. Victor a fait un signe à Tudor et a dit à Corina :

— Donne ta clé au chauffeur, il en prendra soin.

D'un geste galant, en se penchant à sa hauteur et en la regardant droit dans les yeux, il lui a ouvert la porte de droite. Un éclair a lui dans son regard, de légère gêne devant pareil luxe, d'émotion d'étudiante à son premier rendez-vous avec un garçon possédant une voiture. Elle s'est installée avec élégance en ne laissant rien voir et a caressé d'un geste involontaire le cuir des sièges. Lui est monté nonchalamment, a mis la voiture sur *confort* et lui a lancé un regard qui pouvait être de douceur ou toute autre chose. Ne sachant comment réagir, Corina s'est contentée de sortir son téléphone de son sac à main et l'a posé sur le chargeur de l'accoudoir. Ils ont démarré. Étrangeté des premières minutes d'une rencontre entre deux inconnus, ils ne trouvaient rien à se dire, lui a trouvé un sujet : parler de ce qui se construisait sur leur trajet et de ceux qui y faisaient des affaires.

À moins d'un kilomètre de la station-service d'où ils venaient de partir commençait la ville à la croissance immobilière la plus rapide des trente dernières années. Le vrai symbole de la nouvelle classe de riches. Ce qui n'était jadis qu'une simple commune des environs de Bucarest avait attiré, au début des années 1990, des investisseurs qui en avaient vu le potentiel et s'étaient mis à acheter les maisons et les jardins potagers de la zone. Presque rien, un dollar ou deux le mètre carré qui, pour ceux qui les vendaient, représentaient de vraies fortunes leur permettant de s'installer en ville, de renoncer à leur vie de paysans. Ces promoteurs avaient commencé à se construire eux-mêmes des palais sur l'artère principale, peu à peu les avantages de la zone proche de la forêt et des lacs ne leur avaient pas échappé, d'autres aussi s'y étaient intéressés. En dix ans, la commune pauvre d'autrefois s'était transformée en un petit paradis de villas. De vastes propriétés comme on ne pouvait pas en trouver en ville, aucune de moins de mille mètres carrés, dotées de petits parcs. En 2008, lorsque la crise avait commencé, la commune ne ressemblait plus du tout à celle du début des années 1990. Elle resplendissait. La valeur des terrains avait été multipliée par mille entre-temps et augmentait toujours, ceux qui achetaient là ne souffraient nullement de la crise, et prospéraient même grâce elle. Maintenant, tandis que la voiture roulait, dans un silence irréel, sur la rue principale et que les plaques d'égouts et les nids de poule étaient miraculeusement amortis, personne n'aurait reconnu les lieux d'il y avait trente ans. Sur leur droite se succédaient de coquettes villas en bordure de forêt, de vrais petits bijoux, sur la gauche des ensembles d'immeubles. Un tout autre pays, bien différent des villages et des communes habituelles avec leurs bicoques délabrées, leurs rues défoncées. Victor et Corina parlaient de maisons et de voitures, en quelques minutes ils étaient devenus les meilleurs amis, la conversation était passionnante, ils étaient dans leur élément. En dépit des différences de rigueur, ils étaient du même monde. À un moment donné, passant à tout autre chose, elle lui a dit :

— Tu sembles fatigué.

Le ton de sa voix était celui de quelqu'un qui connaît bien l'autre.

Il a regardé la route au loin et lui a répondu :

— Nous avons des problèmes, tu as dû voir ça à la télé.

Ce *nous* ne se référait pas à eux deux, bien sûr, mais au groupe dont lui seul faisait partie. Elle a changé de position sur son siège, a déplacé ses jambes dans l'espoir qu'il jetterait un coup d'œil de son côté et confirmerait ses attentes, elle voulait être désirée, elle savait pourquoi elle était là et l'homme au volant ne semblait pas disposé à flirter, à chauffer l'atmosphère, il restait sérieux et attentif, parlait comme dans une réunion d'affaires, ne souriait pas, ne plaisantait pas. Corina ne savait pas. Elle a compris qu'elle ignorait qui *ils* étaient et quels problèmes *ils* avaient. Pour elle la politique n'existait pas, elle ne regardait que les séries à la télé, parfois les dessins animés avec le petit, ce monde-là lui était étranger, elle ne tenait pas spécialement à le connaître. Elle faisait partie de la classe des corporatistes qui ne s'intéressaient pas à la politique, pour qui l'argent, les voitures, les propriétés, les enfants, surtout les enfants qui hériteraient de leur monde, étaient l'essentiel. Élevés dans l'esprit du principe *Rien ne changera jamais*, formule qui résumait la désillusion de la génération plus âgée devant un monde dominé par des voleurs et des analphabètes réussissant toujours à accaparer le pouvoir dans ce petit pays d'Europe de l'Est, ils avaient choisi de profiter de l'éternel délabrement général pour s'enrichir et vivre une vie agréable dont le centre ne serait plus la télé et ses talkshows mais le barbecue, les boissons de prix, les drogues de qualité, les vacances de luxe qu'ils pouvaient se permettre. Corina, comme eux, ne souhaitait que bien vivre, refusait de se compliquer l'existence avec des histoires toujours répétées, des personnages politiques qui n'étaient pas de leur monde, étaient d'un genre de riches qu'ils enviaient, détestaient et admiraient en même temps, dont ils s'inspiraient mais loin des lumières de la scène et des engagements politiques. Elle lui a jeté un regard candide, en papillonnant des cils, il ne s'est pas tourné vers elle à sa grande déception et il a ajouté :

— Je viens juste de conduire en prison mon meilleur ami, ils l'ont foutu en taule juste pour prendre sa place.

Corina n'a pas commenté.

— Putain, dire qu'on aurait pu le tirer de là, a-t-il poursuivi. On l'aurait mis dans un avion privé, ils auraient tout de suite perdu sa trace. C'est lui qui a pas voulu.

Elle a senti qu'il était très en colère et tendu, elle a posé sa main sur sa cuisse.

— Je lui ai dit des milliers de fois de faire quelque chose, de tenter de trouver une solution, que c'était pas possible, lui, non, il s'en tirerait qu'il disait, il lui arriverait rien ! Ouais, crois-le, Miron, te v'là en taule avec ton petit balluchon. Mais il en sortira dans pas longtemps, a-t-il ajouté sur un autre ton. Toujours les mêmes saloperies, rien de pire que d'être au pouvoir en ce monde.

Corina l'observait attentivement, elle ne voulait pas qu'il tourne la tête de son côté et la voie regarder par la vitre, elle faisait un effort pour sembler intéressée par ce qu'il disait, elle l'était même, le nom qu'il avait prononcé ne lui était pas inconnu, oui elle savait qui c'était. Elle s'est mise à lui masser doucement la cuisse, d'un geste plus apaisant qu'érotique, amical en fait, dans la mesure où l'on peut être amis quand on a une aventure. Elle s'est dit qu'elle devait changer de sujet de conversation, a pris son téléphone, a ouvert l'application de crypto et lui a dit :

— Tu sais, aujourd'hui j'ai reçu un bon tuyau, une monnaie qui augmente bien, j'ai investi dedans, pas beaucoup.

— Quel genre de monnaie ? lui a-t-il demandé, soudain intéressé, comme s'il avait déjà oublié sa nervosité et même sa colère de l'instant précédent.

— Un truc nouveau, c'est une amie qui m'a dit que ça montait. Tu as un portefeuille, des fois ?

— Pas moi, mais je dois avoir des gars à moi qui font ça.

— Tu peux pas leur dire d'investir un peu, histoire de la faire grimper un chouïa ?

— Combien ?

— Aucune idée.

Victor a arrêté la voiture, lui a pris son téléphone, a photographié l'écran, a envoyé la photo, a cherché un nom dans son agenda, la voix lui a répondu avant même que le téléphone sonne.

— Boss, tu fais quoi, boss ?

— Au septième ciel.

— Sors tes antennes : j'ai ici une jolie dame, a-t-il dit en souriant à Corina, qui me demande gentiment de donner un petit coup de main à la photo que je t'ai envoyée.

— Attends que je jette un coup d'œil. Si j'ai deux kilos de pommes de terre à vendre et qu'il y a quelqu'un dans ce monde qui veut en acheter, y suffit qu'on se rencontre.

Pause. Victor a posé sa main sur celle de Corina qui lui massait toujours la cuisse. Il l'a légèrement déplacée vers le haut pas tout à fait jusqu'à... mais presque.

— Boss, ça monte pas tant que ça, mais on y veillera. Combien j'y colle ?

— Ce qu'y faut, mets-y quelque chose dans le genre d'un jeton de dix-millions et on verra la suite, a dit Victor en jetant un coup d'œil à Corina.

Il a vu sa réaction de surprise, entendu son petit cri d'étonnement, il a compris que la piste était bonne :

— Colles-en douze, on en mourra pas. Sinon, tout va bien ?

— Parfum !

— Bon, on se tient au courant.

Corina l'aimait à cet instant. Elle était tombée follement amoureuse de sa voix de chef, de la désinvolture avec laquelle il manipulait des sommes dont elle n'avait jamais rêvé, qu'elle n'aurait jamais eu le courage de risquer, qui lui auraient garanti une vie paisible pour toujours. Elle l'aimait et le détestait à la fois parce qu'il le pouvait et elle non. Parce qu'il venait d'investir douze-millions sans ciller, qu'il conduisait une voiture comme elle n'en avait encore jamais vu, était si outrageusement riche alors qu'elle ne l'était pas. En elle, le respect pour la fortune se mêlait au mépris pour le riche, mais elle l'aimait à sa façon. Victor a tourné pour s'engager dans une rue bordée de grandes villas imposantes avec de hautes clôtures et des vigiles partout. Corina a sorti son poudrier, a relevé le miroir sous lequel se cachait un petit compartiment, y a pris une petite pastille bleue qu'elle s'est mise sur le bout de la langue avec un geste bien étudié qu'il n'a pas vu. Elle lui a tendu la petite boîte, il l'a regardée et lui a répondu :

— Pas maintenant, on trouvera ça là-bas, t'en fais pas. Y a tout ce qu'il faut.

À l'extrémité de la rue en venant de l'autoroute, sur la droite, se dressait la nouvelle maison de son futur associé. Fruit d'un arrangement. Le type avait commencé petit et s'était mis à accumuler du fric lorsque le prix de l'immobilier était passé au-dessus de la limite de la TVA et que tous les corporatistes du quartier avaient préféré payer par virement bancaire jusqu'à cette limite et le reste en espèces. La différence n'était pas énorme, environ vingt-mille euros par maison, mais les centaines qu'il vendait, s'ajoutant aux pots-de-vin des constructeurs, l'avaient sérieusement enrichi, il vivait sur un beau matelas de plusieurs millions d'euros (plus de dix, pensait Victor) qui ne cessait de gonfler. Il avait acheté le terrain pour presque rien à un camarade à lui qui avait des ennuis, il avait négocié comme un tigre et avait obtenu à moitié prix trois hectares avec quatre-vingt mètres de bord de lac. Pas mal du tout, s'était dit Victor qui venait là pour la première fois. Le type y avait fait construire une maison spectaculaire, un vrai rêve de verre, de béton et d'acier à perte de vue, les architectes et constructeurs italiens qu'il avait engagés avaient imaginé une structure quasiment transparente qui offrait, dès l'entrée, la vue sur la forêt et le lac en arrière-plan. Beau boulot, avait-il pensé, sans la moindre jalousie, avec la seule envie de voir au plus vite l'intérieur.

Quant à Corina, elle ne comprenait rien à ce qu'elle voyait ou plutôt ne le voulait pas. Si elle n'avait pas fumé toute la journée et n'avait pas pris sa petite pastille, elle serait morte sur place de jalousie, ce genre de maison n'existait pas, ne pouvait pas exister, sauf dans les revues et les films, c'était impossible. Elle est descendue de voiture avec un léger tremblement aux jambes, elle vivait un rêve mais ne savait pas comment le prendre. Un valet s'est approché de Victor et lui a fait un signe discret de la tête en direction du stationnement en gravier, improvisé en plein champ. Tout leur monde était là-bas, l'image symbole de leur monde : ces voitures, signes de leur richesse, devaient se montrer. Y aurait-il un sens à avoir de l'argent si on n'en faisait pas étalage ? Les modèles des voitures les plus chères du monde étaient sagement rangés au bord du champ, signes d'une autre humanité, celle des objets. Et leurs propriétaires ne les achetaient qu'à cette fin, pour prouver leur pouvoir et leur appartenance à la couche intermédiaire entre les politiques et la masse. Victor a regardé en arrière, au portail était apparu le propriétaire (petit, le visage souriant, affable, tiré à quatre épingles), ils se sont salués, Victor lui a présenté Corina, il a fait semblant de ne l'avoir jamais rencontrée, même si son visage lui disait vaguement quelque chose et qu'il aurait pu se rappeler, au prix d'un petit effort, où il l'avait vue.

Ils sont entrés, Victor était un invité de marque, il fallait le conduire jusqu'au jardin, être d'ici impliquait d'adopter un genre de comportement aristocratique et de traiter de manière privilégiée les plus importants, façon de créer un modèle, aristocratique lui aussi, tacitement doté de rangs bien réels. Plafonds de cinq mètres de haut, vastes espaces et grands halls pouvant se transformer en pièces au besoin, séjour immense de vingt mètres sur dix, se prolongeant sur deux des trois étages et donnant sur le jardin et le lac par un mur entièrement vitré - miracle de l'architecture moderne - que l'on avait pu ouvrir pour la fête inaugurale, ce qui gommait toute différence entre intérieur et extérieur. Le propriétaire a tenu absolument à montrer à Victor sa plus grande fierté, un tableau de Ghenie qui trônait sur le mur opposé au jardin et qui avait dû coûter aussi cher que toute la maison même si personne n'y comprenait rien. Une horreur, s'est dit Victor, mais s'il plaisait au type, il n'y voyait aucun inconvénient.

Dehors, les architectes avaient inventé une autre merveille. La terrasse s'étendait sur toute la longueur de la maison, de verre et d'acier elle aussi. Le sol en marbre reflétait la plus petite lueur. Partant de là et contournant la piscine de dimensions olympiques (mais stylisée, avec des formes et des courbes splendides, de petits pontons et des chaises longues qui invitaient à s'y étendre), des allées en travertin serpentaient dans la forêt et traversaient les trois-cents mètres de la cour pour conduire au grand ponton jeté sur le lac. En vrais artistes des aménagements extérieurs, les paysagistes engagés avaient planté toutes sortes d'arbres exotiques déjà grands, des roches rares de toutes couleurs qu'ils avaient posées entre eux et qui semblaient attirer sur elles toute la lumière du monde. Le ponton, chaleureusement illuminé, avec sur sa droite un abri pour les barques, était une oasis de paix au milieu de l'eau, tous les regards s'y portaient, il avait été spécialement mis en valeur pour être le centre de l'attention générale.

Corina avait encore de la peine à croire qu'elle pouvait se trouver en pareil lieu, elle faisait des photographies en cachette avec son téléphone, elles étaient floues, peu importait, elle voulait garder le souvenir de cette soirée. Lorsqu'ils sont sortis sur la terrasse, le propriétaire a posé son bras sur celui de Victor et lui a dit :

— Désolé pour ce qui s'est passé, s'il y a besoin de quelque chose...

— Non, t'en fais pas, on en reparle, a répondu Victor avec un regard intense.

Le petit homme a compris, il s'est incliné devant Corina, est allé rejoindre un groupe d'invités.

La fête battait son plein. Victor connaissait presque tous ceux qui étaient là, amis, associés, proches en tout cas. Leur monde n'était pas si grand que l'on risque une vraie surprise, ils se rendaient visite, baptisaient mutuellement leurs enfants, une sorte de famille, la seule sûre, la seule vraie. Un serveur tiré à quatre épingles s'est approché d'eux avec un plateau de verres de champagne, ils en ont pris un chacun et se sont engagés sur une allée qui menait au ponton. Victor a fait un signe discret d'un doigt passé sous le nez à un autre serveur qu'il connaissait, le type a disparu aussitôt. Corina et lui ont poursuivi leur promenade vers le lac, la musique d'ambiance s'entendait également partout, avec en arrière-fond les voix joyeuses et le tintement des verres.

— Tu as faim ? a-t-il demandé d'une voix neutre.

— Je goûterais bien quelque chose, a-t-elle répondu sur un ton qui ne laissait planer aucun doute.

— Alors, installons-nous un peu ici. Il a pris un plateau sur une haute table et l'a posé sur une table basse entre les arbres.

Le serveur est venu vers eux par une allée latérale et a mis devant eux, sans un mot, un autre petit plateau. Les yeux de Corina ont brillé, elle a quand même pris un petit sandwich, a fait mine d'en apprécier la qualité, s'est tournée, le visage rêveur, du côté du lac puis vers la maison, haute comme un immeuble de deux étages, à l'autre extrémité de la cour. Elle s'était attendue à ce qu'il lui saute dessus dès les premiers instants, après tout, c'était bien le but de la soirée, mais rien. Victor se comportait avec elle comme avec un vieil ami, aucun de ses regards ou de ses gestes ne trahissait le moindre désir. Elle ne savait qu'en penser, elle a donc entrepris de se rouler un joint pour passer le temps et se distraire. Elle planait déjà sous l'effet de la pastille d'ecstasy prise un peu plutôt mais ne se refusait pas un supplément. Sur l'herbe soigneusement tassée dans la feuille, elle a ajouté un peu de poudre, a allumé le joint et l'a passé à Victor. Il a tiré plusieurs grandes bouffées successives et s'est penché en arrière sur son siège. Il se relaxerait ainsi, s'est-elle dit. Peut-être ignorait-elle quelque chose, peut-être avait-il besoin de se détendre, de déconnecter, de faire retomber le stress qui n'est jamais bon dans ce genre de situation, elle ne l'ignorait pas. Mais elle aurait vraiment voulu l'essayer, elle lui a pris la cigarette, en a tiré quelques bouffées et lui a posé la main sur le pantalon. Victor l'a regardée autrement cette fois, comme si, quand même... Toujours rien. Il lui a dit de rouler un autre joint, il a pris un peu de poudre du bout des doigts et a sniffé en vrai professionnel. La musique s'est arrêtée, on entendait des voix ici et là, quelques couples cherchaient des coins où s'installer, puis, soudain, un autre genre de son a jailli des enceintes, beaucoup plus fort. La fête commençait vraiment, elle s'est levée et l'a embrassé puis s'est assise sur ses genoux et, lorsqu'elle a vu qu'il n'était pas encore vraiment intéressé mais pas non plus totalement inerte, elle l'a pris par la main pour l'entraîner vers la partie éclairée de la cour :

— Allez, on danse.

Les lumières blanches et jaunes du début étaient maintenant de toutes les couleurs, des jeux de lumière avaient été installés entre les arbres, les murs vitrés de la maison étaient illuminés par des lasers qui suivaient le rythme de la musique. Corina s'est mise à danser sans cesser d'observer les gens autour d'elle, elle avait vu certains visages dans la presse mais la plupart lui étaient totalement inconnus, elle n'aurait jamais imaginé qu'ils puissent être si nombreux au même endroit, eux, leurs amantes ou leurs femmes, toutes mieux habillées qu'elle, toutes couvertes de bijoux de prix, toutes d'une élégance parfaite en dépit, parfois, de leur laideur. C'était le monde dont elle rêvait et dont, se disait-elle avec résignation – tout en dansant, en laissant son corps vibrer au rythme de la musique, dans l'ivresse et l'oubli –, elle ne ferait jamais partie. Elle devait au moins s'amuser un soir, sa vie était parfaite comme ça, peut-être n'aurait-elle pas voulu en être. Elle dansait, rien de plus, à côté de Victor, ayant suffisamment fumé pour être indifférente à tout. Une fête, donc on s'amuse. Elle a bu verre sur verre de champagne, le goût du jus de raisin Dom Pérignon lui plaisait, elle sentait les bulles se briser sur son palais et monter jusqu'à son cerveau, elle aurait voulu que Victor soit plus entreprenant mais finalement peu importait, ça pouvait se faire aussi à la maison, ce n'était pas la fin du monde.

À un moment donné, Victor s'est éloigné, a trouvé un endroit tranquille dans une chambre à droite du séjour, a téléphoné longuement tout en regardant la femme qu'il avait invitée et qui semblait se distraire à merveille. Pas mal du tout, ni trop jeune, ni défraîchie, assez droguée pour être capable de tout, sauf qu'il avait ses problèmes et n'avait guère envie de s'amuser. Il lui fallait pourtant agir, bon Dieu ! s'est-il dit. Au moins pour la forme, ça ne se faisait pas de se pointer avec une femme et de rester à la regarder comme deux ronds de flan.

Combien d'heures avaient-ils passées dans cette chambre, drogués, elle en proie au plaisir, lui s'efforçant désespérément d'aller jusqu'au bout, n'y parvenant pas et se droguant sans cesse, buvant verre sur verre de champagne, tentant tout et son contraire, priant pour pouvoir en finir une bonne fois, la ramener à sa voiture et rester seul avec ses pensées, bien loin du monde déchaîné de la fête et de tout ce qui ne l'intéressait pas ici ? Elle était partie aux toilettes à un moment donné et à son retour lui avait tendu sa petite main dans laquelle elle tenait un bout de soie bleue, elle avait serré son poing et lui avait fourré sa culotte dans la veste. Cela avait été leur seul geste. Dans cette chambre d'une maison étrangère, ils étaient de deux genres proches qui ne seraient jamais le même, cherchant seulement un plaisir qu'ils ne trouvaient qu'à moitié, en brefs éclairs de couleur derrière leurs paupières fermées, dans la beauté d'un corps admiré, la perversion poussée jusqu'à ses extrêmes limites qui fonctionnait comme le moteur de l'oubli mais auquel se substituait le goût amer du lendemain. Il ne savait plus depuis combien de temps il était là, peut-être une demi-heure, ou deux ou trois heures, la femme avec laquelle il partageait la pénombre de la pièce ne s'ennuyait pas, Victor aurait voulu pouvoir partir et s'offrir au moins une heure de paix dans son bureau de la firme. Étendu sur le canapé de cette chambre, il regardait les reflets sur le lac, les lumières du jardin et, au loin, celles des grands immeubles à l'entrée du quartier.

Dans un dernier effort de volonté, oubliant tout pendant un instant, il a réussi à terminer. Il est resté étendu sur le divan. Corina a pris un paquet de cigarettes dans son sac à main, en a allumé deux, lui en a donné une, s'est assise sur le tapis et ils ont regardé le paysage en fumant sans rien dire. Elle ne savait pas si ça lui avait plu, pour elle ça pouvait aller, elle n'attendait plus de merveilles de la vie. Légèrement plus en train qu'au moment où il l'avait arrachée à la fête et l'avait entraînée dans la chambre, il s'est confié à elle qui fumait et qui l'écoutait absente, elle ne savait pas très bien de quoi il retournait, ne tenait pas vraiment à le savoir. Pour elle, de toute façon, la journée finirait par des gains, la monnaie dans laquelle elle avait investi monterait probablement bientôt assez pour qu'elle récupère sa mise en quelques jours, elle ignorait quand elle ferait une nouvelle sortie en ville, lui a donc demandé, le regard vide :

— On se revoit un jour, nous deux ?

— Évidemment, lui a-t-il répondu machinalement, il n'aurait de toute façon rien su répondre d'autre, il réussissait à être toujours bien élevé en présence des dames.

— Faut espérer que tu seras plus détendu, a-t-elle dit en posant sa tête sur ses genoux.

Elle commençait à se sentir fatiguée, elle aurait voulu être déjà chez elle, dormir et s'éclaircir les idées.

— Comment on fait pour la voiture ? a-t-elle demandé.

— Rien de plus simple, j'appelle mes gars, ils l'ont peut-être déjà amenée. Il est quelle heure ?

— Je sais pas, autour de minuit, je suppose. Je devrais quand même rentrer, a-t-elle ajouté d'une voix fatiguée, enrouée, qui semblait trop forte dans le silence soudain retombé sur la pièce et sur le monde.

— Je crois qu'il va y avoir des feux d'artifice. Tel que je connais le type, il n'a rien dû oublier.

— J'aimerais les voir, a-t-elle dit machinalement, mais je les verrais peut-être de ma voiture en partant.

— Comme tu veux, a-t-il répondu.

Il savait qu'elle était mariée, qu'elle était venue en prétextant une autre sortie, qu'elle devait absolument sauver les apparences, ne pas provoquer de doutes. Lui se comportait autrement, il y avait des années qu'il n'avait plus à répondre, des années que la femme avec laquelle il élevait son enfant ne lui posait plus de questions, se contentant de le regarder avec tristesse en acceptant son sort.

— Appelle-moi quand tu peux, on trouvera une solution pour sortir.

— Bien sûr, a-t-elle répondu.

Elle s'est rhabillée. Elle avait la tête qui tournait, la gueule de bois, avait dessoûlé trop vite, comme d'habitude. Elle ne regrettait rien. Jamais elle ne regrettait, elle faisait tout en pleine conscience. Il y avait Marcel et son enfant à la maison, tout était parfait, elle venait de vivre un jour de plus de sa vie. Le lendemain, elle se sentirait mal, elle fumerait un joint sur la terrasse et tout cela passerait, aucune importance.

Lui s'est vite rhabillé, avec des gestes précis, la boisson et le reste semblaient ne pas l'avoir affecté. Il ne réussissait jamais à se soûler vraiment ou à perdre la tête, il restait toujours lucide, en prise sur ses obligations qui n'en finissaient jamais. Pour sauver un peu les apparences, il l'a prise dans ses bras et l'a embrassée. Il lui a murmuré à l'oreille qu'il garderait son slip et qu'ils se reverraient. Elle a émis un petit gloussement de satisfaction. Il lui a ouvert la porte cérémonieusement, l'homme du monde retrouvait ses réflexes.

Dans le séjour, il a cherché du regard le propriétaire et lui a fait comprendre d'un signe qu'il partait. L'homme s'est approché, ils ont échangé des amabilités, l'autre a dit son regret qu'ils ne restent pas pour les feux d'artifice qui commençaient, il comprenait qu'ils étaient pressés, il les attendait quand ils voudraient, sa porte leur serait toujours ouverte, leur présence avait été un honneur pour lui et sa famille, il appréciait. Victor a répondu de la même manière, Corina s'est comportée de façon exemplaire, en partenaire d'un soir. Tous jouaient le même jeu. C'était OK.

Ils sont sortis dans la cour, un bref chuintement suivi d'une explosion les a accompagnés jusqu'au portail, elle s'est retournée, a admiré le spectacle dans l'espace entre la maison et le jardin. On ne voyait pas tout mais ce n'était déjà pas si mal. Victor a sorti son téléphone, a tapé une touche de numéro rapide et a dit seulement :

— Je sors. Vous me suivez jusqu'à la firme, pour la suite on verra.

Il a raccroché sans attendre de réponse, a poussé le portail à moitié fermé, ils sont sortis devant la maison, il l'a prise par la taille et ils se sont dirigés vers la voiture. La nuit resplendissait de centaines de lumières d'une multitude de couleurs. Ces feux d'artifice lui semblaient une plaisanterie de mauvais goût, une sorte de célébration de l'échec. Lorsqu'ils sont arrivés près des voitures, il lui a semblé entendre d'autres pas que les leurs sur le gravier, il a jeté un coup d'œil autour de lui, n'a aperçu aucune ombre, s'est dit, l'espace d'un instant, qu'il aurait dû demander à ses gars de venir l'attendre là. Il avait fait une erreur.

De derrière un 4 × 4, Gélou a jailli avec quelques-uns de ses acolytes. Corina les a vus la première, elle s'est collée contre lui. Victor les a vus aussi, il a continué à se diriger tranquillement vers sa voiture. Il savait qu'il était capable de leur tenir tête, ce qui comptait, c'était de mettre la femme à l'abri.

Gélou s'est planté devant lui, il lui a demandé :

— Dis, le vieux, tu fais toujours ton coq ?

— Oui, plus que jamais, vire tes fesses d'ici, lui a-t-il répondu sèchement.

Gélou et ses acolytes ont sorti leurs armes, les ont braquées sur lui, se sont mis à tirer. Dans le vacarme infernal des feux d'artifice qui en étaient presque à leur bouquet final, les coups de feu ne faisaient aucune note discordante.

Corina a regardé sa robe maculée de sang, elle a crié :

— Comment je vais rentrer chez moi dans un état pareil ?

DANS LA MÊME COLLECTION
FICTIONS

AFYAN, Hovik, *Rouge*, 2024
(traduit de l'arménien par Anahit Avetissian)
APOSTOLIDES, Marianne, *Elle nage*, 2021
(traduit de l'anglais par Madeleine Stratford)
BLADOU, Romane, *Atlantique Nord*, 2023
BOUCHARD, Mylène, *Ma guerre sera avec toi*, 2006
BOUCHARD, Mylène, *La garçonnière*, 2009 ; 2013 ; 2020
BOUCHARD, Mylène, *Ciel mon mari*, 2013
BOUCHARD, Mylène, *L'imparfaite amitié*, 2018
BOUCHARD, Sophie, *Cookie*, 2008
BOUCHARD, Sophie, *Les bouteilles*, 2010
BOUCHET, David, *Soleil*, 2015
CANTY, Daniel, *Wigrum*, 2011
CARON, Jean-François, *Nos échoueries*, 2010
CARON, Jean-François, *Rose Brouillard, le film*, 2012
CARON, Jean-François, *De bois debout*, 2017
D., Louise-Amada, *Au temps sublime*, 2022
DeCHAMPLAIN, Virginie, *Les falaises*, 2020
DeCHAMPLAIN, Virginie, *Avant de brûler*, 2024
DESCHÊNES, Marjolaine, *Fleurs au fusil*, 2013
DESJARDINS, Antoine, *Indice des feux*, 2021

DROUIN, Marisol, *Quai 31*, 2011

DULUDE, Sébastien, *Amiante*, 2024

FULAŞ, Cristian, *Iochka*, 2022
(traduit du roumain par F. et J.-L. Courriol)

FULAŞ, Cristian, *La pire espèce*, 2025
(traduit du roumain par F. et J.-L. Courriol)

GAGNÉ, Mireille, *Le lièvre d'Amérique*, 2020

GAGNÉ, Mireille, *Frappabord*, 2024

GODIN, Louis-Daniel, *Le compte est bon*, 2023

GUAY-POLIQUIN, Christian, *Le fil des kilomètres*, 2013

GUAY-POLIQUIN, Christian, *Le poids de la neige*, 2016

GUAY-POLIQUIN, Christian, *Les ombres filantes*, 2021

HORVAT ČEČ, Željka, *Scènes villageoises sans cochon*, 2024
(traduit du croate par Chloé Billon)

KAWCZAK, Paul, *Ténèbre*, 2020

LAKMAKER, Tobi, *Ma sexualité en toutes lettres*, 2024
(traduit du néerlandais par Daniel Cunin)

LAVERDURE, Bertrand, *Bureau universel des copyrights*, 2011

LAVERDURE, Bertrand, *La chambre Neptune*, 2016

LEBLANC, Suzanne, *La maison à penser de P.*, 2010

LÉTOURNEAU, Sophie, *Chasse à l'homme*, 2020

LÉVEILLÉ-TRUDEL, Juliana, *Nirliit*, 2018

LÉVEILLÉ-TRUDEL, Juliana, *On a tout l'automne*, 2022

MARCOUX-CHABOT, Gabriel, *La Scouine*, 2018

Mc CABE, Alexandre, *Chez la Reine*, 2014

Mc CABE, Alexandre, *Une vie neuve*, 2017

NASRALLAH, Dimitri, *Niko*, 2018
(traduit de l'anglais par Daniel Grenier)

NASRALLAH, Dimitri, *Les Bleed*, 2019
(traduit de l'anglais par Daniel Grenier)

NASRALLAH, Dimitri, *Hotline*, 2023
(traduit de l'anglais par Daniel Grenier)

SANGARCÍA, Eduardo, *Anna Thalberg*, 2023
(traduit de l'espagnol par Marianne Millon)

SCALI, Dominique, *Les marins ne savent pas nager*, 2022

TANNAHILL, Jordan, *Liminal*, 2019
(traduit de l'anglais par Mélissa Verreault)

THÉORET, France, *Les querelleurs*, 2018

TREMBLAY, Larry, *Tableau final de l'amour*, 2021

TREMBLAY, Larry, *D'enfers et d'enfants*, 2023

TUCKER, Aaron, *Oppenheimer*, 2020
(traduit de l'anglais par Rachel Martinez)

VERREAULT, Mélissa, *Voyage léger*, 2011

VERREAULT, Mélissa, *Point d'équilibre*, 2012

VERREAULT, Mélissa, *L'angoisse du poisson rouge*, 2014

VERREAULT, Mélissa, *Les voies de la disparition*, 2016

VILLENEUVE, Mathieu, *Borealium tremens*, 2017

La Peuplade a été fondée
par Mylène Bouchard
& Simon Philippe Turcot.

Direction littéraire
Mylène Bouchard

Édition
Mylène Bouchard
Paul Kawczak
Marc-Antoine Gilbert

Révision linguistique
Pierrette Tostivint

Correction d'épreuves
Marie-Claude Masse

Design graphique et mise en page
Atelier Mille Mille

Photographie en couverture
Paul Nicklen

La pire espèce a été mis en page en Lyon,
caractère dessiné par Kai Bernau
en 2009 et en Din Next, caractère dessiné
par Akira Kobayashi en 2009.

Achevé d'imprimer en France
par CPI en octobre 2024.

No. d'impression : 2080437